大唐贤相

历史人物小说

余耀华 著

中国书籍出版社

目录 | Contents

一、沉沦下僚 1
　　落泊上郡 1
　　剜目明志 4
　　神秘的孤悬法师 6

二、患难之交 9
　　患难之交 9
　　暴政虐民 11
　　静观时变 13

三、太原起兵 17
　　刘文静献策 17
　　太原起兵 22

四、杖策随龙 24
　　宝剑赠英雄 24
　　杖策随龙 26

五、房杜合璧 30
　　杜如晦到了长安 30
　　献策李世民 32
　　瓦岗寨内讧 34

六、灭隋兴唐 37
　　炀帝殒命 37
　　大唐开国 41

　　决战薛仁杲 ... 43

七、刘文静之死 ... 47
　　不恋钱财念人才 ... 47
　　刘文静之死 ... 48
　　招揽人才 ... 50

八、扫荡群雄 ... 53
　　秦王败武周 ... 53
　　围攻洛阳城 ... 55
　　生擒窦建德 ... 58
　　力降王世充 ... 60

九、山雨欲来 ... 63
　　十八学士登瀛州 ... 63
　　祸起萧墙 ... 65
　　幕后高人 ... 67

十、未雨绸缪 ... 70
　　明争暗斗 ... 70
　　后宫乱政 ... 73
　　未雨绸缪 ... 76

十一、仁智宫之变 ... 78
　　太子布下生死局 ... 78
　　秦王奉旨平叛 ... 81
　　太子的阴谋 ... 83

十二、势不两立 ... 85
　　李渊埋祸 ... 85
　　收买与暗杀 ... 86
　　谗言逐房杜 ... 90

十三、先发制人 ... 93
　　放出胜负手 ... 93
　　秦王先发制人 ... 97

十四、改弦更张
入主东宫 102
改弦更张 105

十五、皇榜传讯
皇榜传讯 110

十六、天下第一醋坛子
十年之约 114
房小儒惹祸 116
意外重逢 118
场面有点尴尬 119
天下第一醋坛子 120

十七、以仁取信
新皇登基 125
突厥犯境 126
魏徵凯旋 128
新年号的诞生 130

十八、贞观决策
皇后的德操 133
贞观决策 134
治国理论基础 138

十九、羞辱贪官
试贿的闹剧 144
羞辱贪官 146
明珠与鸟雀之论 149

二十、用人有学问
为臣有忠奸 152
用人有学问 156

二十一、天灾无情
履职门下省 159

　　　灾害肆虐 160
二十二、位居首辅 166
　　　重组尚书省 166
　　　修史铸镜 169
　　　精简机构 171
二十三、官吏考核 175
　　　考核制度 175
　　　考核风波 177
　　　考核的功效 179
二十四、宰相肚里能撑船 181
　　　宰相的度量 181
　　　杜如晦重病在身 183
二十五、暗示违旨 188
　　　暗示违旨 188
　　　英年早逝 191
　　　王师凯旋 192
二十六、苦心孤诣 196
　　　赏罚分明 196
　　　勿忘贤臣 200
二十七、计阻奢侈 203
　　　张玄素受辱 203
　　　耍酒疯 206
二十八、守天下更难 209
　　　打天下难，还是守天下难？ 209
　　　萧瑀一奏险误国 211
二十九、过不留痕 215
　　　枉杀张蕴古 215
　　　船行于水，过不留痕 220
三十、立法宽平 222

— 4 —

不寻常的赦免...222
　　清理积案...226

三十一、忠谨恭谦...229
　　魏徵侍君兢兢业业...229
　　玄龄奉国忠谨谦恭...232

三十二、无妄之祸...238
　　太子闯祸...238
　　皇后的遗嘱...241

三十三、抑佛扬道...245
　　正本清源...245
　　抑佛扬道...247

三十四、巧谏君王...252
　　《起居录》也能改？...252
　　"护犊子"..255

三十五、竖子不可教...259
　　太子的地位有点玄...259
　　耿直的魏徵...261
　　竖子不可教...264

三十六、又起风波...268
　　皇帝身边一面墙...268
　　侯君集惹事...270
　　太子的阴谋...273

三十七、历史重演...275
　　太子失德...275
　　魏王有野心...277
　　太子在怒吼...280
　　武才人戏晋王...282

三十八、废立太子...284
　　给太子换老师...284

　　凌烟阁挂像 ………………………… 286
　　废立太子 …………………………… 289
　　武才人暗助 ………………………… 291
三十九、丞相家事 …………………… 294
　　册立新太子 ………………………… 294
　　弘福寺进香 ………………………… 298
　　公主红杏出墙 ……………………… 300
四十、终至辉煌 ……………………… 304
　　李世民东征 ………………………… 304
　　留守京师 …………………………… 306
　　终至辉煌 …………………………… 308

一、沉沦下僚
落泊上郡

　　隋朝大业元年（605年）隆冬，是一个异常寒冷的冬天。一阵大风刮过，随之而来的鹅毛大雪，将大地完全遮盖，原本干裂的土地不见了，天底下所有的一切，仿佛都被大雪掩埋。

　　树上挂满了冰凌，枝头也冻成了冰棍，尖尖的，犹如利剑直指苍穹，仿佛要将天空戳破；悬崖上，古松枝头，一只敛翅巉岩的苍鹰，双脚微曲，双翅紧敛，一双犀利的眼睛四处张望，浑身绷足了劲，随时准备腾空而起。好久，好久，仍然没有看透眼皮底下的一切，也没有找到猎取的目标。疲倦了，无奈地闭上了双眼……

　　黄龙山脚下的上郡（今陕西富县）是一个偏远小郡，在这白雪皑皑的冬天，显得更是苍凉。

　　县衙大院的西北角，两间小茅屋在呼啸的寒风中颤抖，两扇窗门在寒风吹动下，发出噼里啪啦的响声；屋顶的茅草，时而有少许被寒风刮落在地，顷刻间便被寒风卷走，飞得无影无踪。

　　在这大雪纷飞，朔风呼啸的夜晚，人们大多早就钻进被窝里进入了梦乡。县衙大院西北角那两间小茅屋，却透出一丝亮光，显然，屋里的人尚未就寝。

　　茅屋的主人是县衙的功曹，一名微不足道的小吏。此人姓房、名乔，字玄龄。

　　房玄龄祖籍齐州临淄（今山东淄博），出身名门望族，家学渊源。父亲房彦谦，博经史，擅文章，精通书法。曾仕于北齐，北周灭北齐统一中国北方之后，房彦谦无心出仕，回归故里，游逛于山水之中，过起了隐居生活。

　　北周隋王杨坚灭陈统一中国，建立了隋朝。开皇七年（587年），齐州刺史韦艺一向朝廷举荐房彦谦，并敦促他赴京应命。房彦谦再次踏入仕途。到京师后得到吏部尚书卢恺的赏识，任命为承奉郎，不久又提升为监

察御史。

房彦谦深达政务，为官清廉正直，不屈己，不媚人，口碑甚好。因其乃饱学之士，所交之友也多为文人雅士，甚至不乏闻名天下之雅澹名流。太原的王邵、北海的高构、莜县的李纲、河东的薛孺等，都是房彦谦的座上客，一代文宗薛道衡，黄门侍郎张衡也是他的密友。

房玄龄自幼聪颖过人，在严父的教导下攻读诗书，颇得其父真传，也深得父辈同僚们的赏识。相传有一次，房彦谦设家宴，款待一代文宗薛道衡、黄门侍郎张衡等几位至交密友，席间，房彦谦将房玄龄的诗作呈给大家看。

房彦谦的妻子高芸若，将年仅十岁的房玄龄带出来拜见各位长辈。房玄龄见到众多生人，尚有怯意，但当看到一代文宗薛道衡时，忙上前叩拜，甜甜地叫道："薛伯伯好！"

薛道衡牵起小玄龄，惊异地问："在齐州时，伯父到你家，你不过是个五六岁的幼童，怎还记得伯父？"

房玄龄道："小侄不但记得伯父尊貌，还记得伯父的诗句。"说罢，流利地背诵了一首薛道衡的诗作。

薛道衡一把拉过小玄龄，爱抚地拍着他的头，对房彦谦说："老朽的诗作，怎可作为公子的启蒙之用，真是惭愧。"

张衡打趣地说："薛大人诗文名传天下，造诣不在曹子建、竹林七贤之下，既然痛爱此子，不如就收他为徒吧！"

房彦谦也有此意，眼露期望之情。

薛道衡手抚胡须，沉思良久后道："令郎非一般童儿可比，若受业于我等，恐误了他的前程。"

房彦谦不解地问："兄乃一代文宗，正是我儿良师，为何说误了我儿前程？"

薛道衡道："魏晋以来，虽说都是以文取士，'竞聘文华，遂成风俗'，但近代山东士人更是受南朝风气之影响，以学华美文章为专业，但文章只可作仕途进身之器，不能治国。若要使此子学成经国之能，须当师从高人。"

房彦谦赞许地点点头。

薛道衡认真地说："以我观之，令郎资质聪颖，思路敏捷，乃可造之才，决非以文才为限。要使其成为经邦济世之才，唯有一人可充其授业之师。"

"谁？"房彦谦问道。

薛道衡道："非卢恺莫属！"

卢恺，字长仁，涿郡范阳人，其父卢柔曾为魏之中书监。卢恺好交友，神情爽悟，深涉书记，颇解属文，自北周到隋朝，一直身居要职，开皇初拜为上仪三司，吏部尚书，颇识经国之道。隋文帝称他是"文章大进，且有吏干"。

第二天，房彦谦将卢恺请至家中，仍请薛道谦、张衡等人作陪，慎重地请求卢恺做儿子的授业之师。

卢恺见在座的多为名流，知房彦谦对自己非常看重，盛情难却，只好答应。房彦谦命房玄龄向卢恺行拜师礼，正式拜在卢恺门下。

岂料卢恺不仅收了一位学生，而且还得了一位佳婿，此乃后话。

卢恺本是朝廷重臣，受房彦谦之托，刻意对房玄龄加以培养。房玄龄本就聪颖过人，除习学四书五经、诗词歌赋之外，还兼学治国之道。在这种特定的环境下，耳濡目染，在学业上突飞猛进。小小年纪，已显露出不凡的智慧和见识。

一次，房玄龄私下里对父亲说："当今圣上，本无多大功德，只是一味蒙蔽欺骗百姓，从不为子孙后代作长久打算。不能恰当地处理好几个儿子之间的关系，至使嫡庶名分混淆，相互之间明争暗斗。皇子们又骄奢淫逸，荒纵无度，长此下去，终究会演绎为互相残杀的局面，势必导致家国难保。莫看现在风平浪静，太平无事，将来矛盾一旦爆发，定是骨肉相残，血染当场，家破国亡之期不远矣！"

房彦谦虽然斥责房玄龄，不许他乱说，心里却以为然，他不仅被儿子深辟的判断所震撼，同时也赞许儿子的看法。后来朝政的发展，果然未出房玄龄之料。

隋文帝开皇十八年（598年），十八岁的房玄龄被本州贡举入京。当时主持铨选的是吏部侍郎高构。高构阅过房玄龄的试卷，面试之后，对时任尚书左丞的裴矩道："老夫观人无数，无人能及这个年轻人，此子学识博大精深，乃治国之才，他日必成大器。遗憾的是我老了，不能亲眼看到他凌云拂日的成就。"他给房玄龄的评语是：

怀兼谋勇，襟容柔刚，为人恭顺，志在四方。

房玄龄踏入仕宦之后，一路走来，并不顺畅。

先供职于太子东宫，授羽骑尉，正九品。太子失势，被贬至西河郡的隰城任城尉，从九品。隋文帝的幼子汉王杨谅叛乱被废，隰城是汉王的辖

区，所属官吏军民人等都以从逆罪受到牵连。

房玄龄又被流配贬到上郡。任县衙里一名不入流（功曹在九品之外，故称为不入流）的功曹，完全断送了在隋朝做官的前途。

别人的官是越做越大，房玄龄却是越做越小，最后寄身于僻远小郡。

剜目明志

房玄龄自贬至上郡之后，感觉到自己的仕途已走到尽头，对现实充满了绝望，对前途感到渺茫，很长一段时间，郁郁寡欢，万念俱灰。尽管有妻子卢绛儿待在身边时常劝导，少了一些寂寞，但脸上仍然少有笑容，久而久之，终至积郁成疾，一病不起。原以为只不过是一场小病，谁知病情来势猛，一病便卧床不起。卢绛儿急得六神无主，只好请黑水寺的老僧孤悬法师替房玄龄诊治。

孤悬法师乃隐世高人，俗家名字谁也不知道。只知他祖籍乃京兆杜陵，北周年间禁佛，逃到上郡黑水寺挂禅。房玄龄贬至上郡后，常陪同夫人卢绛儿到黑水寺进香拜佛，与孤悬相识，两人一见如故，竟成至交。一个畅谈佛道，一个纵论天下，常乐而忘返，宿于寺中与孤悬法师作彻夜长谈。孤悬法师虽为僧人，却颇通雌黄之术，替房玄龄把脉之后，开了三帖草药，临走时说："施主之病，因积郁而成疾，病由心生。贫僧开三帖药，仅能固本培元，不能除去病根。俗话说，心病终须心药治，解铃还须系铃人。施主乃时之俊杰，一点就通，无须老衲多言，放下心来，少想那些混沌之事吧！"

自从房玄龄病倒之后，卢绛儿须臾不离丈夫左右，昼夜衣不解带，侍奉病床上的丈夫。谁知房玄龄的病情不但未见好转，反而日见沉重，后来竟发展到咳血不止，一度处于昏迷状态。

一个大雪纷飞的夜晚，从昏迷中醒过来的房玄龄拉着妻子的手道："恩师临终时，将你许配于我，原指望夫妻恩爱，白头偕老，谁知我病魔缠身，一病不起，想必将不久人世。"说到这里，猛咳了几声。

原来，卢绛儿是房玄龄授业恩师卢恺的爱女。卢恺见房玄龄勤奋好学，为人本分，便将唯一的爱女许配给房玄龄。可惜他因奸臣所陷而辞世，没有亲眼看到爱女完婚,临终之时,将爱女托付给房玄龄。卢恺去世之后,卢府家道中落,哥嫂容不得卢绛儿,房彦谦夫妻见状,将未过门的媳妇接过来。卢绛儿是未过门便进了婆家门。房玄龄贬至隰城任城尉时,房彦谦替儿子办了婚事。卢绛儿随房玄龄到了任上。

卢绛儿边替房玄龄捶背边说:"快闭嘴,不可说此不吉利之话。"她看到房玄龄要吐痰,忙从床底下拉过痰盂,接住房玄龄吐出的痰。

房玄龄接着说:"你还年轻,世道又不甚太平,我死之后,你找个好人再嫁,好好侍奉以后的丈夫,我在九泉之下也瞑目了。"

卢绛儿虽说是女流之辈,却生性贞烈,听到房玄龄说到伤心处,忍不住号啕大哭,道:"你我乃结发夫妻,情笃谊深,夫君若有不测,妾身也不独活,更不会改嫁他人。"

"不要这样。"房玄龄有气无力地说,"拿笔墨纸砚来,我给你写下一纸休书,改嫁定不会招致非议。"

卢绛儿见房玄龄说话当真,突然从头上拔下银簪,猛然插进左眼眶内,用力一旋,将左眼球硬生生地剜了出来。

事情来得太突然,房玄龄本是躺在床上,想阻止也来不及,眼睁睁地看着妻子将左眼珠剜了出来,不禁凄惨地叫道:"夫人,你怎么能这样呀!"

卢绛儿一手捂住流血的左眼,一手抓着刚剜出的眼珠,颤声说:"为妻今自剜一目,以示忠贞,望相公今后不要再提改嫁之事。相公若不治而亡,为妻将跟随相公于九泉之下。相公若能从此振作起来,妾一眼也不白剜。"

房玄龄大呼:"小儒、小儒,快来!"

正在外屋烤火的家仆房小儒赶忙跑进来:"老爷,有何事?"

"快!"房玄龄急切地说,"替夫人包扎一下,再请郎中来诊治。"

房小儒连忙找来绷带等应用之物,替主母将受伤的眼睛包扎好。然后出门去请郎中。

谁知经过一番折腾,房玄龄的病竟奇迹般地一天好似一天,开春竟能下地行走了。从此以后,房玄龄对夫人的剜目之痛铭记在心,终身对她疼爱有加,言听计从。

这一天,卢绛儿对房玄龄说:"相公,在你病重之时,我曾到黑水寺许下一愿,若你病好,妾身将随相公再去寺中还愿。今相公病已见好,选个日子,我们二人到黑水寺去了却此愿。"

房玄龄道:"我也好久未见孤悬法师了,现病魔已去,正欲到黑水寺找孤悬法师摆摆龙门阵。"

一、沉沦下僚

夫妻二人商定,到黑水寺还愿。

神秘的孤悬法师

上郡北部有条河叫葫芦河,葫芦河从西北入境,贯穿上郡全境,由东南出境而入洛川。黄龙山雄居于上郡之北,崇山峻岭,蜿蜒起伏,一直延伸到葫芦河,葫芦河就在崇山峻岭间流过。黑水寺,建在濒临葫芦河的半山腰间。

原野上,树上枝头已泛出细嫩的绿叶,在微风中左右摇晃;不知名的野花,在潮湿的草丛中开始探出头来;耕地里,到处可闻到一股潮湿的、发酵的气息,无数的嫩芽从泥土里钻出来,在阳光下闪闪发光。

在大道上,一辆篷车不紧不慢的走着,驾车者是房玄龄的家仆房小儒。

大病初愈的房玄龄坐在车中,夫人卢绛儿坐在身边,他掀开车帘,深深地吸了一口新鲜的空气,感叹地说:"春天真好!"

卢绛儿看着房玄龄的脸,脸露喜色地说:"相公的气色好多了。"

"是吗?"房玄龄拉过妻子的手,充满感激地说,"多亏你的照顾,我已经是再世为人了。"

"大难不死,必有后福。"卢绛儿道,"相公只管安心等待,韬光养晦,静候天时,总会有一天,太阳会照到相公的头上来。"

房玄龄听罢妻子的安慰之词,哈哈大笑,笑声惊飞了林中的小鸟。

篷车沿葫芦河逆流而上,过了直罗镇,再行半个时辰,黑水寺已遥遥在望。

房小儒将车停在山脚下,房玄龄夫妻二人下车,相互搀扶着拾级而上。黑水寺中的童儿本与房玄龄相熟,见他远远行来,忙进内禀报师傅。

孤悬法师连忙迎出寺门,微笑着说:"早上喜鹊叫,知有贵客到,原来是房施主到了。"说罢,将房玄龄夫妻二人迎进寺,直接引至后院厢房之中,命童儿看茶。

孤悬法师看看房玄龄的脸色,点点头道:"房施主大病初愈,气色完好如昔,似乎更有精神了。"

"多谢法师所开的药方。"房玄龄道。

"哟！话不能这么说。"孤悬法师道，"老衲所开之药，只能固本培元，治不好你的病，你得的是心病，心病还须心药治，解铃还须系铃人。"

"心病还须心药治，解铃还须系铃人。"卢绛儿道，"这也是法师所开之良药呀！"

"那药引子可就是夫人你了？"

"何止是药引！"房玄龄感激地说，"若非夫人耐心劝导和悉心照料，恐怕我早已埋骨九泉了。"

"相公何必如此说？"卢绛儿道，"天将降大任于斯人也，必先苦其心志，劳其筋骨，饿其体肤，空乏其身，行拂乱其所为，所以动心忍性，曾益其所不能。"

孤悬赞许地说："知夫莫若妻，夫人果然高见。"

卢绛儿道："法师，妾身在相公病重时许愿，若相公病好，妾身定当到黑水寺还愿。今天，妾身是来还愿的，你们慢慢聊，妾身到佛堂还愿去了。"说罢起身出了厢房，向佛堂走去，房小儒提着装有香烛的提篮，跟了上去。

孤悬法师待卢绛儿出门之后，关心地问房玄龄："夫人的眼睛怎么回事？"

房玄龄将卢绛儿雪夜剜目的经过说了一遍，孤悬法师嗟叹道："好一个贞烈女子！今后你飞黄腾达之时，不可忘今日剜目之恩，可要善待于她哟！"

"这个当然，这个当然。"房玄龄叹了一声，"如何才能飞黄腾达，这不得志的日子何时是个头啊！"

孤悬法师道："施主乃饱学之士，博古通今，定知大乱之后，必有大治的道理。想必这尘世间之事，施主比老衲看得更清楚。"

"隋文帝渡江灭陈而一统天下，谁知太平景象只是昙花一现，在下早就料到，隋朝的天下不会长久，亡国也只是时间的问题。"房玄龄分析道，"当今皇上乃弑君弑父而篡位的暴君。如今各地反隋势力逐渐高涨，群雄割据的局面即将形成。"

孤悬法师道："施主既将时局看得如此透彻，又何必急在一时？不如在此静候时局之变化，若遇明主，即可投之，你说如何？"

"嗯！"房玄龄赞许地点点头，又叹了口气说，"明主又在哪里？"

孤悬法师忽然问道："施主去过叔虞祠吗？"

"叔虞祠？"房玄龄反问道，"就是晋祠吧？做隰城县尉时，曾去过

一次。怎么样？"

"对，叔虞祠也就是晋祠。"孤悬法师悄悄地说，"听说前不久，唐国公李渊去叔虞祠祭祀，其妻窦夫人在祠中许愿。"

房玄龄好奇地问。"许的什么愿？"

孤悬法师道："听说她放一笔钱在祠中，说日后要将叔虞祠作为皇祠来祭。"

房玄龄低头不语，陷入了沉思。

说到叔虞祠，就有一个"桐叶封地"的故事。

原来，晋国的开国始祖唐叔虞，字子于，是周武王的幼子，周成王的弟弟，姓姬。据传，少年时的周成王，同弟弟叔虞一起玩游戏，他把一枚桐树叶交给叔虞说："这块地方封给你。"

时为辅政大臣的周公旦在一旁正好听得此言，接口说道："天子无戏言，既然说了要封给兄弟封地，就得要封给他土地。"于是，周成王便将以太原为中心的古唐国封给了叔虞，故叔虞就以唐为姓，故又被称为唐叔虞。因为这里有晋水，后来又改称为晋国，但太原的晋祠中，一直供奉着唐国开创者叔虞的神像，人称唐叔虞祠。李渊被封到太原，这里本是唐国故地，李渊又被封为唐国公，正欲借此地恢复唐国昔日的辉煌。因而，李渊的夫人窦氏留钱留话，其意不言而喻。

二、患难之交

患难之交

房玄龄与孤悬法师二人正谈得起劲，忽然从门外闪入一人，悄声问道："何人在此妖言惑众，诽谤朝廷？"

房玄龄闻言惊出一身冷汗，猛回头，一位二十岁左右的年轻人站在身后，只见他头扎一条白色儒生巾，身袭一件素绢长袍，腰插一柄竹折扇，潇潇洒洒，儒雅翩翩，一副英俊倜傥的富家公子打扮。

"如晦，不得胡闹。"孤悬法师指着房玄龄道，"这就是我常对你说的房乔先生。"

"久仰！久仰！"杜如晦听说眼前之人就是慕名已久的房乔，双手一揖道，"小可姓杜，名如晦，常闻从叔谈房乔先生乃时之俊杰，心仪已久，今日能邂逅相遇，三生有幸了。"

房玄龄忙起身还礼。

孤悬法师向房玄龄介绍说："这是老衲俗家侄儿，年前入吏部铨选，补了滏阳县尉，赴任之前来本寺探视老衲。老衲常在他面前提起房先生。他也一直想结识房先生，只是无缘，今日相会，好好聊聊，老衲去给你们安排斋饭。"

杜如晦，字克民，京兆杜陵（今陕西西安）人，生于隋开皇五年（585年），小房玄龄六岁。其祖父杜果仕于隋。隋文帝时为工部尚书，封义兴公；父杜吒，在任昌州刺史，亲叔叔杜淹亦在朝中为官。

杜如晦出生于官宦之家，自小受到良好的教育，聪颖过人，好谈文史，表面上看虽是一介文弱书生，实则满腹文韬武略，身怀济世之才。常调预选吏部时，深得吏部侍郎高构的器重，高构曾勉励杜如晦说："你有应变之才，将来必成国家之栋梁，希望能保持美好的品德，暂时俯就低微职务，好好加以历练。"

杜如晦由吏部放任滏阳县尉，正好与房玄龄的经历相同，自然又有了交谈的话题。

　　两人彼此礼过之后，重新坐下。因是初识，尚有些拘谨，先是试探性地说一些客套之言，交谈过后，竟都觉得有很多共同语言，越说越投机，大有惺惺相惜，相见恨晚之感。有了这种感觉，说话也就无了拘谨，说起来畅所欲言，毫不隐瞒，纵论天下，放眼古今，无所不谈。

　　房玄龄道："世人皆言文帝励精图治，躬节俭，实仓廪，行法令，君子咸乐其生，小人各安其业，强无凌弱，众不暴寡，物殷谷阜，乃四海升平之世，不知足下如何评价？"

　　杜如晦道："隋文帝兴修水利，奖励农耕，嘉勉良吏，惩罚贪官污吏，重修礼乐刑法，都是善举，可惜只是昙花一现。"

　　"当今天子呢？"房玄龄问道，"又有何看法？"

　　杜如晦愤愤地说："弑君篡位，何足道哉！"

　　房玄龄微笑道："兴科举之制，抑突厥之兵，开漕河之道，这些不都是善举吗？开皇初，全国仅有三百六十余万人户，现已达八百九十七万，全国人口已翻了一番还足，虽不及汉时文景之治，却也是数百年来少见的繁盛时期。"

　　"房兄所言，虽是不假。"杜如晦冷笑道，"但这些应该是文帝的功劳，杨广将他老子创下的基业，恐怕要挥霍殆尽了。"

　　房玄龄点点头，表示赞同。

　　杜如晦显然是找到了知音，谈得兴起，掰着手指头说："杨广是一个独夫民贼，骄奢淫逸，挥霍无度，挖长堑，筑西苑，建东都，凿运河，筑长城，修驰道，伐木造船，凿山通道。大兴土木，百役俱兴，哪一项不是劳民伤财？自古圣贤之君，无不是恤民爱民，你看现在，穷役于民，民不聊生，古代出了个暴秦，现在恐怕称得上是暴隋了。长此下去，百姓能安居乐业吗？国家能长治久安吗？暴政必亡，暴隋必亡，这是历史规律。"

　　二人从杨广的骄奢淫逸，到天下的民不聊生，无所不谈。

　　房玄龄叹了口气道："空有经邦济世之才，忧国忧民之心，又有何用？如今沉沦于这穷乡僻壤之地，与外界音信几乎隔断，形同堰下之鼠，只能潜伏于洞穴之中苟且偷生了。"

　　杜如晦正色道："房兄切不可灰心丧气，以兄之韬略和志向，这穷乡僻壤岂是长久栖身之所？不出十年，天下必有你我用武之地。"

　　房玄龄眼里冒出希望之光："你也是这样认为的吗？"

　　杜如晦肯定地说，"房兄尽管暂时蛰伏于此，韬光养晦，静候天时吧！"

　　孤悬法师从外面进来道："天色已晚，二位用斋饭吧！"

房玄龄抬头看看外面的天色，惊叫道："哟！天都快黑了。"

孤悬法师道："没关系，反正走不了了，老衲已吩咐童儿在厢房搭个铺，房先生一家就在寺中住一宿，你们二人正好可作彻夜长谈。"

用过斋饭之后，童儿安排房玄龄的夫人卢绛儿和书童房小儒分别在厢房住宿。孤悬法师也早早去睡了。

房玄龄与杜如晦秉烛夜谈，推心置腹，畅所欲言，竟毫无倦意。

房玄龄待人和蔼，谦恭有加，有些事情虽心中有数，却也诚心诚意、认真地倾听杜如晦的言论。

杜如晦快人快语，明知房玄龄的才智在己之上，竟也不避嫌虞，仍然是畅所欲言。

房玄龄经与杜如晦的一夕交谈，深深佩服杜如晦思维敏捷，广见博识，年纪虽轻，对事物的看法却有独到之处。暗思此人乃治国之才，若遇明主，必是同殿为臣，共佐君王成就一番事业的那种人。

杜如晦也深深地感觉到，房玄龄博古通今，满腹经纶，胸中所学高深莫测，乃平身少见的时之俊逸。他日若遇明主，同此人同殿为臣，定能做出一番名传千古的大事业。

房玄龄博学而多创，杜如晦明敏而善断，两个饱学之士，一双时之俊杰，惺惺相惜，趣味相投，互相倾慕，相见恨晚。

正是黑水寺这邂逅相遇，结成终生至交，他日同佐李世民，共创一番伟业，留下了"房谋杜断"的千古佳传。此是后话。

暴政虐民

房玄龄自黑水寺同杜如晦彻夜长谈归来之后，一直蛰伏蹉跎于上郡。翌年，妻子卢绛儿生下第一个儿子，取名房遗直。身边有贤妻相慰，膝下有娇儿相随，黑水寺有孤悬法师陪着聊天下棋，滏阳县有杜如晦书信往来，房玄龄过得倒也不寂寞。

时光悄然流逝，荒原上，树叶落了又长，长了又落，草丛枯了又绿，绿了又枯。唯有房玄龄那颗待天时以图奋起的雄心永远不泯。他犹于一只敛翅巉岩的苍鹰，雄踞四盼，寻觅机遇，蓄势待发，待机投身于波诡莫测的时代中去凌空翱翔。

日月似箭，光阴如梭，转瞬已至隋大业七年（611年）。这一年，隋炀帝自江都（今江苏扬州）沿运河乘龙舟北上，四月驾临涿郡（今北京市），途中又下令征讨高丽。征发调遣，飞刍挽粟，动用民夫数十万众，搅得天下骚动，民不聊生，终于引燃了民众反抗残酷暴政的熊熊烈火。

叛乱先从齐州爆发。齐州邹平（今属山东）有义士王薄，此人粗通文墨，素有胆识，自称"知世郎"，为了促使农民加入他的起义队伍，他自创了一首名为《无向辽东浪死歌》相号召，歌词为：

长白山前知世郎，纯着洪罗锦背裆。
长槊侵天半，轮刀耀日光。
上山吃獐鹿，下山吃牛羊。
忽闻官军至，提刀向前荡。
譬如辽东死，斩头何所伤。

《无向辽东浪死歌》广为流传，引起民众的共鸣，不堪征兵调粮的农民们揭竿而起，纷纷加入到王薄义军，王薄的起义队伍迅速壮大，活跃在齐州、济州一带，官兵不能制。

继王薄高举义旗之后，平原（今山东平原县西南）豪强刘霸道、漳南（今山东武成县）农民孙安祖、窦建德、修县人高士达、韦城人翟让等纷纷举起义旗。从此，隋朝天下进于大动乱之中。

这一年年底，房玄龄在上郡接到杜如晦的来信，他在信中说："当今朝廷腐败，为官即是帮凶，我辈既不能治国平天下，不如退隐以求完节。倘若真有明主出现，能拯救黎民百姓于水火之中，到时再投身从龙。"

房玄龄心情异常激动，感慨说："克明淡泊名利，不与邪恶势力为伍，真乃仁人志士，有骨气，我不如也！"房玄龄遂萌生辞官归隐之念，只是找不到合适的理由说服父母，故而一直犹豫不决。

诸路义军继起，敲响了隋王朝的丧钟，而真正瓦解隋王朝统治基础的，则是大业九年（613年）六月，隋宠臣杨素之子、礼部尚书杨玄感据黎阳发动的叛乱。虽然叛乱仅两个月便被镇压下去。但从此叛乱遍及全国，隋朝气数已尽，已是尽人皆知之事。

这一年，房玄龄之父房彦谦遭人诬陷而被贬为泾阳县令，上任仅半年便忧愤成疾，一病不起。是年冬，房玄龄告假回泾阳，照料病重父亲，翌年春,房彦谦病逝,房玄龄便携妻儿丁忧于泾阳,替父守孝。

泾阳位于渭水之北,离京师不过数十里之遥,消息并不闭塞,较之上郡穷乡僻壤之地,通畅得多。

目睹早年对隋朝命运之判断——应验,房玄龄竟无一丝得意之感,反而倍感沉痛。他自幼饱读诗书,谨奉儒业,胸怀大志,素以"拯世济民"为己任,结果是命运多舛,多年沉沦下僚,在穷乡僻壤做了一个不入流的县衙功曹,一蹶不振,毫无施展抱负的机会,自然是怏怏失意。如今,天下板荡,民不聊生,他那忧国忧民之心,既沉重,也倾倾欲动。

此时,继山东王薄率众反隋之后,全国各地数路英雄豪杰,纷纷竖起反隋大旗,率领各自的队伍,攻城拔寨,自封为王,为推翻隋朝暴政而浴血奋战,他们是:

窦建德在漳南称夏王;李轨在河西称凉王;梁师都在延安称解事天子;萧铣在江陵称梁帝;薛举在陇西称西秦霸王;李密在河南巩县称魏王;沈法兴在毗陵称上梁王;林士弘在江南称楚王;林子通在江都称吴王;朱粲在南阳称楚王;刘武周在马邑称定阳王;王世充在洛阳称郑帝。

这些人的势力,远比山东义军的势力更强盛,因为他们中间很多人都是昔日王朝的文臣武将,有文化,懂兵法,深识谋略,出手便有平定天下、称孤道寡之气势。远非那些小股农民义军所能比。除了这些颇具实力的诸路反王之外,还有各地零星小股流民草寇,不下二百处,真正是山雨欲来风满楼。

房玄龄密切注视着时局的变化,特别注意搜集迅速崛起的各路反隋义军的情况。凭他的身份,不可能弃官投身于小股农民起义军中,他要看准目标,寻觅一位真正能一统天下明君。

丁忧期满后,形势尚不明朗,他携妻儿、老母返回上郡。

静观时变

房玄龄回到上郡后,仍密切注视着天下局势的变化。

在诸路反隋大军中,翟让与李密领导的瓦岗寨义军引起了房玄龄注意。李密饱读诗书,满腹文韬武略,就连聪明绝顶的炀帝杨广对他也忌惮几分,

加之麾下众将多为山东猛士,另外,族叔房彦藻也是李密麾下的元帅左长史,深得李密倚重。诸般因素的凑合,使得房玄龄对瓦岗寨高看几分,有了投奔瓦岗的念头。只是路途遥远,一时难以成行。

这一天,房玄龄又来到黑水寺,与孤悬法师纵谈天下事。

孤悬法师道:"炀帝暴政虐民,天下民不聊生,反隋义军如雨后春笋,确实到了改朝换代的时候。"

房玄龄叹了口气道:"不知谁是真命天子,谁能推翻暴隋取而代之。"

孤悬法师神秘地说:"民间盛传图谶之说,你可知道?"

房玄龄道:"知不甚详。"

孤悬法师道:"大凡改朝换代,总有图谶、偈语之类的东西流传于世。"

房玄龄道:"法师说的是'李氏当兴'吧?"

"正是。"孤悬法师悄声说,"真命天子只能有一人,而姓李的却有三个:瓦岗的李密、山西太原的李渊、河西自称凉王的李轨。瓦岗寨军威正盛,山西太原的李渊也似有异动,炀帝杨广对他也起了疑心,君臣反目,恐是迟早之事。"

房玄龄道:"法师从哪里得来的消息?"

孤悬法师道:"老衲有一俗家之友,在朝中为官,前些时路过上郡,特地到黑水寺来看望老衲,他说杨广曾因李渊镇压义军不力,欲将其抓起来治罪,然李渊拥兵远在山西太原,鞭长莫及,若派人前往,又担心逼反李渊,下旨叫李渊到江都面圣述职,李渊借故拖延不往。"

房玄龄道:"如此看来,李渊反隋,也是迟早之事。"

孤悬法师道:"由'李氏当兴'的谶语,衍生出两个不同版本的民间歌谣。"

"哪两种歌谣?"房玄龄问道。

孤悬法师随口念道:

《桃李章》:桃李子,皇后绕扬州,宛转花园里。勿浪语,谁道许!

房玄龄道:"如何解释?"

孤悬法师道:"桃李子,指逃亡者李氏之子;皇与后,即指君王;宛转花园里,指天子(杨广)在扬州无还日,将转于沟壑;莫浪语,谁道许,暗示一个'密'字。以此歌谣,'李氏当兴',暗指瓦岗之李密。"

"啊！原来如此。"房玄龄惊叹一声。

孤悬法师分析道："李密主权瓦岗，瓦岗寨声势如日中天，成为各路英雄辐辏之地，恐怕与此谶语大有干系。"

房玄龄道："应该是这样的。"

孤悬法师道："还有一首歌谣。"

房玄龄道："请道其详。"

孤悬法师随口念道：

《桃李子歌》：桃李子，莫浪语，黄鹄绕山飞，宛转花园里。

房玄龄道："这又如何解释？"

孤悬法师道："这里的'李'当然是李姓，'桃'当做陶，乃'陶唐'之意，陶唐是上古的帝王，恰恰李渊在隋朝被封为'唐公'，此版本在山西民间流传甚广。毫无疑问，'李氏当兴'则指的是山西太原府之李渊。"

房玄龄静静地听着，若有所思。

孤悬法师道："还有一首童谣，流传也甚广。"

房玄龄问道："什么歌谣？"

孤悬法师又随口念道：

琼花等时开，杨花逐水来。
飘飘何所似，夕照影徘徊。
西山雨露近，洪荒平野陔。
二九郎君至，天下乐悠哉。

"此童谣又作何解释呢？"

"琼花不知所指何物，大概是指目下之妖孽，日后之祯祥吧。杨花逐水，荡而忘返，指隋氏气数而言。夕阳影照，喻言不久、即隋朝气数已尽。西山雨露，言山西有兴王之兆。洪荒，暗示一个'太'字，平野乃'原'字。此句暗指山西太原。二九，是为十八，郎君即为子。隐藏一个'李'字。天下乐悠哉，意即李氏若出，天下必安。"

房玄龄自黑水寺归来之后，筹备投奔瓦岗寨，参加到反隋的义军中去，突闻李密与翟让旧部渐生隔阂、很有可能发生内讧的消息，又有些犹豫不决，难下决心。每至夜晚，常常一个人来到屋后山坡上，遥望那千沟万壑，

二、患难之交

莽莽荒原，心情异常怅惘和迷茫。

　　正当房玄龄犹豫不决之时，千里之外的山西太原府，发生了一件惊天动地的大事情：隋朝右骁卫将军、太原留守李渊公然起兵，举起了反隋大旗。这个事件改变了房玄龄的命运，也改变了中国的历史。

三、太原起兵

刘文静献策

李渊，字叔德，出身于陇西贵族世家。祖父李虎仕西魏有功，赐姓大野氏，与鲜卑贵族宇文泰、李弼、独孤信等八人，号为八柱国，死后追封为唐国公。父李昺仕于隋，袭封唐国公。李昺之妻独孤氏与隋文帝的独孤皇后乃同胞姊妹，文帝与李昺名为君臣，实乃连襟。李昺殁，李渊袭爵唐国公。

李渊娶妻窦氏，说到这段姻缘，中间还有一段佳话。

窦氏本乃女中豪杰，其父窦毅，曾仕于周，为上柱国，娶武帝的姐姐襄阳公主为妻。窦女出生时发长过颈，三岁时长至与身齐，熟读《女诫》、《列女传》等书，过目不忘。虽为女流，却有男儿志向，当年隋文帝杨坚篡周，窦女躲在床下道："可惜我非男儿，不能救舅舅于危难之中。"

窦毅忙捂住窦氏之口，不准多说，心里却暗自诧异，私下对公主说："女儿生来有奇相，过目不忘，聪颖过人，要为她择一佳婿，方才不辱没于她。"

窦毅为女择婿，可谓是煞费苦心，他于屏风上画一只孔雀，凡前来求婚者，先叫其箭射画屏上的孔雀，暗约谁射中孔雀之目，女儿嫁给谁。暗约外人并不知道，似有一种凭天意而定之意。朝中贵胄王孙，闻窦家以"箭射屏雀"为女择婿，争相应聘，几乎将窦家门框挤破。偏偏张弓发矢之时，无人达到主人的要求，皆高兴而来，败兴而归。后至的李渊连发二箭，竟然一中左目，一中右目，因而成就一段良缘。

李渊与窦氏婚配，生下四男一女，长子李建成，次子李世民，三子李玄霸早丧，四子李元吉，一女嫁临汾人柴绍为妻。

次子世民出生于武功，诞生之时，有二龙嬉戏于馆门外，三日后方离去。李府上下及武功人众惊异不已，皆言此子日后必大富大贵。此子四岁时，李渊迁岐州署职。

一天家人来报，门外一书生求见。李渊吩咐家人将书生带至客厅。书

生在客厅落坐，奉茶后，李渊问道："先生驾临寒舍，有何见教？"

书生道："学生途经岐州，路过贵府，偶窥贵府有一股祥瑞之气，十分好奇，欲进府详查，以解心头之惑。惊动大人，请多多见谅。"

隋朝年间道教盛行，道士除设炉炼丹求长生不老之方外，皆以易学之术游走于江湖，看风水、相面、测字、算卦，都是谋生伎俩。李渊本信道，听书生言也觉诧异，问道："先生进宅，可瞧出端倪？"

书生端详李渊一番，道："公头发稀疏而颜色黑亮，额头丰润而宽广，天中、天庭无暇，日月角突起，贵人之相，额头有王字形的纹理，他日定有出人意外之富贵。"

"真有此事？"李渊有些不相信。

书生指着李渊身边的次子道："公乃贵人之相，此子更是贵不可言！"

"何以见得？"

书生道："此子有龙凤之姿，天日之表，年至二十，必能济世安民，位至九五之尊，乃太平天子。"

李渊惊得目瞪口呆，待其醒悟过来时，书生已不辞而去。李渊大叫："快来人，将刚才的书生拿下，绝不可让他活着离开武功城。"

李渊派出的人四处追赶，找遍武功城，均无人见书生其人，到城门查询，守城军士皆言未见此人进出城。李渊其实很相信书生之言，惧怕书生将相面之言泄露出去，才派人追杀书生以杀人灭口。见没有抓到书生，便以为是神来指点，对书生之言更是深信不疑，依白面书生"济世安民"之言，将次子取名世民，暗含济世安民之义。

李世民自幼聪颖过人，有睿智，十余岁时，便已熟读兵法，处事果断而不拘泥于小节，常有出人意料之举，让人很难料定他到底要做什么。大业十一年，炀帝兵困雁门，年仅十六岁的李世民应募勤王，因战功显赫而崭露头角。

李渊是隋文帝杨坚的外甥，杨坚与独孤皇后对他十分爱护。曾将李渊留在身边做了多年贴身护卫。放任地方，历授谯、陇、岐三州刺史。

杨广弑父篡位之初，李渊尚在地方为官，仍被杨广视为可用之人，召为殿内少监、卫尉少卿。大业十二年升任右骁将军。

杨玄感叛乱以后，隋炀帝对朝臣多有猜疑。当"桃李子，有天下"、"杨氏当灭，李氏将兴"的歌谣广为流传时。有个叫安伽陀的方士自称知晓图谶，向炀帝进言，说李姓应为天子，劝杨广杀掉所有姓李之人，以绝后患。杨广借故诛杀了上柱国李敏、李浑及其族人共三十二口之多，这就

— 18 —

是轰动一时的诛李事件。李敏、李浑成为了谶语之冤魂。

炀帝诛除二李后，闻李渊在太原深得将士之心，对李渊也起了疑心，传召李渊回京述职。李渊受诛李事件的影响，有兔死狐悲之感，陡然奉诏，知炀帝不怀好意，伪装一副病态接见来使，说身体不适，不能远行，向使者送上黄白之物，请求在炀帝面前美言。钱可通灵，来使收了重贿，乐得做人情，回朝复命，当然是说李渊病重难行。

李渊有个外甥女王氏，隋朝后宫嫔妃，炀帝问她："你舅舅为何还不来？"

王氏道："听说舅舅病重，不能按时来朝。"

"病了？"炀帝反问道，"索性死了，岂不更好？"

王氏关心舅舅，免不了将炀帝之言写成密书，寄与李渊。

李渊看过外甥女传书，惊出一身冷汗，愈加惊恐。于是仿刘邦栖身楚霸王手下之事，整天作酗酒放荡之状。示人以昏庸无道的印象，以障人耳目。

李渊的次子李世民别具志趣，只管倾心下士，广交英雄豪杰，似乎有"逐鹿中原"之意。

晋阳县令刘文静，晋阳宫副监裴寂，与李世民常有往来。刘文静善识人，多谋略，与李世民建立了深厚的情谊。

这一天，裴寂与刘文静相会于城楼，遥见境外烽火连天，叹息道："身为穷官，又逢乱世，生存很难啊！"

刘文静笑道："天下板荡，群雄并起，正是大丈夫建功立业之时，如果你我同心，怕什么贫穷呢？"

裴寂反问："刘大令有何高见？乞不吝赐教！"

"乱世出英雄，君不见李渊次子李世民吗？"

裴寂摇头道："李世民虽有些才识，毕竟太年轻，能成何大事？"

"此子虽然年少，却是个旷世奇才，休得看低于他。"

刘文静眼力过人，裴寂仍似信非信，初时尚不以为然。不数日，圣旨到，说李密叛乱，晋阳县令刘文静与李密通婚，应连坐，令太原留守李渊将刘文静革职下狱。

李渊不敢违抗，即将刘文静拘禁入狱。

李世民认为刘文静是可谋之人，得知他获罪下狱，前往狱中探望，狱吏不敢阻拦。

刘文静喜道："今天下大乱，除非有汉高祖光武帝之才，才能崛起世间，拨乱反正以定天下。"

三、太原起兵

李世民勃然道："君亦未免失言，难道今世必无异才，只恐世人未识直人也。前来探君，非是儿女情长，欲与君共图大事，请善筹其事，不负我望。"

刘文静鼓掌道："好！好！我的眼力究属不弱。公子果具命世才，当为君代筹良策。"

"请道其详。"

刘文静道："今李密围困洛阳，炀帝流于淮南，天下大贼连州郡，小贼阻山泽。若有真主出世，将这些反隋力量收为己用，应天顺人。举大旗登高一呼，则响应者众，何愁天下不定！"

李世民点点头，表示赞同。

刘文静继续道："今太原百姓，俱避盗入城，一旦收集，可得十万众，尊公麾下，有数万兵士，就此乘虚入关，传檄四方，不出半年，便可成就帝王之业。"

李世民道："所言确是良策，但恐家父不从，为之奈何？"

"这也不难。"

两人在狱中密议半天，李世民离去。

晋阳宫副监裴寂，字玄真，蒲州桑泉人。李渊与裴寂有旧，过从甚密。裴寂贪酒好博，每有延宴，博弈起来常通宵达旦，乐此不疲。

李世民欲兴义师反隋，担心乃父不赞成，知裴寂与父交厚，出私钱数万缗暗结龙山县令高斌廉，让他与裴寂博弈相戏，故意输钱与裴寂。裴寂赢了钱，自然高兴，每日随李世民游玩。两人关系渐渐融洽。李世民系以密谋相告。

裴寂踌躇道："我与令尊是旧友，明言相劝，恐反见拒，只好暗渡陈仓，设计谋之。"

李世民暗结裴寂作说客，正是刘文静为李世民所设之谋。

事隔一日，裴寂在晋阳宫宴请李渊。

晋阳宫是炀帝设在太原的行宫，宫中设有正副监各一人。李渊留守太原，兼领晋阳宫监，裴寂为副监。裴寂宴请，李渊以为是职责所在，欣然赴席。

裴寂殷勤迎接，入席坐定，摆上的尽是美酒佳肴，对酌之时裴寂刻意献奉，李渊亦开怀畅饮，酒过三巡，已有五六分醉意。忽见门帘一动，环珮声来，竟是两个美人缓缓而入，皆天生丽质，貌美如花。

俗语说："酒不醉人人自醉，色不迷人人自迷。"两位美人婷婷袅袅，趋近席前，向李渊福了一福。

李渊起身答礼。

裴寂吩咐美人在李渊身边劝酒。李渊酒醉糊涂，不问明来历，来者不拒，喝到酩酊大醉，即由两美人扶掖去睡。

李渊一觉醒来，见两个美人赤裸裸地躺在身边，惊问："这是哪里，你们是谁？"

一位美人娇滴滴地道："这里是晋阳宫，我姓张，她姓尹，皆是宫眷。"

李渊闻美人是皇上侍妾，披衣跃起道："宫闱贵人，哪得同枕共寝？我可犯了欺君之罪了。"

二美人劝慰道："主上失德，南幸江都不回，各处已乱离得很，妾等若非公保护，免不得遭人污戮，所以裴副监特嘱妾等早日托身，藉保生命。"

"这……这便如何是好！"李渊说罢，径直出了寝宫，恰遇裴寂，一把扯住道，"玄真、玄真！你莫非要害死我吗？"

裴寂笑道："唐公！为何这般胆小？收纳两个宫人算得了什么？就是那隋室江山，只要唐公肯要，也是唾手可得。"

李渊道："你我都是杨氏臣子，奈何口出叛言，自惹灭门大祸？"

裴寂道："识时务者为俊杰，今隋主无道，百姓穷困，天下英雄纷纷揭竿而起，已成群雄逐鹿之势，晋阳城外，也将成为战场。明公手握重权，令郎屯储了大批兵马，何不乘时起义，讨伐暴隋，经营帝业。"

李渊摇头道："我世受国恩，不敢变志。"

裴寂正欲再言，忽有一卒入报："突厥兵到了马邑，请留守大人速回署发兵，截击外寇！"

李渊闻报，匆匆返回太守府。

副留守王威、高君雅已等候多时。李渊与两人商议，立即派高君雅领兵万人出援马邑，高君雅领命而去。

不久，马邑传来军报，太守王仁恭出战不利，高君雅驰援，大败而归。李渊更是着急，退入内室，独自一人坐着发呆。

李世民突然闯入道："父亲，此时还不等谋良策，更待何时？"

李渊审视片刻道："你有何计？"

李世民道："天下大乱，朝不保暮，父亲若再拘泥于小节，上有严刑等候，下有寇盗骚扰，祸不远矣！不若顺民心，兴义师，还可转祸为福。"

李渊道："不得胡言！"

李世民道："今盗贼日繁，几遍天下，大人受诏讨贼，试思贼可尽灭么？贼不能尽，终难免罪。况且，世人盛传李氏当兴，致遭上忌，郕公李

三、太原起兵

浑,并无罪孽,身诛族夷,大人果尽灭贼,恐功高不赏,处境更加危险了。儿辗转筹思,只有顺民心,兴义师,尚可救祸,请父亲不要犹豫不决。"

李渊想了半天,道:"你的看法颇为有理。今破家亡躯,由你一人,化家为国,亦由你一人,我也难以自主,但此事不宜立即行动,还当从长计议。"

李世民乘机保举刘文静,说他是个人才,可参赞兵谋。经李渊许可,将刘文静从大牢中释放出来,共同密谋策划兴师反隋之事。

太原起兵

大业十三年(617年)正月,从江都传来消息,隋炀帝以李渊镇压义军不力为由,下令将李渊押送江都问罪。

李渊急召副宫监裴寂及次子李世民商议。裴寂、李世民认为,李渊去了江都,必死无疑,不如先发制人,举兵反隋。

李渊犹豫不决。

裴寂道:"前寂令宫人侍公,二公子恐因此事受到牵连,时常戒备,今为了寇警,又将你拘捕问罪。如果两罪并罚,我死不足惜,公可要祸及全家了。"

一席话,说得李渊死心塌地,决计发难。

钦差到达太原时,李渊推说病重不能起床,着属官邀上使入驿站暂住。待病情有所好转之时,再行奉诏。

钦差知道太原是李渊的地盘,不便违拗,只好忍气等待。

李渊与李世民等密行,准备杀钦差祭旗。正欲动手时,炀帝从江都遣使来太原,这一次传的却是赦诏。

原来,炀帝自思李渊手掌重兵,逼得太急,恐逼反李渊,李渊一反,隋朝又多一劲敌。于是在前使出发不久,又派遣特使赶赴太原,下令赦免李渊,令其仍为太原留守。

李渊看透了炀帝的嘴脸,加快了举事步伐。他采纳刘文静之谋,假传隋炀帝征兵诏令,令太原、西河、雁门、马邑等地,凡年二十以上,五十以下的男丁,全部召募当兵,准备东征高丽。矫诏发出后,百姓怨声载道。

二月,马邑(今山西朔县)人刘武周起兵,在汾阳称帝。

三月，马邑又与突厥勾结，欲进兵太原。

李渊急忙召集将佐议事，对众将道："刘武周占据皇上的汾阳宫，我辈若不能收复汾阳宫，罪当灭族。"

副守王威等道："愿听留守之命。"

李渊又道："朝廷用兵，须凭调度，今贼众在数百里内，江都远在三千里之外，远水救不了近火，我虽为太原留守，也无可奈何。"

众将道："将在外，君命有所不受，现情况危急，请留守自专。"

李渊佯作沉吟，半晌答道："众论一致，我也顾不得专擅了。今突厥未退，武周又来，太原兵力有限，应迅即招募兵马为好。"

李渊见无人提出异议，又道："刘文静作晋阳县令多年，对太原情况熟悉，今日募兵，非他不可，须暂时将他释狱，令充此任，可好么？"

其实，李渊早已将刘文静从狱中放出，此次提到刘文静，只是找一个借口，让刘文静堂而皇之地出来做事。

招兵工作进展很顺利，仅十天时间，招募士兵便有万余名。

李渊很高兴，对李世民说："古代明君贤相者，有三千精兵足可以称霸业，如今我有数万之众，开朝立国，也不愁兵马不够。"

李渊父子紧锣密鼓的军事行动，引起王威、高君雅的警觉，二人是隋炀帝派来监视李渊的，有先斩后奏之权。两人密谋在晋祠祈雨大会，将李氏父子及亲信一网打尽。因处事不密，被晋阳乡长刘世龙探知他们的阴谋，立即向李渊告密。

李渊与李世民、裴寂、刘文静商量，决定先发制人。

这一天，李渊约请王威、高君雅在晋阳宫议事。其时，刘文静将开阳府司马刘政会带到议事厅。刘政会称有重要机密禀报。

李渊示意王威接状。

刘政会道："下官告的就是王威，怎么能将状子递给他？"

"有这么回事？"李渊故作吃惊地接过诉状，略看一下后，冲着两位副使厉声质问，"王威、高君雅，刘政会告你们谋反，可有此事？"

高君雅自知中计，大骂："李渊，你这是贼喊捉贼！"

刘文静不待高君雅继续说下去，大叫一声："来人！"

一时伏兵齐出，将王威、高君雅拿下。兵不血刃地除掉隋炀帝埋设在李渊身边的爪牙。这就是历史是著名的"晋阳宫事变。"

大业十三年（617年）五月二十四日，李渊在太原府正式竖起反隋大旗，发起了向隋王朝进攻的号角。

四、杖策随龙

宝剑赠英雄

李渊在太原起兵,为避免树大招风,打出一个折衷的旗号,声言拥立炀帝之孙代王杨侑为天子,尊炀帝为太上皇。李渊以大丞相掌国。裴寂、刘文静等尊李渊为大将军,并正式建立大将军府。

李渊将所部之兵分为左、中、右三路大军:以长子李建成为陇西公,左领军大都督,领左军;次子李世民为焞煌公,右领军大都督,领右军;四子李元吉为姑臧公,代李渊领中军留守太原。裴寂为大将军府长史,刘文静为司马,其余众将,皆各有封任。

这支从隋朝统治集团内部分裂出来的武装力量,在李渊父子的率领下,正式踏上了反隋的进军道路。三天之后,便攻下西河城。

八月中旬,敦煌公李世民率右路军夺取渭北,大军沿渭水西进,沿途守军纷纷归附,抵达渭北之泾阳时,队伍已发展至九万多人。

房玄龄身在上郡,闻李渊在太原起兵,振奋非常,李世民率军抵达渭北后,他密切注视着李家军的一举一动。发现这支队伍军纪严明,不扰民,得民心,颇有几分"王者之师"的气概。听说主帅敦煌公李世民只是一个年仅十八岁的少年英雄时,惊叹不已。

这一天,房玄龄来到黑水寺,向孤悬法师说出投军的想法。孤悬法师微笑地问:"房先生终于下决心出山了?"

"嗯!"房玄龄道,"是时候了。"

"投奔何处?"

"敦煌公李世民。"

孤悬法师道:"为何选择李家军?"

房玄龄道:"李渊乃陇西贵族,驻扎在渭北的李家军军纪严明,战斗力强,与那些乘乱而起的乌合之众有天壤之别。不出所料,炀帝暴政之后,李渊定能取而代之。"

"良禽择木而栖,良臣择主而事。施主蛰伏上郡多年,终于要破茧而出了。"孤悬法师双手一揖，"老衲恭喜了。"

房玄龄还礼，起身欲告辞。

"等一下。"孤悬法师说罢，转身入里间拿出一柄松纹古剑，双手递上道，"红粉赠佳人，宝剑赠英雄。这柄剑虽不是千古利器，但也随老衲多年，今赠与施主，愿施主带上这柄剑，佐明主驰骋疆场，成就一番事业。"

房玄龄双手接过道："多谢了！"

孤悬法师道："克明那里，老衲将修书于他，教他到军中去找你。"

房玄龄自黑水寺归来以后，几天足不出户，独自呆在书房里，将他对时局的看法以及应对之策，写成一篇长策，打算作为拜见李世民的进见之礼。

夫人卢绛儿知道房玄龄在做一件人生的重大决策，只是细心地照料他的生活起居，不问他做什么。

三天之后，房玄龄令房小儒将夫人卢绛儿请到书房来。卢绛儿来到书房，房小儒手中拎着一个大包袱跟在身后。

房玄龄起身将夫人扶至椅子上坐定，自己则站在一侧，慎重地说："夫人坐好，我有件重大事情要向你禀明。"

"相公不用说了，你要做什么，为妻早已料到。"卢绛儿叫房小儒将手中的包袱放在桌上。

房小儒知主人夫妻有话要说，知趣地退了出去。

卢绛儿微笑着说："不就是要投军吗？我已将你的行装准备妥当。好男儿志在四方，这么多年委屈了相公，既然心有所属，你就安心地去吧！"

房玄龄满脸愧疚地说："夫人如此通达，玄龄感激不尽，只是，上有老母，下有娇儿，这千斤重担都落在你一人肩上，今后可要苦了你了。"

"这个不用相公操心。相公素有鸿浩之志，终非池中之物。此去投军从戎，凭相公才智，他日少不得拜相封侯。"卢绛儿话锋一转，道，"只是有一句话，相公定要切记。"

"什么话？"房玄龄急切地问。

"贫贱之交不可忘，糟糠之妻不下堂。"卢绛儿有些哀伤地说，"妾身并不希罕那封诰显荣，相公也莫要做那忘恩负义之人。"

"玄龄身陷绝境之时，夫人剜目以示忠贞，精心侍候，才使玄龄得以劫后余生。此恩此德，玄龄终身难忘。"房玄龄举手起誓道，"他日若有幸能得一官半职，若有负夫人，玄龄当遭天遣，不得善终。"

卢绛儿忙伸手捂住房玄龄的嘴道："为妻只是说说而已，相公不可说此不吉利之话。"

四、杖策随龙

房玄龄抓住卢绛儿的手,深情地说:"若唐王得了天下,为夫一旦地位稳固,便来接一家老小。"

"你不来接,我也会去找你。"卢绛儿不无担忧地说,"只是兵荒马乱之际,信息不通,相公此一去,不知是否还有相见之日。"

房玄龄安慰道:"夫人放心,无论天南还是地北,为夫一定会记得夫人的恩德,若能佐明主而得天下,为夫即使不能出人头地,总也不会辱没祖宗。为防万一,为夫与贤妻相约十年。"

卢降儿问道:"此话怎讲?"

房玄龄道:"十年之后,夫人若仍无玄龄的消息,说明我已战死沙场,夫人或可回山东老家,守着祖上留下之薄产,将孩儿扶养成人,照料高堂老母,替玄龄尽孝,也不枉我们夫妻一场。十年之内,玄龄不近女色,"

"好!"卢绛儿说,"到时你如果没有回来,就是天涯海角,为妻也要去找你。"

房玄龄将卢降儿搂在怀里,卢降儿顺势将房玄龄的手拉放在肚腹上,温柔地说:"摸摸看!"

房玄龄惊喜地问:"夫人说的是?"

卢降儿躺在房玄龄的怀里,幸福地笑了。

房玄龄歉意地说:"真不该这个时候离开你。"

"你放心地去吗,我还应付得了。"卢降儿又说,"给孩子留个名字吧!"

房玄龄说:"若是个男娃,就叫遗则,若是个女娃,就由夫人取名吧!"

大业十三年春二月初八,房玄龄拜别老母。卢绛儿带上爱子房遗直,送房玄龄至路口,房玄龄接过娇儿亲了亲,然后毅然决然地递给卢绛儿,跨上战马,猛抽三鞭,绝尘而去。

卢绛儿站在路口,一直到看不见房玄龄的踪影,才依依不舍转回。

杖策随龙

房玄龄扬鞭催马,奔驰在旷野上,马蹄过处,掀起一长串灰尘,他仍嫌跑得不快,一个劲地抽打。

房玄龄风尘仆仆地赶到泾阳,见大街上来来往往的多是列队而行的士兵，战争的气氛十分浓烈。他牵着马，慢慢地在街上边走边看，见前面围一大堆人，走近一看，原来墙上贴着一张招军布告：

　　唐公义军，大量招军买马，凡愿为推翻暴隋而献一己之力者，皆可报名从军。若有一技之长者，经人举荐，即可注册，并将量才录用。

正当他转身欲走之时，突然有人在后面拍他的肩膀，转头一看，竟是多年未见的旧识温彦博。

温彦博，太原祁人，与兄弟温大雅、温大有皆为饱学之士，薛道衡称他有为卿相之才。李渊太原起兵，其兄弟温大雅、温大有与唐俭共掌机密。温彦博授幽州长史，后封西河郡公。

"果然是房乔先生。"温彦博道，"闻你供职于上郡，怎么到这里来了？欲投李家军吗？"

"刚到这里，还没找到门呢！"房玄龄道，"你呢？在哪里高就？"

温彦博道："过去的事，以后慢慢再谈，我现在唐国公李渊手下效力，这里是右路军敦煌公李世民的队伍。"

房玄龄得知温彦博在李渊军中供职，大喜过望，请他引见。温彦博道："敦煌公求贤若渴，若知房乔先生来投，一定非常高兴。"

房玄龄随温彦博来到临时军府，不待侍卫通报，温彦博带房玄龄径直走进去了，悦然说："敦煌公，我给你带来了一位饱学之士。"

李世民正在同长孙无忌、李神通等人研究军务，抬头问道："谁？"

"此人姓房，名乔，字玄龄。"温彦博对身后的房玄龄道："房乔先生，这位就是敦煌公李世民。"

房玄龄还在温彦博同李世民说话的时候，就已经在打量李世民，只见他体格魁伟，面庞俊逸，浓眉大眼，英姿焕发。心里已在暗暗赞叹：好一个英武少年。见温彦博介绍，上前欲行跪拜之礼，李世民抢上一步，搀住房玄龄道："先生不必如此，世民年少，怎能受房先生如此大礼。"

是年，李世民年仅十八岁，房玄龄三十八岁，两人相差整整二十岁。

房玄龄只好双手一揖道："房玄龄拜见敦煌公。"

李世民又将长孙无忌、李神通等人向房玄龄一一介绍。彼此礼过，温彦博拉过一把椅子请房玄龄坐下。

李世民道："久闻房生先满腹经纶，乃饱学之士，此来必有以教我！"

房玄龄从袖中抽出早已准备好的长策，双手呈上道："在下虽沉沦下僚，但也密切观注时局的变化，这是在下揣时度势之后，写出的一篇策文，请敦煌公过目。"

李世民恭敬地从房玄龄手中接过策文，很珍惜地纳入袖中，然后说道："先生之策文，容世民晚些时候，焚香净手，再细细拜读。选日不如撞日，我们刚才正在研究当前之军务，先生对时局有何看法，不妨教我。"

房玄龄谦虚地说："玄龄乃一介寒儒，怎敢在敦煌公面前班门弄斧。"

李世民微笑着说："房先生不必客气，我军入关以后，目前到了最关键的时候，你一定会有自己的看法，何必谦虚？"

房玄龄心里明白，李世民要考究自己的学识才华。他是有备而来，正欲寻找机会阐发自己的观点，初来乍到，不想锋芒太露，刚才的推辞，不过是客气罢了。见李世民再次要求，不再推辞，转身坐下，手捋颔下长须，略微思索了一下道："炀帝暴政虐民，隋朝气数已尽。如今天下大乱，群雄竞起。唐公举义兵，径取关中，此乃上策。切不可犹豫不决。望敦煌公敦促唐公速速进兵，攻占大兴城，推翻隋朝暴政，取而代之。若此，暴隋国库之储尽为我所有。我则可掌控天下之枢机，经营三秦之地，向东以保河东，向西而随图天下，正名号，固根本，则霸业可成。"

李世民点头道："先生所言极是。"

房玄龄继续道："河洛乃天下之中心，欲图天下，必当取之。如今瓦岗寨之李密，军势正盛，近日又攻占黎阳仓，夺取了隋朝屯粮之地，可谓兵精粮足，锐不可当。唐军尚难与其争锋。闻瓦岗李密与翟让传出不和之声，不出所料，瓦岗必有内乱，我当静观其变，对其可虚言以交，笼络其心，以骄其志，使其专力攻打东都洛阳。"

李世民等人点头，表示赞同。

房玄龄又道："东都越王杨侗，近得王世充精兵，势力也是不弱，炀帝在东都积储了不少财物，故东都也非易取之地。让李密与王世充相争，二虎相斗，鹿死谁手，不得而知。我当暂作壁上观，静候其变。"

李世民击案而起："先生所言，正合我意，先生此时投唐，真是天助我也！"

房玄龄进一步分析说："近闻朔方梁师都，起兵攻占雕阴、弘化、延安等郡，自称帝；马邑刘武周，攻占雁门、楼烦、定襄等郡，自称为帝；金城薛举，尽占陇西之地，聚众十余万，自称西楚霸王。三股势力，北依突厥，势必谋夺长安，此乃心腹之患。我攻占长安之后，首要任务，要遣精锐之师灭其锋,解除后顾之忧。"

李世民点点,表示赞同。

房玄龄继续说:"至于江南,炀帝杨广龟缩在江都,形同行尸走肉,坐以待毙。河北之窦建德,离关中尚远,对我暂时构不成威胁,我也难以预谋,只待他日徐徐图之。"

房玄龄说话慢声细语,谦恭之状溢于言表,然而,所言犹如一缕春风,使得李世民听后格外舒畅。李世民年轻气盛,自小跟随父兄戎马倥偬,虽天资聪颖,且自幼熟读兵书,对天下局势自有自己一些看法,但与房玄龄的学识、阅历相比,相差甚远。房玄龄刚才对时局态势的分析,以及一些应对之策,其实他心里也有数,只是有些仅存在于脑海之中,模模糊糊,似是而非,尚未形成一个完整的概念,经房玄龄一梳理,思路顿时清晰起来,对目前的局势,有了更清醒的认识。

李世民见房玄龄停住了话头,高兴地说:"先生一番宏论,不亚于诸葛亮之隆中对。先生真乃当世之卧龙也!"

当天晚上,李世民仔细研读了房玄龄所献之策文,深为房玄龄的宏论折服,策文字里行间,展现出一位旷世奇才的文韬武略。他从内心深处意识到,房玄龄是他图天下的得力助手。

第二天,李世民任命房玄龄为渭北行军元帅府记室参军,执掌军符、文告、军机之事,起草章表文檄。从此,房玄龄成为李世民幕僚集团的中心人物。

五、房杜合璧

杜如晦到了长安

大业十三年十一月底,李渊攻占长安,立代王杨侑为帝(即隋恭帝),改元义宁元年(617年),遥尊炀帝为太上皇。李渊则为尚书令、大丞相,晋封唐王,假黄钺,大都督内外军事。又以武德殿为丞相府,设官置事,总揽军国大政。

与此同时,李渊以长子李建成为唐世子,以次子李世民为京兆尹、秦国公,四子李元吉为齐国公。又以裴寂为丞相府长史,刘文静为丞相府司马。翼护下的隋恭帝,不过是个傀儡而已。

李渊下令与京师士民约法十二条,废除隋朝苛法。京师的秩序迅速恢复。

房玄龄随李世民进驻京城。此时,世子建成占了隋太子的东宫,世民则住在隋越王杨侗的宅第里。

这一天,房玄龄正在王府偏厅处理公务,侍卫来报,说有故人来访。房玄龄忙出门相迎,见来者是落魄时结识的好友杜如晦,大喜过望,来不及寒暄,只说了句:"杜兄,请随我来!"便拉着杜如晦的手,领着他去见李世民,一进门,便连声说:

"敦煌公,给你举荐一位盖世奇才。"

李世民见素来平稳的房玄龄如此兴奋,有些愕然,放下手中的《孙子兵法》,起身打量房玄龄带来的人,见他年约三十出头,中等身材,眉目俊秀,风采清雅,头扎儒生巾,身作紫色长衫,心中暗叹道:"好一个儒雅书生。"

"敦煌公。"房玄龄指着杜如晦说,"这是我的一位旧友,姓杜,名如晦,字克明,京兆杜陵人。"

李世民拱手施礼道:"官居工部尚书、爵封义兴公的杜老先生,是足下何人?"

杜如晦道:"正是在下家祖。"

李世民大喜道:"书香门第,名门之后,久仰、久仰!"

房玄龄道:"杜兄昔日以常调应选,吏部侍郎高弘基称其'有应变之才,当为栋梁之用'。我与杜兄相识多年,素知其博古通今,明敏善断,见识、才智、魄力远在我之上。"

杜如晦见房玄龄如此推崇,不禁有些赧然,连说:"岂敢!岂敢!杜某乃庸碌之辈,怎及得房兄学识之一二,如蒙敦煌公不弃,愿效绵薄之力!"

李世民听了,忙起身朝杜如晦深施一礼道:"能得先生相助,乃世民三生有幸、苍生之福也!"

杜如晦高兴地说:"素闻敦煌公礼贤下士,有海纳百川之胸襟,今日一见,果然名不虚传。李乐师命不当绝矣!"

李世民、房玄龄听了杜如晦如此说,都有些憷然。

杜如晦问道:"敦煌公可知三原李靖其人?"

李世民答道:"曾闻其人,未曾谋面。"

杜如晦说道:"李靖原名药师,雍州三原人,赵郡太守李诠之子,上柱国韩擒虎之甥。少有文武才略,常与其舅韩擒虎讨论兵法,韩擒虎称赞说:'可与我讨论孙吴兵法的人,唯李靖一人。'左仆射杨素说得更具体,他拍着自己的座位对李靖道:'将来总有一天,你也会坐上这个位置上的!'杨素死后,李靖出任马邑丞。"

听到这里,李世民颔首道:"想起来了!去年,我父唐王任太原留守,他扬言唐王有'经营四方'之志,将不利于朝廷,要去江都告状。如今怎样了?"

杜如晦道:"他因道路不通,滞留长安,如今被唐王捉住,就要被处死了!"

李世民道:"那岂不是罪有应得吗?"

杜如晦听李世民如此说,急了,提高嗓门说:"唐王起义兵,本要为天下除暴,不考虑成就大业,却以过去的私怨擅杀英雄,岂不是要让天下豪杰之士寒心了吗!"说完,便有拂袖而去之意。

李世民听罢,悚然而惊,脸色变得凝重起来。

房玄龄向杜如晦摆手示意道:"杜兄别急!公爷已明白杜兄之意,那李靖确为可大用之才,是万万杀不得的!"

李世民霍然而起,说了句:"二位先生稍候!"话声落,人已出门,命侍从备马。

房、杜二人对视一眼,各自长舒了一口气。

足足过了小半日,太阳西斜,李世民才由长乐宫回来。见二人还在屋

中坐候，便说道：

"惭愧！劳二位先生久等。唐王已赦免李靖，二位先生可放心了。"

说完，不待落座，端起案上的一碗水，咕嘟咕嘟地喝了个干净。可见他到长乐宫见唐王，费尽了口舌。而被他救下的李靖，日后平荆越，破突厥，功勋卓著，成为唐朝开国武臣之首，这是后话，暂且不提。

杜如晦加入李世民的幕府，房、杜合璧，同心协力，终身辅佐李世民，成就一段"房谋杜断"的千古佳话。

献策李世民

李渊在长安总揽国政。陇西有一人也迅速崛起，大有与李渊分庭抗礼之势，此人就是兰州人薛举。

薛举祖籍河东汾阳，炀帝时为任金城鹰扬府校尉，在陇西竖起反旗，集十数万之众，自封西秦霸王，建元"秦兴"，封大儿子薛仁杲为太子，小儿子薛仁越为晋王。率所部向陇右隋军发动进攻，连战连捷，率领大军乘胜进攻扶风，大败唐军，乘机攻克秦州，并将都城迁至秦州。目标直指长安。

为保住新生的李唐王朝，李渊不得不在立足未稳之时仓促应战。新受封的房玄龄，日渐得到李世民的信任，加之身边又有好友杜如晦遇事共同商量，便再一次向李世民献策：

"薛举此番来犯，必有一番恶战。前次攻克长安，主公虽然率先入城，但功劳却与太子各半，不足以展示主公之才。属下观圣上对薛举似有畏惧。请主公主动请战，抗击来犯之敌。"

李世民问道："薛举在凤翔大败唐军，兵威正盛，此次出战，先生以为胜算几何？"

房玄龄不紧不慢地说："薛家军远道而来，乃疲惫之师，唐军凤翔战败，乃指挥不力。我军将士刚刚受封，士气正旺，足可以一当十。此消彼长，定可获胜。再则，两军再战，薛举不知我军虚实，首战必以试探为主，请秦王首战即遣精锐之师，打他个措手不及，定可大获全胜。"

"好！"李世民击案而起道，"我这就去向父皇请缨。"

— 32 —

太极殿上李渊紧锁眉头，低声问："薛举兴兵来犯，谁有良策以退强敌？"

"父亲。"李世民出班奏道，"我愿率兵赶赴凤翔，同薛举决一死战。"

李渊见李世民精神抖擞，一副胸有成竹的架势，不禁转忧为喜，于是命李世民为元帅，率八路总管去泾州御敌。

薛举闻秦王率兵前来，命薛仁杲率部迎敌。薛仁杲知秦王骁勇善战，派遣刚刚收编的降兵打头阵，欲探唐军虚实。李世民采用房玄龄的计谋，尽遣精锐之师迎战。加上郭子和率部降唐，合兵以战，军势更强。

两军刚交上火，胜败立见，薛仁杲所率之兵溃不成军，唐军以势不可当之势，大破薛举军，追至陇山。平凉、河池、扶风、汉阳诸郡皆降唐，收回被薛举夺去的陇西失地。

薛举见薛仁杲战败，异常恐慌，惧怕李世民越过陇坂攻打秦州，遂生降唐之心，便向臣下询问："古时有天子投降的先例吗？"

黄门侍郎褚亮道："汉时，曾有越王赵佗降了汉高祖；三国时，蜀主刘禅降了曹魏后又仕于西晋；近则有陈主萧琮降了隋文帝。故天子投降，转祸为福，自古皆有之。"

卫尉卿郝瑗奏道："皇帝此问恐欠妥，褚亮之答更是有悖常理，十足的荒谬之词。当年汉高祖屡败屡战，三国时刘备小沛一战，连老婆都丢了。但他们并未灰心丧气。胜败乃兵家常事，历朝历代都有，皇帝怎能因一战之失而生亡国之叹呢？"

薛举自知失言，满脸愧色，掩饰说："朕不过是试试群臣之心而已，故有此问。"于是，薛举重赏郝瑗，命其为谋主，并将褚亮训斥一通。

郝瑗建议薛举：同灵武的梁师都结盟，共同对付李渊；具厚礼交结突厥；以钱财购买突厥战马，邀莫贺咄联兵攻打长安。

莫贺咄突然成了香饽饽，薛举派来的使臣尚未离去，李渊派遣的刘文静也到了，送来的礼物较之薛举更多。莫贺两边的厚礼都收，都是好朋友，但对双方都不出兵，乐得做个局外人。

薛举没有求得援兵，只好罢兵不出。

瓦岗寨内讧

大业十三年十一月，李渊进据长安不久，其最强大潜在对手李密的瓦岗军发生了重大事变。

李密八月攻占黎阳仓（今河南浚县），声威大振，进兵围攻洛阳，屡败王世充，威望日隆，引起翟让旧部的嫉恨。翟让的行军司马王儒信劝翟让自为大冢宰，总领政务，以夺李密之权。

翟让之兄翟弘更是直截了当地说："天子只可自家做，你若不做，就由我来做，怎可让与他人？"

翟让一笑置之，未置可否。

李密得到密报，知道瓦岗旧部对自己有了提防之心，极不痛快。

左长史房彦藻统兵攻克汝南，归来后，翟让派人将他叫过去问道："听说你攻克汝南得了许多财宝，我怎么一点也没有看见，都给了魏公吗？魏公可是我立的啊！将来怎么样，还不一定呢！"

房彦藻害怕翟让对自己下毒手，便将此事告诉了李密，并与郑颋一起，力劝李密先下手为强，除掉翟让。

李密初时还是犹豫不决，最后终于下定决心，决定先下手为强。

这一天，李密在其署所宴请翟让，翟让之兄翟弘与其子翟摩侯一同前来赴宴，部下单雄信、徐世勣等陪同。李密邀翟让、翟弘、翟摩侯、裴仁基、郝孝德就座，单雄信等站立在翟让身后，房彦藻、郑颋则来回巡视。

李密道："今日宴请军中主将，侍从人等都退下，不必侍候在侧。"

李密的侍从都退下，翟让的侍从站着未动。

房彦藻上前说道："今日天气太冷，请赐翟司徒侍从酒食。"

李密道："按你的意思办，在偏厅加一桌酒菜招待他们吧！"

翟让见李密的侍从已退下，戒备之心顿减，示意侍从到偏厅吃酒去。房彦藻将他们引至偏厅，供以酒食，只留李密的贴身侍卫蔡建德持刀立在李密身边。

李密见酒菜尚未上来，从墙上取下一把强弓递与翟让，道："此乃隋帝赐给王世充的良弓，被我得到。此弓乃强弓，非十石之力者，难开此弓。"

翟让接过来看了看，见此弓长六尺余，乃细叶柳木做成，弓背镶嵌象牙宝石，弓弦乃鹿筋精制而成，不禁赞道："好弓！"

李密笑道："司徒神力，方用得此弓，若是不嫌，望请笑纳。"

翟让心中大喜，口中却说："翟某怎可掠人之美？"

"我本乃书生，不善用弓。"李密道，"有道是红粉赠佳人，宝弓赠英雄，此弓赠予司徒，正是物得其用。司徒配上此弓，定是威风不少。"

"那我就愧领了！"翟让轻轻弹了弹弓弦，弓弦发出嗡嗡之声，叫道，"拿箭来，让我试它一试。"说罢走出大厅。

李密紧随其后，侍卫蔡建德持刀紧随。

侍卫取来一壶雕翎箭，翟让抽出一支，搭在弦上，指着百步外大树上的鸟窝道："你们看，我要箭射树上的鸟窝。"

翟让说罢，双臂用力，将弓箭拉成半月形，正待放箭。说时迟，那时快，侍卫蔡建德突然跃步上前，挥刀向翟让脖颈砍去。

刀落，翟让发出一声闷吼，身体像被砍断的树一样倒下，脖子上鲜血四溅。

翟弘、翟摩侯见状，双双扑向李密，未及近前，躲藏在幕后的侍卫一涌而出，将两人乱刀砍死。

座中裴仁基已是明白，坐在座位上，一动不动。

在偏厅的众人听到外面有动静，纷纷冲出门。李密预先埋伏的侍卫齐出，将他们团团围住。

单雄信立在当场，吓得目瞪口呆，面色惨白。

徐世勣站在门旁，突然抬脚踢翻一名侍卫，一个箭步跳出厅外，拔脚向大门外冲去。守门的兵士将他团团围住，挥刀一阵乱砍，徐世勣躲闪不及，右臂中了一刀。

正在此时，李密大喝："住手，不得伤了徐将军！"说罢，走上前，亲自扶着受伤的徐世勣走进大厅，命人取得刀枪伤药，亲自为徐世勣敷药、包扎伤口。

李密在这边刚替徐世勣包扎完伤口，那边众兵士已将单雄信五花大绑地推了上来。李密上前替单雄信松绑，又命令给众人全部松绑。

李密站到廊上，对众人大声说："我与诸位同起义兵，本为除暴安良，为天下百姓谋福音，怎奈翟让不能容人，欲置我于死地，今将其诛之，实是万不得已。罪在翟让一家，与众人无关。望诸君勿生嫌疑，我愿与大家同心协力，推翻隋朝暴政，若有他心，定如此袍。"说罢接过侍卫手中刀，

撩起长袍,挥刀断为两截。

单雄信等伏地,谢李密不杀之恩,唯徐世勣坐在一旁,长叹一声,痛苦地闭上眼睛。

瓦岗寨发生内讧的消息传到长安,房玄龄私下对杜如晦道:"我原本有意投奔瓦岗,后闻翟让与李密有隙,恐生变故,故而犹豫不决,最终未往。如今瓦岗寨果然发生内乱,应了当初的预感。"

杜如晦道:"李密机警过人,然而刚愎自用,缺乏弘远之志,不足以成大事。今祸起萧墙,自相残杀,瓦岗军虽不至一时崩溃,但却元气大伤,败势已现。他们这是自毁长城,唐公不费吹灰之力便去一劲敌,真乃天助唐公也!"

房玄龄道:"但愿唐公所属,齐心协力,莫生嫌隙,重蹈瓦岗之覆辙。"

"天下纷争,群雄竞起,大敌当前,唐公父子及文武臣僚,当不会惹是生非。"杜如晦顿了一下道,"我看世子李建成心胸狭窄,似乏容人之量,而敦煌公李世民雄才伟略,也非甘居人下之辈。待天下大定之后,是否能相安无事,那就不得而知了。"

房玄龄与杜如晦互视一眼,没有再继续这个话题。

六、灭隋兴唐

炀帝殒命

隋炀帝见中原的瓦岗军镇压不了，长安城也回不去，便考虑在江东久住下去，想改在建康（今南京）重新建都。他把想法跟大臣们一说，内史令虞世基等人立即附和，只有右后卫将军李才反对，竟与虞世基大吵起来。

炀帝手下的军队多是关中人，家人皆在关中。长期在外，思恋故乡。见隋炀帝没有回家的打算，那些武将私下里商量逃跑。

郎将窦贤率所部兵马集体西逃，被隋炀帝派骑兵追上尽行斩杀，但逃亡者仍是不断。虎贲郎扶风人司马德戡，一向得到炀帝信任，炀帝命他带兵驻扎在东城，防止再有人西逃。

司马德戡与平时要好的虎贲郎将元礼、裴虔通商量道："如今士兵人人思归，都想逃跑，拦也拦不住，我如今是坐在风口浪尖之上，想说，怕说早了被杀头，不说，事情发生了又难逃灭族之祸。左右为难，我该怎么办？听说关中沦陷，李孝常以华阴反叛，皇上因禁了他的两个弟弟，准备杀掉他们。我等家小都在西边，能不担心吗？"

元礼、裴虔通二人也都慌了。司马德戡主张同士兵一起逃。得到道元、裴二人的赞同。

于是，这些关中人开始相互串联。内史舍人元敏、虎牙郎将赵行枢、鹰扬郎将孟秉、符玺郎牛方裕、直长许弘仁、薛世良、城门郎唐奉义、医正张恺、勋侍杨士览等人都参与同谋。日夜联系，在大庭广众之下公开商议逃跑的事，毫无顾忌。有一位宫女把这个消息告诉萧皇后，萧皇后让她直接向炀帝报告。

炀帝很生气，认为宫女多管闲事，竟下令把这个宫女杀了。

以后又有宫女报告此事。萧后心灰意冷地说："事已至此，无可救药，何必再用这些琐事让皇上心烦呢！"

赵行枢与将作少监宇文智及私交甚笃，杨士览是宇文智及的外甥，赵、杨二人把他们的计划告诉了宇文智及，智及很是高兴。

司马德戡等人定于三月月圆之日结伴西逃,他们将计划告诉宇文智及,请他出出主意。

宇文智及分析说:"皇上虽然无道,可是威令还在,你们逃跑,定会像窦贤一样,遭到追杀。"

"留也留不得,走也走不了。"赵行枢不由着急起来,"那该怎么办?"

宇文智及道:"如今天要灭隋,所以天下英雄并起,江都有心反叛逃跑的人有数万之众,如果乘机扯起反隋大旗,正是帝王之业。"

司马德戡表示赞同,但忧于人微言轻,成不了大气候。

赵行枢向宇文智及建议,请他去找身居右屯卫将军的兄长宇文化及,请他做起兵盟主。

宇文化及听了弟弟之言,吓得脸都变了色,浑身冷汗直冒,少顷才意识到这是天上掉下来的做皇帝的机会,忙又点头应允。

司马德戡欲将兵变之事告众人,又担心人心不统一。于是派许弘仁、张恺去备身府,对与他们熟悉的卫士说:"皇上听说大家想逃,备了很多毒酒,想召集一次宴会,将大家全都毒死,他自己跟那些南方人留居江都,不思西归。"

众卫士听了谣言,果然人心惶惶,相互转告,纷纷来找司马德戡,催促司马德戡赶快起事,免遭昏君屠戮。

司马德戡暗自高兴,吩咐众人做好准备,随时听候调遣。

义宁二年三月(618年)十日,诸事已安排妥当,司马德戡召集全体兵士军吏,宣布起兵计划。

这一天,大风刮得天昏地暗,黄昏时分,司马德戡偷得御马,暗地备好了武器,并策划暴动。

傍晚,元礼、裴虔通值班,负责大殿内可能出现的事情;唐奉义负责关闭城门,各门都不上锁。三更时分,司马德戡在东城集合数万人,点起火把,呐喊之声惊天动地。

炀帝看到火光,又听到宫外面喧嚣声,询问发生了何事。裴虔通回答:"草坊失火,外面的人正在救火呢!"

天尚未亮,叛军杀进宫中,司马德戡和裴虔通率领数百骑兵到成象殿。右屯卫将军独孤盛对裴虔通说:"什么人的队伍,行动太奇怪了!"

裴虔通说:"事已至此,不关将军的事,将军就别问了!"

独孤盛方知发生兵变,大骂道:"老贼,你是什么东西?竟敢胡言乱语,犯上作乱?"边骂,边举起手中兵刃,率左右十余人奋力抵抗。

司马德戡众将士一拥而上，独孤盛及其左右终因寡不敌众，顷刻间便被叛军乱刀砍杀在当场。

千牛独孤开远带领数百殿内卫士到玄武门请炀帝，敲门大叫道："现在咱们还有兵有将，只要皇上亲自出战，足可以挽回败局。否则，祸事就在眼前。"

叫了半天竟无人回答，原来隋炀帝早就换了便装，不知躲到哪里去了。

宇文化及收买了一名宫女，领着司马德戡等人来到永巷，问一宫女："陛下何在？"

宫女手指里屋不说话。

校尉令狐行达拔刀入内，炀帝躲在窗后面问道："你要杀朕吗？"

令狐行达道："臣不敢，只想奉陛下西还长安。"

炀帝见裴虔通也在人群中，问道："你不是朕之故人吗？为何要背叛朕？"

裴虔通道："臣不敢造反，但将士们都想回家，特奉请陛下一起返还京师。"

炀帝以为可以躲过此劫，假意说道："朕正打算回去，只为长江上游的运米船未到，现在和你们回去吧！"

裴虔通领兵守住炀帝，派人去通知宇文化及，言炀帝已经捉拿，速来处之。

宇文化及闻报，惊喜非常。他未料到事情竟办得如此顺利，紧张得语不成句，碰到人就说："罪过！罪过！"及至城门，众人不由分说，将宇文化及拥入宫门。

司马德戡将宇文化及迎入朝堂，连声称其为"丞相"。

裴虔通对炀帝说："百官都在朝堂，需陛下亲自出去慰劳。"

炀帝吓得浑身颤抖，不知所措。裴虔通送上随从的坐骑，逼炀帝上马。炀帝嫌马鞍笼头破旧，不肯上马。裴虔通命人换上新的，炀帝这才上马。

裴虔通亲自牵着马缰，出了宫城门，乱军欢声动地。

宇文化及扬言："哪用让这家伙出来，赶快弄回去结果了。"

炀帝不知死期已到，还问道："虞世基呢？他在哪里？"

马文举道："他已先你一步，在黄泉路上等你。"

宇文化及命人将炀帝带回寝宫，炀帝见众人手持兵刃，虎视眈眈地看着自己，这才明白死期已到，心有不甘地问道："朕有何罪？你们要如此对待朕？"

马文举说:"陛下抛下宗庙不顾,不停地巡游,对外频频作战,对内极尽奢侈荒淫。致使强壮的男人都死于刀兵,妇女、弱者死于沟壑,民不聊生,盗贼蜂起;任用奸佞,文过饰非,拒不纳谏,怎么说没罪?"

炀帝说:"朕确实对不起老百姓,可你们这些人,荣华富贵都得到了,为何要这样?今天之事,谁是主谋?"

司马德戡站出来说:"全天下的人都怨恨你,何止一个人!"

宇文化及叫内史舍人封德彝宣布炀帝的罪状。

炀帝对封德彝说:"你可是士人,怎么也干这种弑君之事?"

封德彝满面羞红,退至一旁。

炀帝的儿子赵王杨杲才十二岁,在炀帝身边吓得号啕大哭。裴虔通上前,挥刀杀了赵王,血溅到炀帝的衣服上。

众将士举起手中兵器,齐声道:"杀了杨广!杀了暴君!"

炀帝自知难以活命,对大家说道:"天子自有天子的死法,怎么能对天子动刀,取鸩酒来!"

马文举等人不答应,让令狐行达强行让炀帝坐下。炀帝自己解下腰间练巾,交给令狐行达道:"动手吧!请用这条练巾送朕一程。"

令狐行达接过练巾,将炀帝勒死在床上。

宇文化及弑君之后,自称大丞相,总理百官。以炀帝皇后的命令,立秦王杨浩为皇帝。

新皇帝只是一个傀儡,只是签署发布诏敕而已。宇文化及则挟天子以令诸侯。以其弟宇文智及为左仆射,宇文士及为内史令,裴矩为右仆射。

隋太府卿元文都、武卫将军皇甫无逸,右司节中卢楚都在东都洛阳,他们得知宇文化及作乱,炀帝已死,赶紧将越王杨侗扶上皇帝宝座,改元皇泰。王世充为吏部尚书、郑国公。

元文都、卢楚等人经过商量,认为宇文化及弑君,是为国贼,理应除之。由于洛阳兵力有限,想除贼也力所难及。遂决定以高官笼络李密,以财物赏其兵士。让李密去攻击宇文化及。使他们来个狗咬狗。化及若败,李密也成疲惫之师,洛阳再乘虚而攻之,定能大获全胜。

于是,他们草拟圣旨,遣使至瓦岗寨,拜李密为太尉尚书令,令其讨伐宇文化及。

李密做梦也想当高官,突见皇泰帝封官赏物,欣喜若狂,欣然奉旨,心甘情愿的对皇泰帝俯首称臣,出兵讨伐宇文化及。

宇文化及拥兵北上,行至黎阳,果然遭到瓦岗李密的强烈阻击。

李密得了高官，对皇泰帝可是感恩戴德，每胜必遣使赴洛阳报捷。元文都等人窃喜。

吏部尚书王世充对其部下说："文都之辈乃刀笔吏，我观形势，其迟早必为李密所获。"

众人问是何原因，王世充道："我们与李密交战，杀死他的父兄子弟无数，一旦我们成了他的下属，他能放过我们吗？"

王世充之意，旨在激怒众人。此言传至元文都等人耳内，甚是惧怕，合谋在宫里设下伏兵，请王世充入内议事，乘机除掉王世充。

王世充得到线人密告，决定将计就计，一举杀了元文都等人。并在皇泰帝杨侗面前，诈称文都等人谋反。

皇泰帝见事已至此，乃拜王世充为尚书左仆射，督内外诸军事。王世充乘机夺得大权，专擅朝政，杨侗仍然还是傀儡皇帝。

宇文化及与李密交战于黎阳，果然为李密所败，走投无路，只好率部投奔洛阳。

大唐开国

天下乱成了一锅粥，正所谓"公鸡多了，母鸡打鸣"，皇帝多了哪个也不值钱。李渊以长安城得知炀帝死信、王世充在洛阳拥杨侗为帝的消息后，觉得恭帝杨侑已没有利用价值。于是同几个儿子以及裴寂、刘文静等人商量，决定废掉恭帝杨侑，开朝立国，自己作皇帝。

这一天，裴寂来到大兴殿后厅，对恭帝杨侑道："隋朝气数已尽，你还是禅位于大丞相唐王吧！"

杨侑只是一个十三岁的小孩，本来就是李渊手中的傀儡，怎敢不从？倒是侍读姚思廉放心不下，问道："你们欲将这个孩子怎样？"

裴寂说道："唐王说，封杨侑国公之位。"

义宁二年（618年）五月十四日，隋恭帝宣布退位，将皇帝宝座"禅让"于李渊。让出皇宫，住进代王府邸。

李渊下令将大兴殿改为太极殿，在太极殿即皇帝位。派刑部尚书萧造在南郊祭告上天，大赦天下，新王朝的国号为"唐"，改换年号为武德。

停止用郡，设置州，改太守为刺史。推求五行的运行属土德，颜色以黄色为尊。百官爵升一级，义军所过之处，减免赋税三年。

立长子李建成为太子，次子李世民为秦王，四子李元吉为齐王。

祖上皆有追封，从弟皆封为王。又封秦王李世民为尚书令，裴寂为尚书右仆射，刘文静为纳言，萧瑀、窦威皆为内史令。

由秦王李世民提名，时任秦王府记室参军的房玄龄，受封为临淄侯，并以本职兼陕东道大行台考功郎中。杜如晦受封为行台司勋郎中，封爵建平县男。李靖也被秦王召入幕府，授予二卫郎之职。

一个旧的王朝：隋朝，宣告灭亡。

一个新的王朝：唐朝，正式诞生。

李渊登基后，废除大业律令，命裴寂、刘文静等人修订新律令，并予以颁行；设置国子学、太学、四门学生，共三百多人，各郡县学校也都设置学员名额。

李渊对待裴寂特别优厚，群臣无人能出其右，赏赐给裴寂的服用玩物不计其数；常赐以御膳，上朝时，让裴寂与自己同坐，回到寝宫，则邀裴寂入内室；对裴寂言听计从，称裴寂"裴监"而不呼其名。他把各种行政事务托给萧瑀处理，事无巨细，都由萧瑀掌握。萧瑀尽心尽力，纠正违失，举发过错，人皆惧之，但诋毁他的人也很多，萧瑀从不为自己辩解。

李渊每次上朝，皆自称名字，常请重臣与之同榻而坐。

刘文静劝谏道："昔时王导说过：'假如太阳俯身与万物等同，那么，万物怎能仰赖它的照耀呢？'陛下此等行为，令贵贱失去秩序，非国家长久之道。"

李渊道："昔汉光武帝与严子陵同寝，严子陵把脚都伸到光武帝腹上。今天诸位大臣，都是朕的旧同僚，平生至交亲友，昔之欢情，怎能忘怀。此事你不必多虑！"

刘文静固执地说："当严子陵将脚放在光武帝身上时，光武帝天上之星象突然黯淡，有位星象术士恰好观察到此天象，以为严子陵弑君，慌忙去告之侍卫：'皇上正处于危险之中。'侍卫正准备冲进寝宫救驾，另一名当值的星象术士发现两颗星又分开了，严子陵那颗星光辉黯淡，光武帝星象重显光辉。他也来报告了这一情况说：'皇上已脱离危险。'整个宫廷这才稍稍平静下来。"

"这能说明什么？"李渊问道。

刘文静道："君就是君，臣就是臣，礼上不可逾越，若有僭越，则是违天命。"

"好！"李渊微笑着说，"朕以后注意就是了。"

决战薛仁杲

此时天下已是一盘散沙，那些拥兵自重的英雄豪杰，谁肯轻易臣服于人？有自知之明者占山为王，以求自保；颇有势力者，又有野心，特别是打着杨氏宗室招牌拥立新主者，更不甘心李渊在长安称孤道寡而无动于衷，欲乘唐王朝根基未稳之际，将李渊剪灭。

率先向李渊发难的是西秦霸王薛举。

武德元年（618年）六月，薛举率兵进犯泾州，直逼高墌，高墌城守将火速派人急驰长安告急。李渊命秦王李世民为帅，率八总管兵，出长安拒敌。

唐军行至豳岐时，秦王突患疟疾，卧床不起。只好令长史纳言刘文静、行军司马殷开山代掌兵权，房玄龄、杜如晦二人负责阵前联络。

李世民告诫刘、殷二人："薛举率军深入，粮草必定不多，士卒疲惫，假如前来挑战，只需坚守，不要应战。等我病痊愈，再收拾他。"

谁知二人将秦王之言当成耳边风，出了秦王大帐，殷开山对刘文静道："王爷担心你不能退敌，才说这番话。贼兵听到王爷有病，必然轻视我们，应该显示一下武力威慑敌人。"

刘文静竟也无视李世民的告诫，赞同殷开山的歪点子。二人将唐军集于高墌城外的空旷之地列阵，仗着人多，不加防备，向薛举显示军威。

房玄龄虽然劝止，却无济于事，只好飞骑告之李世民。

李世民大惊，抱病疾书手令，派杜如晦飞马送往军前。可是，手令尚未送达，薛举的骑兵已抄了唐军后路。

薛举之骑兵，多为胡夷部落之兵，英勇善战，骁勇异常，来去迅速，特别适于野战。唐军突然遭到薛举铁骑的袭击，顿使失去了抵抗，溃不成军，大将慕容罗睺、刘弘基、李安远皆阵亡，士卒死亡十之五六，高墌城落入薛氏之手。

李世民只好拖着病体，带着残兵退回长安，刘文静等人也因这次战败而被罢官。

薛举的谋主郝瑗建议薛举再遣薛仁杲进攻宁州（今甘肃宁县），对关中形成夹击之势。他对薛举说："唐军新败，长安城得消息，必定人心大乱，应当乘胜追击，攻下长安城。"

薛举认为此计可行，率兵杀奔长安。行军途中，薛举突染怪病，不数日即暴死军中。太子薛仁杲继位，追谥薛举为武帝。

李渊在长安城得知薛举大军杀奔长安，一时心慌，于太极殿召集群臣商议对策。正当为是战是守争论不休之时，突然听说薛举暴病猝死军中，长叹一声："薛举暴毙，天助我也。"

薛举暴病而死，其子薛仁杲嗣立，继位不久，便与众将发生矛盾，众将害怕薛仁杲报复，搞得人心惶惶，无心于战事。谋主郝瑗因哭薛举而一病不起，薛仁杲身边少了谋划之人，进军受阻。李渊获得了喘息的机会。

李渊打算和李轨共同谋取秦陇的薛举父子，派使节秘密到凉州，招抚李轨，拜李轨为凉州总管，封为凉王，据守唐朝边地。隋皇泰帝也封杜威为楚王，北抵李唐。

在此期间，李密率大军同王世充决战于偃师。

在王世充的火攻与奇袭下，瓦岗军全军溃败，闻名天下的瓦岗军，从此作鸟兽散。李密带着残兵败将，投降了唐朝李渊。

十一月，李渊再授李世民为西讨元帅，出兵征讨薛仁杲。

大军行至高墌城。薛仁杲见李世民乃手下败将，不以为意，命骁将宗罗睺率兵抵御，自己则在城中饮酒作乐。

李世民召开军前会议，众将摩拳擦掌，纷纷要求出战。唯房玄龄、杜如晦坐在一言不发，似在思索着什么。

李世民道："房先生有何看法？"

房玄龄道："我军新败，士气不高，贼恃胜而骄，有轻视我军之意，我们应当紧闭营垒耐心以待。以避其锋，待敌军锐气已尽，我军可一举而克敌。"

"好！"李世民赞同道，"此所谓一鼓作气、再而衰、三而竭之理。如晦，你有何看法？"

杜如晦道："房玄龄所言极是，宗罗睺率兵而至，粮草毕竟有限，我坚守不出，既耗其锐气，又耗其粮草，时间一久，敌粮草尽，锐气泄，军心必乱，待其军心混乱之时，我军再行出击，定能大获全胜。"

众将还欲再言，李世民大手一挥道："传令，高挂免战牌，有言战者斩。"

诸将见军令已下,不敢多言,心里暗自责备房、杜二人不该怂恿秦王,皆郁闷而去。

两军相持六十余日。宗罗睺粮饷不继,军心不稳。李世民派行军总管梁实移营浅水原,诱敌来攻。

宗罗睺见唐军出,大喜,尽遣主力围攻梁实军营。梁实坚守十余日,营中乏水,士兵皆饮马尿止渴。

李世民调兵遣将,派大将庞玉列阵于浅水原,自己亲率大军绕至敌后,内外夹攻,喊杀连天。

宗罗睺部卒本已疲惫,禁不起这支生力军的冲击,更兼腹背受敌,抵挡不住,部队顷刻间便土崩瓦解,溃不成军。宗罗睺只得丢下数千尸体,仓惶而逃。

李世民正欲挥师追击,司马窦轨拦在李世民的马头前苦谏道:"宗罗睺虽被击败,薛仁杲仍坚守高墌城,高墌城城墙坚固,易守难攻,王爷不可轻进,请收军暂息,再定进止!"

李世民略一迟疑,房玄龄拍马上前大声说:"将军言之差矣!今日一战,已成破竹之势,机会稍纵即逝,怎可错失良机?"

李世民在马上大笑道:"玄龄之言,正合我意。机不可失,时不再来。所谓静若处女,出若狡兔,便是此道。"

李世民不理窦轨之言,嘱刘文静率后军跟进,自己亲率轻骑穷追不舍,直趋泾州。

薛仁杲陈兵城下,李世民率军临泾水与之相对,尚未交战,薛仁杲的骁将浑干等数人渡泾水降了唐军。薛仁杲知军心已乱,不敢再战,引兵退入城中。

日暮之时,刘文静率后军赶到,合力将高墌城围得铁桶也似。

夜晚,守城将士纷纷在城墙上悬索而下,降了唐军。薛仁杲计穷力竭,知大势已去,只得奉了降表,开城投降。

李世民率军入城,收编薛仁杲精兵万余人,男女人口五万之众。一举歼灭了唐王朝西北方最强劲敌人,解除了西北方的后顾之忧。

李世民进城之后,将薛仁杲的皇宫辟为临时帅府。众将皆前来祝贺唐军大捷。

事后,司马窦轨问房玄龄:"秦王轻骑追击宗罗睺的败兵,众将皆言不可,而房公独赞成,果获全胜。此中缘由,望公教我。"

六、灭隋兴唐

房玄龄道："宗罗睺所部，多是塞外强悍之兵，我军出其不意将其击败，其实敌军死伤并不多。若不急追，则败军退归泾州，薛仁杲集而用之，以拒我军，就不易对付了。如迅速追击，则四散逃于塞外，薛仁杲势单，故计穷而降。"

窦轨叹服，赞道："房公智谋，果然不凡。"

房玄龄忙摇头道："非也！房谋虑不及此，乃秦王聪明天纵，用兵如神也！"

房玄龄明白，在年轻好胜的秦王身边，作为一位幕僚，最忌讳居功自显，他时时注意把自己的身影隐没在主帅李世民的光环里。

七、刘文静之死

不恋钱财念人才

战役结束，唐军将士都忙着打扫战场，有些士兵连敌军的靴子和战袍也扒了下来。城中有许多薛军家眷，唐军将士便把那些模样好看些的年轻女子抢来做妻室，珠宝财物更是争相搜罗的对象。

房玄龄对这些东西一概不感兴趣。等各种武器清点入库后，便去了俘虏营，把小校以上的各级军官逐一登记造册，好言慰之；高级文武大臣与谋士，更是想法探其下落，直到唐军押着俘虏班师回朝时，房玄龄已与三十余位文臣武将逐一见面抚慰。

这一天，房玄龄找到李世民，从袖里抽出一本小册子呈上道："秦王，这是下官这几天造的一个花名册，请过目。"

"什么花名册？"李世民接过花名册，边翻边问。

房玄龄道："秦王回朝献俘，皇上必杀俘以慰阵亡将士，请秦王力保这些人不死。"

"为什么？"李世民问。

"薛仁杲虽败，但他手下不乏能征贯战之将，满腹文韬武略的饱学之士。"房玄龄道，"如武将中的宗罗睺、翟长孙等皆是不可多得的战将，所率之兵，也是陇右精骑，若能抚慰得其心，收归我用，可增加我军实力。"

李世民惊喜不已，从内心里佩服房玄龄的高瞻远瞩，并表示感谢。

房玄龄道："还有一位饱学之士，请秦王亲自上门礼聘，以显秦王礼贤下士之诚意。"

"谁？"李世民问道。

"杭州钱塘人褚亮，字希明。此人少警敏，有过目不忘之能。先仕于隋，曾为东宫学士，后迁太常博士。"房玄龄道，"现在薛仁杲手下为黄门侍郎，就在城中。"

李世民欣然答应，当即随房玄龄前往拜访褚亮，当面请他归顺唐朝。

褚亮道："薛举不知天命以抗王师。十万之众已归大王，若蒙不弃，

愿效犬马之劳。"

李世民吩咐房玄龄，将褚亮带回长安，作秦王府的文学参军。

李渊得知李世民凯旋，派遣新归降的李密带人至豳州迎候。李密自己仗着智略功名，见皇上时还有傲慢之意，待见了李世民，不由惊服，私下对殷开山说："秦王真是英主，不是这样的人，又怎么能平定祸乱呢？"

李世民押送薛仁杲等入朝献俘。

李渊对李世民道："薛举父子，杀我士卒无数，朕要杀光他们的同党，以告慰阵亡将士的冤魂。"

李世民惊叹房玄龄料事如神，连忙答道："父皇，薛家父子罪孽深重，死有余辜。其余将士既已降服，若恕他们不死，收为我用，岂不是更好？请将这些人交给儿臣吧！"

李渊答应了李世民的请求，下令将薛氏满门抄斩，其余降将交由李世民处置。

李世民于是命宗罗睺、翟长孙统领的陇右精骑，编入左路军，而经房玄龄挑选的三十余员大将，交由杜如晦带回秦王府。

李世民向李渊保荐刘文静，说他此次随军，功不可没。

李渊又以刘文静为户部尚书，领陕东道行台左仆射；恢复殷开山的爵位。

李渊接着又任命李世民为左武侯大将军、使持节、陕甘等九州诸军事、凉州总管。

刘文静之死

刘文静是李渊太原起兵的重要谋臣，有佐命之功，甚得李渊的恩宠，泾州之战，由于违背李世民的告诫，受殷开山之怂恿，擅自出兵吃了败仗，因之而被削职。后又因随李世民征伐薛仁杲，大获全胜，经李世民保举，被命为户部尚书。

刘文静乃饱学之士，太原起兵他是主谋，裴寂只不过在其授意下行事；多次受命出使突厥，使得始毕可汗与李唐修好，为李渊解除北方一个最强劲的敌人。李家军挥师长安，刘文静据守潼关，打退隋将屈突通多次西援长安的进攻，使李家军免遭腹背受敌之灾。不仅如此，刘文静还击败并俘房屈突通，使唐王朝得到一员悍将。其才智谋略与功劳远在裴寂之上，而职位却在裴寂之下，刘文静心里感觉不平衡，甚而有些愤愤不平。

裴寂的才智、谋略、功绩远不及刘文静，而职位却在刘文静之上，是李渊任人唯亲所至。对于皇帝，刘文静不敢发泄不满，一股怨气就常出在裴寂身上。朝堂议政，裴寂赞同的，刘文静必定反对，还经常借故欺凌羞辱裴寂，二人因此而产生间隙。

裴寂乃奸佞之人，对刘文静本就心怀嫉妒，加上刘文静常在朝堂上出他的洋相，使得嫉妒转为愤恨，视刘文静为眼中钉，遂生除之以绝后患之心。裴寂对刘文静起杀心，还有更深一层关系。刘文静乃秦王李世民之密友，秦王因全歼薛仁杲而威名大震，声望有超过太子李建成之势。刘文静是秦王的幕僚，裴寂则是太子的人，当然不愿意看到秦王的势头盖过太子。于是便经常在李渊面前说刘文静的坏话。

这一天，刘文静同弟弟、通直散骑常侍刘文起一起喝酒，酒至半酣，不禁怨气大发，拔刀对着柱子猛砍，边喊边说："裴寂，你是小人得志，我要砍下你的脑袋！"

刘文起知哥哥酒太喝多了，抢下刘文静手中的刀子，劝道："哥，你喝醉了，我扶你去睡吧！"

"我没醉、我没醉！"刘文静在弟弟的搀扶下，跟跟跄跄地去了卧室，口中还不断地说："裴寂，你是小人得志，小人得志……"

恰在这段时间内，刘文静的家里频频闹鬼，刘文起请来巫师作法，跳大神。有人将这事密报给李渊。

刘文静有位侍妾不受宠，为了报复刘文静，暗中让她的哥哥诬告刘文静有谋反之心。

种种迹象引起李渊的警觉。派裴寂、萧瑀两人审理此事。

刘文静居功自傲，因待遇不公而偶发怨气，哪知却惹来滔天大祸。见皇上派裴寂、萧瑀二人审查此事，对萧瑀说："太原起兵之初，我居司马，算起来与裴长史的职位大致相当。如今裴寂官居仆射，住的是阔门豪宅，而我的官衔、所受赏赐，却与一般官吏没什么差别，这公平吗？我东征西讨多年，老母留在京师，风风雨雨，无所庇护，是有一些不满情绪，那也是酒后失态，口无遮拦所至，并无谋反之心啊！"

萧瑀将刘文静的辩词转达给李渊，李渊不肯信，硬说刘文静有谋反之意。

七、刘文静之死

礼部尚书、太子詹事李纲说刘文静酒后失态，口出怨言，算不得谋反。

萧瑀为人颇为正直，也赞同李纲之言，说刘文静没有谋反之意。

李世民也替刘文静求情，他说："昔日晋阳起兵，刘文静先定大策，而后告诉裴寂。攻克京城，刘文静也屡立战功，功勋不在裴寂之下。进据长安后，两人的任用和待遇相差悬殊，文静产生不满情绪，在情理之中，若以此定为谋反罪，则言过其实。"

裴寂冷冷地说："刘文静的才智谋略，在众人之上，加上其人性阴险，如今天下未定，留着他必定是后患。"

李世民狠狠瞪了裴寂一眼，裴寂将眼光挪向一边，装着没有看见。其实心里却在窃笑。因为他的话表面上针对刘文静，骨子里包藏着极为险恶的用心：刘文静谋略过人，是秦王的左膀右臂，留下这样的人，皇上，你能放心吗？

李渊恩宠裴寂已是路人皆知，对裴寂的话自然是心领神会，竟不顾儿子世民的哀求，下令处死刘文静，没收其全部家产。

刘文静在行刑之时，泪如雨下，对天长叹道："走狗烹，良弓藏，前人所言，果然不假啊！"

房玄龄从刘文静事件中觉察到一种不祥的信号，洞察出李渊与近臣更深一层的用心，预感到冥冥之中有一支阴箭直指秦王，秦王日后必有大患。

招揽人才

刘文静的死让李世民刻骨铭心，好长一段时间沉浸于痛苦之中。

房玄龄和杜如晦认为皇上诛杀刘文静事出有因，至于什么原因，说不清，也不敢说。为了转移李世民的视线，房玄龄对李世民说："洛阳王世充与瓦岗李密偃师一战，李密败而降唐，但李密手下众英雄却流落江湖，不知都到了哪里。"

李世民果然有了兴趣，问道："都有哪些人？"

房玄龄道："秦叔宝、程咬金，人称济州双雄，有万夫不当之勇，罗士信、单雄信、徐世勣，皆勇冠三军，都是不可多得的悍将。"

杜如晦也唱起了双簧，说："还有魏徵，少有大志，属意纵横，乃饱学之士，曾向李密献策而遭李密呵斥。归唐后主动讨旨，去山东召抚李密旧部去了。"

李世民若有所思："打江山要武将，保江山靠文臣，你们一定要留意，知道这些人的下落，一定要吸引过来，为大唐效力。"

房玄龄见李世民的情绪有所好转，建议去凤凰岭狩猎，出去散散心。李世民眉头舒展，高兴地答应了。

这一天，李世民带领房玄龄、杜如晦及秦王府众将，到长安城东凤凰岭狩猎。途中忽见前方尘土飞扬，远处一队人马迎面而来，马蹄过处，尘土飞扬。众人勒住马缰，纷纷向李世民的身边靠拢。

迎面的人马行至前方一箭之地勒住马缰停下，探寻地看着李世民一行。

房玄龄见李世民双眼眨也不眨地看着迎面而来的双骑，问道："秦王可识此二人？"

"似曾相识，却又未曾谋面，好一双虎将。"

房玄龄道："如果猜得不错，此二人就是传说中的济州双雄，秦叔宝、程咬金。"

李世民惊问道："他们真的是济州双雄？"

房玄龄手一指道："左边的那位，金铠甲、黄骠马，一双铁铜鞍上挂，这是武林人士公认的金字招牌，若猜得不错，此人乃山东济州历城人氏，姓秦，名琼，字叔宝；右边的那位，一柄开山大斧天下闻名，此人必是秦琼的老乡，济州东阿人程咬金无疑。"

秦王李世民惊喜地问："真的吗？"

"是与不是，马上就知分晓。"房玄龄肯定地说。

李世民道："快，拦住他们，以礼相待。"

房玄龄乃一介书生，手不持刃，打马上去大叫道："来者请留步！"

迎面人群全神戒备，警惕地看着房玄龄。

房玄龄继续说道："请问将军尊姓大名？"

马上之人一抱拳，说："在下济州历城人氏，姓秦，名琼，字叔宝！"

"我乃济州东阿的程咬金！"程咬金瓮声瓮气地说。

秦王李世民哈哈大笑，道："果然是济州双雄。"

秦叔宝被李世民笑得有点莫名其妙，抱拳问道："不知各位怎样称呼？为何发笑！"

房玄龄伸手一指李世民："此乃大唐秦王李世民，本人房玄龄。"

秦叔宝听说是秦王李世民，连忙抛镫下马，单膝着地一抱拳："山东

七、刘文静之死

历城秦琼，参见秦王殿下！"

"程咬金参见秦王殿下！"程咬金跟在秦叔宝的后面单膝着地一抱拳。

秦王李世民飞身下马，抢上一步，左手扶起秦叔宝，右手拉起程咬金，高兴地说："二位快快请起，快快请起！"

秦叔宝、程咬金顺势站起来。

李世民继续说："久闻二位将军大名，如雷贯耳，自从瓦岗军溃败之后，本王一直在打听瓦岗寨众英雄的下落，不想在此碰上二位将军，真乃三生有幸！"

房玄龄也说道："秦王素闻二位将军英名，派人四处打听二位将军下落，苦于没有音信，二位将军一向可好？"

秦叔宝回答道："瓦岗军溃散后，我与咬金兄弟为王世充所擒，无奈之下暂时归顺王世充。王世充乃阴险狡诈之辈，充其量只能算是一代乱世枭雄，难成乱世之主，我等不欲为其卖命，坚意辞别王世充。"

"二位意欲何往？"房玄龄问道。

"闻太原唐公在长安建国，号唐朝，我等欲到长安投奔唐朝。"程咬金直截了当地说。

房玄龄诚恳地说："秦王求贤若渴，常念叨二位将军，请二位将军归我大唐，共图大业！"

李世民亦拱手道："二位将军若能归顺大唐，则是大唐之幸，请二位将军随本王进城，本王将向父皇引见。"

"若秦王不弃，我等愿效犬马之劳！"秦琼、程咬金齐声说。

"好，欢迎二位将军归唐。"李世民接着对随行众将道，"各位，大家刚才都听到了，这两位就是济州双雄秦琼、程咬金，今天来投奔大唐，今后都要同殿为臣，大家互相认识认识。"

杜如晦、长孙无忌等一众人等，纷纷上前自我介绍。

李世民也不狩猎了，带着二人立即调转马头，高高兴兴地返回长安城。

李世民向李渊引见秦叔宝、程咬金。李渊令秦叔宝、程咬金跟随秦王。李世民对二人甚是礼待，拜秦叔宝为马军总管，镇长安宫，授程咬金秦王府左三统军之职。同在秦王帐前效力。

房玄龄又不声不响地协助李世民收得两员虎将。

八、扫荡群雄

秦王败武周

继征服薛仁杲之后，国内尚有刘武周、王世充、窦建德等诸多武装力量。房玄龄跟随李世民转战南北，出谋划策，不断取得胜利。

割据代北的刘武周是一个劲敌，依仗突厥的支持，刘武周从武德二年（619）四月起，对李唐发起进攻。齐王李元吉不能拒，向朝廷发告急文书，请求援兵。

李渊并没有派刚立战功的李世民前去增援，而是命裴寂为晋阳道行军总管，助太原都督齐王李元吉，据守并州。

裴寂是主动请缨，刘文静一案，朝野对他议论颇多，他想战场上立些战功，给自己争回一点面子。

房玄龄对李世民道："裴寂从未单独率兵作战，此次主动请缨，恐怕是别有所图吧？"

李世民冷笑道："此公乃奸佞小人，只知谗言媚君，没什么本事，竟敢请缨出征，此一去恐要误了父皇大事。"

裴寂率兵至介休，驻营在度索原，汲饮涧水。刘武周属将宋金刚在上游截断水源，唐军缺水，只得移营。宋金刚乘唐军移营之际，打了唐军个措手不及，唐军竟一败而不可收。裴寂连夜奔回晋州。晋州以北的城镇尽失。

齐王李元吉望穿秋水待援兵，突闻援兵大败，惊恐万丈，连夜逃归长安，将太原城拱手让与刘武周。刘武周攻占并州与太原，宋金攻克晋州，裴寂无心恋战，败回长安。

李渊惊慌失措，下诏命唐军尽弃黄河以东土地，退保关中。

情况十分危急，李世民召集幕僚商议，命房玄龄起草奏章，上表请战。房玄龄挥笔立就，表称：

> 太原乃大唐王业之基，国家之根本，河东沃野千里，物产殷实，京邑粮草，全仗其供给，若因兵势稍挫，便欲轻弃，此乃不

智之举。若河东不保,必将殃及关中,则将贻无穷后患。臣愿请精兵三万,出讨武周,定能剿灭刘武周,收复汾、晋失地。

李渊见表大喜,征调关中全部兵马交由李世民统领,并亲至华阴长春宫,送李世民出征。

严冬十一月,李世民率军至龙门,踏冰过了黄河,行至柏壁(今山西新绛县境),见前面驻有敌营,派人打探,敌帅正是宋金刚。于是择险地安营扎寨,坚壁不战,休兵秣马,并不出战,只派小股部队出击,骚扰敌营。惹得宋金刚性起,率军大举来攻。李世民按兵不动,据险以守,宋金刚无功而返。

两军正在相持之时,忽然接到军报,夏县为敌所破,唐军全军覆没,唐军主帅李孝基为敌所杀,独孤怀恩、唐俭等皆被俘。

照常理,敌兵新胜,应避锐气,李世民却采纳房玄龄、杜如晦的建议,派行军总管秦叔宝协助大将殷开山,领兵星夜急进,在美良川截击敌军。秦叔宝跃马当先与尉迟敬德大战,殷开山率主力掩杀。敌军骄矜无备,仓促应战,被唐军杀了个措手不及,丢下二千余尸体,夺路而逃。

秦叔宝、殷开山得胜返营,李世民仍命坚守不战。诸将屡屡请战,李世民只是不允。

两军相持,竟至武德三年。

宋金刚因军粮不继,果然回军北撤。

李世民率大军追逐,一昼夜行二百余里,追至介休,宋金刚绕城而逃。李世民追击数十里,斩敌三千余人。

李世民率军攻打介休,尉迟敬德出城与秦叔宝大战三日,不分胜负。

房玄龄认为尉迟敬德是一员虎将,应收复此人,请缨进介休城劝降。李世民经不住房玄龄一再请求,加之也很欣赏尉迟敬德,答应了房玄龄之请。

第二天,房玄龄单人匹马来到介休城外,大喊唐朝秦王遣使来见。城内兵士忙将此情报与主将尉迟敬德。尉迟敬德闻来人单人匹马,手不持刃,遂令士兵放他进城。

房玄龄入城,见到尉迟敬德,晓以大义。尉迟敬德知刘武周非为明主,何去何从,正在犹豫不决之中,听了房玄龄之劝告,果然愿意归唐。大开城门,率所部八千余人投了唐军。李世民令将降军分拨至各营,任命尉迟敬德为右府统军。

刘武周与宋金刚见主力部队被彻底摧垮,率残部逃往突厥,后为突厥所杀。

李世民进入并州城，兵不血刃，再进军晋阳，守将杨伏念举城出降。侍郎唐俭押在晋阳，破城之日获释。

唐军消灭了西北和东北的强敌，下一个目标就是进攻王世充，收复洛阳，统一中原。

围攻洛阳城

王世充本是隋朝江都通守，炀帝被杀后，杨侗在洛阳被立为帝，王世充自封洛阳王。皇泰二年四月，王世充废杨侗，自立为帝，国号郑。

武德三年七月，李渊命秦王李世民和齐王李元吉率军东出潼关，讨伐洛阳王世充。

李渊之所以派李元吉随李世民出征，是想让他向二哥学习一些攻守谋略。因为李元吉不但没有什么战功，反而还有丢掉并州的不光彩记录，而李元吉确实也没有经过大战的磨炼，文韬武略确实也不及秦王李世民。

此时的秦王府，文有房玄龄、杜如晦、长孙无忌等，可谓是人才济济。武有尉迟敬德、秦叔宝、程咬金、李靖、李世勣（即徐世勣、归唐后赐姓李。李世民死后，避讳改称李勣）等，可谓是藏龙卧虎。

正在李世民紧锣密鼓地调兵遣将，准备出征之时，突见房玄龄匆匆来，进门就说："秦王，吏部传来消息，说是杜如晦迁升陕州总管府长史，去做地方官，你知道吗？"

"知道这件事。"李世民反问道，"有什么不妥吗？"

"万万不可！"房玄龄着急地说，"如晦当年仕于齐，深得吏部尚书高孝基之器重，说他有应变之才，应作栋梁之用。如今，秦王府的幕僚被调出的人虽然很多，但都不足惜，唯有杜如晦不能走。"

李世民问道："为什么？"

房玄龄道："如晦思维敏捷，见识高人一等，有王佐之才。秦王若只想做个亲王，老老实实地守着自己的藩地，那也就罢了，若想经营四方，统治天下，非得有杜如晦不可。"

"若不是你说起，我差点失掉这个人了！"李世民立即奏请李渊，将杜如晦留在了秦王府。

李世民率领大队人马，浩浩荡荡地向东都洛阳进发。

王世充得知唐军东下，派兄弟子侄们守城。自率战兵三万，驰援慈涧城。

李世民率步骑五万直抵慈涧，守兵弃城逃回洛阳。李世民驱军入城，迅即派遣诸将，分道进兵。他自己亲率大军，连营北邙，步步进逼，传檄各郡，劝令速降，王世充所辖部从，纷纷来降。

李世民领军至洛阳城郊之青城宫，尚未扎住营盘，王世充率二万精兵出城来迎，两军决战于谷水，两军隔河相对。

王世充隔河喊道："隋室倾覆，唐帝在关中，郑帝在河南，井水不犯河水，我未尝西侵，秦王为何要举兵东来，是何用意？"

房玄龄应声答道："四海以内奉大唐为尊，独你执迷不悟，故前来问罪。"

王世充道："天下扰乱数年，长安与洛阳各有各的地盘，若能罢兵修和，岂不是更好？"

李世民又使房玄龄回应道："我只奉诏取东都，并不是来讲和的，你若放下武器归降唐朝，当可保你荣华富贵，否则决一胜负，不必多言！"

王世充没有作答，相持至暮，各自退归。

这一天，李世民带五百骑兵侦察敌情，途中与王世充率领的万余兵马相遇。王世充指挥兵马将李世民等团团围住，单雄信挺槊直奔李世民。尉迟敬德挥手中槊迎战，只一招便将单雄信刺落马下。

王世充军见之大骇，稍稍后退，尉迟敬德护卫李世民突出重围。王世充指挥军士追赶。

李世民、尉迟敬德率兵转身再次杀入敌阵，如入无人之境。屈突通带领大军随后赶到，王世充大败，只身逃回洛阳城。唐军活捉王世充的冠军大将军陈智略，斩首一千多级，俘敌六千余。

李世民围攻洛阳城，城中守御甚严，大炮飞石，重达五十斤，可投掷二百步远，八弓弩箭如车辐，镞如巨斧，能射五百步远。

李世民率军四面进攻，昼夜不息，久攻不下，将士已显疲态，无心再战，多有思归之意。恰在此时，李渊遣使传令要李世民退军。

李世民召集众将商议，众将多言班师，不宜再战。

房玄龄说："秦王举兵东征，东方诸州望风而降，只剩洛阳一座孤城，势必不能长久，胜利在望，为何要弃之而去呢？"

杜如晦亦道："王世充困守孤城，智穷力竭，乃笼中之鸟，旦夕可擒，一旦撤军，等于是放虎归山。百步已九十，弃之而去，岂不是放弃这天赐良机？"

李世民点头称是，下令诸军："洛阳未克，师必不返，再言班师者，斩！"

于是唐兵掘堑筑垒，围困洛阳城。

洛阳城中，粮食断绝，百姓吃光了草根树叶，只得吃观音土充饥。观音土软乎乎的，吃下去并不难，但却不能消化，食者活活被胀死。当初皇泰迁百姓入宫城时，有三万余户，这时已不足三千户。就是地位高贵的公卿，连粗糠也都吃不饱，尚书郎以下官吏，需亲自参加劳动，还往往饿死。

李世民调兵遣将，准备向洛阳城发起总攻。恰在此时，东方传来警报：窦建德率兵十万，前来增援洛阳王世充。管州沦陷，刺史郭士安遭害，荥阳、阳翟等县，相继失守。窦建德率领部众，水陆并进，不日将抵达洛阳。

唐军将士突闻王世充得此强援，尽皆大惊失色。李世民一时也颇费踌躇，正疑虑间，巡官来报："夏主窦建德遣使致书，现来营外静候。"

夏王窦建德起兵漳南，他的队伍是一支纯粹的农民起义军，不似王世充位居高官，食朝廷厚禄。窦建德奉尊皇泰，擒诛叛逆宇文化及，可谓是师出有名。俘虏唐朝淮南王李神通、同安公主，仍然以宾礼相待，毫不侮辱。他虽然以李世勣的父亲为人质，胁迫李世勣降夏，当李世勣投唐后，他并没有杀害李世勣之父。其胆识与度量有过常人。李渊遣使与他通和，他很爽快地就归还旧俘，让淮安王李神通和同安公主返唐。可见窦建德兴的乃是仁义之师，并非王世充之类大逆不道之徒。故窦建德很得民心。只是其王者之气稍有欠缺罢了。

李世民召开紧急会议，商议应对之策。唐军面临腹背受敌的危险，诸将面面相觑，无有良策。李世民再次将目光投向房玄龄。

房玄龄进言道："王世充穷途末路，投降是唯一出路。窦建德离了贼巢，远道来救，乃天赐良机，唐朝有机会同时灭掉郑、夏两国。唐军可据守虎牢关，伺机而动，必能破敌。"

记室薛收、薛道衡之子站起来说："王世充据东都，仓库充实，统帅的兵马，都是江淮地区的精锐，其困难只不过是缺粮。才被我们困住，想打打不了，要坚守又难以持久。窦建德亲自统帅大军远道赴援，会尽出其精锐。如果放他到此，两寇合兵，将河北的粮食运来供给洛阳，将是一场大战，不知何时能结束，统一天下的日子更是遥遥无期。"

房玄龄道："为今之计，应分兵两路，一路继续围困洛阳，加深壕沟，

增高壁垒，困住王世充，只困不攻；一路由秦王亲自率领，选骁勇精锐之师，抢先占据成皋，厉兵秣马，等待窦建德到来，以逸待劳，定能克敌制胜。打败窦建德，王世充不攻自亡，不出两旬，就会捉住两个国君。"

杜如晦附和道："房公、薛公所言极是。"

房玄龄的主张，尽管遭到萧瑀、屈突通的反对，李世民仍力排众议，将军队一分为二，令屈突通佐齐王李元吉，继续围困洛阳。他自己亲率三千五百骁勇之士直奔虎牢关，李世勣、程咬金、秦叔宝、尉迟敬德、房玄龄等随行。

李世民率兵正午出发，过北邙，至河阳，取道巩县而去。

王世充登上洛阳城楼，望见唐军行动，不知是何意图，竟不敢出城交战。

生擒窦建德

王世充与窦建德本是仇敌，为何窦建德要出手救王世充呢？原来，王世充屡派使臣向窦建德求救。窦建德本不愿往，中书侍郎刘彬认为：天下大乱，唐得关西，郑得河南，夏得河北，形成三足鼎立之势。今唐军日见强大，郑国地域日益缩小。郑亡，夏也不能独存。不如放弃仇怨，发兵救郑。然后慢慢观察形势变化，如郑可取则取之，合两国之力，趁唐军疲惫，可一举而夺取天下。

窦建德认为这个主意不错，决定发兵救援王世充，水陆并进，兵走陆路，粮以舟载，沿黄河逆水而上。先后攻陷管州，占领荥阳、阳翟等县，直逼东都。王世充的部将郭士衡率兵数千相迎于途中，合兵一处，有兵十万，号称三十万。驻扎在成皋（今河南荥阳西北）之东原，然后遣使致书李世民，要求唐军解洛阳之围，退兵潼关。

可叹窦建德，未悟透兵贵神速的用兵之道，如果此时长驱直入，不给唐军喘息之机，同洛阳城中的王世充内应外合，唐军腹背受敌，也将遭到重创。可他却在成皋眼巴巴地等待使臣归来，错失良机。

在此期间，李世民率领唐朝大军，日夜兼程，经北邙，过河阳，径向虎牢而来。

李世民进入虎牢关。率骁骑五百出虎牢关，到城东二十多里处窥探窦建德军营。沿路分别留下骑兵，由李世勣、程咬金、秦叔宝分别统领，埋伏在路旁，独与尉迟敬德带领四骑人马直趋敌营，离敌寨六里，遇敌兵游骑，游兵以为是唐军探马。李世民大喊："我乃秦王也！"拉弓射杀一员敌将。

窦建德闻报大惊，立即出动五六千骑兵追赶。

李世民杀敌数名，尉迟敬德挺槊毙敌十余人，且战且走，将敌骑引入伏击圈。

李世勣等人奋起出击，大败追兵，斩敌三百多人。首战告捷，唐军士气大振。

唐军据守虎牢关，窦建德不能入关，两军处于相持状态。其间虽曾交锋数次，窦建德不但没有占到任何便宜，反而让唐军劫不少粮草，大将张青特也为唐军所擒，损失许多人马，将士心生惧意，产生思归之心。

李世民得到密报，得知窦建德准备突袭虎牢关，决定将计就计。

这一天，李世民率军北渡黄河，从南面逼近广武，侦察敌情，故意留下千余匹战马，在黄河北岸边放牧，引诱敌军。

窦建德果然倾巢而出，从板渚出牛口列战阵，北靠黄河，西临汜水，南连鹊山，连绵二十余里，擂鼓前进。

李世民先是按兵不动，直至日午时分，见敌军阵久疲倦，亲率轻骑为先锋，大军继之，涉汜水，突袭敌阵。

窦建德因日已过午，将士们还没有吃饭，正在中军帐召集众将商议行止，见唐军突然杀到，来不及布阵，急忙令骑兵出战，自率步兵退至东面山山脚。

李世民见敌军中军大旗移动，命窦抗领兵绕到后面攻击窦建德，自己与尉迟敬德等拦杀骑兵，一阵混战，把敌骑冲得个七零八落，尽行散去，然后乘胜前进。

李世民率领史大奈、程咬金、秦叔宝、宇文歆等人将旌旗卷起，暗暗冲入敌阵，来到阵后，突然打开军旗，呐喊冲锋。

窦建德的士兵回头，见唐军从背后杀至，顷刻间全军崩溃，唐军追击三十余里，杀敌三千多人。

窦建德在乱军之中为槊所伤，逃窜藏匿于牛口渚中，唐车骑将军白士让、杨武威两人拍马赶来。窦建德吓得浑身乱抖，正欲向芦林中躲避，已被白士让赶上，一槊刺中窦建德坐骑的屁股，马负痛一蹶，将窦建德掀下马。白士让举槊正欲刺向窦建德，窦建德忙摇手大叫道："休要杀我，我是夏王，若能相救，富贵与共。"

白士让本不认识窦建德，因见他金甲灿烂，认为不是一般的人，这才穷追不舍，此时听到窦建德自行供认，喜得白士让、杨武威心花怒放，下马把窦建德捆住，带回营中。经此一战，夏国十数万雄兵，死的死，逃的逃，尚有五万人作了俘虏。

李世民收军升帐，检点敌囚，白士让、杨武威上帐献功，称拿住窦建德。李世民大喜，即令将窦建德推入，窦建德立而不跪。李世民冷笑道："我自讨王世充，与你何干？你却越境前来，犯我兵锋？"

窦建德涎着脸说："今天不是我自来,恐还要烦劳秦王远道去攻取呀！"

李世民一笑置之，令把窦建德关进囚车。然后将所有俘虏，悉数遣还乡里。下令休兵三日，再返回洛城。

力降王世充

房玄龄告诉李世民，说后山有座道观，始建于西汉，香火长盛不衰，建议秦王前往一游。秦王欣然应允。刚要出门时，房玄龄要求李世民换装。

李世民不解地问："这是为何？"

房玄龄道："道观有位老道，名叫王远知，精通易学，善相面，多有灵验，世人皆以为神。我不想秦王您被发现了。

河边尽是唐军的营帐，帐篷外炊烟四起，打了胜仗，将士们自要狂欢一番，而那战场上死掉的战马，此时成了将士们餐桌上的美味佳肴。此时的唐营到处飘荡着酒肉香味。李世民心情特别好，一边高兴地同房玄龄交谈，一边穿过军营，向后山走去。

唐军纪律严明，虽然说在虎牢关与窦建德交战数十余天，对后山道观却秋毫无犯。道观规模并不大，一进山门便是大院，正面是正殿，两边有十来间厢房。李世民同房玄龄步入道观，里面的众道士并无丝毫惊讶，扫地的小道仍继续打扫院子，浇花的继续还是浇花，不受干扰。房玄龄引李世民直奔正殿。

正殿里，王远知道长正在打坐，听到有人进殿，睁眼一看，脸色骤变，立即站起来，双手一揖道："太平天子驾到，贫道有失远迎，恕罪！恕罪！"

李世民一惊，莫非老道认识自己？道："出家人不得信口开河，须知道，一言不慎，便可惹来滔天大祸。"

老道却说："出自贫道之口，入于君之耳，何祸之有？"

房玄龄在一旁说："素闻道长道学高深，今日路过此地，特来拜访，请不吝赐教。"

王远知将李世民、房玄龄让至厢房，李世民请房玄龄就座。房玄龄不推辞，率先落座。王远知微笑道："反了，反了。"

李世民笑着说："他是家主人，我不过是随从而已。"

王远知躬身稽首，笑而不语。

房玄龄道："请道长继续刚才的话题吧！"

王远知仔细地端详了李世民一会，认真地说："施主气贯牛斗，眉结天德，乃天子之相；耳廓圆润，额展丰盈，一顾一盼，福寿流淌，此乃太平天子之兆。"

房玄龄内心惊喜，口中却说："他乃一平常之人，道长却说他贵为天子之相，谬之千里也。"

老道手捻银须，笑而不答。反而冲着房玄龄说："果然是个好管家！"

房玄龄站起身来道："他日若有应验，定将重修道观，多添香火。今日之言，不可外泄。"说罢，拉着李世民，起身就走。王远知送至山门，临别时，房玄龄暗暗地朝老道点点头，老道又作了一揖，微微一笑，算是回答。

三日后，李世民押着窦建德，大军回抵洛阳城下。他用鞭子指着囚车中的窦建德，冲着城楼上的王世充仰面大呼道："王世充！囚车里就是你盼望的人，看见了吗？"

王世充正站在城楼上，俯首一瞧，见囚车中坐着一人，大声问道："囚车内果可是夏王吗？"

窦建德带着哭腔说："不必多言，我来救你，反先作了阶下囚。"

王世充怆然泪下，正欲出言，唐营里又推出三乘囚车，囚车里关着的是王世充之兄王子琬，大将长孙安世、郭士衡。王世充一个踉跄，险些从城楼上堕下，幸亏身边有人一把拉住。

李世民指着囚车冲着王世充大呼："王世充，投降吧！若不降，我立即将他们斩首示众。"

王世充大声问："我若出降，秦王肯免我一死吗？"

李世民大声说："若出降，免你一死！"

王世充走下城楼，换了一身素服，率群臣共二千余人，大开城门，向

八、扫荡群雄

— 61 —

唐军投降。见了李世民，俯伏于地，顿首谢罪。

李世民笑着说："你总认为我是小孩，今见我这个小孩，为何如此恭敬？"

王世充只是叩头谢罪，羞愧满面。

李世民率军入城，立即出榜安民，分派兵力上街分守店铺，禁止抢掠，分民粮食，赈济饥民，使洛阳城的秩序迅速稳定下来。

李世民攻下洛阳后，李渊的贵妃们私下向李世民索要宝物，并为自己的亲戚求官。李世民欲将宝物赏赐有功将士，借口宝物已登记上报朝廷，竟没有给她们面子。

房玄龄则带人进入中书省，收集隋朝的图书制诰等重要文件，可惜大部分都被王世充所毁，只有炀帝晚年所集书籍数十万卷。

在搜集图书制诰的同时，房玄龄仍然没有忘记招揽人才。经他穿针引线，将洛阳城里隋朝旧臣中的饱学之士如：文坛泰斗虞世南、博学鸿儒李道玄、苏勖、蔡允恭等，尽数招揽至秦王府中。御史中丞杜淹，本是杜如晦之叔，因两家素来不睦，无甚往来，洛阳破城之日，杜淹知侄子如晦在秦王军中效力，前来请如晦引荐降唐。杜如晦将他拒之门外，不予理睬。恰好被房玄龄碰上，他先稳住杜老先生，然后找到杜如晦说："久闻杜老先生乃饱学之士，他主动来降，你将他拒之门外，那不是硬将他推向太子那边，为太子所用吗？"

杜如晦猛然醒悟，重新将叔叔请进来，引荐给李世民。

九、山雨欲来

十八学士登瀛州

武德四年七月，秦王班师回长安。

李渊本要杀了王世充，但投降时，李世民答应饶他不死，于是下诏，赦免王世充一死，贬为庶民，同其兄弟、子侄一同赴蜀。将窦建德斩首示众。

李世民西破薛仁杲，北平刘武周，东征剪灭王世充、窦建德。且统兵征服江南的李靖是李世民的亲信，功勋卓著。

李渊有些犯难，不知如何赏赐李世民。太原起兵时，他曾私下许诺立李世民为太子，而他又担心李世民桀骜不驯，故而当李世民略作谦让姿态时，他又顺水推舟，立建成为太子。这一方面诱发了李世民夺嫡之心，同时也加深了建成对世民的猜忌。

为了安抚李世民，李渊别出心裁地封李世民"天策上将"，位在王公之上，领司徒并陕东道大行台尚书令。开天策府，置官属，同时任命李元吉为司空。于是，设在西宫的秦王府改立为天策府，设置一应官员，俨然成了一个小朝廷。

李世民乃行伍出身，虽然少时曾跟随太原张后胤读过《春秋左氏传》，其实是"少从戎旅，不暇读书"，学业不精。

房玄龄知道李世民乃英明之主，在开国平天下的过程中，已将他的军事才能发挥得淋漓尽致，功勋至伟。但自古以来，只有马上平天下的将军，没有马上治天下的皇帝。李世民要想成为一代天子以经营天下，仅凭现有的学识恐怕远远不够。他适时地对李世民，说武将打天下，文人坐江山，古之一理。

房玄龄的真实的意思是：你秦王用武力打下了大唐江山，天下太平之后，凭武力是不能治理天下的，治天下要有知识，有学问才行。

李世民天生睿智，一点即通，忙道："以你之见，又该如何？"

房玄龄道："几年来，秦王府已储备了足够的人才，请秦王奏请皇上，在天策府设一间文学馆。"

"然后呢？"

房玄龄道："文学馆成立之后，秦王若有闲暇，便至文学馆读书，文学馆的文人学士轮流当值，随时接受秦王的咨询。这样可以起到事半功倍的效用。"

李世民非常赞同，奏请李渊同意，在宫殿西侧设立文学馆，吸收博学之士入馆。并发布亲王教令，任命十八名博学鸿儒为文学馆学士，他们是：

王府记室：房玄龄、杜如晦、虞世南；

文学：褚亮、姚思廉；

主簿：李玄道；

参军：蔡允恭、薛元敬、颜相时；

谘议典签：苏勖；

天策府从事中郎：于志宁；

军谘祭酒：苏世长；

记室：薛收；

仓曹：李守素；

国子助教：陆德明，孔颖达；

信都：盖文达；

宋州总管府户曹：许敬宗。

以上十八人以本官兼文学馆学士，每日分三班伦值。李世民只要有时间，便到文学馆同当值学士讨论文章典籍，有时聊到半夜才睡觉。李世民又让库直阎立本分别给各位画像，由褚亮作赞，号称"十八学士"。"十八学士登瀛州"的典故便出自于此。

祸起萧墙

在长安城，建成、元吉同住武德殿后院，与内宫昼夜相通，并无限隔。而李世民则住在西城承乾殿，他又经常领兵在外。因此，建成、元吉更有便利条件接近李渊，并和后宫嫔妃往来密切。

李渊晚年沉湎声色，后宫嫔妃成群，尤其宠爱尹德妃和张婕妤。李建成和李元吉对她们是刻意奉承，悉心照料，即使是她们的亲戚，也都照顾得无微不至，深得她们的好感。

李世民忙于军务，心思用在军国大事和招揽人才上，对于父皇的嫔妃，从来就不参与应酬。攻克洛阳后，李渊的嫔妃向李世民私下索要珍宝财物，而李世民却将珍宝财物悉数登记造册，上缴朝廷，对嫔妃们一毛不拔。当李世民被封为天策将军，开府置属官之时，嫔妃们替亲戚在李世民面前讨要官职，李世民却说天策府的官员要论功行赏，量才授官。对嫔妃的要求不予理睬。

嫔妃们对李世民恨得牙痒。不要低估了这些人的能量。她们是李渊枕边人，稍稍扇扇阴风，点点鬼火，枕头风就不亚于十二级台风。

李世民任陕东道行台，李渊下诏允许他在管辖范围内独自处理事务。他因叔父李神通战功卓著，将城东马连池数十顷良田赏给李神通。

张婕妤的父亲也想要这些良田。让女儿向皇上奏请，李渊答应了，下手诏赐予。李神通因是先受秦王赏赐，坚决不给。

张婕妤之父拿着皇上的手诏，没有要到土地，此消息很快就传进了宫里。张婕妤在李渊面前哭诉道："马连池那片土地，是皇上手诏赐给臣妾之父的，秦王偏将其夺走赏与淮安王李神通，难道秦王之教令，高于圣旨吗？"

"朕不是给了你手诏吗？"

"淮安王连皇上的手诏看都不看，还出言侮辱臣妾之父，皇上，你可要替臣妾做主呀！"

李渊大怒，派人传来秦王，斥道："马连池那片土地是朕亲自下诏赐给张婕妤之父，你为何要将其夺走转赏给他人，难道朕的诏敕不及你的教谕吗？"

九、山雨欲来

李世民料定有人从中进谗,申辩道:"父皇,对于有功之臣的赏赐,儿臣是有专处权的,那片土地儿臣早已赏给淮安王,若要将其收回转赏他人,于理不合的呀!"

李渊对身边的大臣裴寂道:"世民常领兵在外,受身边读书人的教唆,今日之儿,已非昔时之子,连朕的手诏也变成了一纸空文了。"

裴寂答道:"淮安王是朝廷的李姓王,况他受赏在先,此事怨不得秦王,更怨不得淮安王,臣恳请陛下成全了秦王,另择土地赐予张妃之父吧!"

李渊知道淮安王李神通在战场上出生入死,战功显赫,不是一盏省油的灯,只好怏怏地说:"看来也只好如此了!"

尹德妃之父尹阿鼠,家住长安城安兴坊。

平日里,尹阿鼠倚仗内宫女儿之势,恣意横行,街坊邻居畏之如虎,尹阿鼠声称是贵人之家,凡从他家门前过者,武官下马,文官下轿,否则就是对贵妃娘娘大不敬。朝廷并没有这样的规定,但大家都有着多一事不如少一事的心理,懒得同他计较,每行至其门,都主动下马下轿,时间一久,尹阿鼠竟然认为这是铁律。

这一天,杜如晦骑马从尹阿鼠门过,正一门心思想问题,忘了下马。尹阿鼠家的几个恶仆一拥而上,将杜如晦拉下马,痛殴一顿。杜如晦被打得遍体鳞伤,还打折了两根手指。

尹阿鼠得知杜如晦是秦王府幕僚,害怕皇上知道实情,连忙进宫找女儿德妃娘娘。

德妃问明情况后,吩咐父亲回家,装成重伤卧床不起,一口咬定是杜如晦先动手打他。

德妃安排好后,哭着向李渊告状,说秦王的部属打伤她的父亲,这可是打狗欺主啊!

李渊也不派人核实,立即传召秦王。

李世民不知发生了什么事,慌里慌张地赶进宫,还没喘过气来,李渊就大发雷霆:"世民,你越来越不像话了,竟然纵使下人打伤德妃娘娘的父亲,欺凌朕爱妃的家人,连你都这样做,何况百姓呢?"

"父皇,不是这么回事!"

"怎么不是这么回事,难道朕冤枉你不成?"

"这中间有些误会,责任在德妃娘家之家奴,不在杜如晦!"

"怎么?你还要为杜如晦辩护?朕命你亲自带杜如晦登门道歉,赔偿药费、奉上汤水费!"

"父皇！"李世民痛苦地叫道。

尹德妃是害怕秦王追究父亲家奴打人的责任，才恶人先告状，见目的已经达到，害怕激起秦的反抗而弄巧成拙，见好就收，假装大度地说："皇上，登门道歉就免了吧！只要下不为例就行了。"

李世民看到德妃夸张的表演，不能有任何不满，还得表示感谢。

幕后高人

李建成是长子，且已立为太子，依宗法制度，应是皇帝李渊之后皇位的当然继承人。

次子秦王李世民功盖天下，受封天策将军，开府置官后又广揽人才。种种迹象表明，李世民并不想屈人之下，对东宫之位有觊觎之心。兄弟两为皇位之争已在暗暗较劲，且有愈演愈烈之势。

双方阵线。

宰相里面，裴寂、封德彝支持太子，萧瑀、陈叔达支持李世民。太子略占上风。

在人才储备上，李世民则要胜过太子一筹。

李建成见自己的储君之位受到威胁，坐卧不安，想找机会证明自己。正在此时，一个机会悄然降临。

武德五年（622年），窦建德旧部刘黑闼卷土重来，攻城掠寨，很快攻占了定州、瀛州、洺州等河北大片地区，威胁到关中的长安。

十月，李元吉出兵河北，被刘黑闼打得大败而归。东宫太子洗马魏徵敏锐地捕捉到这个稍纵即逝的机会。

这一天，太子李建成同中舍人王珪一同来到魏徵管理的图书馆，魏徵适时进言道："太子殿下，魏徵有一言，不知当讲不当讲？"

李建成道："魏先生有话直管说，何时变得如此客气？"

"殿下以嫡长居东宫为太子，既无为人所称道之功绩，又未得到好的声望，秦王驰骋疆场，战绩显赫，威震四海，德布八方，实乃人心所向，殿下为何仍泰然处之？"

李建成道："我能怎么样，二弟文有房玄龄、杜如晦等谋臣为其出谋

划策，武有秦琼、程咬金、尉迟敬德、李世勣等猛将为其冲锋陷阵。谁能助我？"

"太子殿下不可灭自家之志气，长他人之威风，眼下就有一个大好机会，不知太子殿下抓不抓得住！"

李建成迫切地问："什么机会，魏先生请讲！"

"窦建德残部刘黑闼卷土重来，齐王李元吉兵败河北，可有此事？"

"朝野上下都在议论此事，路人皆知。"

"刘黑闼乃残兵败将，所率之众不足万人，加之粮草运输不畅，队伍是遭受重创后仓促集结，没有得到及时的修整，实在是不堪一击，大军一至，必一击而溃，甚或有可能不战而擒。此乃天赐良机，机不可失，殿下若请命出兵河北，讨伐刘黑闼，可获事半功倍之效。且还可乘机广结天下豪杰，团结山东英俊。"

此番对话虽短，意义却十分深远。魏徵巧妙地运用纵横之术，对形势进行了透彻的分析。毫不掩饰地指出，太子没有足以称道的战功，声望也不甚高，而秦王功绩盖世，威震四海，人心向往。两相比较，太子处于劣势，要扭转颓势，唯有立奇功，树威信。目前刘黑闼在河北作乱，正是天赐良机。虽说其势头很猛，但终究是乌合之众，败亡之师，人数不多，粮道被截，乘此机会出兵，完全有把握打一个大胜仗，既可树威信，又可乘机结纳天下豪杰，拉拢山东英俊，还可削弱秦王的人才基础，可谓一举数得。

王珪附和道："魏徵所言有理，太子殿下不可坐失良机。"

李建成听从魏徵的建议，连夜进宫，请求出兵河北，讨伐刘黑闼。

李渊批准了李建成之请。并命李建成为陕东道大行台及山东道行军元帅，河南、河北诸州均受其节制，以齐王元吉为副帅，率兵三万，出兵征讨刘黑闼，魏徵亦一同前往。

李建成所率三万唐兵，同刘黑闼之军会战于洺水，情况正如魏徵所料，刘黑闼所领之兵，由于军纪涣散，加之粮草不继，唐军一战而胜，生擒刘黑闼，俘敌数千名。

李建成询问于魏徵道："经此一战，山东局势稳定了吗？"

魏徵道："前破刘黑闼，杀戮太甚，魁首皆悬名处死，妻儿老小也皆成为俘虏，虽有赦令，但杀之仍无数。刘黑闼之军，多为河北、山东之子弟，经此一战，死伤惨重，唐军虽胜，却在河北、山东百姓心中埋下仇恨的种子，侥幸活下来的残贼，仍然要啸集山林，同大唐作对，这也是窦建德败后，刘黑闼能振臂一呼，万众响应的原因，在这样的情况下，河北、山东怎么能够安定呢？"

"似此如之奈何？"

魏徵道："唐军与刘黑闼在洺水一战，是以武力而屈人之身，并未屈人之心，孙子说：'不战而屈人之兵，乃上策，不战而屈人之心，乃上上之策。'殿下若想使河北、山东从此安定，必当屈人之心，而非屈人之兵！"

"怎样才能做到屈人之心呢？"

魏徵回答："自隋末至今，中原地区战祸连年，民不聊生，百姓厌战情绪甚浓，想有一个安定的生活环境，殿下要很好地利用人心思安的心理，释放所有的俘虏，动之以情，晓之以理，缓解河北、山东人对唐朝的敌对情绪，这样才能使两地真正地安定下来。此乃釜底抽薪之计。"

李建成听从魏徵之言，释放了所有在押俘虏，并好言抚之，百姓欣喜若狂，奔走相告。于是妻子劝丈夫，老人劝儿子，儿子找父亲，将仍在与唐军作对的残余军队分化得七零八碎，冰消瓦解。

李建成平定河北，使唐朝在河北、山东一带的统治稳定下来。

武德六年元月，洺水大捷传至京城，朝野震动。九月，李建成班师回朝，李渊令文武百官出春明门十里长亭迎接。

李建成率军讨伐刘黑闼凯旋归来，增加了他在父皇心目中的砝码，使他的东宫之位更加稳固。同时还得到了一个强援，这就是齐王李元吉。

李元吉争强好胜，骄逸放纵，浮躁轻狂，有弃守并州逃回长安而被撤职的不光彩历史。三兄弟中，虽然他的年龄最小，但他也有自己的心思。他从心里瞧不起大哥李建成，对二哥李世民则是既嫉又恨。他也有图谋皇位之心，但他知道自己难以与二哥抗衡，认为只要除掉李世民，对付太子易如反掌。因而当太子向他示好之时，很爽快地答应与太子联盟。李建成见自己的阵线得到巩固，心里暗暗欢喜。岂知是螳螂捕蝉，黄雀在后。

秦王李世民闻太子洺水大捷，好生奇怪，问左右道："太子洺水之战，其作战思路、战俘处理，完全不是他过去的风格，原因何在？莫不是太子幕僚中有高人相助？"

左右一时回答不上来。李世民安排属下速速打听。

数日后，有人来报秦王，太子请命出征河北、洺水之战的攻略，战后的战俘处置，皆由东宫太子洗马魏徵一手策划。

秦琼、李世勣等人惊呼："怎么？魏徵去了东宫？"

房玄龄叹道："魏徵真乃奇才，可惜被太子捷足先登，不能为秦王所用。"

十、未雨绸缪

明争暗斗

秦王李世民与太子李建成之间的矛盾虽然未激化，但却已在暗暗较劲，大有一触即发之势。李世民俘获王世充、窦建德，似乎有后来居上之势，而太子李建成出征河北，一举打败刘黑闼，又重新夺回了主动。两者之争，秦王李世民仍处于劣势。

这一天，李世民来到文学馆，高兴地对房玄龄等一众学士说，皇上颁旨，天下即定，各路总管将放外任，为一方之父母官，这些人多是武将，少有文墨。皇上下旨，将文学馆辟为诸路总管的教堂，为期一年，于文学馆择师以教。今着房玄龄、虞世南、姚思廉、孔颖达四人为师长，负责指导诸总管的学习。

众学士听了，当然高兴。然而，开课之后，学士们就叫苦不迭。因为诸路总管有数十余位之多，这些人自幼戎马倥偬，只识得腥风血雨、冲冲杀杀，对学文化没有兴趣，课堂讲习，不是大呼小叫，就是打瞌睡。开始几天还算平静，尽管不愿意，还能坚持，三天过后就坐不住了。

这一天，尉迟敬德对程咬金抱怨道："什么文学馆，简直就是坐牢，即使不憋死，也要憋出病来。"

程咬金大大咧咧地说："学个鸟文化，没有文化，俺老程不是照样冲锋陷阵，打胜仗吗？"

"走！"尉迟敬德站起来说，"喝酒去！"

秦叔宝见二人要出文学馆，担心他们出去闯祸，阻拦道："秦王传旨，我们要在文学馆研习一年，未得批准，不得擅出。你们出去可不要给秦王添乱。"

尉迟敬德、程咬金哪顾得了这些，踢开门，大摇大摆地出了文学馆。秦叔宝见拦他们不住，只好去找房玄龄。

却说尉迟敬德和程咬金出了承天门，来到天街，正欲找处酒楼喝酒，忽见街边几个恶少正在调戏一名貌美女子，尉迟敬德最见不得如此行径，

— 70 —

上前大喝一声："哪来的狂徒？皇城之内，天子脚下，竟敢在大街上调戏良家妇女？"

被调戏的少女见有人来救，大呼道："老爷，救救小女子！"

几名恶少正在兴头上，见有人阻拦，大为扫兴，一名恶少不屑地问："你是哪座山上的鸟？竟敢管起爷们的事？"

尉迟敬德乃堂堂大将军，哪经得起如此轻蔑，不由怒从心头起，大喝道："大胆狂徒，打死你。"说罢，挥起铁拳冲上去。

几名恶少一拥而上，将尉迟敬德团团围住，尉迟敬德手脚并用，顷刻间将他们全都打翻在地，抬起脚，踩在刚才骂人的恶人胸口上，正欲用力结果他的性命。程咬金担心出人命，上前一把拉住尉迟敬德，急叫："不可莽撞，出了人命，秦王那里不好交待。"

尉迟敬德不情愿地移开脚，几名恶少从地上爬起来，胆怯地看着尉迟敬德。尉迟敬德怒喝道："滚！"几名恶少怨毒地看了尉迟敬德一眼，拔腿跑进安仁坊小街。

尉迟敬德同程咬金走进安仁坊小街，走进街边一座酒楼，酒楼里坐满了人，很多人正在吆五喝六，猜拳行令。尉迟敬德扫了一眼，见墙角处有张空桌子，迈步向空桌走去。里面喝酒的人，有几个正是街头调戏少女被尉迟敬德打跑的人，他们见尉迟敬德和程咬金进了酒楼，正在那里挤眉弄眼，见他们向空桌走去，突然有两个人挪到空桌旁，抢占了位子，挑衅地看着他们。

程咬金一拍桌子："去，回你们桌上去，怎么抢我们的位子？"

抢座位的汉子说："今天酒楼我们包了，二位还是换一家吧！"

"你们是什么人？"尉迟敬德怒斥道，"这大的口气？"

"说出来吓死你！"其中一位说。

"说说看。"尉迟敬德说，"什么来头，能够吓死人。"

刚才挨打的一名恶少神气地说："我们是东宫和齐王府新招的武士。"

尉迟敬德听说是东宫新招的武士，更是气不打一处来，愤然道："什么狗屁武士，老子跟秦王东征西讨时，你们在哪里？"说罢，抬脚踢翻了酒桌。

众武士仗着东宫之势，一拥而上，欲以多取胜。偏偏遇上尉迟敬德和程咬金两个愣头太岁，挥起铁拳，一顿胖揍将那班武士打得喊爹叫娘，只恨爹妈少生了两只脚，一哄而散。

众武士吃了亏，纷纷找太子和齐王告状，声言秦王府的尉迟敬德、程咬金，在大街上殴打他们。"

李建成问道："你们没说是东宫的人吗？"

"不说还好！"有人故意使坏。

李建成反问道："说了又如何？"

说话之人回答："尉迟敬德听说是东宫的武士，打得更凶，声言打的就是东宫武士。"

这时，李元吉气冲冲地来到东宫，负气地对李建成说："太子殿下，再不管管，秦王府的家奴也要骑到我们头上撒尿了。"

李建成听了众武士之言，本就有气，加上李元吉的火上加油，满脸怒色地说："走，进宫找父皇去。"

李世民突然接旨，叫带上文学馆的学士和尉迟敬德等上殿。连忙找房玄龄询问怎么回事。房玄龄略一思索，推测地说："听秦叔宝说，尉迟敬德和程咬金今天出了文学馆。如果料得不错的话，定是他们惹了祸。"

太极殿上，李渊怒气冲冲地问："敬德，今天上街做了什么事？"

尉迟敬德正欲出班分辩，房玄龄在旁边悄悄地拉了一下，他连忙跪下道："臣有罪！"

李渊余怒未消地说："朕曾下旨，众武将于文学馆学习一年，现不足一月，尉迟敬德和程咬金竟出外惹是生非，如此顽劣，怎能放外任而牧民？"

孔颖达出班奏道："陛下，诸位总管皆是征战沙场的武将，突然叫他们坐下来学文化，实在是有点赶鸭子上架，受不了拘束。"

李渊手一挥道："既然如此，散了文学馆，尉迟敬德交御史台，问殴打无辜之罪。"

房玄龄听皇上说要散了文学馆，大吃一惊，连忙出班奏道："陛下说散了文学馆，是说遣散进馆学习的将军们吧？陛下圣明，各位将军自幼习武，大多对文化少有兴趣，不如叫他们各归本营，演练战阵去。"

李渊听到房玄龄的奏言，知道自己一时心急，语不达意，因为文学馆是不久前特准天策府设立的，怎么说撤就撤呢？这如何向次子李世民交待？连忙借坡下驴地说："朕说的就是这个意思。"

李建成听父皇说散了文学馆，心里正在高兴，突见父皇又改变了主意，狠狠地瞪了房玄龄一眼。

房玄龄回到天策府，对尉迟敬德和程咬金抱怨地说："你们二人也太过莽撞，若不是我反应快，你们就坏了秦王的大事。"

直到此时，二人才觉得后怕，三人一同来见秦王。尉迟敬德、程咬金赔过罪后，房玄龄接着说："东宫、齐王府都在招兵买马。文学馆不再替朝廷教习，也不是一件坏事。腾出地方，让天策府的将军们乘此机会专心致志的学习。"

李世民同意房玄龄建议，解散总管研习班，众将各回军营。天策府的属下，仍留在文学馆学习。

后宫乱政

李建成见天策府借文学馆招揽人才，也在暗暗地扩充东宫的力量，私下招募四方骁勇之士及长安恶少二千余人，充实到东宫卫士队伍中，驻扎在东宫长林门，号称"长林兵"。长林兵多为长安恶少，假借太子之名，在京城耀武扬威，横冲直撞，将长安城闹得鸡犬不宁。百姓见长林兵如见虎狼。同时，李建成又密派左虞侯可达志在幽州招募突厥三百骑兵，进驻东宫，密谋策划偷袭天策府。不料处事不密，有人将此事密奏与李渊。

李渊得知这一消息，大惊失色，急召建成入宫，严厉地责问："可达志带领三百突厥兵进驻东宫，是怎么回事？"

李建成道："这只是正常的军事布防，父皇不必多虑！"

李渊怒喝道："什么？你还敢狡辩，说朕多虑？朕再多虑，京城就要被你这逆子闹翻了天。"

"父皇，儿臣确实未做越轨之事。"

"还敢说未做越轨之事，长林门的长林兵是怎么回事？别以为朕不知道，长林兵多为长安恶少，在长安假东宫之名，耀武扬威，横冲直撞，闹得整个长安城都鸡犬不宁，百姓见长林兵如见虎狼。你以为朕不知道？"

"父皇，没有的事，那是别有用心之人，在父皇面前诬陷儿臣！"

"你是嫡长，理所当然地位居东宫之位，只要你诸事检点，何惧别人诬陷？"

"儿臣知道，但树欲静而风不止，儿臣又有什么办法？"

李渊摇摇头："看来你真的不理解朕的心意，来人！"

一名近侍连忙上前。

李渊果断地说："传朕的旨意，削去可达志一切职务，流放关外，永不调用！"

"父皇！"李建成发出一声哀叫，欲使皇上改变主意。

李渊怒斥道："你也是泥菩萨过江，自身难保，还想替可达志求情？"

"父皇！"李建成哭着说，"都是儿臣教导无方，请父皇治儿臣的罪，饶了可达志吧！"

"你这个不孝之子。"李渊手一挥，"下去候旨吧！"

李建成回到东宫后，立即找来李元吉商量，派人去找裴寂、封德彝，请他们在皇上面前说情。李元吉则进宫找尹德妃、张婕妤，在父皇身边吹枕头风。安排之后，忐忑不安地待在东宫候旨。

这一天，李渊在太极宫宴请诸王，他与太子、秦王、齐王一席，诸小王一席，众嫔妃单居一席作陪。席间，李渊对诸王道："为父自太原起兵以来，沙场征战多年，创立大唐李家王朝，为父今天设家宴，就是要享受这儿孙满堂的天伦之乐，大家不必拘谨，喜欢吃什么就吃什么！"

李建成、李世民、李元吉先后为父皇敬酒，李渊很高兴。另一席上的小王元景、元昌、元亨等不知礼节，听父皇发话，立即拿起筷子，哄抢自己喜欢吃的菜。李渊见这群童抢食的情景，笑道："不要抢哟，慢慢吃嘛！"

嫔妃席中，以尹德妃、张婕妤最得圣宠，也属她们两人最活跃，时而离席向李渊敬酒，时而到诸小王席中去关照几声。

李世民看到眼前的热闹情景，想到母后早逝，未能享受如此天伦之乐，不由一声叹惜，情不自禁地流下了两行热泪，连忙掏出手帕擦了擦眼睛，不料这个细微动作还是被李渊看见。他关心地问："世民，是不是哪里不舒服？"

"没有！"

"为何伤怀？"

"突然想起母后，未能享受这天伦之乐，故而伤怀。"

尹德妃发现这边有异，已在留神细听，见皇上脸露不愉之色，连忙端起酒杯过来："秦王殿下，今天皇上高兴，何必要提伤感之事？皇上，臣妾敬一杯，祝皇上永远龙马精神，万寿无疆！"

李渊勉强喝了一杯，但兴头却再也提不起来，恰在此时，尹德妃所生之子元亨吃饱喝足之后也跑过来凑热闹，他双手捧着一杯酒来到李渊身边说："父皇，儿臣也来敬你一杯！"

李渊看到乳臭未干的元亨来敬酒，且又是尹德妃所出，所谓爱屋及乌，笑着说："敬酒可得有个说法呀。"

"祝父皇福如东海，寿比南山！"

"好，这杯酒父皇干了！"

"儿臣还求父皇一件事！"

"什么事"

"请父皇不要废黜太子哥哥啊！"

此言一出，犹如一枚重磅炸弹，投在一湖静水之中，在场的人全都愣住了。太子建成同秦王世民正在为皇位的继承而明争暗斗，李渊的态度也不明朗，这是朝野皆知的事情，谁也不敢去捅这个马蜂窝。不懂事的元亨，却在这个时候，说出这样一个敏感的话题，谁能不惊？

李建成瞪着一双大眼，呆呆地看着父皇；李世民装着什么也没有听见，若无其事地东张西望；元吉十分迫切地看着父皇，好像要听父皇马上说出来。而身为皇帝的李渊，一时却真的不知如何回答。

尹德妃一看事情要坏，飞快地向李建成瞟了一眼，装作不高兴的样子对儿子元亨说："小孩子家，不要乱说话！"转过来又撒娇地对皇上道，"皇上，童言无忌，喝酒吧！"

李渊怒容满面地起身离席而去。

寝宫内，尹德妃、张婕妤围在李渊左右，唱起了双簧。

张婕妤一边给李渊捶背一边说："海内无事，陛下春秋已高，赐家宴以享天伦之乐，独秦王侍宴落泪，臣妾料其深意，定是容不得臣妾。陛下万岁后，妾等母子必不能为秦王所容，所以，陛下还是将我们嘱托给太子吧。"

"还是建成懂事，总能迎合圣意，仁爱之心溢于言表，元亨小孩子家，本不该在那种场合提太子废立之事，尽管时间不宜，地点不宜，但童心可鉴，说的却是真心话。皇上万年之后，谁来照顾我们姐妹？东宫慈爱仁德，必能照顾好我们，如果是秦王得志，我们就要成为遗类了。"德妃说到这里，一阵悲伤，挤出了几滴眼泪。

张婕妤也跟着流泪。她们的悲伤，一半是担心李渊真的废了太子，在李渊百年之后失去了靠山，一半是故意做给李渊看的，想以此来打消李渊废立太子之念。

李渊见两位宠妃如此伤心，也不由一阵黯然，宽慰地说："别伤心了，朕不考虑东宫废立之事，行了吧？"

尹德妃、张婕妤破涕为笑，一左一右依偎在皇上的怀里。

第二天，李渊召见李建成说："此事到此为止。今后可要好自为之，若再有差错，别怪朕不念父子之情。"

太子李建成居心如此险恶，李渊却说是差错，竟只处罚一个可达志了事，可见，他的内心，还是倾向太子李建成。

未雨绸缪

东宫的一举一动，都没有逃过房玄龄的眼睛。他知道，秦王在京师的势力远不及太子和齐王。太子李建成也曾扬言："世民在京师，只不过一匹夫而已，兴不起大浪。"房玄龄也知道这个道理，因此，他叮嘱尉迟敬德和程咬金，须臾不离秦王左右，以防不虞。

房玄龄作为臣子，他要忠于主人，有些话虽不便于明说，适时地提醒一下也是完全有必要的。有一天，他旁敲侧击地对李世民说："秦王殿下，长安虽然是京师，东都洛阳也是个好地方啊！"

李世民不解地问："你说的是……"

房玄龄见李世民没有理会自己的意图，进一步说："行路之人，未下雨也要带把雨伞，这叫做未雨绸缪。"

李世民似乎明白了一点，但仍然没有说话。

房玄龄更为明确地说："洛阳乃中原腹地，距富饶的江南更近，从江南漕运至京师的粮食，都要经过洛口，某种程度上，洛阳扼京师之咽喉。是个进可攻，退可守的地方。当年炀帝之所以迁都洛阳，是有他的道理的。"

李世民终于明确了房玄龄的话中之意。第二天，他奏请李渊准允，派他的亲信、行台工部尚书温大雅镇守洛阳。过后不久，又派天策府的车骑将军张亮率亲信王保及千余兵士前往洛阳驻扎。

房玄龄乘机让张亮带去大量的金帛财物，以作为暗中交结山东英豪的资费。

很明显，李世民在房玄龄的策划下，在暗中经营东都洛阳，一旦朝廷有变，于自己不利之时，可以退守洛阳，以待时机。

齐王李元吉也不是一盏省油的灯，当他探知张亮在洛阳的活动之后，一眼便识破了李世民的谋略，他将这一情况告之于李建成，李建成为难地说："虽然是个机会，但我却不便出面。"

"为什么？"李元吉不解地问。

李建成道："我们的事情刚过去，好不容易得到父皇的宽恕，如果这件事由我们告发，万一查不属实，父皇会说我们兄弟不相容，追究起来，将少不了一顿训斥。"

"难道就放过他们不成？"李元吉反问。

"当然不是这样。"李建成想了想说，"你也不要亲自出面。"

李元吉问道："那该怎么办？"

李建成想了想说："可以将这个消息透露给左仆射裴寂，中书令封德彝，他们一定不会坐视不理。"

李元吉听罢，心里暗暗吃惊，想不到太子竟有如此心计，以前算是低估他了。

裴寂和封德彝得知天策府的张亮在洛阳暗自招兵买马，立即到李渊面前告状，说张亮在洛阳暗中招兵买马，图谋不轨。

李渊是个没有多少主见的人，见事情重大，不问情由，当即下令拘捕张亮，交付有司讯问。

张亮守口如瓶，任你如何审问，拒不认账。

李元吉掌握的情报虽然很准确，但却拿不出任何让人信服的证据。如此一来，有司根本就定不了张亮的罪。

张亮经过一番试探，知道并无把柄落在他人之手，于是大喊冤枉，说是有人陷害。

李世民多次找李渊，要求就张亮之事讨个说法。由于确实查无实据，李渊只好下令释放了张亮。

李世民仍然派张亮去洛阳驻扎。

十、未雨绸缪

十一、仁智宫之变
太子布下生死局

李建成图谋偷袭秦王府的事情败露后,不但毫无悔改之意,反而抓紧策划一个更大的阴谋。

华阴总兵杨文干,曾是东宫卫士,素来凶残,李建成对他特别器重,提拔他为庆州(今甘肃庆阳)总管,并密令杨文干招募训练有素的兵士送至京师,以备后用。

武德七年夏,李渊准备去仁智宫避暑。由于此前连续发生太子与秦王为私兵相互告发之事,李渊知道几个儿子之间并不和睦,担心自己不在,他们留在京师会起冲突。于是,命太子李建成留守京师监国,李世民和李元吉则随驾同赴仁智宫。

李渊将几个儿子为皇位继承权之争看成是兄弟不睦。为避免将他们兄弟留在京师起冲突,而特意将他们分开。认为这样既维护了太子李建成的嗣君之位,又不损害秦王李世民的权势。岂知这种和稀泥的做法,只能是养痈遗患。

李建成认为,父皇离开皇宫,世民离开秦王府,戒备一定不如京师森严,这是个绝佳的机会。临行前,他将李元吉密召至东宫,对他说:"秦王对父皇的嫔妃多有偏见,父皇的嫔妃们也不喜秦王,你那里奇珍异宝甚多,乘此次陪父皇临仁智宫的机会,向众嫔妃馈赠奇珍异宝以笼络其心,得到她们的欢心,何愁父皇的一言一行不在我们的掌控之中?"

元吉点头称是。

建成接着说:"此次父皇与秦王同临仁智宫,乃千载难逢之良机,若能乘机……"他将手架在脖子上一拉,"安危之计,成败在此一举。"

两人又进行一番密谋,元吉这才告别而去。

李成建密令郎将尔朱焕、校尉桥公山前往庆州,向庆州总管杨文干赠送盔甲,让他策应齐王李元吉,准备夜攻仁智宫,诛杀秦王。

尔朱焕和桥公山知道此事成则一步登天,败则是谋反,将一败涂地。

非常惧怕，兵至豳州，反情渐现。宁州人杜凤，害怕事情败露会灭九族，暗地逃出，骑快马赶到仁智宫，请求面圣。

李渊正和嫔妃们饮酒作乐，近侍来报，说宁州人杜凤有重大军情报告，立即有议事厅接见杜凤。

杜凤见到位李渊，顾不上礼节，急切地说："皇上，郎将尔朱焕、校尉桥公山、庆州总管杨文干起兵叛乱，带领数千精兵，正在向仁智宫逼进。"

李渊闻言脸色大变，大声问左右，杨文士等人，谁的部属。

李世民道："此人是太子的亲信！"

李元吉在一旁暗暗叫苦。

李渊见情况紧急，立即决定将仁智宫的安全交给李世民全权负责，命他火速去安排。

李世民久经沙场，见过的场面多，并不慌张，立即调动御林军紧急布防。

李渊发的第二道圣旨是命司农卿宇文颖为钦差，火速至军前，召杨文干等人入宫见驾。接着写了一道手诏，派人送往京师，传太子建成来来仁智宫。

李渊作了此番安排后，圣心方定,吩咐带杜凤到偏厅休息，待日后听赏。

李渊觉得杨文干等人起兵叛乱，太子脱离不了干系，元吉唯太子马首是瞻，是否牵涉其中还说不定，有了这一层顾虑，这次行动没有派给元吉差事。

李元吉见父皇没有指派他什么任务，跟在宇文颖身后出了议事厅，赶上一步道："宇文大人，请留步！"

"齐王有何吩咐？"

"宇文大人请随我来，借一步说话。"

宇文颖跟在齐王身后，来到齐王在仁智宫的住所，元吉将宇文颖带入客厅，吩咐左右替看茶，对宇文颖道："宇文大人稍坐片刻，本王去去就来！"

李元吉出了客厅，进入偏房，草书一封信函。叫来一名心腹，命他骑快马送给杨文干。从偏房出来的时候，手里多了一个锦盒，笑着说："让宇文大人久等了。"

宇文颖坐不住了，站起来道："不知齐王叫卑职来有何事，卑职圣旨在身，不能耽搁太久。"

李元吉将锦盒放在宇文颖面前道："些许薄礼，请宇文大人笑纳！"

宇文颖推辞道："有何差遣，齐王只管吩咐，卑职愿效犬马之劳，此物万不能受！"

"宇文大人若不受，则是拒本王于千里之外，本王还敢劳烦大人吗？"李元吉说话时虽是笑容满面，实则是绵里藏针，要挟之意溢于言表。

宇文颖能听不出来吗？他敢不受吗？得罪齐王，就是得罪太子，得罪了太子，还能在朝廷立足吗？明知这是一颗毒药，却还得满怀感激地咽下去，个中滋味不是用言语所能表达，只好强装笑脸地说："那卑职就恭敬不如从命了！"

李元吉问道："宇文大人准备如何传旨？"

"齐王的意思是……"

"杨文干绝非谋反之人，此事恐怕多有误会，大人前去，可安抚之，并告诉他，仁智宫绝非善地，有来无回，不可贸然应诏，送肉上砧板哟！"

宇文颖讨好地说："卑职知道如何做了。"

杨文干在钦差宇文颖到来之前，就接到李元吉心腹送来的密信，知道此次行动已被人告发，接着宇文颖又带来李元吉的授意。知道事已至此，反是死，不反也是死，于是公然扯起反旗，同唐朝为敌。

太子李建成虽然身在长安，仁智宫发生的事李元吉随时都会派人通知他，当杨文干的行藏败露之后，便知大势已去，当李渊的手诏传至东宫时，李建成已是惊惶失措，六神无主，连接圣旨的勇气都没有。看了诏书之后，已是少了三魂，落了六魄，哪里还敢赴仁智宫。

太子舍人徐师谟说："事已至此，不如乘机占了京城，发兵起事，殿下自己做皇帝。"

众人随声附和，还有人主动请命去仁智宫逼宫，杀了秦王，逼老皇上禅位。

幕僚师暮劝道："既然事已败露，不如破釜沉舟，举兵起事，二千长林兵都是一些亡命之徒，上战场个个都能以一当十，成功的机会很大，太子殿下若赴仁智宫，恐怕是凶多吉少！"

詹事赵弘智摇摇头说："区区长林兵，怎能与御林军和秦王的铁骑相碰，此去无异于以卵击石。臣以为，虎毒尚不食子，太子殿下只需轻车简从，前往仁智宫向皇上负荆请罪，必然无忧。"

李建成听从赵弘智的建议，轻车简从，前往仁智宫，途中又让所属官员全部留在北魏毛鸿宾遗留下来的堡栅中，带领十余骑赶往仁智宫。

李建成见了李渊，什么也不说，只是叩头请罪，因叩拜用力过猛，头上起了个大血包，几至晕厥。

李渊怒吼:"逆子,竟敢一而再、再而三地图谋不轨。"

李建成只是叩头请罪,并不答话。

李渊怒气难消,命令将他关在帐篷里,仅给麦饭充饥,并让殿中监陈福看守,不许任何人前去探视。

李渊刚处置完李建成,忽又传来惊变,杨文干公然扯起反旗,已攻陷宁州。李渊大惊,认为仁智宫离贼很近,连夜率领宿卫军躲进南山避难。第二天天明,才返回仁智宫。

李渊急召李世民商量对策。

李世民认为,杨文干公然叛逆,他的僚属未必都跟着谋反,或者已将他擒获并杀掉了。

李渊认为,杨文干谋反事涉太子,响应的人恐怕不少。因此要李世民亲自出兵,平息叛乱。

李世民欣然领命。

临行前,李渊许诺李世民:"班师凯旋后,朕将立你为太子,入主东宫。朕不愿仿隋文帝诛杀亲生骨肉。届时废了建成太子之位,封他为蜀王,西蜀乃僻狭之地,兵力薄弱,易于控制。如果以后他能够侍奉你,你应该保全他的性命,若其仍然滋事生非,到时你取之也易。"

秦王奉旨平叛

李世民表面上虽然不露声色,内心却乐开了花。东宫之位他是觊觎已久,只是无从谋夺,现在建成自乱阵脚,才有了这个机会。想到班师之日,即是入主东宫之时,心花怒放,信心倍增。回到住所,立即全身披挂,带领众将,亲自到校场点兵。

房玄龄说;"皇上说话常出尔反尔,得请皇上立下诏书才好。"

李世民喜形于色,只管说:"待平叛凯旋之后,再请皇上下诏不迟。"

李世民兵发宁州之时,以裴寂、萧瑀、封德彝为首的一班朝臣,都来为李世民送行。人群中,封德彝悄悄对房玄龄说:"东宫已不得势,今番只要活捉了杨文干,皇上自会重议废立之事。请转告秦王,叫他好自为之。"

秦王率领三万铁骑,浩浩荡荡杀奔宁州,而此时的杨文干属下,也知

道了事情的真相,他们不愿追随杨文干反叛朝廷,一齐反正。杨文干势单力薄,被他的下属所杀,秦王铁骑刚到宁州,宁州众将士便带着杨文干首级,大开城门迎接秦王。

李世民命令大兵驻扎在城外,亲率千余名精兵进城,捉拿钦差大臣司农卿宇文颖。捕获宇文颖后,立即快马驰报长安。修兵三日,将宇文颖打入囚车,班师凯旋归来。

李世出征宁州,李元吉也没有闲着,先是发动尹德妃、张婕妤等嫔妃轮番向皇上求情,后又贿赂左仆射裴寂和中书令封德彝,请他们暗中替太子游说。

裴寂是李渊的亲信,也是太子李建成的头号支持者。他担心李世民一旦上台,必为刘文静翻案,到时,就没有好果子吃。因此,太子李建成出事,第一个要出面说情的,就是他,何况李元吉又重贿于他呢?

封德彝是隋室佞臣,是个见风使舵的小人,向来就是脚踏两只船,一面依附于太子李建成,一面又对秦王李世民暗送秋波。在送秦王出征之时就在房玄龄面前献媚于秦王,此时收了齐王的贿赂,转而又在皇上面前替太子说情。

李渊是个没有主张的人,在后宫嫔妃的轮番轰炸之下,再加上裴寂与封德彝两人从中游说,再次改变主意,打消废立之心。派李建成再回长安居住,只是责备他们兄弟不和睦。

为了对世人有一个交待,李渊将所有的罪责推在太子李建成的部下,归责于太子中舍人王珪、左卫率韦挺、天策兵曹杜淹。并将他们三人贬至蜀之巂州(今四川西昌市北)。让他们代主子受过。此次行动,东宫太子冼马魏徵并未介入,故而躲过一劫。

李世民消灭了杨文干和宇文颖,回到京师。此时李渊已经还朝。

李世民复旨之时,李渊概不提许诺易储之事。李世民料知父皇的许诺已成泡影,不好争辩,无奈付之一笑,而从内心升起的怒火,早已填满于胸。

天子无戏言,何况易储的大事,怎能轻易许诺,又轻易将许诺遗忘,岂不形同儿戏?由此可见,在东宫与秦王府的争斗中,李渊始终是倾向于太子建成。

太子的阴谋

武德八年，唐王朝的主要精力放在应付北方突厥、吐谷浑等游牧部落的侵扰，宫廷争斗暂时潜伏下来。但是到了武德九年，矛盾再度激化，逐渐到发展到一触即发，势不两立的地步。

这一天，李建成突然派元吉请李世民东宫赴宴，同时被请的还有淮安王李神通。房玄龄不免有所觉察，便嘱咐秦王："太子明知主公不善饮，却请主公你前去，恐防其中有诈，主公要多加小心啊！"

李世民说："有淮安王作陪，当着淮安王之面，能把我怎么样？"遂不听房玄龄之劝，只身前往东宫赴宴。

东宫内，酒宴正酣，李建成殷勤地给李世民劝酒，两人干杯之后，他提起酒壶给面前的酒杯斟酒，壶嘴里只滴了几滴便干了，他连忙喊道："添酒！"

侍从应声从后面用托盘托着一壶酒端上来，李建成接过酒壶，看了元吉一眼，元吉暗暗点点头。李建成先将自己的酒杯斟满，再替淮安王李神通、秦王李世民面前的酒杯斟上酒，放下酒壶，准备起身敬酒，齐王元吉站起来道："慢！"

李建成问道："怎么样？"

"二哥杯中的酒未斟满！"

"我不善饮，不能再加了！"李世民推辞道。

淮安王出来帮助解围："秦王不善饮，我看到此为止吧！"

元吉伸手端起李世民面前的酒杯一饮而尽道："这杯酒我替二哥喝了，再斟满行吧？"

李建成在李元吉喝酒之时，很隐蔽地将酒壶盖子转了转。原来，这是一个双层酒壶，外表上看不出任何破绽，里面却是一壶装的两样酒，控制开关就在壶盖上，壶盖的把手对着壶嘴，出的是一样酒，若将壶盖向右一转，壶盖把手的侧面对着壶嘴，倒出来的又是另外一种酒。这就是说，李建成刚才给自己和淮安王倒的是一样的酒，壶盖转了方向，给秦王李世民倒的是另外一种酒。除了建成和元吉，谁也不知这个秘密。

十一、仁智宫之变

— 83 —

李世民无奈，喝干了最后一杯酒，已略显醉意，由李神通护送回家。

淮安王搀扶着秦王出了东宫，刚走不远，李世民突然双手捂住肚子，痛苦地说："肚子怎么这样痛呀！"

李神通见李世民痛苦之状，背起李世民跑回西宫。

秦王东宫赴宴，房玄龄有一种不祥之感，不敢离去，一直在王府门前徘徊，等待秦王归来。突见淮安王背着一个人蹒跚走过来，赶上前问道："淮安王，怎么回事？"

"快！叫郎中。"李神通急切地说，"秦王喝酒后，肚子痛得厉害。"

房玄龄协助淮安王将李世民搀扶进府。李世民面色腊黄，腹痛难忍，突然张口狂喷，竟咯血不止，继而心胸绞痛，腹泻不止。房玄龄见事态严重，一面延请郎中诊治，一面派人禀报皇上。

李渊听说李世民在东宫饮酒回府后咯血、腹泻，先是敕文责李建成说："秦王素不善饮酒，为何夜聚？"后又亲至秦王府探视。李世民免不了一番呜咽陈词，诉说为李建成所害。

李渊见李世民如此狼狈，甚是忧虑，是夜留在秦王府陪伴李世民。对李世民叹息道："为父自晋阳起兵而得天下，你的功劳最大，本欲立你为东宫之主，你当时固辞不受，因立建成为太子，现立储已久，不忍再易，但你们兄弟终不能相容，这叫朕如何是好。"李渊说罢掩面而涕。过了一会又说，"你们都是朕的儿子，手掌手背都是肉，伤了谁朕都心痛。看来你们在京师难以共处。你就去东都洛阳吧，执大行台职，陕州以东，悉归你主之，建天子旌旗，行梁孝王故事。"

秦王听罢，泣诉道："此非儿臣所愿，儿臣实不愿远行，愿侍候在父皇左右。"

李渊劝道："陆贾乃汉之大臣，也曾轮流于诸子生活，何况父皇已得天下，拥有东都和西京两个都城。朕若思念你，即可前往相聚，你不用如此悲伤。"

李世民泣诉道："此非儿臣所愿，儿臣岂可远离父皇膝下？"

李渊说："这是权宜之计，你就顺了父皇之意吧！免得骨肉相残。"

十二、势不两立

李渊埋祸

李世民将皇上遣他去东都洛阳,建天子旌旗,行梁孝王故事的事告诉了房玄龄。房玄龄着急地说:"皇上此言差矣!如今天下尚未统一,皇上却让想让大唐分割对峙,岂不是要回到割据的局面吗?"

李世民道:"父皇有此意,我又有什么办法?"

房玄龄想了想说:"秦王只说去东都操练兵马,不提分治之事。"

李世民以为然。休养了数日,病势渐愈,便召集僚属,整顿行装,专待明诏一下,即行陛辞。不料等了旬日,仍然没有明诏下颁,眼见得又是信谗言。

原来,李建成得知李世民将往洛阳,心中甚是不安,私下对李元吉说:"秦王如果到了洛阳,拥有了土地和军队,大权在握,如虎添翼,无异于放虎归山,恐怕再难控制。如果将他留在京师,手上没有兵马,只不过一匹夫而已,尚可设法除去。"

"殿下之意若何?"李元吉问道。

李建成阴森地说:"想办法,使他难以成行。"

寝宫里,尹德妃依偎在李渊怀里,有意无意地问道:"臣妾闻皇上命秦王去东都洛阳,可有其事?"

"朕正有此意。"

尹德妃装作不解地问:"为何要派秦王去东都呀?"

"朕能得天下,世民是第一功臣,将洛阳赏给他,是对他的奖赏。"其实,他的真正目的是为了避免两个儿子互相残杀。

尹德妃叹了口气说:"难怪外面谣言不断,原来果有其事!"

李渊警觉地问:"你听到了什么?"

"臣妾听说秦王自恃功高,不甘居于太子之下,常有夺嫡之念。"李渊专注地看着尹德妃,一言不发,尹德妃继续说道:"听说秦王属下得知秦王赴东都,无不欢呼雀跃。"

"这又是为何？"李渊不解地问。

"秦王属下兵将，多为河南、山东人，得知回归故里，谁能不高兴？秦王此一去，恐怕不会再回来了。"

李渊犹豫不决地道："这……"

"皇上要三思啊！"尹德妃显得非常体贴地说。

老迈昏庸的李渊，既然为尹德妃的谗言所惑，将亲口许诺秦王镇守洛阳的话抛置脑后，再度改变主意，秦王去洛阳，也就成了一句空话。

李世民以父皇一再听信谗言，屡将亲口许诺当成儿戏，倍觉孤危。可见此后的玄武门之祸，皆由李渊刺激而成。

收买与暗杀

李渊一再失信于李世民，一半是由于太子、齐王和后宫嫔妃屡进谗言，一半是他自己渐渐觉得李世民野心太大，有夺权篡位之心。皇太子与齐王利用李渊这种心理，一而再、再而三地诬陷李世民，老迈昏庸的李渊信以为真，渐渐地竟真的有了惩治李世民之意。

陈叔达进谏道："秦王为国立下汗马功劳，是不能够废黜的。况且，秦王性如烈火，倘若遭折辱贬斥，恐怕经受不住内心的忧伤愤郁，一旦染上难以测知的疾病，陛下到时后悔恐怕就来不及了。"

陈叔达乃三朝老臣，是南朝陈后主之胞弟，在陈朝曾任都官尚书，隋炀帝时授丞相府主簿，入唐后历任黄门侍郎、纳言，时下任侍中。他也是著名诗人，天策府成立文学馆，他也常到文学馆，同那里的文人学士吟诗诵赋，与房玄龄、杜如晦等人私交甚笃。他是个忠臣，见太子和齐王阴谋谗毁，百般陷害秦王，实在是于心不忍，故此出言相劝谏。

李渊很信任陈叔达，觉得他说得有理，将惩治李世民的念头，暂时放在了一边。

李元吉暗中在李渊面前进谗言，说秦王有夺嫡篡位之谋，请求除掉李世民。李渊说："世民立下平定天下之功，你说他欲夺嫡篡位，并无实据，朕用什么理由为借口呢？朕又怎么向天下臣民们交待？"

李元吉气恼地说："儿臣这是据实禀报，父皇总说是谗言。天策府屯积那么多的谋臣猛将，其用意何在，这还要人说吗？秦王刚刚平定东都洛阳之时，观望形势，不肯返回朝廷，又广散钱财布帛，收买党羽，树立个人威信。多次违抗父皇旨意，不是谋反，又是什么？父皇若真想除掉他，又何患无辞呢？"

李渊虽然昏庸老迈，总算没有听信元吉的谗言而杀李世民。

李渊虽然最终没有对秦王下手，但这个消息还是不胫而走，秦王府所属的官员，人人忧虑，个个恐惧，不知所措。

房玄龄凭借其独特的政治嗅觉，觉察到事态的严重性，认为不能再沉默了。他找到杜如晦，屏退左右，说道："如晦，还记得当年瓦岗寨子发生内讧之时，我们之间的谈话吗？"

杜如晦叹了口气说："果然不幸言中了。"

房玄龄说："如今形势紧迫，秦王尚在犹豫不决，若再不当机立断，恐怕祸不远矣！"

杜如晦沉吟道："只是疏不间亲，你我为人臣子，怎好向秦王直接进言呢？听说秦王就此事问过李靖、李世勣，二人皆避而不谈。"

房玄龄也叹了口气说："我也正为此而踌躇，这该如何是好！"

杜如晦看了房玄龄一眼，低声说："有一人可以出面劝说秦王。"

"你是说比部郎中长孙无忌？"

"正是。"杜如晦说，"长孙无忌乃秦王妃之胞兄，他与秦王是郎舅关系，且自幼相交，情同一体，自己人，好说话。"

"好！好！好！"房玄龄连声叫好，"走，我们去找长孙无忌。"

杜如晦摇摇头说："此事甚为机密，不可三人共语，还是你一个人去为好。"

房玄龄觉得杜如晦说得有理，便独自一人拜见长孙无忌。

长孙无忌见房玄龄来访，知道有事，亲自将他引入内室，奉茶后，屏退左右，问道："先生匆匆而来，定是有事吧？"

房玄龄颔首道："确实有事要与你商量。"

长孙无忌见房玄龄脸色凝重，挪了挪座椅，靠近房玄龄问道："何事？"

房玄龄肃容地说："玄龄与公，辅佐秦王已有多年，誓同生死，无所避讳。今秦王与太子嫌隙已生，势难并存，祸机将发。一旦变故骤起，必将大乱，非但危及秦王府，恐怕朝野震动，社稷倾覆当此阽危之际，怎能不令我辈忧心如焚。"

"房公的意思是？"长孙无忌问道。

— 87 —

房玄龄说："以我之见，莫若劝秦王早下决断，行当年周公东征剪管叔、蔡叔之事，外宁华夏，内安社稷。这也是秦王真正地尽孝之礼。古人有言，治国之事，不必顾忌小节，就是讲的这个道理。如若不然，必将导致国家沦亡，我辈也将声名俱毁。"

长孙无忌听罢房玄龄之言，霍地站起身来，动容地说："我也久有此念，只是不敢披露，先生今日所言，正合我意。我立刻去见秦王，转达先生之意。"

房玄龄起身告辞，长孙无忌也不挽留，起身送至门外。

长孙无忌将房玄龄的话转告给李世民，李世民又派无忌去问计于杜如晦。杜如晦也劝李世民听从房玄龄之言。

其他秦王府门客，无不怂恿李世民速定大计。唯李世勣、李靖二人一言不发。

李建成与李元吉见在李渊面前进谗言除掉李世民之计未果，只得重新商讨应对之策。

魏徵说："殿下东宫之位虽暂时无忧，但秦王战功显赫，声望确实盖过太子殿下，朝野拥戴秦王者为数不少，殿下的东宫之位并不是铜墙铁壁，随时都有易位的可能，居安而思危，才能立于不败之地。"

"言之有理，以你之见，该如何处之？"李建成问道。

魏徵建议道："釜底抽薪。"

李元吉不解地问道："何为釜底抽薪？"

"秦王之所以能屡建奇功，是因为其文有房玄龄、杜如晦等组成的智囊团出谋划策，武有尉迟敬德、秦琼、程咬金、侯君集等骁将冲锋陷阵。所谓釜底抽薪，就是要削弱秦王府的实力，瓦解秦王的人才队伍。这是第一步。"魏徵解释道。

"好！此计甚妙。"李建成击案而起道，"那第二步又该如何？"

"擒贼先擒王，以绝后患。"魏徵果断地一挥手。

"好，就这样办！"太子果断地表态。

几个人凑在一起，商量起了具体方案。

一辆马车行驶出皇城的延喜门，车上码放着几口大箱子，箱子以铜皮包角，闪闪发亮，显得十分富丽，几名手持兵刃者紧跟其后，不难看出，车上装的是贵重物资。马车驶进大宁坊，在尉迟敬德的宅第前停住，一个衣着华丽的中年人对站在门前的家人说："请通报尉迟将军，就说有客来访。"

家人立即进内通报，尉迟敬德问道："什么人？"

"他们没有表明身份，只说有客来访。"家人回答。

"那就请他们进来。" 尉迟敬德说道。

"在下李志安，东宫千牛将军，受太子殿下所托，特来拜访尉迟将军。"李志安递上一封信函："这是太子殿下的信函，请将军过目。"

尉迟敬德没有接信，问道："本将军同太子素无来往，不知太子殿下派你来有何贵干，信就不看了，有事直说吧！"

李志安略一愣神，笑道："太子殿下素闻将军勇武，希望同将军结个布衣之交，并叫在下送来金银珠宝一车，请将军笑纳。"

尉迟敬德不假思索地说："敬德出身微贱，隋末丧乱之时，长期沦陷于反叛朝廷的逆境中，本是罪大恶极，死有余辜，是秦王收留了我，并授以重任而得事圣朝。秦王对我有知遇之恩，敬德必当以死相报。至于太子殿下，敬德无功不受禄，何必有此重赐？敬德若私自许与太子殿下结交，便是对秦王怀有二心，则是见利忘义之小人，若真是这样的人，太子殿下要了又有何用？阁下还是原物带回吧！"

李志安见尉迟敬德说得决绝，只好尴尬告辞。

李建成得知尉迟敬德拒绝了他的礼遇，恼羞成怒，与他断绝了往来，并放出话："尉迟敬德原本是刘武周手下的一个小头目，当初虽有率八千之众投诚之举，但也伤了大唐数名大将，给脸不要，他日定有他好看。"

尉迟敬德虽是武将，但素来尊敬房玄龄，拒绝太子李建成后，将事情的经过马上告诉房玄龄。房玄龄知事情不会这样简单，连忙同尉迟敬德来见李世民。

李世民听了事情的经过，对尉迟敬德说："你的心就像山岳般坚定可靠，即使送给你的金子堆得高及北斗，我知道你也不会心动。他给你什么你就收下，这样既不会引起他们的猜疑，又能够了解他们的阴谋，岂不是更好？"

房玄龄担忧地说："太子绝不会就此罢休，更大的阴谋恐怕还在后头。"

一个月明风高的夜晚，两个穿着夜行衣的蒙面人悄悄地来到大宁坊，纵身跃过院墙，进了尉迟敬德的宅第。躲藏在暗处的秦叔宝、程咬金将这一切看在眼里，他们按照房玄龄的嘱咐，敌不动手，我不动，睁着大眼，注视着夜行人的一举一动。

原来，太子李建成见拉拢尉迟敬德不成，恼羞成怒，遂起了杀人之心，指使勇士刺杀尉迟敬德，以去秦王李世民一臂。岂料此谋被秦王安插在东

宫的内线探知,将消息传了出来。

房玄龄得到情报,预先在尉迟敬德的府上设下埋伏,等君入瓮。

夜行人进入院内,见重门洞开,悄悄地摸到窗下,又见尉迟敬德敞胸露背、安然卧在床上,鼾声如雷,毫无防范之意。一夜行人从腰间抽出一把明晃晃的短剑,欲冲进屋去。旁边的黑夜人一把拉住,两人耳语一番,紧张地四处张望,半天之后,伏在暗处,不敢有所行动。过了一柱香功夫,两名夜行人双双跃出院外。稍停一会,夜行人重新跃入院内,情况仍是如前,尉迟敬德照样鼾声如雷。夜行人疑是空城计,终究不敢动手,折腾了半夜,悄然退去。

天将黎明,躲在暗处的秦叔宝、程咬金料定刺客不敢再来,这才走了出来,走进尉迟敬德府里,叫道:"起来吧,别装了,人早走了。"

尉迟敬德翻身跃起,叫道:"憋死我也!"

谗言逐房杜

李建成和李元吉对尉迟敬德拉拢不就,谋刺不成,贼心仍不死,欲除之而后快。

李元吉亲自出马,在李渊面前诬陷尉迟敬德,说他猥亵后宫嫔妃。李渊一听大怒,命人将尉迟敬德抓起来,关进特设的监狱里严加讯问。

尉迟敬德乃堂堂虎将,几时受过如此冤枉,声称要遭猥亵的嫔妃对质。当一名妃子前来对质时,尉迟敬德见她无中生有,胡说八道,不由恶从心头起,怒向胆边生,冲上前一脚将她踢翻在地,正欲补上一脚,幸亏众人拦住,否则嫔妃定当命归黄泉。

李渊闻报更是怒气冲天,欲下旨将尉迟敬德问斩。李世民得到消息赶进宫,向李渊急奏道:"父皇,此案嫌疑极多,定是有人从中陷害,欲杀儿臣手下大将。"

李渊反问道:"你有何凭据?"

李世民便将东宫对尉迟敬德重金拉拢未果,又有刺客夜进尉迟敬德府上行刺的情形,详细说了一遍。李渊本是个耳朵根子很软的人,听了李世民的申诉,没有继续追究。只是令将尉迟敬德杖责二十,释放了事。

李元吉又用金银布帛引诱右二护军段志玄,同样遭到段志玄的断然拒绝。段志玄将事情告知李世民。李世民很是感动,对房玄龄感慨道:"府中将僚,人人皆是忠通之士,这都是你平时教化的结果啊!"转而又对众人说道,"汉光武帝得到邓禹,他的属下更加亲附于他,本王有房玄龄,犹如光武帝有邓禹也!"

房玄龄却担忧地说:"太子与齐王最近阴谋不断,收买、刺杀、诬陷,花样百出,说不定后面还有阴谋,秦王不得不防啊!"

李建成欲瓦解秦王李世民手下的武将而未果,转而又在谋臣方面动起了脑筋。他对李元吉说:"秦王府智囊团中,唯房玄龄、杜如晦二人最令人畏惧,余者皆不足虑。要想办法除去此二人,或将其逐出天策府。"

李元吉道:"他们二人为人谨慎,欲将他们二人逐出天策府,恐怕没有那么容易。"

李建成说:"欲加之罪,何患无辞?"

这一天早朝,李元吉出班奏道:"天策府的房玄龄、杜如晦,为人诡诈,玩忽职守,请求父皇罢免两人之职,逐出天策府。"

李渊对身边的裴寂说:"房玄龄深识谋略,足以委重任。每次为朕的儿子写奏疏,非常善解人意,虽在千里之外,让朕感觉得就像是面对面交谈一样。这样的人,怎么能是诡诈之人呢?"

李建成道:"此前,东宫与秦王府的矛盾,都是这些人挑唆所致。"

裴寂并不正面回答李渊的问题,只是说了一句:"如今天下一统,房玄龄再也没有必要在千里之外替秦王写奏折了。"

"裴大人说得不错。"李元吉见裴寂在暗助自己,进一步说,"儿臣还听说房、杜二人拿了文学馆的钱,在坊间蓄娼宿妓,藏污纳垢。"

李世民立即反驳道:"房玄龄乃正人君子,同妻儿离散多年,为了大唐江山,南征北战,东奔西走,我劝他重娶一房妻妾,他死活都不答应,非要找到妻儿不可。这样的人怎么会去寻花问柳呢?完全是无中生用。"

李渊正欲说话,裴寂又将当年对付刘文静的方法故伎重演:"是呀!无风不起浪嘛,无论房、杜二人是否行为不检,也有损皇家声誉。我看不如将二人逐出天策府,免得伤了秦王与齐王之间的和气。"

李世民见元吉与裴寂一唱一和,终于明白了,他们是想将房玄龄、杜如晦逐出天策府,玩的是釜底抽薪的把戏,以削弱天策府的力量。他出班奏道:"父皇,不可以。"

"有什么不可以?"李渊本来对秦王身边的读书人没有好的印象,又

逢太子、齐王和裴寂再进谗言，面无表情地说，"何必为了房、杜两人呢？伤了你们兄弟的和气呢？将房玄龄、杜如晦逐出秦王府，今后不得与秦王府有任何联系。"

"父皇！"李世民痛苦地叫了一声。

李渊手一摆："好了，这件事就这样定了。"

李世民在与房玄龄、杜如晦临别之时，心有歉意地说："玄龄、如晦，我对不住你们。"

房玄龄安慰地说："皇上耳根子不软，怨不得秦王，只是臣不在身旁，诸事须得小心。"

李世民问道："危机之兆，其迹已现，为之奈何？"

房玄龄答道："国家患难，今古相同，自非睿圣钦明者不能安辑，大王功盖天地，威镇环宇，神赞所在，非小人所能谋。"

杜如晦说："有些事情不是臣下所能言，秦王也该想想，不妨主动些，被动挨打，防不胜防。"

房玄龄见李世民仍然犹豫不决，接着说道："秦王若不欲痛下杀手，那就退而求其次。"

"何为求其次？"

房玄龄说道："静观其变，以静制动，以不变应万变。"

"好！"李世民赞同地说："此言正合我意。"

十三、先发制人

放出胜负手

自从房玄龄、杜如晦被逐之后,李世民心里总觉得空荡荡的。虽然身边的文臣长孙无忌、高士廉、虞世南、褚亮等都不乏忠诚、博学之士,但在谋略方面远不及房玄龄和杜如晦。

事情已很危急了,眼见得太子凭借东宫有利地位,同齐王在父皇面前屡进谗言,李世民很无奈,显得有一种孤立无援的感觉。长孙无忌、高士廉、尉迟敬德、秦叔宝、程咬金等人虽屡屡进言,请李世民拿定主意,不可坐以待毙。

李世民还是犹豫不决。毕竟他是想一击成功,不能草率行事。朝中无兵权,各州兵马又大都受太子控制,李世民担心一旦举事却无人响应,自己将陷入万劫不复的境地。

李世民毕竟是位军事家,自然比手下众将想得更多。在分析各路的情况下,他决定向灵州大都督李靖寻求支持,不料李靖却以部队正在闹瘟疫为由推辞了,又向行军总管李世勣寻求帮助,又被拒绝了。

他们一来是从太子那里得到高官,二来是怀疑李世民能否成功。或许还另有理由:他们不希望李家兄弟手足相残。

就在这关键时刻,北方边境突然传来警讯,突厥兵挥师南下,侵扰乌城。对于李世民来说,这无异于雪上加霜。

李建成抢先行动,向李渊推荐李元吉代替李世民督率三军北伐突厥。

李渊采纳了李建成的建议,命令李元吉率右武卫大将军罗艺等人前去御敌。

李元吉趁机向父皇请求,让天策府骁将尉迟敬德、程咬金、段志远,以及右卫将军秦叔宝等人与自己一同赴敌。又要求检阅并挑选秦王军中所有精锐悍勇的将士,补充到自己的军队中来。李渊竟然也同意了。

这实在是一招高棋,既给秦王以釜底抽薪之难,又向他发出最后通牒:要么交出兵权,要么抗旨受罚。无异围棋中放出胜负手,就看李世民如何接招。

李建成见父皇都答应了，异常高兴，提议出师之日，在昆明湖为齐王饯行，以壮军威。

李渊爽快地说："好，朕率文武百官亲赴昆明湖，摆酒为齐王饯行。"

李建成忙说："此次突厥犯境，并非十万火急，就由儿臣饯行，请秦王参加即可，父皇你看如何？"

"好，就这样定。"李渊答应了建成的请求。李渊万万没有想到，他掉进了两个儿子设下的陷阱。

真是已经到了火烧眉毛，生死只在旦夕的关头。李世民急召长孙无忌等人商议。长孙无忌道："秦王殿下，突厥犯境，太子举荐齐王率兵出征，其中恐有阴谋！"

"有什么阴谋？"

"齐王出兵，为何要调秦王府将佐？这不是釜底抽薪吗？"

尉迟敬德气呼呼地说："齐王出兵，为何要调征秦王府的将军？"

李世民道："秦王府的将军，也是唐朝的将军，皇上下敕令遣将，说明秦王府的将军乃能征惯战之士，上阵不可或缺，出兵抗敌，乃保家卫国，并不是替齐王打仗。"

尉迟敬德着急地说："齐王出兵，调秦王府的战将，这样秦王身边就没有了帮手，听说出兵之日，要请秦王赴昆明湖为齐王饯行，秦王身边已无战将，孤身涉险，可要三思啊！"

"事情没有那么严重吧？当着文武百官的面，难道太子真的敢痛下杀手？"

长孙无忌道"尉迟将军所虑不假，秦王若不速采取行动，恐遭其害，如此则社稷危矣。"

李世民叹道："你们二人离阻骨肉，灭弃君亲，危亡之机共所知委，寡人虽深被猜忌，祸在须臾，然同胞之情，怎么可以不顾，等太子先动手，然后再以义讨之，天下人将会骂他而不会骂我，你们以为如何？"

尉迟敬德听罢，顿时急了，顾不得礼仪，大声说道："人，谁不怕死，大家都能以死效力秦王，这是上天之恩赐啊，大祸眼看就要发生，秦王却安然不以为忧。秦王纵使不看重自己的身家性命，可社稷的存亡又怎能不放在心上呢？秦王若不采纳敬德的建议，敬德情愿逃亡荒野，落草为寇，不会留在秦王身边束手就擒，任人宰割。"

长孙无忌也说："秦王若不采纳敬德的建议，必败无疑。不仅敬德要离开秦王，我也要随他而去，不能为秦王效力了。"

李世民深深地叹了口气，摆摆手说："二位莫急，我的意见，并不是完全放弃，请你们再考虑考虑。"

尉迟敬德大声说："秦王今日处事，如此犹豫不决，实非明智之举，面临危乱，不能决断，算不得果断。秦王府平时培养的八百勇士，都得到了消息，全都集合在府中，他们都已披坚执锐，如今是刀出鞘，箭上弦，势在必行，不得不发。秦王又怎么能够制止他们呢？"

李世民听敬德之言，走到屋外，果然听到前院人声嘈杂，知是部将们已经集合了兵马，只待一声令下，即可上阵搏杀。其实，李世民之所以犹豫不决，并不是不想干、不敢干，而是要激起众人的义愤，以达到众志成城之目的，才好动手。同时，他身边这些人，要么是文弱书生，要么是赳赳武夫，没有房玄龄、杜如晦在身边，他实在是心中没底。

几个人正在商谈，忽有卫士来报，外面有一人自称王晊，有要事求见秦王。李世民马上答道："带进来！"

来人进来，见有人在侧，欲言又止，李世民觉得有异，起身将来人带到偏房，只数语后便匆匆返回。满脸怒容地对大家说道："适才王晊来报，太子已经准备动手。"

"何时、何地、如何动手？"长孙无忌问道。

"太子与齐王定计，欲乘与齐王饯行之际，于昆明湖下手，置我于死地。然后，太子入内求禅，齐王当立为太弟。"李世民说道。

长孙无忌不待李世民说完，急着说："先发制人，后发制于人。二者必居其一，请秦王尽快决断。"

李世民叹道："骨肉相残，古今大恶，我也知祸在旦夕之间，但仍想等他们先动手后再仗义出讨，这样才师出有名。"

尉迟敬德赌气地说："秦王若不听我等之言，我等也不愿留在此地束手待毙，请放我走。"

"敬德若去，我也不愿在此独留。"长孙无忌与尉迟敬德一唱一和，欲逼李世民就范。

李世民又摆摆手说："别急，让我静一静，好好想想。"

尉迟敬德、长孙无忌看了李世民一眼，悄悄地退了出去。

李世民目送二人出门，心里格外烦躁，他知道太子与齐王在朝廷的党羽众多，父皇又明显地偏袒他们，如今他们步步紧逼，处处想置自己于死地，现已被逼得无路可走，若不采取行动，非但自己身败名裂，死无葬身之地，妻儿子女，秦王府的众僚属也要同时遭殃。若先发制人，即使成功，难免也要落个杀兄屠弟之恶名，为世人所腹诽，垂恶名于千古。思来想去，真的是进退两难。此时，他特别地想念房玄龄，杜如晦。房玄龄谋事谨密，杜如晦明敏果断，若二人在，一定会为他设计一个妥善周密的方案的。而今，两人已被逐出秦王府，他真的感觉到如同失去左膀右臂一样。

李世民立即将秦王府幕僚召集在一起，商议应对之策。

长孙无忌说道："齐王凶恶乖张，最终他是不会侍奉其兄太子建成的。近来听人说，护军薛实曾经对齐王说：'大王的名字，合起来可以成为一个唐字，看来大王终究是要主持大唐的祭祀的。'齐王欢喜地说：'只要能够除去秦王，取东宫易如反掌。'齐王与太子阴谋作乱尚未成功，就已有废太子取而代之之心。作乱之心无止境，又有何事情他不敢做呢！若他们二人得志，恐怕天下就不再归大唐所有。凭秦王之贤能，取二人犹如拾草芥一般，怎么能为信守平常人之节操，而忘记了国家大计呢！"

李世民仍然没有做出决定。大家说："秦王以为虞、舜是什么样的人呢？"

李世民说："是圣人。"

大家说："假如虞舜在疏浚水井时，没有躲过父、兄在上面填土的毒手，早已化为井中之泥土，假如他在涂饰粮仓时，没有逃过父、兄在下面放火的毒手，早已化为粮仓之灰烬，还怎么能够使自己泽被天下，法传后世呢？所以，虞舜在遭到父亲用小棍棒笞打时，便忍受下来，在遭到父亲用大棍棒笞打时，他便逃跑，这恐怕是因为虞舜心里所想的是大事啊。秦王既知舜为圣人，为何又不权宜从事？"

李世民面对众人说："且卜一龟卦，看天意如何，再行决断。"

有人取来龟壳，正待起手占卜，突听门外响起急促的脚步声，有一人不待通报，不顾门卫的阻拦，直接闯了进来。

李世民定眼一看，原来是左武侯长史张公谨。只见张公谨抢上一步，夺过占卜者手中的龟壳，弃之于地，大声说："古人有言：'有疑而卜'，卜筮之事乃为决嫌疑，定犹豫，今日之事，已势在必行，岂能以占卜来定其命运？如占卜不吉利，难道就此罢手不成？"

李世民问道："事情真的是如此吗？"

张公谨着急地说"不但要行，且要速行，迟则晚矣！"

其实,李世民哪里是犹豫不决呢？不过是要把府中众人义愤激发出来，众志成城才好动手。同时，他面前的这些人，要么孔武，要么文弱，难免失之偏颇。没有房玄龄、杜如晦在身边，他总觉得心里没底。

李世民于是说："以前带兵打仗，每临一役，我都要听听房杜二人的意见，如今这么大的事，没有他们参与怎么能行？"

入夜，李世民命长孙无忌急请房杜二人来府议事。

秦王先发制人

房玄龄此时正在家中守灯读书，竟不知事情变得如此危急。见长孙无忌深夜造访，料定发生了大事，急问："长孙大人深夜至此，有何贵干？"

长孙无忌急迫地说："秦王请你与杜大人立即进宫。"

房玄龄道："皇上敕令，我们二人不得再侍奉秦王，今若私自去谒见秦王，犯的是死罪，必将引来杀身之祸啊！"

李世民见长孙无忌空手而归，怒道："难道玄龄和如晦也要背叛我吗？"说罢摘下身上佩刀，交给尉迟敬德说：

"你等再去，如果执意不来，你就砍下他们的人头来见我。"

房玄龄、杜如晦来到长孙无忌府门口，大门早已洞开，两人也不说话，直接进入，见到长孙无忌，紧张地问："深夜相召，是否情况有了变化？"

长孙无忌十分果断地说："秦王意已决，准备采取行动，命你们二人火速前往秦王府议事，不得有误。"

尉迟敬德抖了抖手中佩刀，半真半假地说："抗命不遵，杀无赦！"

房玄龄道："皇上有旨，我二人不得擅入秦王府，这便如何是好？且四人同行也会惹人耳目。我与杜如晦，宜改装而行。"

长孙无忌带着房玄龄、杜如晦匆匆潜入秦王府。灯光下，但见房玄龄和杜如晦穿着一身道服，进来便跪泣道："臣不知主公有难，还望主公恕罪！"

李世民才扶起房玄龄、杜如晦，却见尉迟敬德也回来了。原来四人为了避人耳目，竟分着两拨，敬德是绕道回府的。

眼下真到了生死关头，房玄龄思谋良久，方才正色道："国家的危难历代都有，只有清明圣德的人才能平难救国。太子失德，主公对国家功劳最大，理应继承王位，这不仅仅是人的谋略，神明也会帮助你的。成败在此致一举,不能再犹豫不决了。"

杜如晦也详细地分析了当前形势,赞成采限先发制人的策略。

房玄龄见李世民仍在犹豫,补了一句:"秦王若将我等之言当成耳边风,我等实在没必要待在这里坐以待毙,请秦王放我离去。"

到底是秦王府第一谋士,请将不如激将,几句话就将李世民逼入死角。

李世勣道:"欲成大事,不可有妇人之仁,我等追随秦王,是认为秦王乃仁者、智者,若再举棋不定,可就冷了众人之心。"

李世民冷静地望着众人道:"诸公真要陷本王于不仁不义吗?"

杜如晦诚恳地说:"秦王所言之仁,乃妇人之仁,实不足取。众位将军出生入死,追随秦王,皆盼秦王能位登九五,博得个封妻荫子的出身,若再迟疑下去,我等必坐以待毙,成为他人砧上肉,任人屠戮了,请秦王三思。"

"好,就听各位的。"秦王毅然决然地道,"大家坐下来,研究一下具体的方案。"

武德九年六月初三,金星再次白天出现在天空正南方的午位。太史令傅奕密奏说:"金星出现在秦地的分野上,这是秦王应拥有天下的征兆。"

李渊刚看完傅奕的密奏,李世民便入内奏事,于是顺手将傅奕的密奏递给世民。李世民看过之后,请屏去左右,轻声道:"父皇,儿臣得一密报,虽难以启口,却不得不说!"

李渊紧张地问:"何事?"

"建成、元吉淫乱后宫。"

"有这等事?"李渊大惊失色,一下子瘫坐在龙椅之上。

李世民哭着说:"齐王出征突厥,乃建成所荐,他们欲借饯行之机,密谋在昆明池对儿臣痛下杀手。恐还有不臣之心,请父皇明察!儿臣自问,无丝毫辜负兄弟之意,偏他们二人屡欲加害于我,他是在为王世充、窦建德报仇,儿臣若含冤而死于九泉之下,也愧见诸贼。"

李渊咬牙切齿地道:"朕明日召见他们两人,一定要穷究此事,若查实,将严惩不贷。你也及早前来朝见。"

李世民退出。即于半夜调兵,命长孙无忌等带领,伏于玄武门。

李世民向李渊密奏之时,不想张婕妤躲在屏风之后听得个一清二楚,待李世民退出之后,张婕妤派人连夜向太子李建成传递了消息。

李建成接到宫中密报,急召李元吉至东宫问计。元吉认为今日入朝,恐有风险,建议托病不往。

李建成道:"我们内有妃嫔暗通消息,外又掌控御林军,秦王虽强,恐也无法可施,我等不如进宫谒见,以探听消息。"

元吉道:"这样的话,就披挂入朝,令长林兵随后接应,以防万一。"

六月四日一大早,李渊将裴寂、萧瑀、陈叔达等人召集到太极殿,欲三人对六面查验李世民所奏之事的真伪。

李建成、李元吉并驾齐驱,行至临湖殿,得知皇上已召集裴寂、萧瑀、陈叔达、封德彝、宇文士及窦诞等人临朝,仿佛一出六部大审,情知于己不利,心中已是大骇。由于心中不安,突然觉得今天的临湖殿情况很怪异,静悄悄的,四周不见一个人影。李建成勒住马,果断地对元吉说:"快,勒马回头,退出此地。"

两人刚勒转马头,准备向东返回东宫和齐王府,突听嘭的一声响,玄武门的两扇大门突然被关上,知道中了埋伏,正在惊慌之际,突听后面有人叫道:"太子、齐王,为何不上朝?"

李元吉回头一看,正是冤家对头李世民,知道已临生死关头,也不答话,从弓袋中取出弓箭,连射三箭,怎奈内心恐慌,手忙脚乱,三箭都失了准头,被李世民一一闪过,最后一箭竟被李世民接住,也取弓搭箭,大叫地声:"齐王殿下看箭!"

李建成也听到了,以为是射李元吉的,毫无防备,飕的一声,铁箭却向李建成,正中咽喉,李建成一声惨叫,倒撞马下,来不及再看人世间最后一眼,当即呜呼哀哉!

李元吉无暇顾及建成,拍马向大门冲去,迎头碰到尉迟敬德,李元吉对尉迟敬德本有畏惧之心,哪敢接战,勒马又返了回来。李世民正好追近,两人撞个正着,一齐坠落马下。

李元吉先爬起来,抢夺李世民手中的弓箭,正欲对李世民痛下杀手,尉迟敬德跃马赶到,大喝道:"休得无礼,我来也!"

李元吉丢下李世民,拔腿狂奔,欲逃回武德殿。尉迟敬紧追不舍,边追边张弓搭箭,大叫道:"齐王看箭!"

李元吉在惊慌之中,回头一看,飕的一声,铁箭飞来,正中咽喉,当即倒地身亡。

尉迟敬德上前枭下首级。又到李建成尸体旁,将首级枭下。

玄武门外,人声鼎沸,东宫及齐王府的将佐薛万彻、谢叔方、冯立等率兵攻到玄武门外,杀死屯营将军。由于玄武门城门已闭,一时攻不进来,

双方以发生了箭战。

秦王府的数百骑兵这时也已杀到。尉迟敬德手持李建成、李元吉的首级，站在城楼上大叫道："太子、齐王谋反，今已奉诏诛之，尔等若继续违抗，视同谋反，格杀勿论！"

东宫、齐王府两军见两颗血淋淋的首级，果是建成、元吉，正所谓树倒猢狲散，众人发一声喊，顿作鸟兽散。

李世民见大局已定，一面令尉迟敬德进宫护驾，一面派兵包围东宫和齐王府。将建成的五个儿子和元吉的五个儿子及未逃散之僚属一概抓捕。长孙无忌建议说："此等孽障和为虎作伥之徒，格杀勿论，以绝后患。"

房玄龄立即制止道："图谋叛逆，罪在二凶，今主犯既已伏诛，余者不可杀戮过重，否则，朝野之中，将引来非议。"

李世民觉得房玄龄说得有理，命令："凶逆之罪，止于建成、元吉，其余党羽，待后处置。但建成和元吉之子，要斩草除根，格杀勿论，其余家人，不予追究。"

房玄龄又欲再言，李世民未等他开口，断然手一挥道："我意已决，不必再言。"

房玄龄只好作罢。

李渊已将裴寂、萧瑀、陈叔达，封德彝、宇文士及、颜师古等召至太极殿，因见三子都没有来朝，以为他们害怕了，乐得模糊过去，以后再作计较。便匆匆宣布退朝，留裴寂、萧瑀、陈叔达，封德彝等待命朝堂，自己带上嫔妃至御苑海池中泛舟为乐。此时的玄武门，李家兄弟杀得个天翻地覆，李渊全然不觉。挈眷游湖，算得上是莫愁天子。

李世民令尉迟敬德进宫护卫皇上，敬德擐甲持槊来到海池边。

李渊见尉迟敬德全副披挂而来，惊问道："今日作乱者是谁？卿到此何干？"

尉迟敬德在岸上大声答道："秦王以太子、齐王作乱，举兵诛之，恐陛下惊驾，特令臣前来护驾。"

李渊见答，心中方才安定，遂令龙舟泊岸，裴寂、萧瑀、陈叔达等也闻讯赶到。李渊问道："太子和齐王安在？"

尉迟敬德将两颗血淋淋的人头掷之于地，大声说："他们两人在此。"

李渊见地上两个儿子的头颅，失声痛哭，对裴寂说道："原以为他们兄弟不过是堂下之争，谁知今日竟刀兵相见，这该如何是好？"

— 100 —

裴寂骇然不语。

萧瑀、陈叔达道："太子、齐王，自太原起兵以来，未见立有何功，反而一个立为储君，一个封了王爵。不闻有何功德，徒然离间骨肉，以至祸起萧墙。唯秦王功盖天下，内外归心，为陛下计，正当趁此次事变，立秦王为太子，委以军国重务，陛下可垂拱而治了。"

李渊见事成定局，顺水推舟地说："朕也有此意！"

尉迟敬德在旁乘机奏道："陛下既有此意，请速降手敕，令诸军兵并受秦王节制，"

李渊即对宇文士及道："卿速去拟诏，待朕还宫后再行发落。"宇文士及领命而去，李渊仍带着众嫔妃，乘辇还宫。

十四、改弦更张

入主东宫

武德九年六月六日，玄武门巨变后的第三天，李渊临朝，命尉迟敬德宣召秦王谒见。

李世民入宫，跪下哭诉道："父皇，太子、齐王叛乱，为乱军所杀，儿臣不孝，未能保住他们二人的性命，致使父皇承受老来丧子之痛。"

李世民本是射杀太子的元凶，此时却说是乱军所杀，如此隐瞒事实真相，是怕？是愧？谁能说得清楚？

李渊抚慰道："建成、元吉胆敢作乱，自是死有余辜，不过事关天家骨肉，实在是使朕可恨又可悲。"

其实，这都是李渊自己优柔寡断而酿成的恶果，怨不得他人。

九日，李渊颁诏，正式立李世民为太子，入主东宫。并下诏宣布：

"太子制天下兵马，军国庶事，无论大小，皆由太子处决，然后奏闻。"

颁下此诏，李渊已经将军政大权，全都交给了李世民，他自己虽名为大唐皇帝，实际上已不理国事了。

李世民虽未正式受禅，由于是太子监国，李渊已是"高居无为"，故李世民已不啻为一嗣皇帝。

为示区别，此后，历史上称原太子李建成为隐太子。

玄武门政变，只是解决了夺取政权的问题。李世民入主东宫之后，则面临着组建新政权和维护统治的大问题。这比夺取政权要复杂、繁重得多。

李世民自小戎马倥偬，没有接受系统的文化教育，也没有经过皇太子的学习阶段。虽然受封天策将军后，在房玄龄的建议下，设立文学馆，对文化与治国之道有针对性地进行了一番恶补，但是，一个人的文化底蕴是经过因循渐进而积累起来的，并不能一蹴而就，李世民虽天生睿智，也不例外。

李世民在入主东宫的当天晚上，就在东宫宴请房玄龄、杜如晦、长孙无忌等一班文武近臣。

新太子一身常服，喜形于色，太子妃长孙氏亲自出场，与大家把盏，彼此道贺。

宫女们载歌载舞，丝竹声声，广袖翩翩，东宫充满笑声一片。

酒至半酣，李世民突然面容忧伤，悄然落下泪来。

程咬金是个粗人，见李世民流泪，大声说道："东宫本来就应该由主公来住，如今天遂人愿，正是把酒言欢的时候，主公何事这样悲伤，倒是扫了大家的兴！"

李世民抽泣着说："太原起兵之时，我与建成、元吉只是一个心思图霸业，兄弟之间，是何等的亲热，如今，天下归唐，可一母所生的四兄弟，却只剩下我一人，想到此，能不伤吗？"

房玄龄在旁边宽慰几句。李世民愁容尽去，继续举杯，同近臣们对饮。其实李世民的眼泪几多是真，几多是假，恐怕只有他自己说得清楚。

第二天，李世民将首席谋臣房玄龄和杜如晦召至东宫，迫不及待地说："玄龄啊！你跟我已近十年，最知我的心事，现在虽然逆患已除，但我的心并不安稳，你说这是为何？"

房玄龄动情地说："太子殿下宅心仁厚，难忘手足之情，这也是我等追随殿下的地方。眼下国家正在动荡之际，太子殿下还须节哀，振作精神打理国事。"

杜如晦说："圣上将大唐江山交给殿下，天下百姓皆翘首以待，殿下自当改弦更张，兴利除弊，抚臣民以安社稷，扬国威以震僻远。"

"只是，我现在心里空荡荡的。"李世民左手拉住房玄龄，右手拉住杜如晦，满怀期待地说，"千头万绪，该从何处下手？"

房玄龄不假思索地说："太子殿下受命天下，当务之急有两件事要做。"

"哪两件事？"李世民迫不及待地问。

"第一件，三省六部和禁军十二府的人事，要尽快安排到位。圣上身边的旧臣，都年事已高，难当大任，太子殿下要尽快选贤举能。"

"那第二件呢？"李世民继续问。

房玄龄说道："安抚百姓，稳定大局。两件事都是当务之急，不可耽搁。"

李世民看了杜如晦一眼说："如晦，你说呢？"

"玄龄所言极是。"杜如晦想了想说，"隐太子与齐王已诛，其旧属党羽遍布京城及全国各地，尤其是山东、河北，武德八年，隐太子与齐王征服刘黑闼后，在那里安排了大批亲信，这是一个不稳定因素，随时都有

失控的危险。"

李世民点点头，表示赞同。

房玄龄接着说："先发一道明诏，大赦隐太子旧属以稳定政局。"

李世民对房玄龄说："你就草拟一诏，我即刻请父皇用印。"

房玄龄起身至桌案旁，稍一思索，即文不加点，草拟一诏：

　　大唐皇帝赦令：凶逆大罪，仅建成、元吉二人，其余人等，一律赦免，概不追究。

　　　　　　　　　　　　　　　　武德九年六月十日

李世民接过草拟诏书看了一眼，放在桌案上说："官员选拔问题，你们两人先议一个初步名单，我们再商量。要注意各方面的人选。"

杜如晦说："这次任命，只是一个过渡班子，殿下即位后，再逐步调整。"

"好！就这样办。"李世民想了想说，原东宫还有哪些人才，要注意招抚，隐太子属下那个叫魏徵的呢？现在在哪里？"、

"这是我拟的一个名册。"房玄龄从袖中抽出一份名单递给李世民说："隐太子的文臣中有王珪、韦挺、杜淹、魏徵，其中王珪、韦挺、杜淹因仁智宫谋反事件，做了隐太子的替罪羊，被贬往西蜀嶲州，魏徵没有牵涉到仁智宫事件之中，现关在牢中。武将中有薛万彻、冯立、谢叔方，其中薛万彻在玄武门事变中杀了敬君弘，已逃往终南山，冯立、谢叔方二人尚待罪家中。"

杜如晦说："薛万彻有勇有谋，可堪大用。"

房玄龄接着说：谢叔方为长安令，为官廉正刚直，不畏权势。据说隐太子的几名侍卫酒足饭饱后轮奸民女，被谢叔方处以极刑。建成对这件事非常恼怒。隐太子的内弟在闹市中驾车撞死路人，谢叔方仍然是按律治罪。建成气得要命。隐太子妃要谢叔方抵命，后谢叔方被贬为庶人，因魏徵多次保举，才得以复官。此数人皆可用。"

"好！"李世民说："拟个条文，将王珪、韦挺、杜淹三人调回长安听用，至于薛万彻，请玄龄进山一趟，将他请下山来。那个魏徵，明天带来见我，我倒想见识一下这个人。"

房玄龄和杜如晦起身正准备离去之时，李世民问道："玄龄，夫人和家小有消息吗？"

"没有。"房玄龄忧伤地摇摇头说："叫人到上郡打探，没有任何音信。"

— 104 —

李世民关心地问："山东老家呢？找过没有？"

房玄龄说："老家前不久来信，家小没有回山东老家。"

李世民也知房玄龄与其夫人有十年之约，故每次劝房玄龄再娶一房妻室，房玄龄坚决不肯。眼看十年期限将至，家小还没有着落。于是说道："你与夫人十年期限将至，到时若无她们的消息，我可要强行将你拉入洞房的哟！"

杜如晦想了想说："待太子殿下忙完手头的事情后，我看破例张榜公布，说不定玄龄的妻儿看到皇榜，会找上门来也说不定。"

李世民表示可以考虑这样做。

改弦更张

李世民以显德殿召见一个特别人物——魏徵，特地将房玄龄、杜如晦、虞世南、李世勣、程咬金、秦琼等人请过来作陪。

不一会，魏徵被带进来了，但却被五花大绑，房玄龄示意侍卫松绑。从魏徵进来时起，李世民就不眨眼地凝视着这个曾劝隐太子杀自己的人。

李世勣、秦琼、程咬金都是魏徵在瓦岗寨的旧识，房玄龄、杜如晦虽不曾与谋面，但也久慕其名。大家看着堂前面容憔悴而略带疲惫的魏徵，各有不同的心情。

李世民故意冷了半天，突然怒斥道："魏徵，你为何要离间我们兄弟之情？劝隐太子杀我。"

大家紧张地看着魏徵，看他如何回答。

魏徵从容地说："殿下与隐太子争，天下不得安宁，社稷不得稳定，为天下计，为社稷计，隐太子与殿下，恐怕只有一人能活在世上。当初隐太子若能听从魏徵之言，恐怕不会有今日之祸。此所谓谋事在人，成事在天。从前管仲为公子纠臣，曾箭射齐桓公中带钩，各为其主，何必有此一问？"

春秋时的管仲，当初是侍奉公子纠，为了帮助他的主子公子纠争夺君位，曾箭射公子小白、也就是后来的齐桓公。过后，齐桓公不计前嫌，重用管仲，拜管仲为相国，助齐桓公成就了一番霸业。魏徵的言下之意，你李世民若不计前嫌，饶恕于我，我也能助你成为一代明君。

李世民问道:"隐太子已亡,你作何想?"

"隐太子亡,但大唐社稷还在。春秋时齐侯曾问过晏子,怎样才能算是忠臣。晏子回答:社稷有难,君王出逃,臣不能跟着走。齐侯问:臣接受君王的封地、爵位,俸禄,危难之时,怎么如此报君恩,这算忠臣吗?晏子回答:君王若听忠言,社稷怎会危难?君王怎会出逃?不听忠言的君王,何必跟着他去死呢?"

李世民进一步问道:"隐太子建成被诛,你竟然还留在长安城,不怕死吗?"

魏徵不卑不亢地说:"臣留在长安城,是要做管仲式的社稷之臣。"

李世民虽然心有所动,仍然还想试一试:"如果我只重用忠于我的忠臣,你将如何?"

"魏徵本来就没有打算要做太子的忠臣。"魏徵的回答更是出乎李世民的意料之外。

李世勣忍不住制止道:"魏徵,你不想活了?"

"人生在世,谁不惜命?我当然想活。"魏徵又补了一句:"但人活着,不能苟且偷生。"

"既然如此,为何又不做忠臣?"李世民反问道。

魏徵回答道:"自古治天下,靠的是良臣而非忠臣,良臣乃可用之才,尤其是当今,更需良臣治国。若无才,只守本分而尽愚忠,此非魏徵所为。"

听到这里,李世民终于领教了魏徵的气魄与学识,脸上终于露出了笑容,起身对魏徵说道:"念你忠直坦荡,又非首恶,我不杀你,你还是留在东宫,为詹事府主簿吧!"

众人听到这里,悬着的心总算是放下了,魏徵跪拜道:"谢太子殿下不杀之恩!"

三天后,李世民宣布了新的东宫文武官属:

宇文士及为太子詹事。

长孙无忌、杜如晦为太子左庶子。

高士廉、房玄龄为太子右庶子。

尉迟敬德为左卫率,程咬金为右卫率。

虞世南为中舍人,褚亮为舍人。

姚思濂为太子洗马。

这些人,都是原秦王府的旧人,其在形式和名义上,是取代隐太子建成的东宫机构,由于李世民是太子监国,李渊"高居无为",原班子已经瘫痪，所以这个班底，实际上是行使以李渊为首的最高决策机构的职能。

几天来，李世民一直为山东、河北的政局问题所担心，一时苦无良策。这一天，召来房玄龄、杜如晦，道出了他的担忧。

房玄龄道："隐太子及齐王旧部大多流散在河北，这些人惶惶不可终日，担心受到株连，为求自保，很多人啸集山林，成为新的山大王，欲与朝廷对抗。"

杜如晦进一步分析说："这些人担心秦王入主东宫后，会对隐太子及齐王旧部进行镇压，觉得自己受到很大威胁，这是他们图谋作乱的动机。若处置不当，可能会形成一次新的动乱。"

李世民认为，稳定山东、河北的政局是当务之急。目前只有两条路可走，一是剿，二是抚，他请房杜二人各抒己见。

房玄龄、杜如晦两人都说只能抚，不能剿。如果抚的话，必须找到一个出使山东、河北的合适人选。房玄龄分析说："原秦王府旧人同隐太子及齐王的属下有宿怨，都难当此任。"

杜如晦接着说："此人既要有苏秦出使六国行合纵之说的雄辩口才，又要有与隐太子旧人有一定的关系，能说得上话。"

房玄龄说："有一个人最合适。"

李世民与杜如晦同时说道："魏徵！"

魏徵本是隐太子建成的东宫的太子洗马，玄武门之变后，乃是待罪阙下之人，李世民不计前嫌，委之以东宫詹事府主簿之职，虽然只是个七品的小吏，比在建成手下的洗马之职降了两级，但这毕竟是由政敌而变为同志，在性质上是发生了根本变化。所以，从内心上说，魏徵对李世民还是感恩的。

魏徵接到传唤，立即来到东宫议事厅。李世民询问他对山东、河北局势的看法。

魏徵对当前的形势显然有清醒的认识，想了想说："流散在河北的隐太子及齐王的旧部，担心受到株连，这也是人之常情，为求自保，心有所动，也在情理之中，太子殿下若能向他们示以至公无私、不计旧怨的宽大胸怀，以仁德治天下的治政方略，朝廷不废一兵一卒，河北之患可除。"

李世民说："朝廷已颁布大赦令，向天下表明了态度，难道还不够？"

"当然不够，还必须进一步向他们示以诚意。"

李世民问道："能有什么办法，才能使他们相信朝廷的诚意？"

"朝廷特使赴河北，行安抚之事，使他们知道太子殿下大公无私，一视同仁，这样才能人心安定，才有利于稳定大局。"

李世民看了房玄龄一眼，对魏徵说："委派你为特使，前去安抚河北，有把握吗？"

魏徵站起来说："我不行。"

"为什么？"李世民不解地问。

"安抚河北，应选派大臣前去才行，派一个小小的詹事主簿去行安抚之事，难以显示朝廷的诚意。"

李世民又看了房玄龄一眼。

房玄龄说："这不是问题。"

李世民又看看杜如晦，杜如晦点点头，表示赞同房玄龄的意见。

李世民当场决定，擢升魏徵为谏议大夫，朝廷钦差大臣、制使，安抚河北，招降、安抚隐太子及齐王旧部。

谏议大夫是五品官，较詹事主簿升了二级，虽然说是一个闲散的职位，但对于魏徵来说，已经很满足了。他深知自己的特殊身份，不敢有非分之想，能有这样的待遇已是万幸，因为至少可以表明，李世民不将他当敌人对待，而是进入了同志的行列。

魏徵继续说："河北、山东情况复杂，出使安抚又远离京城，安抚之事又是千变万化，太子殿下若委臣以钦差大臣出使河北，必须要给臣处置权。"

"你说，要怎样的处置权。"李世民问。

"将在外，君命有所不受，只要是行安抚之事，钦差大臣可以视实际情况随机应变，酌情处理，不必请圣命而后行。"魏徵一口气说出了他的要求。

"好！准你所奏，委你为钦差大臣，出使安抚河北，听便宜从事。"李世民爽快地准了魏徵的请求。

七月中旬，李渊禅位，李世民继位的工作正在抓紧筹备。李世民先是任命秦叔宝为左卫大将军，程咬金为右卫大将军，尉迟敬德为右武侯大将军。左、右卫大将军领内军，负责皇宫安全，左右武侯领车马护从，负责皇帝出行时的警卫。这三个人都是李世民的心腹大将，掌握了兵权，李世民就可安然无忧了。

接着，又对朝廷的中枢机构：中书、门下、尚书三省的领导班子进行了安排，并张贴皇榜，公布于天下：

萧瑀为左仆射；封德彝为右仆射；

高士廉为门下侍中；

房玄龄、宇文士及为中书令；

长孙无忌为吏部尚书；

杜如晦为兵部尚书。

房玄龄为中书省长官，高士廉为门下省长官。尚书省长官为尚书令，由于原先是李世民担任，现在空缺，以后也无人再任此职，因此，萧瑀的左仆射，实际上是最高首脑。

萧瑀虽为李渊旧部，但他一直是支持秦王的，因此，得到李世民的重用很正常。

高士廉是长孙王妃的娘舅。

宇文士及经房玄龄举荐，同房玄龄同掌中书省，房玄龄就可将具体事务交给宇文士及去做，自己就可以抽身做其他的大事，这是李世民的特意安排。

吏部尚书和兵部尚书，是六部中最重要的两部。

长孙无忌是长孙王妃的亲哥哥，杜如晦是仅次于房玄龄的谋臣。

安排长孙无忌任吏部尚书、杜如晦兵部尚书。李世民是非常放心的。

封德彝是老臣，安排他只是权宜之计，最主要的还是李世民信任此人。其实，此人奸猾世故，在武德朝便是脚踏两只船，一边为李建成出力，一边又给李世民献计，两面三刀。这些事情，房玄龄是一清二楚，他并不同意封德彝出任要职。李世民并没有识破此人，安排他为右仆射，是李世民的主意。房玄龄只能建议，李世民不听，他也没有办法。

昔日秦王府旧人如李靖等人，也都安排了相应职务。

在安排人事中，有一个人争议很大，这个人就是裴寂。

太原起兵时，裴寂当时是豪绅，曾以出资粮食、布帛助军，且也是太原起兵的策划人之一，被李渊称之为"佐命之勋"。按理，李世民继位后，应有他的一席之地。只是此人是个小肚鸡肠的阴谋家，诬陷太原起兵的策划人、李世民的好友刘文静，致使刘文静冤枉而死。此事一直令李世民耿耿于怀。

李世民的意见，此等奸佞小人，只可杀，不可仕。

房玄龄劝说道："裴寂现在身为左仆射，首席宰相，在武德朝德高望重，地位是不可动摇的，正式受禅时，禅位诏书还得他来宣读。此时将他扫地出门，不合适。"

于是，李世民便让裴寂与萧瑀同为左仆射，以分其权。

十五、皇榜传讯

皇榜传讯

泾阳县的城门口,房小儒手提一个竹篮,篮子里放着几样小菜,出了城门,见城墙边围了一大群人,他走过去,站在人群后面,踮起脚来向里看,见城墙上贴着一张皇榜,由于离得太远,看不见皇榜写的什么,见前面有人离去,人群松动了,乘势挤了进去,抬头一看,"房玄龄"三个字跃入眼帘,他怀疑地揉了揉眼睛,再看一遍,没错,"房玄龄、宇文士及为中书令",这不是家主人吗?房小儒抛下手中的竹篮,纵步地冲上前去,揭下城墙上的皇榜,拔脚就跑。几个守皇榜的衙役见有人揭榜,忙上前追赶,怎奈揭榜之人发疯似地奔跑,顷刻间便没了踪影,只好放弃追赶,转回重新再贴上一张。可是,他们心里却百思不得其解,此人揭了皇榜,到底有何用处。

房小儒,就是房玄龄昔日的家仆,随着岁月流逝,昔日的那个小书童,已经长成一个大小伙子,尽管卢绛儿多次叫他去自谋生路,房小儒终是不肯,仍然留在房家,帮助主人照料这个家。

原来,自房玄龄投军之后,卢绛儿与一家老小仍住在上郡,前两年尚有书信来家,谁知房玄龄走后不久,郡丞易主,新来的郡丞同房玄龄并无交情,房玄龄虽在上郡为小吏,那是过去的事,现在物是人非,没有资格再占住原来的住宅。新郡丞上任,便催卢绛儿搬家,让出公房。恰在此时,突厥兵与唐兵交战,兵过上郡,沿途烧杀抢掠,将卢绛儿的原住宅一把火化为灰烬。这样,即使郡丞不催人走,却也不得不走人。房玄龄的母亲建议搬回山东老家,卢绛儿不同意。后来一家人搬到房玄龄的父亲房彦谦身前曾做过一任县令的泾阳。这就是房玄龄托人在上郡、山东老家寻找,一直找不到家人的原因。房玄龄怎么也没有想到,他的一家老小搬到了泾阳。其实泾阳距长安,仅有百里之遥,由于信息闭塞,一家人就这么相互寻找近十年,始终不能碰在一起。

却说房小儒手拿皇榜,兴冲冲地奔向前面一处农舍,未及近前,大老远地就冲着农舍大声喊道:"老夫人、夫人,好消息,天大的好消息!"

房老夫人颤悠悠地从屋里走出来,冲着小儒问道:"小儒,什么事情,大惊小怪的?"

"老夫人!"房小儒上气不接下气地跑到老夫人身边,递上皇榜说:"老爷有消息了,老爷有消息了。"

"真的吗?"房老夫人接过皇榜看了一眼,冲着屋子喊,"媳妇,快来,快来,玄龄有消息了,玄龄有消息了。"

卢绦儿早就听到小儒的叫声,不知发生了什么事,正从屋里向外走,突然听到婆婆说丈夫有消息了,三步并作两步跑了过来,接过老夫人手中的皇榜,小儒凑过去,指着皇榜说:"夫人你看,房玄龄、中书令,老爷当上宰相了。"

卢绦儿手捧皇榜,看了又看,突然坐在地下,痛哭起来。小儒莫名其妙,急着问:"夫人,老爷有了的消息,应该高兴才是,为何要哭呀?"

老夫人走过来对小儒说:"让她哭吧!她这里喜极而泣,是高兴呀!这么多年,真是苦了她了。"

两个儿童从屋后跑出来,见卢绦儿蹲在地上哭,跑过来扶住她,带着哭腔说:"娘,为什么哭呀?"

原来,这就是房玄龄的两个儿子,遗直和遗则,遗则是房玄龄投军后卢绦儿所生,房玄龄临走时说,若生男儿,就叫遗则,若生女儿,名字就由夫人取。房玄龄从军不久,卢绦儿便产下一子,取名遗则。

过了一会,卢绦儿站起来,对小儒说:"小儒,收拾东西,我们明天到长安去。"

房老夫人也说:"收拾东西,明天就到长安去。"其实,长安对于老夫人并不陌生,当年房玄龄的父亲房彦谦在隋朝为朝官时,在长安居住了很长一段时间,房彦谦遭贬之后,才离开长安。

卢绦儿之所以急着要去长安,既是为婆婆找儿子,为儿女找父亲,为自己找丈夫,更重要的是,她还有个隐藏已久的秘密,这就是她与房玄龄的十年之约。眼看十年之约将至,房玄龄现在又身居高官,他的身上到底发生了些什么,不得而知。她心里急呀!因此,此刻的她,恨不得生出一双翅膀,飞到长安,飞到丈夫的身边。

渭北高原,一辆马车奔驶在茫茫的原野上,房小儒坐在车辕上,一手拉着缰绳,一手扬起长鞭,不时地凌空摔上一鞭,鞭摔过后,发出一声爆响,得得的马蹄声,响得更急。篷车内,小遗直天真地问:"娘,我们真的能见到爹吗？"

房老夫人看着孙子，笑着说："能，一定能见到你爹。"

"见到爹后，我要他给我买好多好多好吃的东西。"小遗则吧嗒着小嘴说。

房小儒插嘴道："我们到长安找到老爷后，可以住很大很大的房子。"

"娘！"小遗则摇了摇发呆卢绛儿，问道，"真的吗？"

"嗯！"卢绛儿无心回答，她在想心事。她当然有心事，她怎么能没有心事呢？她与房玄龄一别十年。十年来，她到处打听夫君的消息，一直杳无音信。本来已经绝望，以为丈夫已战死沙场、马革裹尸了。决心守着一双儿子，安心地过日子。谁知突然间，一张皇榜带来了丈夫的消息。十年了，昔日那个敛翅巉岩的苍鹰，自己日夜思念的丈夫，终于一跃冲天，成了唐王朝的宰相，心里的高兴就别提了。然而，高兴之余，又有了隐忧。十年了，丈夫现在到底怎么样？还是从前的那个房玄龄吗？十年没有音信，他是否还守着那个十年之约？是否有了新的家室。这些担忧，她只能埋藏在心里。

官道旁有座茶寮，房小儒停住车，冲着车内说："夫人，有座茶寮，下来就热茶吃点干粮吧！"

房小儒取下放在车辕上的条凳放在地下，先将两个孩子抱下车，然后将老夫人和夫人搀扶下车，冲着茶寮老板说："一人一碗热茶。"

小儒和两个孩子及老夫人各找个位子坐下，就着热茶吃起了随身带来的干粮。茶寮伙计随口问道："客官一家子要到哪里去？"

房小儒面的得色地说："我家主人是朝廷的中书令，宰相，知道吗？"

"啊！"茶寮伙计惊叹一声。

卢绛儿忧心忡忡的站在路边，向旁边的树林里张望，突然，像发现了什么，大叫一声："小儒，快来。"话未说完，人已经冲进了树林。

房小儒放下手中的茶碗，箭步冲进树林，见一位年轻女子吊在树上，卢绛儿抱住吊在树上女子的双脚，拼命地向上举，小儒纵身爬上树，解开绳索，将吊在树上的女子放下来。卢绛儿解开女子脖子上的绳索，因是刚上吊就被发现，卢绛儿知道无大碍。她冲着躺在地上的女子说："有什么想不开的，为何要自寻短见？"

"你们为何要救我呀！"上吊的女子哭着说，"让我死了算了。"

"什么事想不开？"卢绛儿劝慰道，"给老姐姐说，我来给你出主意。"

女子坐起来，断断续续说出了她的遭遇。原来，她是一个土财主的正室,土财主讨了两外小妾,两个小妾常联合起来欺侮她,她受气不过,故而前来寻死。

"妹子,你好糊涂呀!"卢绛儿听完后说,"你这样不明不白地死去,不是正如了她们的心愿吗?"

上吊的女子站起来,可怜巴巴地问道:"那我该怎么办?"

"你是正室,怕什么?"卢绛儿怒气冲冲说,"回去同他们斗,何必要白白地便宜他们呢?"

女子想了半天,终于打消了寻死的念头,拍拍身上的尘土,冲着卢绛儿深深地施了一礼道:"多谢夫人救命之恩,我回去了。"

卢绛儿看着远去女子的身影,脸上露出一丝苦笑。

十六、天下第一醋坛子

十年之约

一天,李世民再次向房玄龄问起家人的情况。房玄龄满脸忧伤,无声地摇摇头。

"我登基之后,你与妻子的十年之约也快到了。"李世民说,"到时妻儿再不出现,我可要赐婚了。"

"别!别!"房玄龄着急地说,"这件事我自己会处理,不劳殿下费心。"

"我能不操心吗?"李世民微笑着说,"堂堂一国之相,身边竟然没有女人,岂不是成了千古奇闻?"

房玄龄坚定地说:"我与妻子有十年之约,无论发生了什么情况,我都要信守当初的誓言,十年不近女色。若做失信之人,他日九泉之下如何面对糟糠之妻?"

"好!"李世民说,"我成全你,期限一过,可就由不得你了。"

这一天,李世民召房玄龄与杜如晦开了一个小会,商议新朝机构设置及官吏配置问题,散会之后,特地把房玄龄留下来。房玄龄问有何事,李世民笑道:"随我走,去了就知道了。"

房玄龄不好再问,只好随李世民来到偏殿。

淮安王李神通正在与一位姑娘正在偏殿有说有笑,见李世民与房玄龄进来,立即站了起来。

李世民指着女子向房玄龄介绍:"此乃淮安王之女平阳公主。今天宴请他们父女,请你作陪。"

平阳公主先与李世民见过礼,而后向房玄龄福了一福,咬着嘴唇,微微一笑道:"见过房宰相。"

房玄龄还礼,然后对李世民说:"此乃皇室家事,恕臣不能奉旨。"

"为什么?"李世民有些莫名其妙地问。

房玄龄道:"臣乃朝廷宰臣,不宜过问皇室家事,故不能在此留宴。"

李世民瞟了平阳公主一眼,两手一摊,做了个无可奈何的姿态。房玄龄同李神通打了招呼，向平阳公主点点头，转身离去。

平阳公主含情脉脉地看着远去的房玄龄，直到不见人影才将目光收回。李世民与淮安王李神通相视一笑。

原野上，一辆马车缓缓而行，房小儒坐在车辕上，见长安城已近在眼前，一抖手中长鞭，高兴地唱起了《三秦民谣》：

　　武功太白，去天三百。
　　孤云两角，去天一握。
　　山水险阻，黄金子午。
　　蛇盘鸟栊，势与天通。

房小儒唱着歌，赶着马车进了长安城明德门，兴奋地向车内问道："夫人，直接到宰相府吗？"

卢绦儿听说进了长安城，心里激动得不能自持，从泾阳出发，她巴不得长出双翅飞到长安，而到了长安，心里突然生出一种恐惧感，一种想见而又怕见的感觉油然而生。房玄龄大业十三年杖策随龙，投奔唐国公，至今已有十年，他是否还是原来那个夫君？他心里是否还有她这个剜了一目的丑妇？想到这里，突然改变了主意，对驾车的房小儒说："找个客栈住下再说。"

"为什么不直接去宰相府呀？"房小儒不解地问。

"娘！"房玄龄的两个儿子急着说，"去找爹吧，找到爹，就有大房子住。"

卢绦儿心里突然有点烦，不想搭理两个儿子。房小儒见卢绦儿没有改变主意，跳下车辕，牵着马，沿天街慢慢行走，走了一段路后拐进保宁坊巷，在街边兴隆客栈的门前停了下来。

第二天，卢绦儿携房老夫人和两个儿子到慈恩寺上香，吩咐房小儒前去打探消息。卢绦儿上完香刚回到兴隆客栈，房小儒就浑身是伤、跌跌撞撞地闯了进来，卢绦儿惊问道："小儒，怎么回事，为何如此狼狈？"

房小儒坐下来，喘息未定地说："老爷的府邸找到了，在永兴坊。"

永兴坊在皇宫东边，与东宫仅一墙之隔。李世民为了方便房玄龄入朝议事，特地将这里的一处宅院赐给房玄龄。

卢绦儿见房小儒如此模样，心里有一种不祥的预感，急问道："既然找到了老爷，为何又如此狼狈不堪？"

— 115 —

房小儒痛苦地弯着腰，欲言又止。

卢绛儿催促着："说呀！到底怎么回事？"

房小儒看看卢绛儿，又看看房老夫人，房老夫人见状，也催促道："说呀！发生了什么事？"

"老爷要迎娶平阳公主为妻，这件事情在整个长安城都传开了。"房小儒喘息未定地说，"我找到永兴坊，欲进去求见老爷，被相府守门人推了出来。"

"真的有这种事？"卢绛儿惊奇地问，"你没有说你是谁？"

"当然说了。"房小儒继续说道，"他们骂我认亲戚找错了门。"

卢绛儿埋怨道："我叫你去打探消息，没叫你去惹事？"

房小儒委屈的说："我也只想早点见到老爷呀！谁知他们出手打人？"

"好了。"卢绛儿说，"去洗一下，换件衣裳。"

房小儒惹祸

房小儒受了一场窝囊气，心有不甘，悄悄对大公子遗直说："遗直，想不想见你爹？"

"当然想，做梦也想。"遗直此时年仅十三岁，还是天真浪漫的年龄。

"你的弹弓还在吗？"小儒问道。

"在！"遗直随手从怀里掏出弹弓，扬了扬说，"在这里。"

"走！"房小儒拉着小遗直，从口袋里掏出一颗石子，再掏出一张写有字的纸包住石子对遗直说，"我们到路上候着，等会你爹的马车过来后，你将这个纸条射给你爹，他知道我们来了，一定会来接我们的。"

崇仁坊是房玄龄退朝后回家的必经之地，房小儒带着小遗直躲在小巷里，时间不长，果见一乘官轿从朱雀门驶过来，过了平康坊后向左拐，进了崇仁坊的小巷，直向永兴坊相府官邸走去。

房小儒问路人，知是中书令房玄龄的轿子，房小儒欲靠拢过去，被前呼后拥的侍卫隔得远远的，根本过不去。他从口袋里掏出包有小石头的纸条递给遗直说："快，对准马车的窗口，射进去，老爷看到纸条，一定会停车。"

— 116 —

小遗直接过包有石子的纸条，瞄准官轿的窗口，拉满弓射了出去。由于太紧张，石子射出去了，纸条却掉了下来。恰在此时，轿中的房玄龄正伸头向轿外张望，弹过来的石头正好射中额头，额头顿时隆起个大血包，痛得大叫一声。

房玄龄仅在车中一闪，房小儒一眼就认出轿中之人就是房玄龄，大叫一声："老爷！"拉着遗直，拼命地向房玄龄的轿边冲。

侍卫们见袭击房玄龄的人不但不跑，反而还冲向官轿，以为是刺客，更是如临大敌，一部分人护着轿中的房玄龄迅速离开，一部人向房小儒、房遗直两人扑了过来。

房小儒见房玄龄的轿子已经离去，众侍卫又向他们围了过来，拉着遗直的手大叫："快跑！"

然而，为时已晚，他们已经被众侍卫团团围住。结果只能是束手就擒，被当着刺客关进了刑部大牢。

李世民闻知房玄龄受袭，非常震惊，下令大理寺严加查处，一定要追出幕后之人。

房小儒和房遗直为了尽快出狱，只好承认自己是房玄龄的公子和管家。

刑部派人前去核定。但他们并没有找房玄龄本人，而是找其他人。

房小儒人生地不熟，只得说出居住在兴隆客栈的房玄龄的夫人卢绛儿。

卢绛儿莫名其妙地被衙役带到刑部，得知一个青年、一个少年在大街上行刺中书令房玄龄时，料知是小儒、遗直两人惹了祸。爱子心切，她要求先见到人犯再说。刑部的人只好先带她到大牢见房小儒和房遗直。

狱卒打开牢门，卢绛儿迈步进了大牢，遗直看到母亲来了，扑上去抱着卢绛儿，哭着叫道："娘！"

卢绛儿蹲下来，抱着遗直，左看看，右瞧瞧，见无大碍，缓缓地站起来，从怀中掏出一块玉佩，递给身后的官员说："请将这块玉佩交给房玄龄，见到房玄龄后，我才说出事情的真相。"

刑部官员接过玉佩，有些犹豫地说："这……！"

卢绛儿说："交给房玄龄，见与不见，就凭他一句话，我们娘儿俩在这里等他，还怕我们跑了不成？"

事涉当朝中书令，刑部官员知事情重大，吩咐狱卒锁好牢门，不可虐待人犯，然后转身离去。

意外重逢

小遗直依偎在卢绛儿的怀里问道:"娘,爹会来接我们吗?"

卢绛儿抚摸着怀中的娇儿说:"会的,他不会丢下我们不管的。"

房小儒道:"我看得清清楚楚,轿中坐着的就是老爷。"

"都是你。"卢绛儿责怪道,"小孩子不懂事,你为何要出此馊主意?"

"看着老爷不能相认,我心里急呀!"房小儒委屈的说,"谁知纸条子没有射过去,反而射伤了老爷呢?"

"好了!"卢绛儿说,"今后做事多动动脑子,不要尽是闯祸。"

房小儒见夫人没在再责怪的意思,高兴地说:"知道了。"

正在他们说话之时,当啷一声响,牢门被打开了。房小儒猛地站起来,高兴地叫道:"老爷!"随即推了遗直一把,说,"遗直,快,叫爹!"

房遗睁大眼睛看着房玄龄,一时开不了口。房玄龄离开上郡之时,遗直年仅三岁,十年光景,孩子长大了,房玄龄也老了。此时父子在牢中相会,恰似陌路人一般。

房玄龄看着长大了的儿子和一别多年的贤妻,激动地说:"这多年,你们到哪里去了,我找遍了上郡,连山东老家都叫人去找了,就是找不到你们。到了京城,怎么不去找我呀?"

卢绛儿并不搭理房玄龄,拉着遗直的手:"走,不认识这个人。"说罢,气冲冲地出了牢门。

房玄龄愣在当场,不知妻子为何发这么大的火。房小儒凑过来,冲着房玄龄说:"老爷,我们住在兴隆客栈。"

房玄龄一把拉住房小儒,紧张地问:"夫人为何发这么多的火?"

房小儒道:"老爷,你是不是又要成亲了,听说女的叫什么平阳公主?"

"哎!"房玄龄一跺脚,"哪有的事。"

房小儒狡黠地一笑说:"你去向夫人解释吧!"说罢欲离去。

"我娘呢?"房玄龄紧张地问,"她老人家还好吗?"

"老夫人还好,也住在兴隆客栈。"房小儒说罢跟了出去,临出门时,转过头来说:"老爷,快来哟!兴隆客栈!"

场面有点尴尬

房玄龄赶到兴隆客栈，先拜见了母亲房老夫人，接着，房小儒将遗直和遗则拉到房玄龄的面前，叫他们拜见爹爹，两个小家伙站在房玄龄面前，怯生生地看着房玄龄，年仅十岁的遗爱天真地问房玄龄："你真是俺爹吗？"

房老夫人坐在一边，看着两个孙子，微笑着说："这就是你们天天想念的爹，快叫呀！"

房小儒将他们两人摁跪在地下，说："快，叫爹呀！"

两个小孩跪在地下，先是甜甜地叫一声爹，然后抱着房玄龄的大腿大哭起来。房玄龄双手搂住两个儿子，眼中也饱含热泪。

两个孩子突然离开房玄龄的怀抱，来到卢绛儿的房门口，抬起小拳头，擂着门说："娘，出来呀，爹来接俺们了。"

原来，卢绛儿回到兴隆客栈后，便将自己关在房间里，谁也不让进。

房玄龄来到门口，冲着屋内喊道："绛儿，我是玄龄，开门呀！"见屋内没有回声，继续敲着门道，"开门吧，有事开门再说。"

"你走吧！"卢绛儿在房内大声吼，"你去找那个什么平阳公主，到这里来干什么？"

房玄龄站在门口，看看老母，又看看两个儿子，一时没了主意。

正在这时，杜如晦闻讯赶来了。

房玄龄如遇救星一样，冲着杜如晦说："如晦，你来劝劝，我叫破嗓了，孩子他娘就是不开门。"

杜如晦来到客房门口，轻轻地敲了敲门，叫道："嫂夫人，开门呀，我是杜如晦，还记得我吗？"

过了一会，卢绛儿慢慢地把门打开。杜如晦深深一揖："嫂夫人好！"

卢绛儿还了一礼，将杜如晦让进屋内，房玄龄抬脚跨进屋内，卢绛儿伸手一挡，面无表情地说："出去，没有请你进来。"

房玄龄尴尬地站在门口，进也不是，退也不是，卢绛儿睁着独眼说："愣着干什么？出去。"

房玄龄无奈地将脚缩了回来。卢绛儿随手将门关上。

— 119 —

"嫂夫人。"杜如晦亲热地叫一声,说道,"凤巢将被雀儿占,你这是解决问题的办法吗?"

"平阳公主到底是怎么回事?"卢绦儿说,"如晦兄弟,你跟我说实话。"

"这是皇上的主意,事情还没有成呢!"杜如晦劝道,"你这个态度,不是将玄龄兄向平阳公主的怀里推吗?"

"他敢!"卢绦儿脸上终于有了笑容,"幸亏你提醒了我,不然还真的便宜了他。"

杜如晦转身打开了门,卢绦儿走出门,上前扶着房老夫人说:"娘,走吧!"

杜如晦向房玄龄狡黠地一笑,伸手做了个喝酒的姿势,意思是我替你解围,可要请我喝酒哟!

房玄龄双手揖了揖,算是答复。

天下第一醋坛子

李世民听说房玄龄的家小找到京师,一家人已经团圆,心里甚是高兴。房玄龄自隋大业十三年投奔李唐,至今已有十年。十年来,房玄龄一直跟随着自己,运筹帷幄,东征西讨,为大唐基业、特别是为自己继承大统,立下了莫大的功劳。朝中大臣多是三妻四妾,唯房玄龄独自一人,尽管在战争中与家人失去联系,但他一直在寻找失去的妻儿,从不曾有再娶之念。其间虽不乏有说媒妁合者,但房玄龄总不为所动。如今,一家总算团圆了。

房玄龄一家团圆了是好事,有一件事却又让李世民为难。这就是平阳公主。本来他也知道,房玄龄与妻子有个十年之约,房玄龄也一直坚守这个约定。眼看十年之约将至,李世民迫不及待地给房玄龄赐婚。尽管房玄龄没有同意,但皇上赐婚,他也不得不从,如今原配夫人来了,他不知该怎么办。

正在这时,淮安王李神通来了,不问就知道,一定是为平阳公主之事来的。果然,李神通刚一落座就说:"太子殿下,听说房玄龄的原配夫人来了,我女儿平阳公主的婚事怎么办?"

李世民两手一摊说:"我也为此事犯难呢!"

李神通说："臣有办法。"

"什么办法？"

李神通自私地说："废掉房玄龄的原配夫人！"

"这叫什么办法？"李世民断然地说，"房玄龄找家人这多年，好不容易一家团圆，又要拆散他们，能行吗？"

"太子殿下即将登基，下道圣旨就解决了。"李神通不以为然地说。

李世民笑了笑说："听杜如晦说，房夫人刚烈凶悍，房玄龄见了她，犹如老鼠见猫一般。"

"那又怎么样？"李神通还是不以为然地说，"她敢抗旨不遵吗？"

"嗯！"李世民摇摇手说，"这件事缓一缓再说。"

房玄龄正在家里同两个儿子玩，房老夫人坐在一旁，脸上充满了笑容。忽然家人来报，说太子殿下来了。

房玄龄刚想出迎，李世民与长孙氏已站在门口，慌忙跪伏于地说："太子殿下，臣不知圣驾光临，请恕臣未迎驾之罪。"

房小儒连忙将遗直、遗则摁跪在地，自己跟在房玄龄后面跪下磕头。

房老夫人见皇太子、太子妃进了自家门，慌忙从椅子上溜下来，欲行跪拜之礼，李世民迈步上前，一把搀住房老夫人，恭恭敬敬地说："伯母坐好，不必多礼。"

李世民称房老夫人为伯母，是以晚辈自居，对于臣子，这是至高无上的荣誉。

房玄龄跪在地下，感动得泪流满面，颤声说道："太子殿下不可如此，臣的母亲经当不起，臣也经当不起呀！"

房老夫人虽年过古稀，头脑却很清醒，且她的丈夫房彦谦曾在隋朝为官，对君臣礼仪并不陌生。她心里明白，太子殿下之所以尊自己为长辈，这是表示对儿子的器重。越是如此，越是不能失了君臣之礼，她挣脱李世民的搀扶，坚持跪下行了面君之礼。

李世民见拗不过，只好受了一礼。待房老夫人礼过之后，伸手将她搀扶到椅子上坐定。然后向门口随行的侍奉太监一挥手，侍奉太监一挥手中拂尘，八名宫人抬着四抬物什进了房府。侍奉太监道："太子殿下有旨，赐房老夫人、房夫人绢百匹。"

房玄龄跪下谢恩领赏。

房玄龄的夫人卢绛儿本在里屋清检东西，听到处面喊皇上，皇后驾到，连忙来到客厅，此时正是房玄龄谢恩领赏之时，她在房玄龄的身后跪下说：

"臣妾叩见太子殿下、太子妃！谢太子殿下、太子妃恩赐！"

长孙氏上前扶起卢绛儿，微笑着说："房夫人，快请起！快请起！"

卢绛儿站起来，面对眼前的长孙氏，不由从内心发出一声赞叹："太子妃，你好美呀！"

长孙氏微笑着说："房夫人也不减当年，年轻时定是个美人哟！"

"臣妾见太子妃，犹如麻雀见凤凰，怎及得太子妃半分！"卢绛儿满脸含笑地说。

君臣礼毕，房玄龄给李世民、长孙氏奉座。

李世民坐下后，向房老夫人问寒问暖，说了一些抚慰之言。只见长孙氏站起来，向卢绛儿招手道："房夫人，借一步说话。"

房玄龄见太子妃与夫人进了里间，又向李世民投去询问的眼色，意思是说，太子妃为何要单独见自己的夫人，有什么事吗？

李世民只是微笑，并不回答，弄得房玄龄一头雾水，不知为了何事。

过了一会，长孙氏从里间回到大厅，李世民看着她，等待她的回答。

长孙氏看着李世民，摇了摇头，一言不发。

李世民见状，脸露失望之色。

卢绛儿随长孙氏回到大厅，从她的脸色看，无所喜、也无所忧，似乎什么也没有发生。

房玄龄见李世民与太子妃以目传语，从夫人的脸上读不出任何信息，有些丈二和尚摸不着头脑的味道

原来，长孙氏单独会见卢绛儿，向她表达李世民的意思，就是要给房玄龄赐婚，为了不影响房夫人的身份，答应新赐婚的平阳公主与房玄龄的原配夫人卢绛儿两头一般大，不分大小，同为正室。这是中国古代为解决夫妻名份矛盾常用的一种办法。

卢绛儿听说后，死活不答应，她说："要俺答应，唯有一死。"

长孙氏见房夫人态度如此坚决，没有一点回旋余地，只好返回大厅。刚才她向李世民摇摇头，就是表示房夫人对赐婚之事坚决不同意。

李世民犹豫了半天，大声说："房玄龄接旨！"

房玄龄连忙跪下说："臣恭聆圣谕！"

"本王将平阳公主赐与你为妻。"李世民又补了一句，"同原配夫人卢氏，两头一般大，不分大小。"

房玄龄跪在地上，偷偷看了夫人卢绛儿一眼，既不说接旨，也不说不接旨。

侍奉太监在旁补了一句:"房大人接旨!"

卢绛儿见太子下旨赐婚,急了,她担心房玄龄接旨,呼地站起来,独眼圆睁,气呼呼地说:"这是哪门子圣旨,俺家不是好好的吗?怎么硬要插进一个什么平阳公主来?"

李世民万万没有料到房玄龄的妻子竟如此大胆,不但公然抗旨,而且还质问自己,心里先是一愣,继而龙颜大怒,发脾气地说:"房夫人,你敢抗旨吗?"

"有什么不敢的。"卢绛儿大声答道,"房玄龄纳不纳妾,这是咱自家的事,不是国事,太子殿下不觉得圣旨下得太过草率了吗?"

李世民一时语塞。房玄龄担心李世民发怒,连忙说:"殿下,臣不敢接旨。"

"房玄龄呀、房玄龄。"李世民气得一跺脚,对卢绛儿说道,"房夫人听着,朕给你两条路,任由你选。"

卢绛儿不卑不亢地说:"请明示。"

李世民说:"一条是接旨,接纳平阳公主,房玄龄一夫二妻,两头一般大。"

"第二条路呢?"卢绛儿问道。

"第二条吗!"李世民突然转向侍奉太监说,"拿酒来。"

侍奉太监向外一甩拂尘,一名太监手托一个木托盘,托盘上放着一碗酒,李世民指着托盘上的酒,冷冷地说:"将这碗毒酒喝了,赐你一个全尸。"

卢绛儿想也不想,跨上一步,伸手端酒碗,惨然道:"妾身宁做妒妇而死,也不愿看到自己的丈夫搂着别的女人睡觉。"说罢一仰脖子,将毒酒一饮而尽。随手将空碗重重地摔在地下,碗摔得粉碎,人也扑通一声倒在地下。

房玄龄从地下爬起来,欲上前阻止已是不及,见夫人喝下毒酒,软倒在地,惨叫一声:"夫人,你怎么能这样啊!"

房老夫人见媳妇喝了毒酒,惨叫一声:"媳妇……"顿时昏了过去。

遗直、遗则两个小孩双双扑在母亲身上,惨叫道:"娘……!"

房小儒见状,跪在卢绛儿的身边哭道:"夫人,夫人!"

李世民未曾料到房玄龄的妻子性情竟刚烈到如此地步,无奈地一跺脚:"起驾!"刚走到门口,转头对房玄龄说,"别哭了,那不是毒酒,只是一碗醋,里面有一点点蒙汗药,过一会儿就醒了。"

"谢太子殿下！"房玄龄跪在地上，"臣恭送太子殿下、太子妃。"

李世民摇摇头，携长孙氏离去。

从此以后，房夫人宁妒而愿赴死，喝下御赐毒酒，实则是喝下一碗醋的事情不胫而走，传遍整个京城。

房玄龄家有一个吃醋、性情刚烈犹如一只母老虎的老婆之事，成为人们背后的笑谈。自古至今，中国的夫妻将妒忌自己的配偶与异性来往称之为吃醋，就是源于房玄龄的老婆卢绛儿喝醋。

十七、以仁取信

新皇登基

　　李世民继太子位不到两个月，朝中便按律走完禅位的一应程序。八月初，李渊正式下诏给裴寂等人，表示尽快将皇位让给李世民。

　　八月初八，李渊正式发内禅诏，自称太上皇，将皇位传给皇太子李世民。

　　太极殿是李渊为帝时的议政殿。李渊虽然下了内禅诏，将皇位禅让给太子李世民，但他并未搬出太极殿。

　　李世民没有修新的宫殿，而是选择太子东宫的显德殿作为登基之所。即位的前一天晚上，他将房玄龄召至显德殿，询问他一些做皇帝的基本规则。

　　房玄龄说："从明天起，太子便君临天下，正式成为大唐第二代皇帝，群臣在你面前山呼万岁，称您为陛下、皇上，您也要改称朕了。"

　　李世民坐在新做的御榻上说："以前做梦也想坐到这个位子上，真的坐上来，心里却有点茫然。"

　　房玄龄道："陛下身经百战，指挥若定，治理天下也和打仗一样，陛下一定能治理好天下。"

　　"打仗，朕不怕，手下的兵士，十万八万，心里总有个数，大约几时能结束战斗，心里也有谱。但自入主东宫两个多月以来，召见百官，接触政事，日理万机，总觉忙不过来，治天下与打天下，完全不是那么一回事。"

　　房玄龄道："百官百僚，各司其职。犹如网目，陛下只需掌控总纲，纲收目顺，纲举目张。"

　　"纲举目张，说起来容易，做起来多难呀？朕过去打仗，骑在马上冲锋陷阵，路走错了，一收马缰，马上就可以调头，现在，马缰易成天下之纲，而天下之事，如果错了，岂是一下子就能转过来的吗？"

　　房玄龄道："只要陛下继续重用秦王府旧人，治理天下，未必有陛下说得那么难。"这里，房玄龄所言显然有他的想法。

　　李世民明知房玄龄话里有话，顺着他的话说："这些年，你为朕网罗了不少人才，秦王府十八学士，个个都是俊杰。"

房玄龄有些得意地说："谢陛下夸赞，以现在看来，杜如晦当得第一人才，案牍事务，从无差错，武将中，尉迟敬德……"

"一朝天子一朝臣，这些朕知道。"李世民打断房玄龄的话头，"新朝建立，万事开头难，如何改弦更张，建章立制，你可要多动些脑筋。"

李世民打断房玄龄的话头，是因为他有自己的看法。他之所以能登上皇位，秦王府旧僚功不可没，但这些人很容易依仗其功勋和与自己的特殊关系，把新皇帝包围起来，进而垄断大权而把持朝政。这些都是当皇帝的不愿看到的。汉刘邦建立王朝后，大杀功臣，原因就在于此。

房玄龄何尝不明白这个道理，当李世民打断他的话，将话头转向新朝的建章立制、改弦更张时，他就知道今日的李世民，已非昔日的秦王，他现在是天子，是皇帝，有些事情不足为人道，这就是所谓的天威难测。

"这个臣知道。"房玄龄接着说，"臣正在做这些方面的准备工作，陛下登基大典之后，臣将拟一个具体方案送呈御览。"

八月初九，李世民即皇帝位，皇城举行隆重典礼。

南郊社稷坛上，裴寂宣读了祭文，把新皇登基的消息仰告上天。这些事情理应由裴寂来做，别人不能越俎代庖，亏得房玄龄把他留为左仆射。

社稷坛不知跪了多少人，人们在心里默默祈祷，盼望新皇帝能给天下带来好运，给百姓带来幸福。

祭天之后，下诏大赦天下，免除关内以及蒲州、芮州、虞州、泰州、陕州、鼎州六地租调两年，其余各地免除徭役一年。民八十岁以上赐粟帛，百岁倍之，各种恩诏，一道一地道颁发下去。

随后便是一系列封赏，长孙氏册立为皇后，是为文德皇后。李渊正式退位，被尊为太上皇。连元吉妃杨氏也被正式纳为妃嫔。

突厥犯境

从李世民即位到这一年底，房玄龄十分操劳。作为深受李世民信任的近臣，又是手握重权，朝中的一应事务都需他参与处理，其中的辛苦可想而知。李世民是一个明智果断的皇帝，富于卓识和才干，在这样的皇帝身边为相，既是对个人才华能力的考验，也需充沛的体力的精力。

革除旧弊的工作千头万绪，巨细纷呈，同时又有突厥不断来犯。

李世民继任大唐皇帝后，突厥颉利可汗突然举倾国之兵大举来犯。按颉利可汗的想法，大军一动，唐朝新君定会战战兢兢，奉上一份大礼是十拿九稳。兵至渭水便桥之北，派遣其心腹执失思力入长安觐见唐朝皇帝。

黄门侍郎进宫来报，李世民传旨宣进殿前。

执失思力有恃无恐，嚣张地说："唐朝给突厥的财物无定数，时给时不给，没有诚意，敝国颉利与突利两可汗，率兵百万，今已兵临城下，若想保命，只有屈服妥协一条路可走。"

长孙无忌喝斥道："拜见我皇，还不下跪？"

执失思力傲慢地说："什么皇上，我只拜颉利可汗，正在渭水便桥之北等着我回话呢！"

李世民斥责道："我与你们可汗当面约定讲和通好，前后馈赠之金银蜀锦无计其数。今却背弃盟约，引兵来犯，是你们理曲，大唐无愧于心！朕想你们虽居住在戎狄，可也长着一颗人心，怎能如此忘恩负义？且还妄自尊大，简直连猪狗都不如。"遂喝令推出去斩了。

房玄龄示意堂上大臣们都坐下，这样即便执失思力不跪，也不失天朝威严。遂与李世民轻声说："自古两军交战，不斩来使，陛下权且息怒，以礼相待便是了。"

李世民道："我若放他回去，颉利可汗还以为怕他，更加肆无忌惮了。"

房玄龄说："别说是杀了他，凭我国兵力，就是将他十万军尽灭于渭北，也是不难。可是陛下新立，战火刚熄，若再燃烽烟，又将耗费国家大量的人力、物力、财力。国家不堪重负。依臣之见，陛下可亲往咸阳桥走一趟，如肯修好，可善待之，否则，再击之不迟。"

大家听了都很惊讶，都说皇上亲临敌前太危险。但房玄龄料定突厥此番不敢擅自动武，便命人将执失思力先押于门外，然后随李世民往咸阳桥边迎敌。

李世民全装披挂，绰枪上马，径出玄武门，身边仅带高士廉、房玄龄等六骑。

渭水在长安附近有三座桥，即东渭桥、中渭桥和西渭桥。西渭桥又称咸阳桥，汉武帝时所建，因在当时长安城便门以西，与便门相对，因而又称便桥。从长安渡渭水西行，多由便桥通过。

李世民率房玄龄等驰至桥边，见对岸营帐无数，旌旗猎猎，突厥士兵

摇旗呐喊,一派虎狼之声。李世民半立在马上大呼道:"颉利可汗!朕曾与你豳州结盟,约为兄弟,永不再犯,近年来你却屡屡负约。朕正欲兴师问罪,你却引兵深入,莫非前来送死么?"

来到渭水边。时颉利可汗正在营中等候执失思力的消息,忽有军校来报大唐天子驾到,正在河对岸的颉利可汗见李世民仅带六骑而来,暗自惊疑。

李世民扬鞭直指天空说,"天日在上,我国并不负可汗,可汗独负我国,负我就是负天,负天要遭天遣,试问可汗,禁得起吗?"

颉利身边的突厥兵士素信鬼神,见唐天子威风凛凛,诰命煌煌,不由得魂胆飞扬,纷纷下马,拜伏于地,一时间山呼万岁,声闻数十里。恰在此时,大队唐兵自长安方向席卷而来,旗帜盔甲遮盖于野。原来长孙无忌等人放心不下,派尉迟敬德、秦叔宝诸将领兵护驾。诸将指挥兵士沿渭水河边排成一字长蛇阵,蔚为壮观。

颉利先见李世民仅带六骑,本就疑心,故而未敢过桥,今见唐军如蚁而至,自知不敌,言语中不免客气了许多,忙问执失思力如何了。

房玄龄告之正在驿馆喝酒吃肉。颉利显得更是气馁惭愧,答应再遣使入长安议和。

回到朝中,萧瑀问房玄龄,为何众人皆言战,而你却独言和,皇上仅数骑赴险却不阻拦。

房玄龄笑着说:"这哪里是我的主意,是圣上大智大勇啊!要想消灭他们倒也容易,只是圣上考虑到即位日浅,国家未安,百姓未富,当以安抚之。倘若和他交战,结怨越来越深,损失可就大了,敌人难免会因为惧怕而加紧修备,例让我们整天提心吊胆了。"

李世民闻言,一旁说道:"玄龄所言极是,将欲取之,必先予之,正是此理了。"

魏徵凯旋

突厥退兵,边境安宁,李世民可以腾出手治理国内事务了。房玄龄身为中书令,协助李世民执掌朝政,自无一日清闲。

九月初，结盟而还的突厥颉利可汗派人给李世民献三匹骏马和一万只羊。

房玄龄建议李世民不要接受，他说："突厥屡犯中原，掳走中原人口无计其数，我朝中书侍郎温彦博，尚囚禁在突厥未归。陛下可诏令突厥，归还所掠夺的中原人口，并征召上一年被突厥俘虏的温彦博还朝。这样，天下人都会知道，陛下并不看重财物和马羊，重视有是人才和百姓。如此一来，何愁天下不归心呢？"

温彦博，字大临，武德八年，突厥十万大军进犯太原，李渊命温彦博为行军长史，协助可卫将军张公瑾御敌。唐军全军覆没，温彦博兵败被擒，突厥人知温彦博乃朝廷重臣，逼问其大唐虚实，温彦博视死如归，拒不回答。突厥人将他流放到阴山苦寒之地牧羊。

一年来，房玄龄须臾不忘那个苏武牧羊一样的温彦博，平时看到他的家人，总是好言相慰，时刻惦记着把他救回来。

李世民依了房玄龄之谏，令突厥归还所掠夺的中原人口，并指名要送归温彦博。

不久，温彦博回到长安，房玄龄以李世民的名义摆宴接风，温彦博感激不已。随后，温彦博被任命为雍中治中，不久改任检校吏部侍郎。他兢兢业业，属守职责，"意有沙汰，多有抑损"，被提拔为中书侍郎兼太子右庶子。

这一天，显德殿朝议已毕，正准备退朝，忽有人来报，说魏徵出使河北回京，递牌子求见，正在殿外候旨。

李世民听说魏徵回来了，非常高兴，突然，他心里闪出一个奇怪的念头，强抑高兴之情，平淡地说："传魏徵觐见！"

"传魏徵觐见！"皇上身边的近侍拖着嗓子喊。

魏徵迈步进入朝堂，面对大殿上的李世民行叩拜之礼："臣魏徵叩见陛下，祝吾皇万岁！万岁！万万岁！"

"平身！"

魏徵站起来，偷偷地看了李世民一眼，见他面无表情，从脸上读不出一点信息，心里有些莫名其妙，心想，我出使凯旋归来，怎么连一句褒奖的话也没有，做太子时那么礼贤下士，当了皇上就变了吗？魏徵在胡思乱想，李世民说话了："魏徵，朕有话要问你，你可要如实回答。"

"陛下请讲，微臣知无不言。"

"你为何要释放李思行和李志安？"

"臣是奉旨安抚河北、山东的制使大臣,欲完成使命,必须释放这两个人。"

"为什么?"

"如果朝廷一边派钦差大臣前去安抚,一边又允许州县抓人,谁还相信朝廷安抚的诚意?"

"你难道不知道释放他们有包庇之嫌吗?"

"陛下既以国士之礼待臣,臣就当以国士之责报之,办事若畏首畏尾,不敢承担责任,将一事无成,臣不敢为避嫌而废国家之大计。况且臣在出使之前就已禀明,将在外,君命有所不受,陛下已给了臣听便宜从事之权。"

李世民故意板着的脸完全松开了,高兴地说:"说得好,魏徵果然不负朕望,河北、山东之行,化干戈为玉帛,功莫大焉!吏部堂官听旨!"

吏部尚书长孙无忌出班道:"臣恭聆圣谕!"

"拟旨,擢升魏徵为尚书右丞,谏议大夫如旧。"

"臣遵旨!"

"再封为钜鹿县男。"李世民补充一句。

"臣谢主隆恩!"魏徵跪拜谢恩。

"爱卿旅途劳顿,一路辛苦了,还没有回家吧?"

魏徵道:"没有复旨,不敢回家,臣昨晚歇在驿馆。"

"先回家去休息几天,朕还有事要找你呢!"

新年号的诞生

凌烟阁是西苑三清殿旁边的一座小楼,平常并不常有人到此。李世民要召开一个重要会议,会址就定在凌烟阁。因会议的议题事关国运,李世民将皇后长孙氏也请来旁听。他要让皇后在第一时间,见证这个重大决定的诞生,这就是新皇帝年号。

新皇帝,新年号,这是祖制,也是惯例。李世民是大唐第二代皇帝,当然要有自己的年号。也许是对件事特别重视,李世民一反常例,携皇后第孙氏最先来到凌烟阁。

奉诏与会的几位博学鸿儒如房玄龄、杜如晦、虞世南、萧瑀、魏徵等陆续到来，见皇上与皇后竟然早就坐在里面，心里甚是惊异。大家心里猜测，皇后执掌后宫，从不参与朝政，今天突然与会，会议议题绝非寻常。

李世民见人到齐了，开门见山地说："朕登基已三月有余，眼下已是'武德'岁末，明年即将改元，启用新年号，但朕的年号尚未确定。今天与会者都是学富五车，满腹经纶的硕儒，请你们来，就是商议朕的年号。"

皇帝的年号，是事关千秋万代的大事情，与会者虽然都是博学鸿儒，但生平也都是第一次经历这种事，谁也不敢马虎，谁也不敢贸然开口，会场一时静了下来。

魏徵率先道："年号事关国运，一点不能含糊，得仔细推敲推敲。"

李世民道："朕查书翻典，选了三个待定年号：大成、贞亨、贞观，大家议一议，哪一个好？"

针对李世民提出的三个年号，大家热烈地讨论起来。

魏徵稍加思考，说道："大成二字不好！"

长孙皇后听到君臣议新朝年号，悄悄凑近些，想听听魏徵的妙论。李世民不解地问："为什么？"

"'大'者，一人也，'成'字去半，乃一'戈'字，大成合起来就是'一人负戈'，一派兵戈肃杀之气，不可，不可。"魏徵侃侃而谈。

"贞亨如何？"李世民见魏徵否定了"大成"，又问下一个。

"'亨'字，为'文'不成，为'子'而不就，不吉利。"魏徵摇了摇头。

大家见魏徵说得头头是道，干脆都不想了，索性当听众。长孙皇后也睁大了眼睛。

李世民见自己拟的两个年号都被魏徵否定了，显然有点急了，问道："贞观呢？贞观这个年号如何？"

"陛下为何要用这个年号？"魏徵随手拿过旁边两盒黑白棋子，在棋盘上摆成"贞观"二字，所摆之"贞"字，上面的卜用黑棋子，下面的"贝"字用白棋子，观字左边"藿"字用黑棋子，右边"见"字用白棋子。

李世民解释道："'贞观'二字取之于《易经·系辞下》'天地之道，贞观者也'之句。贞，正也，吉祥永固之意；观，视也，视审望察之意。二字表示天地之道，以正道示人，天地万物莫不保其贞以全用也。"

李世民虽然读书不多，为了起年号，真的花了不少工夫。

"西晋司马炎的年号'咸宁'，取之于'首出庶物，万国咸宁'之句；隋炀帝杨广取年号'大业'，取之于'盛德大业至矣哉，富有之谓大业，

日新之谓盛德'之句,均出自《易经》,'贞观'取之于'天地之道,贞观者也'之句,同样出自《易经》。"魏徵说到这些典籍如数家宝。

"先生果然博古通今,测测看,'贞观'二字吉凶如何?"李世民出于对魏徵的敬佩,竟然改称魏徵为先生,古时皇帝称臣子为先生,是至高无上的荣誉。

魏徵未留意李世民的称呼,指着棋盘上的字说:"'贞观'二字取自《易经》,玄机无限,深不可测。"

"此话怎讲?"

"贞观二字中的'贞'字,上头贝脚,上者,皇上也,贝者,钱也,钱乃财富之象征。'贞观'二字,就是皇上站在财富之上。"魏徵突然脱口而出,"贞观盛世显太平!陛下,以贞观为年号,大吉大利!"

李世民惊喜地问:"真的吗?"

"以陛下之睿智,定能参悟天地,行开明政治之道,以'贞观'为年号,励精图治,假以时日,抚临四海、惠泽百姓,定能开创贞观盛世。"

"贞观盛世显太平,说得好!朕一定要励精图治,开创贞观盛世!朕要诏告天下,年号就叫'贞观'。"

一次议年号的会议,成了魏徵一个人的演讲,号称十八学士之首的杜如晦、房玄龄,竟未获得说话的机会。萧瑀心中虽是不服,却也无可奈何。中书舍人、一代鸿儒虞世南竟是惺惺相惜,从内心佩服魏徵的博学多识。李世民心里更是明白,他面前这个年近半百的硕儒,前半生虽然郁郁寡欢不得志,但其胸中所学,确实莫测高深,今后一定要多给他表现的机会。

十八、贞观决策

皇后的德操

李世民以改元将至，改旧制，创新仪，忙得焦头烂额。这一天回到后宫，显得非常疲倦，接过皇后递过的茶喝了一口，感叹地说："哎！未当家不知柴米贵，当了家才知诸般难。"

长孙皇后看了丈夫一眼，没在搭腔。

李世民笑着说："朕在跟你说话呢！"

长孙皇后一脸严肃地说："雌鸡报晓，其家必败。臣妾乃妇道人家，怎能妄议朝政？"

李世民见皇后不搭腔，仍是滔滔不绝地说："过去做臣子，不知为君之难，如今坐在金銮宝殿上，才知道做皇帝不容易。"

长孙皇后笑道："朝政之事，同大臣商量去，不要对臣妾讲。"

"过几天，朕就要启用贞观年号了。"李世民喜滋滋地说。

"贞观一定能给陛下带来好运，给大唐带来好运。"长孙皇后满怀憧憬。

"贞观年，朕要大封君臣，无忌从太原起兵就跟着朕，朕封他个右仆射，你说如何？"

"千万不可！"

李世民以为皇后嫌官职太小，解释道："左仆射之职给了萧瑀，还有封德彝，都是太上皇提出的条件，房玄龄做中书令……"

长孙皇打断李世民的话说："不是此意，请陛下不要委无忌要职，。"

"朕与无忌乃莫逆之交，他为朕立下汗马功劳，有相佐之才，当宰相是应该的。"李世民这里说的"为朕立下汗马功劳"，实际上是指长孙无忌在玄武门之变中立下的大功，只是他不愿言明，因为在玄武门之变中，他充当了一个杀兄屠弟的不光彩角色。

长孙皇后说道："臣妾立为皇后，尊贵已极，不想再让兄弟子侄辈在朝廷身居要职，享受高官厚禄之荣。汉朝的吕后、霍光之家，可为前车之鉴。所以，臣妾恳求陛下，千万不要封兄长为宰相。"

李世民哈哈大笑道:"诸吕之祸,乃因吕后当朝,方有诸吕之乱。汉霍光死后,宣帝收权,废霍后,才灭了霍氏一族。这都是后宫参政作乱所带来的后果。朕总揽朝政,谁敢篡权?就是你文德皇后,也是一位通明贤达,母仪天下的国母,绝不似那无德无才的吕后。"

"总之,臣妾恳求陛下不要任命无忌为相。"长孙皇后仍然坚持自己的观点。

"皇后不是说不问政事吗?"李世民笑着打趣地说。

长孙皇后撇了半天道:"臣妾说的是家事。"

李世民正色地说:"这可是国事,不是家事。朕之取人,唯才是举,庸才,虽皇亲国戚也不足取。"

长孙皇后见劝说无果,也就默不作声,任由李世民高谈阔论。

次日,长孙无忌上疏,在奏疏中说:"臣闻陛下欲封臣为右仆射之职,惶恐之至,陛下与臣乃布衣之交,当知臣之所思,臣虽素怀大志,欲辅佐明君,博得高官厚禄、封妻荫子之荣耀,以求光宗耀祖、千古留名。然家妹已贵为皇后,荣耀至极,臣不欲使世人认为臣是沐皇后之恩而至高位,若此;则有损于皇后清誉,陛下也有任人唯亲之嫌。此乃臣昼夜之所思,恳请陛下怜之。"

李世民看了长孙无忌的奏疏,深深为这一双兄妹识大体、顾大局的言行所感动,暂时放弃了任命长孙无忌为宰臣的念头。

贞观决策

大唐改元,启用"贞观"年号,当年为贞观元年(627年),李世民称文武大圣大广孝皇帝,简称文皇。太宗是其庙号,太宗皇帝是他身后的称谓。

新皇帝改元登基,立长子承乾为皇太子。赐文武百官勋爵,谋士房玄龄、杜如晦的功劳列第一,房玄龄封邢国公,杜如晦封蔡国公,并为宰相。武德老臣萧瑀、封德彝为左、右仆射,官居相职。长孙无忌封齐国公,官拜吏部尚书,尉迟敬德封吴国公,官拜武侯大将军。其余文武百官,依其功绩,均有封赏。

御前丹墀之内的群臣听完封赏诏令，一阵骚动，有人满脸高兴，有人面露不满之色，其中犹以淮安王李神通最是不服，他自恃战功显赫，资深位高，在战场上出生入死，结果是文臣房玄龄、杜如晦功劳第一。

李世民环视一眼君臣，似乎看出了端倪，大声问道："此次封赐，是论功行赏，绝无偏爱之意，其中恐也有不尽得当之处，大家有想法，趁此机会不妨说出来。"

淮安王李神通出班，怒气冲冲地说："臣自太原起兵以来，便追随太上皇驰骋于疆场之上，冲锋陷阵，攻城拔寨，为大唐江山立下汗马功劳，房玄龄、杜如晦乃刀笔之吏，臣在前方杀敌之时，他们在后方快活，如今论功行赏，他们反而功居第一，臣实在是不服。"

李世民知道不服的不仅李神通一人，若不将这个出头鸟打下去，其他的人一定会乘机而起，到时局面就难以控制，想到此，他声色俱厉地说："叔父虽在义旗初起时便跟随太上皇，有首倡之功，南征北战，确实功不可没，但在黎阳城同窦建德一战却是全军覆没，后来同刘黑闼一战，你又是望风而逃。"

一席话，驳得李神通哑口无言。李世民看了李神通一眼，继续说道："如今论功行赏，房玄龄、杜如晦有运筹帷幄、定乾坤之功，正如汉之萧何，虽未亲自挥刀上阵杀敌，却能助汉高祖定天下，故而功居第一。这些叔父难道不知道？叔父虽贵为皇亲国戚，但总不能以此来与功臣同赏吧？"

淮安王李神通没有想到李世民当众揭他的短，惶恐地拜倒在地道："陛下，臣知错了！"

其余心有不服者，见淮安王都被皇上训斥得狗血淋头，一个个吓得不敢出声。

李世民见无人说话，接着便宣布朝廷的机构设置：

"中枢设三省：中书省主决策，长官为中书令；门下省主审议，长官为侍中；尚书省主行政，下设吏、兵、刑、礼、户、工六部，各设尚书，长官为左仆射、右仆射。另中书、门下合置办公，称'政事堂'，由各省长官共商国是。大理寺与刑部主司法。御史台主监察。"

李世民话音刚落，殿下群臣便议论开了，因为贞观体制中，设置宰相政事堂是前所未有的举措；官职上，尚书省长官尚书令由左、右仆射取代，贞观体制不设尚书令一职。

尚书令一职出缺，有人说李世民曾当过此职，故贞观年间不再设此职，也没有哪位大臣敢出任此职。其实，不设尚书令，是李世民深思熟虑的结

十八、贞观决策

果。尚书令一职，在职官中品级最高，属正二品，总领百官，仪型端揆，下辖吏、兵、刑、礼、户、工六部。总理全国行政大权，又参与中枢决策，权力太大，连皇帝也身感来自于尚书令权盛位高之威胁。这才是李世民不设尚书令的真正原因。

李世民等议论之声渐平之后说："中书省、门下省、三品以上的官员入阁议事，必须有谏官随行，做到有失辄谏。并有一名史官随时记录，作起居注，将朕与大臣们议事的经过、言行皆记录入档。"

殿下又是一阵惊呼，同时传来群臣击笏之声。击笏，即朝臣以笏板击手，相当于鼓掌。

李世民见群臣如此兴奋，龙颜大悦，乘兴说道："五品以上的京官，轮流值宿中书省，随时听候朕的召见，咨询民间疾苦与朝廷政务得失。"

李世民突然话锋一转，问封德彝道："治理国家，朕缺的就是人才，封德彝，朕命你推荐贤能，说了好长时间了，怎么一点动静都没有？"

封德彝出班答道："陛下，不是臣不尽心竭力，实在是没有奇才，不敢妄荐。"

李世民怫然道："君子用人如用器物，各取所长，古时候治理好国家的君主，难道是从别的时代借得奇异人才吗？是你不能识人，怎可诬我大唐无人才呢？"

封德彝满脸羞惭，退至一旁，无言以对。

御史大夫杜淹出班奏道："陛下，臣举荐一人。"

"举荐谁？"

"刑部员外郎邸怀道！"

"此人有何才能？"

"炀帝当年欲驾临江都，召百官询问去留之计，怀道时为吏部主事，只有他一人坚持认为不可去江都。此事乃臣亲眼所见。"

李世民不解地问："你称赞邸怀道做得对，自己为何不劝谏隋炀帝？"

"臣当时地位卑微，未任要职，人微言轻，谏之无益。所以不谏。"杜淹如实地说。

"你既知炀帝不纳谏，为何要在朝为官？既然在朝为官，又怎么能不谏？你仕于隋，姑且说是地位卑微，后来侍奉王世充，地位尊显，为何还是不谏？"李世民追问。

杜淹道："臣事王世充，不是不谏，而是王世充刚愎自用，谏而不从。"

李世民继续问："现在你的地位可以称得上尊贵，可以进谏吗？"

杜淹答道："臣甘愿冒死强谏。"

李世民听罢大笑。

杜淹又奏道："各部门的公文案卷恐有稽延错漏，臣请求让御史到各部门检查核对。"

"封德彝！"李世民问道，"你意下如何？"

封德彝道："设官定职，各有分工，如果真有错失，御史自当纠察举报。若让御史到各部门巡视，吹毛求疵，太繁琐。"

李世民见杜淹不作声，问道："杜淹，你为何不加争辩呢？"

杜淹道："国家事务，应当务求公正，善则从之。封德彝所言，深得大体，臣心悦诚服，不敢有所非议。"

李世民高兴地说："果然说得有理，群臣都能这样，朕有何忧？御史大夫杜淹听旨！"

"臣恭聆圣谕！"杜淹忙跪下听旨。

"朕命你以御史大夫之职参与朝政！"

"臣接旨！"

"谏官的职责是'讽议左右，以匡君失'，今后，谏议大夫及御史衙门，凡四品以上官员，有谏言可随时见朕。"他又笑了笑说，"不过，所谏当为军国大事，不要将张三偷了一根黄瓜，李四丢了个茄子这样的小事来烦朕哟！"

李世民见气氛太严肃，故意说了这么一句，殿下群臣大笑。

李世民的一席话，看似轻描淡写，却是一项重大国策。他命令御史大夫杜淹参与朝政，实际上就是行使宰相议政的权力，跻身相职，成为实际的宰相之一。此后，李世民常在他官上加"参议政事"、"参议得失"、"参知政事"等名义，这样，三省长官为宰相，已经将宰相之职一分为三，又起用一些低级官员作宰相，形成集体宰相制，这是贞观年间多宰相的原因。

群相制和言官参政的好处在于既加强了君主集权，防止权臣篡权，同时又较好地解决了君权与相权的矛盾，避免政治决策的失误。史官侍候，君臣言论随时记录存档，则使大臣们议事更加出言谨慎。

十八、贞观决策

治国理论基础

新年之际,朝中举行盛大国宴,有司安排演奏旨在歌颂李世民武功的《秦王破阵乐》。

一百二十八名武士披银甲、持剑戟,由太乐令引导,踩着金鼓节拍,双双捉对厮打,虽是表演,但其威武雄壮的场面,惟妙惟肖的对打,仿佛将人们带到那硝烟弥漫的战场上。

李世民高兴地对大家说:"朕昔年受命,击败刘武周,民间就产生了这套乐曲,虽然是杀伐之音,不足以言文德,朕的功业是通过征战得来的,为了不忘根本,牢记天下得来不易,今天命奏此乐曲。"

右仆射封德彝站起来,阿谀地说:"陛下以神武平海内,文德怎么能够与之相比呢。"

李世民看了封德彝一眼,微笑地说:"戡乱以武,守成以文,文武两途,要因时而异,你说文不及武,未免失言了。难道说朕马上得天下,还要马上治天下吗?"

封德彝本想拍个马屁,给李世民戴顶高帽子,谁知拍错了地方,被李世民一问,不知如何回答,尴尬至极,只好怏怏坐下。

李世民当众让封德彝下不了台,实际上是给了群臣一个信号,至于怎么读,那就看各人的悟性了。大家虽然继续把盏言欢,但在各人的心里,都在品味李世民刚才对封德彝所说的话。

烽烟已经散去,秦王的时代过去了,代之而起的是新皇帝的偃武修文,安邦治国。今天无法领略《秦王破阵乐》的韵味,但可以想见的是,新元伊始的君臣们置身于气势恢宏地鼓乐当中,自会百感交集。大唐江山是来之不易,李世民做皇帝更是艰苦卓绝,但这一切都成为过去,眼下需要的是承前启后,继往开来。

房玄龄清醒地认识到,国家的局势还不容乐观。隋末以来十多年的战乱,对社会经济造成了巨大破坏,尤其是函谷关以东地区,苍茫千里,人烟断绝,鸡犬不闻,道路萧条;关东及山东一带,水患连年;陇右和河南,粮价暴涨,一匹绢只能换一斗米;老百姓缺衣少食,流离失所。唐初关中地区是府兵集中地，折冲府主要分布在这一地区，如果情况继续恶化，恐怕连兵源也成问题了。

还不仅是灾荒，就在皇宫里将《秦王破阵乐》当着怀古之作演奏的时候，京城之外的泾州，传来了兵戟之声。天节将军、燕郡王罗艺在泾州举兵叛乱。虽然叛乱很快平息了，但却给新王朝敲响了警钟：内乱还有可能发生。

为此，房玄龄手书"惧畏恐忧"四个大字送给李世民，悬挂在显德殿上。

李世民感慨道："这四个字，正是我此时的心理写照啊！我每天都如履薄冰，如临深渊，内忧外患，让我很少安宁。"

李世民担心百姓因贫而生乱，常与房玄龄等人一起研究政教风化。他曾对房玄龄不无担忧地说："现在大乱刚刚结束，恐怕百姓不容易感化啊！"

对于如何缓和各种社会矛盾，实现天下大治，他还没有找到稳妥的措施和解决的办法。

这一天，房玄龄在"政事堂"当班，李世民进来了。房玄龄慌忙放下手中的文件，欲行君臣之礼。李世民手一挥："免了！免了！"

"陛下有什么事，传召一声就行了，何必亲自到政事堂来。"房玄龄谦恭地说。

李世民坐下后说："也没有什么事，只是心里不踏实，出来走走。"

房玄龄见李世民没有具体事情要说，一边沏茶，一边说道："臣昨天到武器库去检查了一下。"

"发现了什么问题吗？"

房玄龄道："库中的武器储备充足，比隋朝的武器储备还要多，如果能将其中的一半变成用作生产的工具，那该多好啊！"

李世民想了想说："甲兵武备，诚然是不可缺少的。然而，隋炀帝的武器难道不充足吗？但导致他们灭亡的，恰恰就是这些兵器。他不施仁政，百姓夺过这些武器，消灭了他们。我希望你们多研究如何治国，怎样发展经济，使人民安居乐业。这就是朕的甲兵。以仁义来辅佐我。"

房玄龄明白李世民此时的心情，深有同感地说："大乱之后，百废待兴，很多事情要办，很多事情又真的不好办。"

"是啊！"李世民道，"一个人想照见自己的容貌，必须有镜子；一个皇帝想知道自己的过错，必须有敢于直谏的忠臣。当皇帝的自以为是，做大臣的又不加匡正，怎么可能不呢？"

房玄龄建议道，"是不是召开一个会议，就有关事情让大家讨论一下，集思广益。"

李世民同意房玄龄的建议，并吩咐房玄龄筹备这次讨论会。

几天之后，房玄龄确定了参加会议的人员名单，在弘文馆召开了一次专题会议。

李世民扫了大家一眼道："朕率领千军万马，攻城拔寨，都能做到心中有数，百战百胜，如何治理国家，朕心里却没底。在座各位，有的是亡隋旧吏，有的是武德老臣，有的是昔日秦王府的旧僚，还有的是隐太子的旧属，现在都集中在一起，成为贞观臣子。希望大家忠心事朕，精诚事国，除弊兴利，振兴朝纳，从此君臣同心，开创贞观盛世。"

参加会议的人小声议论起来。

李世民道："今天是朝会，有个问题本应由宰臣研究，为了能听取更多人的意见，朕今天就在这个百僚大会上提出来，请大家各抒己见。"

坐在前排的左仆射萧瑀、右仆射封德彝、门下侍中高士廉、中书令房玄龄都是宰相，紧随其后的是杜如晦、长孙无忌等都是朝中重臣。除房玄龄之外，都不知道皇上有什么问题要直接交给大家讨论，彼此相互看了一眼，都没有得到答案。魏徵官品低微，坐在后面。

萧瑀问道："不知陛下有何问题要交文武百官讨论？"

李世民面对群臣说："大乱之后，百废待兴，朕要诸位臣工讨论：如何治理朝政，振兴国运，如何统治百姓？"

对人民的教化，是制定国策的理论基础，这是一篇大文章。没有谁没有写过这样的大文章，甚至都没有考虑，一时谁也没有开口。

沉默了半天，还是武德老臣裴寂先开口，他说："贞观虽是新朝，与武德本同一体，臣以为，一切沿袭旧制即可。"

人老了，心也老了，沿袭旧制就是裴寂作这篇大文章的中心思想。

王珪点点头，似有认可之意，原秦王府旧属相视而笑，却不以为然。

"乱世须用重典，治天下要用严律重刑。"封德彝站出来，大声阐明自己的观点。

"臣以为封大人所言不妥。"尚书右丞魏徵立即提出异议。

封德彝吃惊地看着魏徵，他真没有想到，这个小小的尚书右丞，竟然公开站出来同自己的顶头上司唱对台戏。大家也觉惊异。

李世民手一挥："说下去！"

魏徵道："贞观以前，征伐不断，是要统一天下，今天下已定，新朝初创，但国力仍不强，民力也不足，目前第一要务就是要抚民以静，休养生息。大乱之后，首要的是教化，至于律法，只求中正即可。"

李世民饶有兴趣地问："百姓能够教化吗？"

魏徵道："臣以为，长期处于和平安定环境中的人民，容易产生骄狂和怠慢的心态，反而还不易于教育和管理，遭受过战乱的人民，一心向往和平与安定，反而更听话，更容易接受教育和管理。大乱之后治理国家，就像饿急了的人渴望吃东西一样，来得更快，更自觉。"

"魏徵所言虽有理，古人云，善治国者，百年之后方能见成效，何况是在今天？"李世民虽然认为魏徵说得有理，但仍然存有疑虑。

魏徵解释说："陛下所言，非圣明之治，圣明者治国，有于弃物之击地，立有回声，一年可见效果，三年出政绩尚属太晚，哪用百年时间？"

李世民一愣，他没有想到魏徵思路竟如此敏捷，且胆子也够大，先是驳斥他的顶头上司封德彝，转而又同皇上论道。

封德彝从心底就瞧不起这个小小的尚书右丞，大声说道："魏徵所言，实是哗众取宠，三代以后到现在，人心变得越来越奸诈，秦朝用严刑峻法，汉朝用霸王之道，看来都是想教化，其结果都是教而不化，天下难道有能够做到而不去做的吗？魏徵乃一介书生，不识时务，纸上谈兵，夸夸其谈，高谈阔论，徒乱国家，魏徵之言实不可取。"

本来就是一次讨论会议，畅所欲言也很正常，但谁也没有想到，一个小小的四品下的尚书右丞魏徵，竟然与宰相封德彝较上了劲。大家干脆竖起耳朵，听他们两人斗法。

李世民也带着欣赏的眼光看着魏徵。

房玄龄与杜如晦交换了一下眼光，转头看着魏徵，眼神溢满鼓励之情。

魏徵扫了大家一眼，顾不得彼此地位悬殊，也没有被封德彝的气势吓倒，再次针锋相对地说："古代黄帝征蚩尤，高阳征九黎，汤伐夏桀，武王伐纣，征伐之后变大乱为大治，均达到天下太平。五帝三皇难道不是在大乱之后以教化做到了吗？若依封大人之论，人心今不如昔，一天坏于一天，那今天的人民岂不是都变成魔鬼了？还谈何教化、治理国家呢？"

"好！"房玄龄赞同地说，"抚民以静，休养生息。这是最根本的治国之策。"

封德彝一时无言以对。

大家也被魏徵的一番宏论所征服。

李世民的脸上也露出了笑容。

教化问题的讨论有非常重大的意义，它是贞观时期制定国策的理论基础，对此后数十年国家制定大政方针产生了不可估量的影响。

房玄龄本是个擅长综合整理、善于集思广益之人，便将众人讨论的意见择其优，归纳出一条基本国策：大力发展社会经济，扭转财政上的困窘局面，尽快改善人民的生活。简言"富民强国"。

要想富民强国，首先要树立以农为本的思想。

农业是国家的主业，农民是主要的生产者，要发展农业，没有劳动力不行。房玄龄将贞观初的人口与隋朝的人口进行了比较。隋朝最盛之时，全国有户数九百万，人口四千六百万，平均每户五口人。现如今，全国仅有二百余万户，如果按户平五人计，也不过一千万人口。由于战乱，够得上五口之家的并不多了。由于劳动力严重不足，造成大片土地抛荒，到处都是地旷民稀，杂草丛生。

为了解决这一问题，房玄龄在众人讨论的基础上，提出四条举措：

一是招徕和赎还隋末以来流落沿边各少数民族地区的汉族百姓回归内地，其中包括被突厥掠去的汉人；二是劝勉适龄男女及时婚嫁，提倡鳏寡再婚再嫁，鼓励生育；三是鼓励逃荒在外的流民尽快返回故里，并让那些豪族大姓取消家奴，以增加纳税人户；四是提倡僧尼还俗，暂免死刑，释放囚犯。

这些措经李世民批准，最后以诏书下发，收到了很好的效果。例如，仅隋末流入突厥的汉人就在八万之众，朝廷用金帛将这些人全部赎回；当时的政策是僧尼不纳税，受政策的感召，竟有十万僧尼走出寺院还俗。人口增加，对生产起到了巨在的促进作用，这是不言而喻的。

与此同时，朝廷还颁行新的《均田令》，有计划地让人口密集地区的民众向地广人稀的地区迁移，都收到了很好的效果。

均田制是北魏孝文帝时开始实行的一项土地政策。李渊在武德七年也颁行了均田令。

贞观朝的均田令，是重新修订后的均田令。具体规定：年满十六岁的中男、丁男，每人给田一顷；六十岁以上的老男和病弱残疾者，每人给田四十亩；寡妻妾每人三十亩；另立门户者，户主加二十亩。所分田地，十分之二为世业田，十分之八为分口田，世业田归私有，死后儿孙继承，分口田属国家所有，死后由国家收回。

为了推行均田制，房玄龄做了大量的调查研究。当时，一些贵族和地方官吏兼并的许多土地，朝廷本身也占有很多土地，仅洛阳的芳华苑一处，占地周长就达一百二十六里。房玄龄认为，要使土地分配合理，必须先从中央政府和各级官员做起。于是，他向李世民建议，废弃属于皇家园囿的芳华苑，退苑还田，赐给当地的老百姓。这些建议，都变成李世民的诏令，颁布实行了。

十八、贞观决策

十九、羞辱贪官

试贿的闹剧

贞观年间为何少贪官是一个谜,要解开这个谜,恐怕得从李世民身上找答案。

李世民历来痛恨贪官污吏,武德九年登基南效祭天,大赦天下,死囚都在赦免之列,唯独不赦贪赃受贿的赃官。为了惩治贪吏,他曾导演一曲匪夷所思的试贿闹剧,引来一场君臣大辩论。

有一天,李世民批阅奏折倦了,靠在龙椅上闭目养神,侍奉太监沏一杯浓茶奉上,正要退下时,李世民睁开眼睛说:"等一下!"

侍奉太监站在一旁,等候吩咐。不想李世民却问道:"历朝历代,朝廷官员中贪污受贿者层出不穷,有什么办法将这些人都找出来?"

侍奉太监万万没有想到皇上会提出这样一个问题,一时回答不出来,情急之下,脱口而出:"谁是贪官,试一试就知道。"

"哈哈!这倒是个好办法!"侍奉太监无心之语,李世民竟然认为是好办法。

"皇上,真的要试?"侍奉太监非常吃惊。

"当然,只要能抓出贪官,试试又何妨?说说看,怎么试?"

侍奉太监见皇上真的要试,来了精神,说道:"皇上可密使人找朝廷官员办事,贿以财物,受贿者为浊,拒贿者为清,谁清谁浊,一试便知。"

"此法虽妙,非君子所为!更非人君所为呀!"李世民摇摇头。

侍奉太监道:"这件事不须皇上费心,奴才安排就可以了,定能替皇上抓几个贪官。"

李世民有意无意地点点头,侍奉太监忙道:"奴才遵旨!"

看着离去太监的身影,李世民脸上露出一丝苦笑,摇了摇头。

李世民并没有将试贿之事放在心上,不想几天后,侍奉太监前来禀报,说有一位执掌门禁的司门令史收受一匹绢的贿赂。李世民听后不由大怒,表示要将这名司门令史处死。

这一天早朝，裴矩手持笏板出班奏道："陛下，臣有本要奏！"

"有本只管奏来。"

"臣闻陛下欲杀司门令史？请陛下三思！"

李世民道："受贿当杀，不必再思！"

"为吏受贿，罪诚当死。但陛下派人行贿，是陷人违法，恐怕违背了'道之以德，齐之以礼'之道。司门令史收受贿赂，数量有限，也不至于是死罪，判他死刑，罚得过重，也有违大唐律法。"

裴矩的话有两层意思，一是诱人犯法有违君道，二是即使犯法，也惩处过重。

魏徵见皇上尚未醒悟，出班奏道："陛下，臣以为，君与臣，形如流水，君乃水之源，臣乃水之流。"

李世民道；"说得不错！"

"臣记得陛下曾说过：君王是源头，臣子是水流，浑浊其源头而要求水流清纯，这可能吗？"

"不错，这话是朕说的。"

"今陛下先自为诈，使人试贿，诱人犯法，犹如源之浊，源既已浊，能怪水不清吗？"

魏徵的话说得太直了，简直就是骂李世民是一个奸诈小人，诱人犯法的教唆犯。

李世民脸色红一阵，白一阵，无话可答。魏徵不管这些，根本就不看李世民的脸色，继续说："陛下常说要以至诚治天下，却使用试贿这种阴招，且还要将中招之人处以极刑，此非君子所为，更非君王所为。当年隋文帝也曾使用'试贿'这一招，虽然惩处了一批贪官污吏，并没有从根本上解决官吏贪腐问题。"

李世民意识到自己确实错了，当即表示："裴矩、魏徵说得对，朕命人试贿，确实有些欠妥，也非人君所为，将司门令史处死刑，确实处之过重，朕决定，免其一死，改为流放。"他见群臣都在聚精会神地听，话锋一转道，"裴矩为官敢于力争，不一味顺从于朕，魏徵犯颜直谏，常纠朕失，若每件事都能如此，何愁国家治理不好呢？"

房玄龄出班奏道："古人有言：君主贤明，则臣下敢于直言。裴矩在隋朝乃佞臣，在唐朝则为忠臣，并不是他的品性有所变。君厌恶听别人揭短，则大臣的忠诚转化为诡谀；君王乐闻臣下直谏，则诡谀又转化为忠诚。由此可知，君主犹如测影之表，臣下便是影子，表动则影随而动。"

十九、羞辱贪官

— 145 —

羞辱贪官

郑国渠是战国时韩国水工郑国开凿，渠名因其名而得。三白渠由大白渠、中白渠、南白渠三渠组成，统称白渠。

郑国渠与白渠，宛若长长的绸带，将泾水和洛水这两条河流连接在一起，组成一个稠密的灌溉水网。郑国渠、白渠水源充沛。京畿以北约五万顷的土地，皆赖渠水灌溉，水中的泥沙，还可以补充沿岸土地的土壤。沿岸人民，皆依赖郑渠、白渠而生存。当时有一首歌谣唱道：

郑渠前，白渠后，三月无雨不须愁。水得粮一石，泥亦增数斗，且溉且粪长禾黍，衣食京师亿万口。

房玄龄对于郑国渠、白渠并不陌生，当年杖策从龙，投奔秦王，曾在这一带度过不少时日。在郑国渠畔练兵，白渠中饮马，用渠水煮饭。两渠灌溉着的大片土地，不仅给唐军以衣食之源，而且唐军凭其充足的物产，在很短时间内扩充了三万精兵，积聚了雄厚的政治、经济力量，进而攻入长安，号令天下，开辟了大唐基业。

郑国渠、白渠的渠水、游鱼、垂柳、小船，总是房玄龄在眼前晃荡，成为抹之不去的回忆。

房玄龄看着桌子上的卷牍，正回想着郑国渠、白渠的往事，一个不速之客来到中书省，进了房玄龄的值房。此人便是右骁卫大将军长孙顺德。

长孙顺德是长孙皇后的族叔，自李渊太原起兵以来，便追随李家打天下。一路上攻城陷地，战功显赫。李渊即位，被封为薛国公。玄武门之变，他拥戴秦王李世民，率兵与李建成余党大战，功不可没。李世民即位后，以宫女赐之。

长孙顺德虽然英勇善战，居官却很贪婪，武德年间随李世民攻克薛举，收缴无数的金银珍宝，私取入囊，军中将士随之效仿，争相抢夺，军纪大坏。李世民虽曾多次训诫，然恶习难改。

房玄龄见长孙顺德进了值房，忙起身招呼："长孙将军，什么风将你吹来了？"

长孙顺德打着哈哈说："刚从门前过，进来讨杯水喝。"

房玄龄立即去沏茶，当沏好茶转过身来时，长孙顺德正在看桌子上的那份廷报。房玄龄随口道："有人举报，泾州有帮人，在郑国渠、白渠架水磨，挖开渠堤，泄渠水推磨，只管自家赚钱，断了百姓农田的水源。"

长孙顺德道："国家正当初建，商、农不可偏废。商贾用些渠水，我看与农田并无大碍。况且，振兴商业也是富国大计吗！"

房玄龄感到奇怪，长孙顺德作为武将，怎么关心起农商之事来了？于是故意问道："将军竟也关心农商之事，可见以农为本的政策已深入人心，将军可是个有心人呀！"

"哪里、哪里。"长孙顺德笑着说，"成天听你们说偃武修文，以农为本，不学着点，就要失业了哟！"

房玄龄看了长孙顺德一眼，问道："将军对郑国渠、白渠知道多少？"

"我属下有位兵曹是栎阳人，前几天曾回家，听他说过郑国渠之事。"

"啊！"房玄龄问道，"渠边安装了很多水磨，可有此事？"

"白渠流经栎阳，我问过他，他说并未见渠边有水磨，也未发现渠水流失的问题。"长孙顺德看了房玄龄一眼，见房玄龄正看着他，继续说，"还有一个兵曹也是关中人，说白渠边有水磨，为数并不多，无妨农田。我看是有些人小题大作，把问题看得太严重了吧。"

房玄龄心想：长孙顺德历来很少过问政事，今天怎么突然关心起郑白渠水的事情来了？且一反常态地说了这么多的话，莫非举报之事与他有关？他见长孙顺德刹住了话头，笑着说："如果真的是这样，那我就放心了。"

"我说的都是真的，错不了。"长孙顺德放下手中的茶杯说，"房大人公务繁忙，我就不打扰了。"

房玄龄送长孙顺德到门口，转身回了值房，心里问自己：到底是怎么回事？

旬日后，御史衙门的调查报告呈上来了。报告中说：郑国渠、白渠有人开渠引水，影响农田灌溉的事属实。豪强富户为了赚钱，在渠道沿线安装水磨，肆意掘开渠堤，引渠水推磨，导致渠水大量流失，农田缺水灌溉，几近干涸，乡民怨声载道。地方官出面阻止，豪强富户仗着朝中有后台，根本不予理睬。

以农为本乃是国策，豪强富户为一己私利，公然开渠放水，使大量的农田缺水灌溉而使庄稼减收，这可不是一件小事。

十九、羞辱贪官

至于谁替这些人撑腰，房玄龄有一种预感。他叫御史衙门直接将这件事向皇上汇报。

公案很快就摆上了御案。李世民暴跳如雷，下令御史衙门彻查此事，看到底是谁替这些人撑腰。

令李世民意外的是，朝中替豪强富户撑腰的人竟是右骁卫大将军长孙顺德。最先开渠引水推磨的人是关中豪富闻仲达。闻仲达引渠水谋利，得到长孙顺德暗中支持与包庇。

长孙顺德是朝廷重臣，地方官惹不起，只好听之任之，

此例一开，沿途商贾富户竞相效仿，时间一久，郑渠、白渠沿岸的水磨如雨后春笋一样冒了出来，地方官想管也管不住。

据查证，长孙顺德之所以包庇闻仲达，是因为他收了闻仲达三百匹绢的贿赂，

李世民看了御史衙门弹劾长孙顺德的奏折，非常恼火。但如何处置这位开国功臣，却又犹豫不决，处理轻了，无动于衷，处理重了，又惜其有功于朝廷，有些于心不忍，思之再三，有了主意。传谕房玄龄和御史衙门，第二天廷议长孙顺德一案。

第二天早朝，房玄龄手持笏板，出班奏道："郑渠、白渠水，民利所系，沿岸豪强富户争置水磨，开渠引水，与民争利，导致两渠水流量减少，农田灌溉缺水，部分地区甚至已经断水，田地干涸，庄稼难以生长。长此下去，将损国本。"

御史衙门的一名官员出班奏道："朝中有人私受贿赂，恣意纵恶，豪强富户掘堤放水，得到朝中权贵的庇护，才敢如此胆大妄为。"

朝臣们听到御史之言，窃窃私语，议论纷纷。

长孙顺德听到御史的启奏，心里已是十分惊慌，抬头向上望去，见李世民正盯着他，他不敢正视李世民那如刀子似的目光，惊慌地低下头。

御史大夫之所以不点名，是李世民的授意，他想留给长孙顺德一个坦白的机会。那知长孙顺德仍怀着侥幸心理，希望御史说的不是他。

李世民见长孙顺德站列班中，没有坦白的意思，威严地叫道："长孙顺德！"

"臣在！"长孙顺德慌忙出班答道。

"你可知罪？"

长孙顺德语塞。

李世民接着说："不出声就是默认了？"

长孙顺德翻身跪下,带着哭腔说道:"陛下,臣知错了!"

"你缺钱,你很爱钱,是吧?"李世民脸色冷若冰霜,字字如锥,扎在长孙顺德的心上。

长孙顺德跪在地下,一个劲地叩头,没有话说。

李世民冷笑一声说:"长孙将军,朕是为你惋惜。区区三百匹绢,就能买通一个身经百战的将军,就能使一个三品高官昧着良心,不顾国法,不顾民利,为恶人辩解?若是一千匹、一万匹呢,难道就把这大唐江山拱手送人不成?"

长孙顺德跪在地下,已经是大汗淋漓。

李世民见长孙顺德无话可说,大声说道:"那好,既然你很爱钱,朕再赐你上等绢三十匹。退朝后领赏去吧!"

长孙顺德见自己纳贿之事不但没有得到惩罚,反而还要赏赐,一时没有反应过来,跪在地下不知所措。

"平身吧!"李世民补了一句。

长孙顺德一激灵,突然醒悟过来,这哪里是在赏赐呀?这是当众羞辱,忙慌乱地跪下叩拜道:"陛下,臣知罪了!"

李世民厌恶地说:"下去吧!"

明珠与鸟雀之论

长孙顺德羞愧退出。此后便逐渐淡出人们的视线,一来,是其受贿所致,二来,也是李世民创行的"以文治国"的国策有关。长孙顺德是武将,已经不适应新形势的要求,淡出是一种历史必然。不过,由于他是开国功臣,凌烟阁挂像仍有他一席之地。

大臣们见长孙顺德退出朝堂,面面相觑,唯魏徵脸上露出一丝不易觉察的微笑。大理少卿胡演出班奏道:"长孙顺德枉法受财,罪不可赦,陛下为何还要赏赐以绢?"

李世民道:"顺德本是国家有功之臣,朕与之共有府库,为何还要贪图这些蝇头小利呢?真是太可惜了,朕念他乃开国功臣,不惩罚他。"

"不惩罚犹可,若再赏赐,岂不是助纣为虐、助长其贪欲?"胡演奏不解地问。

"如果他还有人性，赐绢之辱，甚于受刑；如果他不知羞愧，则与禽兽无异，杀之又有何益？"李世民见胡演奏不开窍，知道很多人都有此等想法，只得解释几句，接着语气一转，冷峻地说："人有明珠，莫不看得很贵重，也知道珍惜，若拿去弹射鸟雀，岂不是可惜？何况人之性命，远甚于明珠。见金银帛而不惧刑网，巧取豪夺、贪赃受纳，这就是以身试法、不爱惜性命。明珠乃身外之物，都知道不可以用于弹射鸟雀，何况性命更加贵重，竟然拿去换取财物吗？群臣如果能够全力尽忠诚、正直，有益于国家，有利于百姓，那么，官职、爵位立即就可以得到。千万不可用贪污受贿的手段求取荣华富贵，随便收受财物，贪赃受贿的事情一旦败露，顷刻之间便身败名裂，岂不可笑？"

李世民说到这里停了下来，两班大臣交头接耳，议论纷纷。

待议论声停止后，李世民继续说："朕听说，贪人不知爱财，此话很有道理。现在内外官员五品以上，俸禄都很优厚，一年之入本来就不低。受人财贿，得之不过数万而已，一旦败露，官职就会被撤除，俸禄就会被剥夺，这难道是真爱财吗？"

李世民看了群臣一眼，见大家都在聚精会神地听，接着说："春秋时期有一个叫公仪休的人，特别嗜好吃鱼，他当上鲁国宰相时，恰好有个客人送他一条鱼，他坚决拒绝了。客人不解：'你不是喜欢吃鱼吗？'公仪休说：'正因为我喜欢吃鱼，所以更不能收你的鱼啊。我是宰相，喜欢什么，可以自己解决，不必要别人的。今天我不收你的鱼，以后就不会有人再送鱼给我了。'特别嗜好吃鱼的公仪休拒绝客人的礼品。他的这种不取利便的做法，是值得我们学习的。作为宰相的公仪休，他的头脑是非常清醒的，他能从这条小小的鱼儿，想到了杜绝今后再有人给他送礼。司马迁评价公仪休说：'奉公循礼，无所变更，百官自正。使食禄者不得与下民争利，受大者不得取小。'"

李世民见大家都在聚精会神地听，魏徵站在那里思想似乎在开小差，于是问道："魏徵，你说朕说的是也不是？"

魏徵正在那里回味着皇上所说的一些话，冷不防皇上突然点名，似有点答非所问地说："古人云：鸟栖身于树木之上，犹恐不高，还要将巢筑在树木顶点；鱼藏于深水之中，犹恐其不深，还要将穴设在洞穴之内。然而，它们仍然为人所获者，皆由其贪食诱饵之故。"

"魏徵果然是博古通今，见解也是精妙绝伦。"李世民哈哈大笑，"为主贪，必丧其国；为臣贪，必亡其身。《诗经》说：大风有隧，贪人败类。这句话可是真理哟！魏徵，你可知秦惠王伐蜀之典故？"

"战国时代，秦惠王欲伐蜀而不知其道，就在秦国与蜀国的交界凿五个石牛，派遣百名兵丁守护，每日暗将黄金置于石牛尾下，称石牛能屙金。奇闻不胫而走，蜀王信以为真，即遣使向蜀国求屙金石牛，惠王欣然应允。于是，蜀王招募五名壮士，号称五丁，率卒千余人，拖牛成道，从汉中直达成都。后人称这条道路为'金牛道'，又称剑阁道或蜀栈。秦师随着这条道进伐蜀国，蜀国遂亡。"魏徵侃侃而谈。

李世民语重心长地说："汉朝大司农田延年贪赃纳贿三千万，事发后自杀身亡，空有三千万却无福消受，历史上似此等事例数不胜数，朕现在以蜀王为鉴，你们也要记住田延年的教训，不要重蹈覆辙啊！"

满朝文武，无不为皇上之言所震撼。

李世民又说："朕听说西域有一个胡族的商人得到一粒宝珠，用刀割开身上的肉，将宝珠藏在里面，有这么回事吗？"

房玄龄答道："有这回事。"

李世民说："人们都知道这个人爱珍珠而不爱惜自己的身体。官吏受贿贪赃依法受刑，和帝王追求奢华而导致国家灭亡，这与胡族商人的可笑有什么区别呢？"

魏徵说道："从前鲁哀公对孔子说：'有的人非常健忘，搬家而忘记自己的妻子。'孔子说：'还有比这严重的，夏桀、商纣均贪恋身外之物而忘记自己的身体。'也是这样。"

李世民说："对，朕与你们应当同心合力，相互辅助，以免被后人耻笑。"三桥语

皇上在朝堂公开羞辱长孙顺德的事，像长了翅膀一样，立即在朝野传开了。郑国渠、白渠沿岸开渠引水的豪绅们，个个都是人精，得知皇后的老叔都挺不住，也不等官府来人，都将自家的水磨拆掉了。两渠的渠水恢复正常，沿岸上的农田，又有了水源，百姓高兴了，农作物产量也升了，这对于新的政权，无济于一份强心剂。

房玄龄起草了旨在为水利和河运立法的《水部式》，经广泛地征求各方面的意见定稿后，奏请李世民同意，诏令全国执行。均田制在全国得到了贯彻执行，为推动农业发展奠定了良好的基础。

二十、用人有学问

为臣有忠奸

房玄龄作为李世民宠幸的近臣，尽管他谦柔自处，忠恕待人，但权力之争，难免也要树敌结怨。萧瑀就一直和他过不去。

萧瑀身为尚书左仆射，具有丰富的行政经验，居官也很清正，但是为人却猜忌苛察，很难相处。

封德彝是经他推荐给李渊的。李世民即位后，被任命为右仆射。但二人的工作配合并不融洽，商量好将要上奏的事，到了李世民的面前，封德彝常要改变初拟的意见，弄得萧瑀措手不及。

萧瑀很生气，有时便在廷议之前，故意不同封德彝商量，廷议时不等封德彝发表意见就决定了。封德彝当然不乐意，有时当萧瑀不在的时候，再极力反驳。连李世民也堕入彀中，常常变更前议。这就是封德彝的阴险之处。

贞观初，国力不强，突厥乘机扰边，掠夺唐朝的人口、财产和土地，为此李世民下诏征兵，扩充军队以抵抗突厥。由于隋炀帝的穷兵黩武和隋末战乱，导致大量人口流失，全国人口中，符合征兵年龄的男丁已经很少。唐律规定，应征服役者的年龄，必须是年满十八岁的男丁。

为了完成征兵任务，封德彝建议将征兵年龄从十八岁降到十六岁，将体格健壮的中男招募参军。李世民竟然同意了封德彝的奏请，并命中书省起草诏令，送往门下省签署。

魏徵当时被抽门下省来帮助审理文案，发现这道诏书有不妥之处。于是拿着文件来中书省找房玄龄理论。

房玄龄问道："有问题吗？"

魏徵说："规定十八岁，却要降到十六岁，于理、于法都不合。"

"我的职责只能是按皇上的旨意办，除了服从，还是服从。你是谏议大夫，有权谏阻，我不行。"

两人相视一笑，魏徵随之退出。

魏徵回到门下省，将这份文份征兵诏书压了下来，不予签署。

封德彝等了好长时间，不见征兵诏书下达，到中书省问究竟，中书省官员说诏书早就拟好送出去了。封德彝以为是皇上改变了主意，便在李世民面前提起此事，李世民吃惊地问："朕不是已经叫中书省起草诏书吗？"

"臣一直在等此道诏书，还以为陛下改变主意了呢！"

"查一下，看在哪里卡住了。"李世民有些生气了。

封德彝再到中书舍人府查询，得行诏书交给了魏徵。于是到门下省找魏徵查询。

"不错，在我这里。"魏徵觉得封德彝来者不善，有所警觉。

"皇上过问此事，催促尽快将诏书发下去，你为何还不签署？"封德彝语气中已明显带有火药味。

"这道诏书不能发。"魏徵斩钉截铁的说。

"这是皇上授意草拟的。"封德彝将李世民抬出来了。

"既是皇上授意，我跟皇上理论去。"魏徵仍然不松口。

封德彝见魏徵说得如此决绝，气得脸都变了色，因为这个主意是他出的，皇上确实也同意了，如果被魏徵否决，他这张老脸往哪里搁？想到这里，封德彝的脸有些挂不住了，说话的口气也变了："魏徵、魏大人，你这是抗旨不遵！"

"封大人，有话好说，何必激动？如说进谏也属抗旨，我也记不清楚抗过多少次旨了。"魏徵针尖对麦芒，丝毫不让步，接着似笑非笑地问，"这个主意是你出的吧？身为朝廷大臣，可不能给皇上出馊主意哟！"

"你！"封德彝气得脸都青了，甩袖而去。

封德彝怒气冲冲地来到御书房，进门就说："陛下，有人捣鬼，扣压诏书。"

李世民问道："谁这大的胆子？"

"魏徵扣下中书省送往门下省的诏书，拒不签署。"

李世民问道："知道是什么原因吗？"

"不知他哪根筋出了问题。"封德彝开始使坏了。

"这道诏书朕已同意，你没有说吗？"

"说了！"封德彝故意拿话刺激皇上，"没有用啊！"

"什么？"李世民果然马上变了脸色。

封德彝道："魏徵说，皇上同意也不行，门下省不签署，诏书就不能发。"

"魏徵真的这样说？"

封德彝故意火上加油:"魏徵目中无人,什么话他不敢说?"

"来人!"

近侍太监立即上前:"奴才在!"

"将魏徵给朕叫来!"

"不用去,臣已经来了。"魏徵迈步进入御书房,喘息未定。

李世民大叫:"魏徵!"

"臣在!"

"征兵的诏书是朕下令起草的,你为何扣住不发?"

魏徵正色地说:"陛下,这道诏书发不得,否则天下哗然!"

"为什么?"

"唐律规定,服兵役者必须是年介十八岁的男丁,这次却将十六岁的中男招募入军,有违大唐例律。"魏徵道出不签署的理由。

"中男中魁梧壮实者,都是奸民,他们虚报年龄逃避徭役,征召他们有何害处,你却如此固执?"

魏徵正色地说:"如果将未到年龄的次男招募入军,国家租赋、徭役怎么征收?兵不在乎人数的多寡,而在于御之得法,选征成年健壮者入伍,用良法去训练,人百其勇,足以无敌于天下,何必强行招募未成年的中男去凑数?"魏徵停顿一下继续说,"陛下常说:'朕要以诚信御天下,要让臣子与天下百姓皆无欺诈。'可是,陛下即位以来,已数次失信于民!"

李世民惊愕地问:"朕何时失信于民?"

"贞观元年正月,陛下登基,于南郊设坛告天,大赦天下,以前拖欠的赋税全免,可有此事?"

"天下人都知道,这是朕的旨意!也是朕对天下百姓的恩泽。"

魏徵反问道:"有的府衙认为,百姓拖欠秦王府的债务不是国家财物,仍旧追索催纳。陛下是以秦王升为天子,秦王府的财物,就是天子财物,天子财物,即是国家财物,既然是国家财物,就在诏令免予追究的范围之内。诏令已明确规定不予追究,而实际仍旧追索催纳,难道这不是失信于天下吗?"

李世民看着魏徵,没有说话。

魏徵继续说:"陛下曾下诏,关中百姓免纳二年租调,关外百姓免除一年劳役。已纳赋、已服役者,免租赋的决定就从下一年开始免除。如今不但征收其物,反而还要使中男服兵役,那从下一年开始不就成为一句空话了吗?陛下既然要以诚信治天下,却又怀疑百姓使诈,这难道是以诚信为治国之道吗?"

魏徵瞥了李世民一眼,见他面色不像刚开始那样难看,反而还有些许赞赏之色,突然话锋一转道:"陛下,臣有本要奏。"

"有何本要奏?"

"臣要弹劾封德彝。"

"什么?你要弹劾封德彝?"李世民瞪大了眼睛。

"封德彝身为右仆射,本应尽心尽力辅佐陛下治理天下,然而,他为了完成征兵的任务,见小利而忘大义,出馊主意扰乱圣听,陷陛下于不仁不义,失信于天下。"他转向封德彝怒斥道,"封大人,你可知罪?"

魏徵本欲劝谏李世民收回成命,却将矛头指向封德彝,当李世民之面怒斥封德彝,其实用的是声东击西之术。

"魏徵,你太猖狂了。"年迈的封德彝气得浑身发抖。

"我问你,陛下日理万机,常有不察之事,你身为右仆射,应拾遗补缺,时时提醒陛下,以避免决策失误,你不但不这样做,反而还要出歪点子,将中男征召入伍,陷陛下于不仁、不智、无信之地,你不觉得惭愧吗?"

魏徵指桑骂槐,李世民当然听得出来,不过他不想将不仁、不智、无信的罪名揽在自己身上,只好装聋作哑,让魏徵与封德彝两人去吵。

封德彝大声辩驳:"久历战乱,适龄之人本来就少,且奸民诈妄故意隐瞒年龄以逃避征役,使征兵任务更难完成,你是未当家不知柴米贵,说得轻巧。"

"封大人,失信于民则失民心,失民心则失天下。君王似舟,百姓如水,水能载舟,亦能覆舟,这个道理难道你不懂吗?"魏徵缓和了口气。

"魏徵,这件事怪不得封德彝,征兵的诏书是经过朕同意的。"李世民当然知道魏徵的用意,接口说,"朕原以为你太顽固,不通情理,对国家的具体政务不甚了解,今天,你谈起国家的政务,讲得头头是道,而且还非常深刻、精辟。国家政令不一,确实是失信于民,有违朕'以诚信御天下'的诺言。这是朕之误。"

"陛下,这是错,不是误,错和误的概念是有区别的。"魏徵钻起了牛角尖。

"好!好!好!"李世民笑着说,"这是朕之错,行了吧?"

"陛下,错不在你,在于出歪点子的人。他们见小利而忘大义,没有尽到做臣子的责任。"魏徵听李世民接纳了谏言,心里一高兴,竟然替他开脱。

"至于封德彝，你就不要难为他了。"李世民反而替封德彝求情。

如果魏徵执意要弹劾封德彝，做皇帝的就得给个答复，显然，这个答复对封德彝不利，因此李世民想和稀泥。

魏徵的本意并不想弹劾封德彝，而是劝谏李世民收回成命，如今目的达到了，当然不会再纠缠，听皇上替封德彝说好话，落得做个顺水人情，赶忙俯伏于地道："臣遵旨！"然后回过头，狡黠地向封德彝眨了眨眼。

封德彝气呼呼地将脸转向一边。

李世民随即下令，停止招募中男入伍，并赐魏徵金瓮一口，以示嘉奖。

用人有学问

贞观元年六月，封德彝病逝。

封德彝死后，有人将封德彝"潜持两端，阴附建成"，一面在李渊面前替隐太子李建成唱赞歌，一面又向李世民献殷勤的行为揭露了出来。李世民知道这件事后懊悔不已。下令削去封德彝的赠官和食封，将原先谥他的"明公"也改为"缪公"，一字之差，将封德彝的一生评价完全否定了。

两仪殿内，李世民与房玄龄君二人相对而坐。

"玄龄呀！"李世民推心置腹地说，"朕即位快一年了，办起事来总不那么得心应手，这是怎么回事？"

房玄龄直截了当说："有人束缚了陛下的手脚。"

"束缚了朕的手脚？"李世民问道，"此话怎讲？"

房玄龄说："太上皇自晋阳起兵，一直打到长安，一路上，为收买人心，封官许愿者不计其数。以得天下的道理来讲，这是争取人心，是良策。凡谋取天下者，都要这样做。但对陛下来说，这却是负担，是包袱，是积弊。"

李世民默默地点点头，表示赞同房玄龄的观点。

房玄龄接着说："为笼络人心，太上皇不但封了李姓王，而且还赐姓封王。太上皇得了天下，封王无数。这当然也是历朝历代的办法，为的是统治天下。周朝分封建国，这就是封建。后来，封建坐大，有各国之争，这就是战国。秦始皇再统一天下，改为郡县。普天之下，莫非王土，在周代说的是周王拥有天下土地的所有权,但是,治权分散给了各诸侯国,秦始皇改制郡县,将治权和所有权收归皇帝一人。到了汉高祖,又是分封,又是郡县,当时的刘邦,颇出于无奈。汉景帝时,晁错建议削王,收回分出去的治权,结果引起八王之乱,请诛晁错。汉景帝为了平定八王之乱,忍痛杀了晁错。"

李世民说:"你的意思是……?"

"积弊已深,到了非改不可的地步。"房玄龄老成地说,"诸事错综复杂,不可有一蹴而就的想法,要选择适当的时候,进行改革。"

"有道理。"李世民点点头说,"有些旧臣,思想陈旧,不思进取,对国事却又要评头品足,真是累赘。"

房玄龄赞同地说,"陛下纵使雄才大略,但处处受到掣肘。"

"封德彝死了,朕想任命无忌为右仆射,你认为如何?"

房玄龄担心地说:"用长孙无忌牵制一下裴寂,倒是一个办法,但是朝野的反响一定很大。"

"长孙无忌是聪明人,也是朕的舅子,朕信得过。其实你才是仆射最合适的人选,但是朕现在不能命你为仆射,用了你,就没有退路。让长孙无忌去冲一冲,万一不行,朕可以给他安排一个闲职。你如果出了漏子,保不准要步汉代晁错的后尘。所以朕现在不能用你为仆射,你还是做你的中书令。"

房玄龄见李世民对自己如此推心置腹、器重和爱护,激动不已。

李世民道:"不要激动,朕既是为你着想,也是为社稷作想,朕欲开创贞观盛世,没有你不行,等到时机成熟了,你才是当然的首相。"

房玄龄跪伏于地,感激涕零地说:"谢陛下隆恩,为陛下、为社稷、为天下百姓,房玄龄万死不辞。"

第二天,李世民诏令:

任命太子少师萧瑀为尚书左仆射。

任命吏部尚书长孙无忌为尚书右仆射。

贞观元年七月,发生了一件意想不到的事情,改变了政事堂的人事结构,因此不得不提。

黄门侍郎王珪向皇上写了一份密奏,交给门下侍中高士廉代为转呈。

高士廉是长孙皇后的舅舅,为人聪明大度,长得也很英俊。记忆力特强,读书一遍就能背诵,尤其善于言谈,应对敏捷。玄武门之变中他与长孙无忌都参与了密谋,立有大功。李世民即位后进入宰相之列,做了门下

侍中。

高士廉是秦王府旧人，对于隐太子李建成的旧人很嫉妒，像魏徵、王珪等在皇上面前能说得上话的人，他都看不顺眼。当王珪将密奏交给他时，不知是有意还是无意，他将密奏搁置，压根就没有送呈李世民。

高士廉聪明一世，糊涂一时，用这样笨拙的办法对付王珪，实在是不智。不久，李世民知道了这件事，非常不满，一怒之下，免去高士廉的侍中之职，贬为安州都督，后又转为益州大都督府长史。从一个宰相，变成了地方官。

二十一、天灾无情

履职门下省

高士廉被贬后,门下侍中一职出缺,房玄龄改任门下侍中。

房玄龄去了门下省,中书令一职出缺。李世民征求房玄龄的意见,谁合适担任中书令一职。房玄龄推荐了李靖。

房玄龄对李靖曾有过救命之恩,但李靖对房玄龄并不怎么感冒。他曾对房玄龄说,大丈夫若遇盛世明主,一定要建功立业,以取荣华富贵,不必做寻章断句的儒生。房玄龄因此而看出他是大将之才。

李世民采纳房玄龄的建议,任命李靖为检校中书令。李靖也进入宰相之列。

李世民又命杜如晦兵部尚书的本官检校侍中,进入宰相之列。并仍主持吏部的工作,仍总监东宫兵马。

长孙无忌是李世民的大舅子,其能力和水平远不及房玄龄,然圣宠却在房玄龄之上,朝中很多人不服气,认为长孙无忌是靠裙带关系爬上宰相的高位,有人上密表弹劾长孙无忌,说长孙无忌权力过大,荣宠太盛,还有受贿行为。

李世民在弘文殿召见长孙无忌,什么也没说,先把一份密表递给长孙无忌,说道:"朕对你没丝毫怀疑,假如有所闻而不说,则君臣的想法便不能沟通。"

长孙无忌看过密表,惊出一身冷汗。

李世民安慰地说:"你大可不必担心,一切都有朕作主。"

第二天朝议,李世民对文武百官说:"朕视无忌如亲人一般。但有人说无忌靠裙带关系爬上高位,这种说法并不妥。无忌于朕,实有大功。朕与无忌的关系,也不是一般人能离间的。"

群臣见李世民面有怒色,面面相觑,谁也不敢出声。

李世民马上意识到自己的语气过重,缓和地说:"言官上书言事,是你们的职责,朕不怪你们。贞观立朝一年有余,灾害不断,老百姓的生活都不好过，请大家多动动脑子，多为这些事出谋划策。"

长孙无忌见李世民在朝堂上公开为自己辩护，担心自己富贵至极而带来灾祸，跪下奏道："陛下，臣才疏学浅，不足以任要职，请求辞去右仆射。"

李世民并不理会长孙无忌的意见。

散朝之后，李世民回到后宫，刚坐下，长孙皇后就问："无忌出任右仆射，朝臣颇有议论，可有此事？"

"有些人闲得无聊，都是些无稽之谈。"

长孙皇后道："这样不好，有损陛下德誉。我再次恳求陛下免去无忌右仆射之职，给他一个闲职就是了。"

"朕命无忌为右仆射，是他确实有功于朝廷，并不是看在他是皇后之兄的分上。"

"有功也好，有过也罢，算是我求陛下了，免去无忌右仆射吧！今后也不要再让我娘家人出任朝廷要职。我有幸成为皇后，已是长孙家族的荣耀了，没必要再命其他人出任朝廷要职。"

"皇后！"李世民说，"朕命无忌为右仆射，真的不是因为皇后的关系。"

"陛下！"长孙皇后突然跪下说，"算是我求你了。"

李世民伸出手，要拉皇后起来。

"陛下若不答应，臣妾就不起来。"

"你这是何苦呢？"李世民见皇后真的不起来，无奈地说，"好吧！朕答应你，起来吧！"

"谢陛下！"长孙皇后笑着站起来。

第二天，李世民准许长孙无忌离职，改封为开府仪同三司。

灾害肆虐

贞观二年夏天，京畿先是大旱，大旱后又发生蝗灾，飞蝗蔽天盖野，草木树叶尽皆为蝗虫所食，庄稼地里，到处都是蝗虫，百姓倾巢出动扑杀蝗虫，在虫口里夺食。

李世民忧心忡忡，环视一眼群臣，对大家说："昨天，朕当年的一名亲随来京看朕，说他的日子过得很苦，朕免了他家一年的赋税。"

魏徵出班奏道："陛下错了！"

李世民见魏徵当着群臣的面又顶撞他，不快地反问："朕怎么又错了？"

魏徵两眼注视着手持的笏板，固执地说："陛下错了，为何又不承认？古人有言，皇权不下县，陛下直接免民间一家的赋税，那县令该怎么办？"

"朕是天子。"李世民说，"难道连这个权力也没有吗？"

"普天之下，莫非王土，率土之滨，莫非王臣。陛下想做什么，就可以做什么。"魏徵话锋一转，"可是，陛下解了一家之困，却解不了天下之忧，如今灾害连年，天下百姓的日子都不好过。解天下百姓之困，要靠政策，小恩小惠不能从根本上解决问题。"

李世民自知理屈，叹了口气说："朕心里急呀！朕想做一个好皇帝，为天下子民造福，为何自即位以来，自然灾害纷至沓来，去年先是山东大旱，后又是关中、陇右诸州出现霜冻。现在，又发生了数十年未遇的蝗灾，难道是朕得罪了上苍？"

魏徵也是一脸忧色，接着又劝道："陛下不必过于自责，天灾乃是一种自然现象，与陛下无直接关系。《史记·货殖列传》说：'岁在金、穰，水、毁，木、饥，火、旱……六岁饥，六岁旱，十二岁一大饥。'《淮南子》也记载：'三岁而一饥，六岁而一衰，十二岁而一康。'天下每三年有一次小灾的循环，每六年有一次中灾的循环，每十二年有一次大灾的循环，周期性地爆发，周而复始，永无止境，代代相传。万民赖以生存的农业生产也是这样，由丰到歉、由歉到丰，周而复始地循环。今年正是大周期的节点，天灾频现，是自然规律。"

群臣见魏徵以天道循环论来解释自然灾害，莫不叹服魏徵的博学多识。

"是这么回事呀？"李世民松了一口气，仍然忧心忡忡地说，"朕听说很多百姓家里都断炊了，大家议一议，有什么好办法，帮助饥民度过这个荒年。"

群臣静悄悄地站着，互相观望，谁也不敢贸然开口。

裴寂手持笏板出班奏道："臣请陛下设坛祭天，祷告上苍，求天庭为大唐免灾。"

"祭天仪式肯定是要举行的，但眼前的难关怎么过？"李世民对站在首列的房玄龄，着急地说，"房玄龄，你有办法吗？"

房玄龄手持笏出班道："臣与有关人员议了一个初步方案，正欲禀报

二十一、天灾无情

— 161 —

皇上。"

"真的吗？"李世民面有喜色，"快讲！"

房玄龄道："我这里拟了四条措施，一是立即派专员到受灾区巡视，主要是慰问灾民，了解灾情，为下一步赈灾做准备。"

"嗯！"李世民点点头，"这个朕准了。"

"二是开放义仓。"房玄龄说，"开仓放粮。先开放义仓救燃眉之急，有常平仓的州县要加强常平仓，没有常平仓的州县，要尽快设置常平仓。这是一件长期性的工作，朝廷要给地方下拨常平本钱，州一级拨给三千贯，县一级拨给二千贯，让地方购粮储备于常平仓，补充国库粮食的不足，今后再有自然灾害发生，可用常平仓的储粮赈灾。"

"第三条呢？"李世民情不自禁地站了起来，两眼紧紧地盯着房玄龄。

"分民就食。"房玄龄说。

"分民就食？"李世民不解地问，"什么叫分民就食？"

"对，分民就食。"房玄龄解释说，"分民就食，也叫易地就食。当年隋文帝就曾亲自带领关中饥民到未受灾的州县就食。这一次蝗害以蒲州、虞、泾州等地的灾情最为严重，臣准备安排这几个州的百姓到邓州就食。"

房玄龄刚说完，群臣纷纷称赞，说这个点子好。

李世民的脸上终于露出了笑容："那第四条呢？"

"分民就食只是一个应急方法，不能长期就食。"房玄龄说，"目前一个紧要任务，就是紧急从江南调粮，漕运至关中，这是解决关中缺粮的最终办法。如果明年常平仓都办起来了，事情就好办多了。"

群臣顿时活跃起来，好像有了房玄龄的四条意见，赈灾工作就完成了一样。

李世民当即同意了房玄龄的奏请，并吩咐，明天到西苑祭天。

李世民率文武百官在苑中设坛祭天。祭坛上先由道士作法，道士先在黄裱纸上画一道符，随后念念有词，猛然张嘴喷出一团火焰，火头直冲画符的黄裱纸，黄裱纸顷刻间化为灰烬。接着道士取过一把檀香，点燃之后，对天拜了三拜，然后将檀香插在香炉上，取过一杯水酒，举杯向天，口中念念有词，对天遥祝，随之躬身将酒倾倒在祭坛周围，放下酒杯，在祭坛上手舞足蹈、念念有词地作法。祈祷、作法毕，退到一边。

李世民走上祭坛，接过道士递来的三柱香，跪在拜垫之上。

祭坛下的文武百官见皇上跪下，齐刷刷地跪下一大片，李世民手举檀香，仰首望天，默默祈祷，然后五体投地拜了三拜，群臣也跟着向天叩拜。

李民民行过跪拜之礼，站起来，虔诚地将檀香插在祭坛的香炉上，手掇一只早已准备好了的蝗虫，仰望苍天祷告道：

"苍天！民以食为天，谷乃民之命，若天下子民对上苍不敬，有触天庭，朕乃天之子，此责当由朕一人担之，理当蚀我，无须怪罪百姓，祈求降罪于朕，无害百姓，朕将吞咽此为害百姓之蝗虫，以示对朕之惩戒，不要再害朕的子民啦！"

李世民举手正欲将蝗虫投于口中食之，群臣在后面惊呼道："陛下，不可以啊！"

房玄龄一旁听了，泪如雨下，劝道："陛下，蝗虫乃污秽之物，入圣体必当致疾，圣体康健，系于朝廷之安危，陛下执意要吞噬此蝗虫，就由臣代陛下吞噬吧！"说罢，遂捉了几只蝗虫塞进嘴里嚼了，直嚼得青汤绿水，惨不忍睹。

李世民也要把蝗虫塞进嘴里。

侍奉太监跪下泣告道："陛下，蝗虫乃不洁之物，食之有损圣体！"

李世民道："玄龄吞得，朕何吞不得？只希望移灾于朕躬，还怕什么得病不得病？"

说罢，把蝗虫塞进嘴里嘴吞。据说，从此，蝗虫不复为灾。

自然灾害本身不是件好事，但它可以促进某些社会制度和政策更加合理化。房玄龄正是抓住这一机会，大力推进社会制度的改革。

继《水部式》后，朝廷又颁发数十道诏书，其中包括减轻征敛赋役的《租庸调法》等。

《租庸调法》是在武德七年的《赋役令》的基础修订而成，其中规定：

受田户每年每丁缴纳二石粟，这就是"租"；每个丁男每年服役二十天，不服徭役者，也可以每天三尺绢折合代役，这便是"庸"；根据所在地域的不同情况情况，每丁每年缴纳二丈绢或绫、三两丝绵，没有绢绫的，也可以用相应数量的布或麻顶替，这便是"调"。

为了防止一些官员在执行《租庸调法》过程中侵吞贪污、聚敛邀功的行为，房玄龄奏请李世民，特别在诏令中加一条："税纳逾数，皆系枉法。"征收的数额必须在县衙和村坊张榜公布，乡、县、州三级每年都要统计人口和土地，逐级上报到户部，以防弄虚作假。

贞观二年冬，派到各州县视察的官员回朝报告，说百姓们大致都能达到"食无忧，居有所"的程度了，除少数地区外，大部分州县都比较安定。

在自然灾害频发期间，社会上有一种谣言说："天降灾难，是因为有人做了昧良心的事，触怒天庭，故而天降灾，以惩戒恶人。"闹得满城风雨，人心惶惶。

杜如晦对这件事极为重视，派人调查谣言的出处，最后查明谣言散布者是一个名叫法雅的和尚，便把他抓了起来。

杜如晦亲自审问此案。法雅称裴寂知道这件事。杜如晦见涉及到朝廷大臣，便派人请裴寂过来查询。

闲聊一番后，当杜如晦问裴寂知不知道一个叫法雅的和尚在京师散布谣言的事情。裴寂连说不知道，并说他身为朝中大臣，不会糊涂到这种地步。

"裴大人，有人说你知道此事呢！"杜如晦神情木然地说："这件事说轻就很轻，说重可就重得很。"

"杜大人说话可得有凭据，老夫可不愿承担莫须有的罪名。"

"裴大人！"杜如晦冷冷地说，"不要把话说死了，到时不好收场。"

"岂有此理。"裴寂愤怒地说，"谁要陷害我。"

"裴大人是不到黄河不死心了。"杜如晦伸手端起桌子上的茶杯，喝了一口茶道。

不一会，法雅和尚从屏风后走出来。

"裴大人！"杜如晦指着法雅说，"这个人说你知道此事，需要对质吗？"

"罢了！罢了！只怪老夫一时疏忽，竟铸此大错。"裴寂见到法雅和尚，彻底没了脾气。

李世民看了杜如晦的奏疏，下诏将法雅处死；撤销裴寂一切职务，勒令遣送回老家。

李世民与房玄龄、杜如晦几名近臣在弘文殿议事，近侍来报，说裴寂在殿外求见。李世民手一挥："不见！"

过了一会，近侍又来报，说裴寂跪在殿外，冒死请求一见。

李世民正欲下逐客令，房玄龄说："陛下，见一见吧，看他有何话说。"

"那就传他进来吧！"

裴寂进殿后跪下，老泪横流地哀求道："陛下，臣年事已高，还是让臣留在长安吧！"

李世民板着脸说："你功劳本平庸，列居群臣第一，是太上皇的恩泽。武德年间，贪污受贿风气盛行，朝廷政纲混乱，都与你有关系，因你是开国老臣，朕不忍心依法令处置你。能够回老家守坟，对你是够宽容了。"

裴寂见李世民态度坚决，泪流满面地退了出去。

房玄龄看到裴寂怆然离去，于心不忍，正欲劝说李世民改变主意，让他留在长安安度晚年。

李世民知道房玄龄想说什么，摇摇头说："不要再替这个小肚鸡肠的人说情了，当年刘文静就是因他的谗言而死，使朕失去一位密友，贞观少了一位宰臣。"

房玄龄立即意识到，皇上如此处置裴寂，已是够仁慈了。轻轻地叹了口气，什么也没有说。

裴寂回到老家蒲州不久，有一个狂人称裴寂面有天相。裴寂并未上报朝廷，依法当处死；李世民将其流放到静州。正赶上当地的山羌族叛乱，有人说叛军劫持了裴寂，奉他为首领。李世民说，裴寂依罪当处死，我留给他生路，他肯定不会走这条路。

不久，又传来裴寂率领僮仆家丁打败叛军的消息。

李世民考虑裴寂毕竟有佐命之功，下诏将他召回长安，诏书送时，裴寂恰好死去。李世民诏令优待他的家人。这是后话，在此一笔带过。

二十一、天灾无情

二十二、位居首辅

重组尚书省

贞观三年，为了加强最高行政机构尚书省的效率，李世民对尚书省官员重新进行调整：

任命房玄龄为尚书左仆射，杜如晦为尚书右仆射；同时任命魏徵为秘书监，参与朝政；任命李靖为兵部尚书，参知政事。

这次重组尚书省，基本完成了朝廷最高领导层的人员调整，形成了以房玄龄、杜如晦为核心的房杜体制。前朝老臣如陈叔达、宇文士及、萧瑀等人被免去相职，裴寂也被流放到南方去了。

李世民对于房玄龄的使用，可谓是用心良苦。即位之初，房玄龄为中书令，年余之后，调任门下省侍中，三年才升任左仆射，成为朝中首席宰相、朝廷决策机构总领百司的核心人物。

杜如晦一样，先任兵部尚书，后任吏部尚书，接着是代理侍中，积累了六部中最重要的两个部，即吏部、兵部的工作经验，再升任右仆射，兼任吏部尚书。

贞观朝未设尚书令，尚书左仆射为首席大臣，处于一人之下，万人之上，协助君王治理国家，总领百官，协调君臣之间、大臣之间、衙署之间的各种关系。

房玄龄出任左仆射，正是贞观朝国民经济的恢复时期。连续两年的自然灾害之后，百废待兴，这对新的领导班子，是一个严峻的考验。

上次，李世民对房玄龄说，他最近读了高颎传，说高颎是隋朝的贤相，是一个公平无私的人，可惜隋炀帝无道，高颎无罪而被诛杀，真是太可惜了。

李世民是借高颎之名，希望房玄龄也像高颎一样，做一代贤相，辅佐他成就一番伟业。

房玄龄当然知道李世民的用意，说道："隋炀帝虽聪明绝顶，但尽干一些昏庸之事，有此贤相不知道珍惜，反而以莫须有的罪名将他杀害。隋朝不灭亡，那就是天理不容了。"

房玄龄的意思是说，昏君即使有了贤相，也不能善用，只有明君，才能善用贤相。

李世民不假思索地说："处理政务，没有比大公无私更重要。汉魏时，诸葛亮为丞相，也很公平正直，曾上表将把廖立、李严流放到蜀国地南方去，后来，廖立听说诸葛亮死了，竟哭泣着说：'我们恐怕要亡国了啊！'李严听说诸葛亮死了，竟哀伤而亡。如果不是大公无私，能这样吗？故陈寿称赞说：'诸葛亮执政，推诚相见，开诚布公，竭尽忠心而有益于国家，即使是他的仇人，也必定要奖赏；违犯法令怠慢职守者，虽是亲人也必定要惩罚。'你们难道能不羡慕、效仿他吗？朕既然仰慕前代的明君，你们也不可不效法前代的贤相啊！咱们君臣如果都能这样，那么，荣誉、名声和高贵的职位，就可以保持长久。"

房玄龄马上应对道："臣听说，治国之道，在于公平正直，所以《尚书》说：'不营私结党，则王道浩荡；不营私结党，王道顺畅。'孔子也说过：'举用正直的人，废弃邪佞的人，则百姓就会臣服'。现在，圣上心里所向往的，是要回溯政治教化之源，推大公无私之道，包罗天下，使百姓顺从教化。"

"治国之道，在于公平正直。"这就是房玄龄的为相宣言，为相之道。

李世民兴奋地说："这正是朕之所想，哪能与众卿家说了又不执行呢？"

君臣二人一番交谈，更是相知相近。

一天，李世民邀大家一同宴饮，闲谈之间，李世民说："你们都是朕的左膀右臂，国家治理好了，也有做大臣的一份光荣嘛！"

房玄龄接着说："在座的各位都是柱国之材，如果朝廷能有更多的人效忠皇上，何愁江山不固？"

李世民看了房玄龄、杜如晦一眼说："你们身为仆射，应当替朕多操些心，广开耳目，求访贤哲。听说你们听受辞讼，每天有数百件之多，这样连阅读文件都忙不过来，怎么帮朕求访贤士呢？"

房玄龄与杜如晦互视一眼，不知如何回答才好。

李世民笑道："今后尚书省的琐碎工作都交给左右丞去办，只有那些冤滞大事需要研究上奏的，你们才过问。"

房玄龄趁热打铁，立即说："臣听说景州录事参军张玄素满腹经纶，且为官清廉，可堪大用。"

李世民问道："此人是何来历？"

杜如晦道："臣也听说此人。他乃蒲州虞乡人，隋朝时曾任景城县户曹，窦建德攻陷景城后，执将欲杀张玄素，景城百姓数千人号泣，请代其死，有人出来说道：'张玄素乃清吏，杀之有伤天理，大王既想得天下，就不应该擅杀善人。'于是，窦建德释放了张玄素，并任命张玄素为侍御史。虎牢关窦建德全军覆没后，他也投了唐朝。"

李世民道："是在隋朝做过官，在窦建德手下做侍御史的那个张玄素？朕早就听说有此人。"

房玄龄说："正是此人。"

"萧瑀！"李世民叫道。

萧瑀立即回答："臣在。"

李世民说："吏部发个遣单，将张玄素召进京来。朕要看看此人，再看给他一个什么职务。"

"臣遵旨！"

房玄龄接着说："相州洹水人张蕴古，素性聪敏，博涉群书，写得一手好文章，尤其通晓时务，为州间所称道。也是个人才。"

"张蕴古？朕想起来了。"李世民说，"他曾给朕上一篇《大宝箴》，在《大宝箴》中说：'圣人上承天命，拯黎民于水火，救时世之危难。故以一人治天下，不以天下奉一人'；'内廷重屋叠室、宽大无比，而帝王所居住的不过一片狭小之地；他们却昏庸无知，大肆修筑瑶台琼室。席前堆着山珍海味，而帝王所吃的不过合口味的几样；他们却忽发狂想，堆糟成丘、以酒为池'；'不要无声无息、糊里糊涂，也不要苛察小事，自以为精明，应该虽有冕前的垂旒遮住双眼，却能看清事物的未成形状态，虽有纩挡住耳朵，却能听到尚未发出的声音。'"

"故以一人治天下，不以天下奉一人。"杜如晦点点头，赞叹地说，"说得好，算得上是至理名言。"

李世民微笑着说："刑部大理寺正缺个大理丞，就叫张蕴古出任大理丞吧！"

不几日，张玄素进京。

李世民召见张玄素召进宫，问道："房玄龄说你胸怀大志，官职卑微而不忘国家大事，朕想听听你说治理政务的见解。"

张玄素想了想说："隋朝皇帝好独揽各种政务，不信任大臣；大臣们都很害怕，只知道奉命行事，正确的执行，错误的也执行，谁也不敢违抗。皇上是人，不是神，以一个人的智慧去治理天下事务，即使得失各半，谬误已属不少。臣下阿谀奉承，皇上受到蒙蔽却还沾沾自喜，国家不灭亡才怪呢！陛下若能慎择群臣，让他们分担朝廷的事务，各司其事，高居皇位，考察他们的成败得失，然后论功行赏，国家还能治理不好吗？臣观察隋末之乱，其中真正想争夺天下的也不过十几人而已，多数人都是为了保全自己的父老乡亲和妻子儿女，盼望有道之君而归附。由此可知，百姓真正思乱者很少，只是做皇帝的不能使他们安定罢了。"

"说得好！"李世民高兴地说，"朕只需总揽朝纲，而不是事必躬亲。"

张玄素谦恭地说："臣说的是这个意思。"

仅此一番交谈，李世民便很欣赏张玄素了，当即提拔他为侍御史，此后又改任给事中。

修史铸镜

贞观三年四月，太上皇李渊迁居弘义宫，改弘义宫为大安宫。李世民遂于太极殿听政。

修史犹如铸镜，以前朝兴衰存亡为鉴。历朝历代的帝王，对此都极为重视。

早在武德四年(621年)，李渊就接受时任起居舍人的令狐德棻的建议，命萧瑀等大臣修撰南北朝时期的梁、陈、北魏、北齐、北周、隋等六朝史。由于种种原因，萧瑀等人作了数年的努力，仍然是半途而废。

贞观三年，李世民再次下敕修六史，并集中了朝中最著名的一批史学家组成编写班子。

李世民在弘文馆召开会议，专题研究修史问题。他对大家说，盛世修典，泽被后人，贞观初创，国事繁忙，没有精力修史。现在官员调整基本完成，朝政事务也已步入正轨。魏徵上疏建议修史，很及时。召开这个会议，就是请各位专家学者对修史提意见。

一代鸿儒虞世南说："修国史，编典籍，是一项浩繁的工程。要求：去芜存精必作于细，旁征博引必求于实，考伪拨乱必至于真。"

房玄龄对修史者提出了要求，他说："正因如此，所以无学养深厚者、无冥冥之志者、无持之以恒者，不可以修典。"

魏徵也说："无学养深厚者、无冥冥之志者、无持之以恒者，三者同在，必须是盛世才能出现的情况。乱世之时，天下动荡，民不聊生，怎么

能安心地坐下来修典呢？汉代'中兴'，才设太学，置五经。唐朝贞观盛世虽未出现，但也已初显端倪。修典不能一蹴而就，需要多年的努力，目前是修典的大好时机。"

李世民赞许地点点头。

魏徵接着说："前朝史有不少人做过，王沈、陈寿写过魏史，王隐、虞预、朱凤、谢灵运都写过《晋书》，算起来有七家之多，其他如南朝之宋、齐、梁陈都有人写过。北朝一直到周，前人也写过，不过，都是文人个体写史，这次修史，是朝廷修史。"

李世民说："大家知道，唐朝承袭的是隋朝旧制，文职、武职之称谓皆沿用隋制，朕每想到隋朝之亡，心里就不是一种滋味。我们要从亡隋的圈子里跳出来，走自己的路。要集中一批博学之士修史。这是一个伟大的事业。"

魏徵胸有成竹地说："著作郎姚思廉之父在陈朝时做过吏部尚书，隋朝时写过《陈史》《梁史》未写完就辞世了，姚思廉得其家学。"

房玄龄补充说："姚思廉乃昔日秦王府文学馆学士，也是个人才。"

魏徵接着说："著作郎姚思廉修撰《梁史》《陈史》最为合适。中书舍人李百药之父，在隋朝做过内史令，写过《齐史》，贞观元年奉诏，正在写《齐书》；弘文馆学士、礼部侍郎令狐德棻与秘书郎岑文本撰《周史》；许敬宗撰《晋书》，陛下重视隋朝败亡，臣就和孔颖达、许敬宗撰《隋史》，臣撰写《隋史》序论。"

李世民对房玄龄说："历朝历代，修史很重要。朕曾见前《后汉书》载录杨雄《甘泉》《羽猎》，司马相如《子虚》《上林》，班固《两都》等赋，徒有文体浮华，却无益于劝诫。这样的文章怎么能见诸史册呢？有些上书论事的篇章，词理切直，可裨于政理者，朕倒觉得要写进去。今天，朕就将修史的任务交给你负责，希望你修好国史，留传后世。"

根据分工，房玄龄任总负责，相当于总编，魏徵为次，相当于副总编。以下分项负责：魏徵修《隋书》，兼副总编；姚思廉主修《梁书》《陈史》；李百药主修《北齐书》；令狐德棻与岑文本主修《周书》；

房玄龄与魏徵领导的这次修史，是中国历史上第一次官修史。共修了《梁史》《陈史》《齐史》《周史》《隋史》五部史书，几乎占中国古代二十四史的四分之一。

修史是房玄龄执政期间的一项重要工作，也是他一生中的重要贡献之一。贞观三年修史只是一个开始，直到贞观十年，第一次修史才告完成，此是后话。

精简机构

　　修史工作刚刚安排就绪，机构改革承之启动。他将这项重要而艰巨的任务，交给了房玄龄。

　　这一天，李世民在两仪殿召集近臣开会，研究机构改革问题。

　　李世民对大家说："要把国家治理好，最根本的就在于用人谨慎，根据才能大小，授予相应的官职，一定要减少官员人数。"

　　房玄龄知道李世民想说什么，附和着说："目前，朝廷机构臃肿，人浮于事，确实到了非改不可的地步。"

　　李世民接着说："《尚书》中说：'只能任用贤才做官'，又说，'官员不必多，只在于任用合适的人选。'如果任用了有才能的人，虽然人数少，也能满足需要，如果任用的都是些无能之辈，纵然人数多，又有什么用？孔圣人也说：'一人一职，花费就多。没有人兼职，怎么能说节俭呢？'古人说，官不得其才，比于画地作饼，是不能当饭吃的。'千羊之皮，不如一狐之腋。'这些话都记载在经典著作里，不能一一列举。"

　　杜如晦赞同地说："现在的机构确实太多，官员也很滥，有些机构没有存在的必要，有的官员也是可有可无，多余的机构，该撤的要撤，该并的要并。可有可无的官员，一律裁减。使每一位官员，都能各当其任。"

　　"对！"李世民说，"要根据需要设置机构，根据需要确定官员的编制。这项工作，由房玄龄、杜如晦主持。"

　　机构改革，不仅涉及到国家的政体，而且还涉及到方方面面的利益。当时的情况是，各级政府行政部门，衙门多，机构臃肿，官员多，人浮于事，这些都是武德年间遗留下来的积弊。

　　贞观初年，李世民先后任命萧瑀、裴寂为左仆射，封德彝为右仆射，他们都是武德老臣，旧的官僚机构，是在他们手上创立的，他们并没有改革旧体制的意识。李世民任命长孙无忌为右仆射，就是想掺沙子，打破内阁成员的格局。长孙无忌为体制改革做了些准备，但却得罪了旧势力，加之他自己不检点，受贿而遭人弹劾，任右仆射不到一年，便罢相为了散官，退出宰相班子。

李世民之所以将机构改革的重任交给房玄龄,一来,房玄龄是首席宰相,二来,他认为只有房玄龄能胜此项工作。

房玄龄根据李世民的旨意,开始作手裁减朝廷冗员。

在经过广泛地征求的基础上,房玄龄与杜如晦经过反复协商,一个新的机构设置格局终于出台。

新的机构设置的核心仍然是三省六部制,即尚书省、门下省、中书省。尚书省下设吏、户、礼、兵、刑、工六部。

尚书省是执行机关,长官为尚书令,总领百官,仪刑端揆。因为李世民在唐初做过尚书令,别人不好再坐这把交椅,所以,副职左、右仆射即为首长,从二品。两位仆射,相当于常务副总理,实际上行使的是尚书令的职责,总领百官,主持国事。尚书省分管六部,六部长官为尚书,正三品。

门下省掌出纳帝命,总典吏职,赞相礼仪,佐天子而统大政。长官全称为门下省侍中,习惯上称侍中,正二品。门下省设侍郎二人,正三品。

中书省执掌军国政令,佐天子而执大政。长官为中书令,正二品,下设中书侍郎二人,为中书令的副职,正三品。

三省以下的机构,包括太子府机构的设置,也都一一作了明确规定。

三省形成制命、出命、行政三权分立、互相制约的格局,而又通过政事堂决策,使三省职责联结贯通,共同向皇帝负责。

机构设置虽然沿袭了隋朝旧制,但却有很大变化。其中最主要的变化是政务中枢,即宰相制度。根据李世民"君臣共治"的思想,新政体形成了一个在皇帝领导下的宰相集体,而不是某个人。即由中书省的中书令、门下省侍中、尚书省左、右仆射,以及御史大夫等参加的处理政务的首脑机构。这些人以宰相身份参与尚书省政事堂议政。凡有参议朝政、参议政事头衔者,都是宰相。例如,魏徵为秘书监,不是宰相,加了一个参议政事,就可以参加宰相会议,成为宰际的宰相。群相制,是唐朝政治体制的一大特色。以他官参与朝政,自此成为惯例。

宰相对皇帝负责,总揽政务,是最高决策机关和统治中枢,职任繁重。原则上是中书省决策,门下省审议,尚书省执行,而实际上,三省长官只是一种名分,本身直接指挥的权力有限。宰相们除了办理公文的低品级职员以外,没有僚属,所以也没有独立的机构,虽然与皇帝十分接近,但遇事只能以皇帝的名义发令,这就有效地避免了个人专权和权力过于集中的弊端。

在当时的条件下,构建这种"一言堂"底下的"群言堂",或者说以天子为绝对权威的集体领导制,实属难能可贵。在确立这种新宰相体制的过程中，体现了房玄龄的创造性、灵活性和杰出的政治才能。

房玄龄与杜如晦二人，又根据新的体制和各部门的工作任务，对人员实行定编管理，细致到一个部门的职位、吏员人数，都有明确规定。以礼部为例：

> 礼部吏员配置：尚书一人，佐二官一人，下设礼部、祠部、膳部、主客四部，四部人员配置相同，以礼部为例，设郎中、员外郎各一人，主事二人、令史二人、书令史三人、书办三人。通计礼部堂员及吏员四十七人。

经过严格的定编管理，把朝廷的文武官员减少到六百四十三人。跟隋朝朝廷官员二千五百八十一人相比，一下子就减少了四分之三。这在唐初的政治改革过程中，实在是一个很大的动作，其魄力之大，在整个中国历史上也属罕见。

为了彻底整顿吏治，房玄龄又奏请李世民，实行"五花判事"制度。

所谓五花判事，就是朝廷一道政令的形成，首先在中书省。中书省负责诏书起草和参议章表工作的主要是中书舍人。中书舍人六名，分别联系尚书省六部。他们起草诏书和参议表彰，大体上是按尚书省六部的工作性质分工。因为朝廷各部门的表章都是通过尚书省六部上奏。当这些表章送达中书省时，每一位中书舍人根据自己的分工，分别对军国大事提出处理意见，另外五名则"各执所见"，进行讨论，经过讨论后，"杂署其名"，每个人都要签署自己的意见和名字，称之为"五花判事"。

为了防止官员再度冗滥，朝廷在《官职令》中对政府机构、人员编制和官员数额都做了明确规定，使之有章可循。对于违令超编任命官职的行为，以违法论罪。房玄龄在此后修订的《唐律》中，更是将这种违法行为作出了专门处罚，具体规定如下：

> 各种官职都有一定的数额，如果署置官吏的人数超过规定界限，不应该署置而未经申奏朝廷署置者，署置一人，杖责一百，署置三人，罪加一等，署置十人，判刑二年。继任之官，明知前任有违令之举而不加纠举、不揭发者，比照前任之罪，减一等处罚。求官之人被编为外署任，属从罪。被征召为官之人，虽属编外授官，不以犯罪论处。

中央机构改革完成以后，接着又对地方州县进行合并。合并后的州府共三百五十八个，较之以前减少了三分之一，县一千五百五十一个，较之以前减少了二分之一。

为了便于中央对地方的管理，根据山川地理形势，房玄龄奏请李世民同意，把全国分为：关内道、河南道、河东道、河北道、山南道、陇右道、淮南道、江南道、剑南道、岭南道共十道。十道并不是行政区划，而是监察大区。

二十三、官吏考核

考核制度

完成了精简机构和裁减冗员，还只是整顿吏治的一半。为了督促各级官吏尽职尽责，房玄龄又经过一段时间的调查研究，在隋朝旧制的基础上，制定出一套相当完善的官吏考核制度。

所谓考核，就是按照一定的标准考察官吏的德行和政绩，对他们的功过善恶分等定级，并按照考察的结果进行升降赏罚。

新制度规定：官员一届任期为四年，每年有一小考，四年有一大考。小考要评定出被考核官吏的等级，大考则综合四年中的几次考核等级来决定其升降、奖惩和任免。

尚书省的吏部设考功郎中和考功员外郎各一人，职责是"掌文武百官功过、善恶之考法及其行为表现。"

具体考核方法是：各部门行政长官每年要对下属官员的政绩与过失进行考评，把政绩分为九个等级，当众宣读。考核包括综合标准和职务标准两个方面。

综全标准有四项：一是德义有闻；二是清慎明著；三是公平可称；四是恪勤匪懈，合称为"四善"。

"四善是对各部门官吏总的要求，人人都得遵守。

职务标准，则是根据各部门官员的工作性质，分别提出具体要求。称之为"二十七最"，例如：

近侍的考核标准是："献可替否，拾遗补阙，为近侍之最"；

吏部的考核标准是："诠衡人物，擢尽才良，为选司之最"；

刑部的考核标准是："推鞫得情，处断平允，为法官之最"；

管理市场官吏考核标准是："市廛无忧，奸滥不行，为市司之最"。

二十七最，包罗了政府的各个部门。

"四善"和"二十七最"是每个流内，即编制内的官员努力的方向和奋斗目标，也是朝廷考核每个官员政绩的标准。每年的考核，都是依据这些标准，把官员的德行政绩分出九个等级。

划分等级的办法是：

一最四善者，为上上等；一最三善者，为上中等；一最二善者，为上下等。

无最而有二善者，为中上等；无最而有一善者，为中中等；职事粗理，无善无最者，为中下等。

爱憎任情，处断乖理，为下上；背公向私，职务废阙，为下中；居官谄诈，贪浊有状，为下下等。

每年各地各部门要把考评结果上报尚书省备案，吏部考功郎中判宣京官的考核，考功员外郎判定外官的考核。考定上奏。三品以上的大臣，功过状上报皇上，由皇上亲自裁决。每年选两名位高权重的大臣任考使，对京官、外官的考核进行核校。

新法还规定，中书省的中书舍人和门下省的给出事中各一人参与考评，对考核工作实行监督。如果发现不公者，可以进行驳正。有关官员的考核，朝廷颁发的诏敕如有不妥的，允许执奏，能够纠正违失之处，则提高他本人的考核成绩。

通过考核实行奖罚，这就对官吏恪勤职守、奉公守法造成了激励机制，使吏治得到有效的加强，有效地提高了政府工作效率。

"四善"、"二十七最"的考核新法，是房玄龄为相期间的一大创举，是房玄龄对中国古代吏治思想的一项杰出贡献，为完善官吏考核制度、完善唐朝吏治清明，奠定了一个良好的基础。

考核制度虽然颁发了，在执行中却遇到阻力，这种阻力不仅来自一般官员，甚至于宰相政事堂内部也有人持不同意见。如萧瑀就主张对官员实行考核制度可以缓一缓，今年不做，明年可以做。

李世民召开专门会议，讨论考核制度的执行问题。

杜如晦认为，太上皇夺取天下，以封官许愿换民心，不重视考核，这很正常，但是，贞观立朝已有三年，天下逐渐安定，治理天下需要人才，不考核何以知道谁是人才，谁是庸才？治理天下，走富国强民之路，吏治是关健。吏治不整，什么都无从说起。

萧瑀强调说，裁减冗员已搞得满城风雨，再推行考核制主，更会使人心浮动。

李世民一锤定音，说："考核是朕的意思，不仅要搞，而且还要认真地搞，细节问题可以考虑，但考核制度不能免。"

并指定考核工作由房玄龄、王珪二人负责。

考核风波

考核制度推行之后，就考出了一个爆炸性的新闻，而新闻主角竟然是萧瑀。

考课的结果是官员任免升降和奖罚的依据。具体办法是：考课成绩在中上以上者，每进一等就奖赏一季的俸禄；考课成绩在中者，无赏无罚，俸禄不变；中下以下，每降一等就扣发一季俸禄。一中上考，官品进一阶；一上下考，官品进两阶；如有上考应该晋升，可是又有下考应该贬降，则互相抵消。有下下考者，削除官职。

萧瑀虽为官清正，但却犯下大错。在"二十七最"中有"铨衡人物，擢尽才良，为选司之最"。萧瑀身为宰臣，不但没有为国家推荐贤才，反而任人唯亲，把与他有些瓜葛的孙洪、吴士贤一类庸才提拔为官。

房玄龄和王珪依据新颁布的考核标准，给萧瑀定了个"下中"的待背，评语是"背公向私，职务废阙"。

给一个宰臣定"下中"等级，给"背公向私，职务废阙"的评语，实在不是一件小事。因为三品以上的官员考核，最后由皇上亲自裁夺。

李世民看了萧瑀的考评后，立即召见房玄龄，王珪。询问详细情况。两人坚持考核是公平、公正的。李世民虽然表示赞同，但仍然有些不放心，立即派人将杜如晦找来，询问他对这件事的看法。

杜如晦看过萧瑀的考评说："左仆射、侍中的考评很公正，臣看不出有何不妥的地方。"

在过去很多决策中，往往是房玄龄提出意见，李世民征求杜如晦的意见，才最后决定，仿佛只有这样，他才放心。而杜如晦每次的意见，都没有否定房玄龄提出的主张。久而久之，"房谋杜断"之说，便在朝中传开了。

这次也一样，在得到杜如晦的首肯后，李世民下诏，免除萧瑀御史大夫之职，免参知政事，改任太子少傅，太常少卿。

萧瑀作为宰臣，因考评不过关而罢免宰相之职，在朝野引起强烈反响。对于那些平时工作无所事事，漫不经心的人来说，更是一记惊雷。迫使他们在今后的工作中，不得不提起十倍的精神，否则，就有被炒鱿鱼的危险。

正当人们以为贞观三年的官员考核尘埃落定之时，一封密奏，险些又掀起一场风波。

事情因治书御史权万纪的考核而起。

权万纪乃奸佞小人，以进谗言、打小报告而邀宠于上。朝中很多人都因为权万纪的诬告而遭到皇上的训诫，但大家对权万纪却是敢怒而不敢言。因为大家心里都明白，小人不能得罪，因为小人的报复心理特重，谁得罪了小人，谁将永无宁日。权万纪是一个小人，大家对他敬之远之。李世民对他似乎并不反感，每次对他的上言都极为重视，这就更助长了权万纪的嚣张气焰。

房玄龄和王珪这次主持的考核，给权万纪的评语是："职事粗理，无善无最者"，给了一个中下等。

权万纪心里不服，认为房玄龄在考评时打压他。于是上封事，告发房玄龄、王珪考核不公，有徇私舞弊之嫌。

"封事"称为密奏，是奏章的一种，朝廷五品以上官员，将重要的事情写好并密封起来，可以直接交给皇帝本人，也可以经他人转达，但转达之人不能拆看，也不可以隐而不转。贞观二年，高士廉就是因为隐匿王珪的奏章而遭到处罚，从中央贬到地方去了。奏章有许多形式，名称包括奏、表、疏、本、封事等等。其中一般性陈述意见的为"奏"，比较重大的事情而且文字很长的为"表"，分条陈述的为"疏"。这些奏章通常以三种形式上呈：一是上朝时集中起来交给皇上；二是由宰相接收并先行阅读，择其要者转呈皇上；三是随时由皇帝身边的近侍交与，但这必须是够级别的大臣才有资格。

李世民看了权万纪的封事密奏，准备命侯君集调查此事。

魏徵恰好在侧，立即劝谏说："房玄龄、王珪都是朝中重臣，素以忠诚正直居称，深得陛下信任。由于考核的官员很多，可能有个别人考核有失公允，但绝不是他们有意偏私。假如查到有不当之处，他们今后还怎么能重新担当重任呢？"

魏徵见李世民有些犹豫，继续说："权万纪近来一直在考功堂叙职，在考核过程中并无任何驳正，他不满意自己的考核结果，就说考核不公，上疏弹劾房玄龄和王珪，是想借此激怒陛下，将水搅浑，并非竭诚为国。若查出个别人的考核结果有失当之处，于朝廷并无益处；若权万纪所言为诈，则有损陛下委任大臣的一片心意。臣真正关心的是国家政体，并不是祖护房、王二人，请陛下三思。"

李世民终于采纳了魏徵谏言，没有继续追究这件事，使得房玄龄、王珪免了一番训诫。如果真的要追究下去，会出现一个什么样的结果，还真的说不定。

通过考核实施奖罚，这对官吏们恪勤职守、奉公守法建立了激励机制，使吏治得到有效的加强，进而提高了工作效率。

考核的功效

在朝廷内外官员中，李世民最重视的是宰相和各州的都督刺史，他把前者视为股肱，把后者视为耳目，这体现了君臣一体化的思想。为此，房玄龄亲自把各州都督刺史的名单抄录在李世民的屏风上。李世民可以看到大家的表现情况，如果哪一位做了好事，随时一条一条记在他们的名下。

为了及时了解地方官员的表现，房玄龄还建立了朝集和巡视制度。这里说的朝集，就是各州行政长官每年十月二十五日集中到京师来，称为朝集使，十一月一日由户部官员带领他们朝见皇帝，朝拜仪式结束后，再到尚书省拜见朝廷官员，然后聚会于考堂，汇报各地工作情况，反映意见和提要求，进行政绩考核。次年正月初一，各自把进贡的物产陈列于殿堂，整个朝集工作至此算是正式结束。

地方官员的政绩考核，是沟通中央和地方的一条重要途径，李世民对此极为重视。

一次，李世民问房玄龄："古代诸侯入朝，是一个什么样的情况？"

房玄龄道："古代诸侯入朝，有专门的住宿沐浴之所，有专门供应他们车马的草料，以客礼相待。白天坐在正殿论事，晚上朝见时要在院子里点燃大烛，皇帝急于跟他们见面，对他们的行旅劳苦进行慰问。"

李世民道："汉朝还在京城里为各郡修建旅馆，是吧！"

房玄龄歉意地说："怪我考虑不周，这件事情没有做好。"

李世民笑道："我并没有责怪你的意思，最近我听说，地方来使都是赁屋居住，有的甚至与商人杂居，仅有睡觉的地方，这不行，得想想办法。"

于是，房玄龄让有关部门在京城空闲的街坊修建旅馆。旅馆建成时，李世民还亲临现场视察。

因为有了新法的约束机制，加之李世民、房玄龄等君臣率先垂范，朝廷上下渐渐形成了廉洁自律、勤政奉公之风。

岑文官居中书令，却长期住在矮潮的房舍里，室内连帷帐之类的简单装饰都没有。有人劝他置办一些家产，他叹息地说："我本是汉南一介平民，并无汗马功劳，只会舞文弄墨，如今做了中书令，仕途就算是到顶了。享受朝廷那么优厚的俸禄，已经是愧领了，怎敢再去经营产业呢？"

戴胄后来死于户部门尚书任上，家宅破漏不堪，连个设灵堂的地方都没有。房玄龄建议为他修一座小庙，让天下官员以戴胄为榜样，廉洁奉公。

"四善""二十七最"考核新法，是房玄龄为相期间的一大创举，也是对中国古代吏治思想的一项杰出贡献，为完善官吏考核制度和唐朝的吏治清明，奠定了一个良好的基础。

二十四、宰相肚里能撑船

宰相的度量

房玄龄身为首辅，朝臣中许多人都与他交厚，无论是元老派还是少壮派，他都能友好相处，这主要得益于他熟谙为官之道，不仅自己行得正坐得稳，而且还能善待别人，处理人际关系十分得体，用一句俗话说，就是做人做到份儿了。

在李世民面前，房玄龄既能忠心事主，而且还敢于担责，有些事情即使不是他的责任，当李世民怪罪下来时，他也甘而受之，好像真是他错了一样。

一次，交州都督、遂安公李寿因贪污而犯罪而被革职。交州都督之位出缺。杜如晦向李世民推荐瀛州刺史卢祖尚出任此职。

李世民在两仪殿召见卢祖尚，说交州行政长官出缺，杜如晦推荐举他出任此职，问他是否愿意。

卢祖尚爽快地答应了。

李世民很高兴，吩咐卢祖尚，说交州距京师路途遥远，南方人民风剽悍，到那里后一定要励精图治，为官一任，造福一方，三年任满，调你回京。

卢祖尚拜谢出朝，不久却又后悔了，以旧病复发为由，拒不赴任。

李世民有想法了，让杜如晦给卢祖尚传旨："一般人都能诺守信用，你为何已经答允了朕，又要后悔呢！"

卢祖尚执意辞退。

杜如晦劝道："我在皇上面前举荐你，是因为你有能力主持一方政务。如果当初不同意，什么事也没有，既然答应了，而且圣旨已下，再不执行，就是抗旨不遵了。"

杜如晦的意思很明确，抗旨不遵，是违法行为。

卢祖尚这个人很固执，说当初答应皇上是因为欠考虑。经过慎重考虑，还是不想去的好。

杜如晦只得如实向李世民汇报情况。

李世民再次召见卢祖尚,晓以道理。卢祖尚仍然固执己见,拒不从命。

　　李世民发火了,怒斥道:"朕事先征求了你的意见,你也同意了。既然答应了,就得遵守诺言。朕身为一国之君,不能对人发号施令,又如何治理国家呢?"于是下诏,将卢祖尚斩于朝堂之上。

　　李世民怒杀卢祖尚,震动朝野。朝臣们议论纷纷,大家都认为卢祖尚虽然抗旨不遵,但不至于有死罪,擅杀大臣,确实有欠考虑。

　　朝臣的议论传到了李世民的耳里。仔细想来,也觉得后悔。这一天,他正待在御书房里生闷气,恰巧房玄龄来奏事。

　　也许是房玄龄来得不是时候,也许是李世民的一腔怒火和怨气无处发泄,见到房玄龄,突然火冒三丈,大吼道:"房玄龄,你最近都做了些什么啊?"

　　房玄龄丈二和尚,摸不着头脑,不知自己做错了什么事。忙跪下道:"臣知罪!"

　　"你就知道知罪、知罪!"李世民怒气未消,继续喝斥道,"除了知罪,你能不能说点别的呀?"

　　房玄龄真的不知道自己错在哪里,只好跪在地上一个劲地叩头。

　　李世民道:"朕的脾气不好,有时性子太急,你身为首辅,不要总是埋头做事,要眼观六路,耳听八方。比如说杀卢祖尚一事,确实有些欠妥,你当时做什么去了?为何不能及时给朕提个醒?"

　　房玄龄这才明白李世民发火的原因,连忙说:"臣知罪。"

　　"起来吧!"李世民看了房玄龄一眼,突然意识到自己发火找错了对象。

　　房玄龄从地上爬起来,偷偷地瞧了一眼李世民,心想:发这么大的火,谁敢招惹呀?

　　李世民火发过了,气也消了,口气有些和缓在对房玄龄说:"玄龄呀!你怎么不向魏徵学学呢?朕不要你唯唯诺诺,朕处理国事,若有不当之处,要及时给朕提个醒,特别是杀人的事,人杀了,头落地了,想改也来不及啊!"

　　李世民表面上是说房玄龄,实际上是自责。

　　当时宰相级的大臣有十几位,开会一般由李世民主持,但最后的决议肯定要征得房玄龄的同意,在这个领导集体中,房玄龄周围就像形成了一个磁场。

　　重臣中间与房玄龄最要好的当属杜如晦和王珪。"房谋杜断"之说本身,就说明二人之间的关系。自从杜如晦进入秦王府以来,人们就以"房杜"并称。二人友谊的起点是当年黑水寺相见，后来又多年一起出生入死，工作上相得益彰，官职上不相上下。但气味相投并不是交友的唯一理由，他们之间之所以能保持终生友谊，主要是因为性格上的互补性和志向的一致性。当初李世民命人给文学馆十八学士画像，杜如晦为诸学士之冠，很受李世民推崇。李世民命褚亮为他题的赞辞是："建平文雅，休有烈光。怀忠履义，身立名扬和。"

房玄龄为人老成持重，身为左仆射，默默地协调君臣之间、群臣之间和各部门之间的关系，工作起来谓是任劳任怨。

杜如晦相对于房玄龄，性格稍为要张扬一些，且还兼任吏部尚书之职。吏部专管官员铨选事，杜如晦处事又很有原则，选用人才极为慎重，绝不徇情枉法，因而，也要得罪一些人。

杜如晦任尚书右仆射后，监察御史陈师合上奏《拔士论》，其中说到"人的思虑终归有限，一人独任数职，于已、于国，终归是不利。"

杜如晦认为陈师合是在影射自己，非常生气地向李世民申诉。

李世民对在场的戴胄说："朕出于公心治理国家，重用房玄龄、杜如晦，并不是看他们是朕潜龙时的旧人，而是因为他们有才干。此人妄加毁谤，不过是想离间朕与右仆射的君臣关系。过去，蜀后主昏弱，齐文宣狂悖，然而国之称治者，以任诸葛亮、杨遵彦不猜之故。朕今任用如晦等人，也是效古人之法。"

于是，李世民下诏，将阴毁者陈师合流放到岭南去了。

杜如晦本来就有病，经此一气，病情逐渐加重。

杜如晦重病在身

正如李世民所说，房玄龄在他面前总是唯唯诺诺，而魏徵则是直言相谏，遇事总是适时给他提个醒。几天之后，这样的事情又发生了。

这一天，李世民在两仪殿召开会议，与会者都是几位近臣。还没有开始，魏徵就拉起了家常，他说最近看了李百药写的《齐书》初稿，时里面写到了齐文宣帝。"

李世民对修史一直很重视，颇感兴趣问："齐文宣帝是怎么样一个人？"

魏徵道："齐文宣帝猖狂暴躁，但在某些问题与人争论时，遇到理屈词穷的时候，还听得进不同的意见。一次，前青州长史魏恺出使梁朝还朝，拜为光州长史，魏恺不肯赴任，丞相杨遵彦奏与文宣帝。文宣帝大怒，召魏恺进宫，大加责备。魏恺说：'我先前任大州的长史，出使归来，有功劳并无过失，反而改任小州长史，所以我不愿意赴任。'齐文宣帝对杨遵彦说：'他讲得有道理，你就宽赦他吧。'这就是齐文宣帝的长处。"

李世民知道魏徵是在借古讽今，责备自己不该杀卢祖尚。虽然很恼火，却又无从反驳，只好悻悻地、略带歉意地说："魏徵说得有理。卢祖尚虽然缺少做大臣的道义，出尔反尔，抗旨不遵，但朕杀他确实也过于粗暴，如此说来，朕还不如齐文宣帝呢！"

李世民扫视了一下几位近臣，突然改口说："中书省和门下省，都是中枢机构，朝廷选拔最优秀的人才在这两个部门任职，责任重大。朕发布的诏敕，如果有不妥之处，都必须执奏论议。最近，两省官员大多附和朕的旨意，一味顺从，唯唯诺诺，得过且过，即便诏令有所闪失，也无人谏诤。若只是在诏书上签签字，收发文件，谁都能干，何必费心地选拔人才，把这么重大的责任交给你们呢？从今以后，诏敕如果有不够稳妥、不便施行之处，必须执奏论议，不能妄生疑忌，怕这怕那，明知诏令有误，却默不作声。"

房玄龄慌忙出班跪下，惶恐不安地说："此事臣有失察之处，主要责任在臣，是臣对吏员督促不力，才出现了这样的事情。"

大家见房玄龄将责任揽在自己身上，都坐不住了，纷纷跟着房玄龄跪磕头谢罪，唯魏徵端坐不动。

"都起来吧！"李世民手一挥说，"中书舍人起草诏令，恢复卢祖尚子孙的门荫。"

李世民似乎意犹未尽，又冲着杜如晦说："吏部选择人才，唯看重其言词刀笔，不考察其品德修行。数年之后，恶迹始才彰显，虽然严加刑戮，而百姓已深受其害。吏部选官，怎样才能选到德才兼备的善人？"

杜如晦回答说："两汉取人，都是从乡间，州、郡逐级推荐，然后录用，故当时号为多士。今每年选集，人数达数千之众，时间仓促，很难分出良莠，吏部只是给这些人分配阶品而已。实在是来不及逐个考察，所以不能得才。"

兵部尚书李靖拍拍笏板说："不是说今天研究突厥之事吗？怎么扯了这半天的人事问题？"

"都是魏徵。"李世民说，"一上来就走了题。"

"陛下！"魏徵分辩道，"臣说的可是正理，没有跑题啊！不信可以问大家嘛？"

房玄龄望着倔强的魏徵，脸上露出一丝不易察觉的微笑。

"现在就说突厥的问题。"李世民说，"突厥在大唐北方的部落，都已以投降、归顺了我唐，目前，征讨突厥的时机业已成熟。如晦，你谈谈军力吧！"

杜如晦说："老府兵有二十万，新府兵招募，按户口计算，可招十万。"

"玄龄。"李世民问，"后勤供给如何？"

房玄龄回答说："按三十万人兵马计，府库积蓄可供应四个月，四个月不能结束战斗，则要另想他法。"

正在这时，杜如晦突然一阵猛咳，然后从怀里掏出手帕捂住口，将口中咳出的秽物吐在手帕上，扫一眼，迅速塞进袖里。

房玄龄坐在杜如晦旁边，将这些看在眼里，惊问道："如晦，你咯血了？"

李世民听到房玄龄的惊叫，起身走到杜如晦身边，关切地问："如晦，没事吧！"

杜如晦故作轻松地说："没事！"话未说完，头脑突然一阵昏眩，若非房玄龄一把扶住，险些跌倒。

李世民忙命内侍将杜如晦送回府，召御医前去诊治。

送走杜如晦，李靖接着说："突厥的问题，要尽早解决，不能看着他们年年来犯，岁岁入侵。臣请求率兵出征，保证一举全歼突厥。再等下去，臣的头发都等白了。"

李世民两眼看着李靖，李靖同样也看着李世民。

"好！"李世民说，"朕命你以兵部尚书之职，任定襄道行军总管。并州都督李世勣为通漠道行军总管；华州刺史柴绍为金河道行军总管；灵州都督薛万彻为畅武道行军总管。合兵十万，准备征讨突厥。四路兵马，统一归你调度。"

"臣领旨！"李靖高兴地领旨。

杜如晦回家后，病情逐渐加重。房玄龄亲自带御医上门诊治，病情仍不见好转。李世民考虑到杜如晦的身体，允许他可以在家办公，下属有事情，直接到他家中请示，若有大事朝议，派人去接他。

杜如晦病休在家这段日子，房玄龄每隔三二天，都要前往探望，陪他聊聊天。

在此期间，杜如晦出家的叔叔，远在上郡的孤悬法师圆寂。房玄龄带上孤悬法师当年赠予的那柄长剑，前往上郡祭祀孤悬法师，并出资为孤悬法师筹办了个不错的葬礼。回京后，没有将这个消息告诉杜如晦。

两仪殿，李世民将手中的一封信递给房玄龄，命近侍给突厥使者看坐，然后对他说："长安现在也是天寒地冻，但朕却想不出，一场大雪，会给你们带来灾难性的打击。"

突厥使者说："草原的草是游牧民族生存之本。现在刚入冬，尚有枯草可供牲畜食用。突然提前下了一场大雪，将草原埋在了雪底下，牲畜找不到草吃，就会饿死。"

"难道你们没有储备过冬的草料吗？"李世民反问道。

"当然储备了过冬草料。"突厥使者说，"今年大雪下得早，牲畜提前食用储备草料，到时冬季未完，枯草尚未发芽，牲畜同样还得饿死。"

"事情有这么严重？"李世民对突厥使者说，"你先下去吧，朕要同大臣们好好商量一下，怎样解决这个问题。"

突厥使者退出殿外。

李世民对大家说："这是突厥突利可汗的使者，你们看，此事如何处之？"

房玄龄说："想不到突利有脸向大唐开口，他怎么不提掳我大唐子民，占我大唐土地的事情？"

杜如晦补充说："此乃天助大唐，待突厥实力耗尽，我可举兵攻之，一举灭掉突厥。永绝后患。"

"朕却不这么想。"李世民说，"朕打算答应突利的要求。"

"这可不行。是养虎为患。"杜如晦惊异地说，"突厥人素来不讲信用，若帮他们渡过难关，他们照样频频骚边，占我土地，掳我子民。大唐永无宁日。"

"他们现在没有拿着武器对着我们，而是一群频临绝望的灾民，若不帮他们一把，这个冬天，他们的人民、牛羊，就要冻死在草原上。"李世民有些激动地说，"我们攻打突厥为了什么？不就是为了让生灵免遭涂炭、四方平安、百姓能安居乐业吗？难道没有人体量朕的一片苦心吗？"

"陛下！"魏徵站起来说，"臣赞同陛下的观点。"

李世民脸上露出一丝微笑："魏徵，过去你在朝堂上总是与朕磕磕碰碰，今天竟然公然支持朕，真是难得。"

"看来，臣还是不支持的好。"魏徵笑着说，"那臣还是投反对票吧！"

"别、别。"李世民笑了，"朕是在感谢你呢！"

"谢陛下，臣不敢当。臣只是觉得，陛下的想法是圣君的想法，我们这些做臣子的望尘莫及。故而投赞成票。"魏徵半真半假地说，"只是他日臣的谏言，若有不合圣意之处，不要将臣推出斩首就行。"

李世民哈哈大笑："朕喜欢这个时候的你。"

两仪殿内传出一阵善意的笑声。

李世民立即吩咐房玄龄："尚书省要以最快的速度，准备好突利所需要的物资。"接着又对李靖说，"兵部的情况如何，都准备好了吗？"

"一切准备就绪，随时可以出兵。"

"好！就这么定了。"李世民长长地松了一口气，正欲起身，突然又关切地问杜如晦，"如晦，感觉如何？朕说不要你来的，你偏要来。"

杜如晦上气不接下气地说："没关系，还坚持得住。"

十二月，杜如晦病情未见好转，请求离职。李世民答应了他的请求，免去杜如晦的相职，原来的待遇维持不变。

二十五、暗示违旨

暗示违旨

贞观四年正月，李靖奉命率兵出征突厥。

李世民得知杜如晦病情加重，命太子李承乾带御医前往杜府探视，并带去大量的滋补药品。

二月，李世民任命：

御史大夫温彦博为中书令；代理侍中王珪为门下侍中；代理户部尚书戴胄为户部尚书，参与朝政；太常寺少卿萧瑀为御史大夫，与宰相一同参议朝政。

李靖率三千骁骑从马邑出发，进驻恶阳岭，当夜突袭定襄城，大获全胜。

突厥颉利可汗遭此重创，仓促之间，将牙帐迁移至碛口。

太极殿，群臣刚刚列班站定，房玄龄手持笏板，出班奏道："启禀陛下，前方有战报。"

"快呈上来。"李世民迫不及待地说。

近侍走到房玄龄身边，接过房玄龄手中的战报，转身呈给李世民。

李世民接过迅速浏览一遍，站起来大呼："定襄大捷！定襄大捷呀！"

大家听说是捷报，手拍笏板，齐声高呼："恭喜陛下！贺喜陛下！"

"三千轻骑，拿下定襄，打败了颉利。"李世民兴归之于是陛下。"

李世民兴奋地说："李陵以步卒五千出沙漠，然士兵却降了匈奴，其功尚得以书于竹帛，李靖以轻骑三千，喋血虏庭，古今未有。传旨，大赦天下，朝野同庆五日，朕要与民同乐。"

突厥，古称北戎、北狄，是北方少数民族，以游牧为业，自周代以来，一直对中原骚扰不断，没有哪一朝能解决这个问题。齐桓公在管仲的辅佐下成为春秋首霸，但管仲在晚年已没有能力再与北戎抗衡。当北戎进攻周室时，只好做和事佬，劝说周王室与他们的共同敌人北戎议和。全盛时期的汉武帝，对这个古老的游牧民族也是毫无办法。

定襄大捷，对大唐，对李世民，意义非同小可。李世民得到消息，极度兴奋，其心情不难理解。

李世民再次召开御前会议，讨论突厥的问题。

房玄龄介绍说，突厥颉利可汗遣使入唐，愿意向大唐称臣纳贡，为大唐镇守北方大门。

"不战而屈人之兵，兵之上者。"魏徵道，"既然他愿意归降，臣以为，可以接受。"

房玄龄担心地说："颉利素来狡诈，不讲信用，恐怕是缓兵之计。"

李世民道："讲和，朕心有不甘。"

魏徵接口说："不和，非仁君之举。"

房玄龄看看李世民，再看看魏徵，没有出声。

李世民沉思了半天说："突厥问题由来已久，一旦死灰复燃，对大唐，将又是一场灾难。"

房玄龄看出了李世民的心意。

魏徵道："此次胜利，并不是大唐的军力强大到摧枯拉朽式地打败突厥，而是靠将军们的英勇善战，出奇制胜。若要一举全歼突厥，恐怕还要几年的储备积累。"

李世民想了想说："还是鸿胪卿唐俭与安修仁将军走一趟，看颉利能和到什么程度，再作打算。"

唐俭与安修仁领旨。

唐俭与安修仁临行时，房玄龄请安修仁给定襄道行军总管李靖将军带个信。

"信呢？"安修仁说。

房玄龄道："口信。"

"什么口信？"

房玄龄神秘地说："你对李靖说：将在外……"

"啊！就三个字？"安修仁虽然不明白，但却不敢多问。

"就三个字。"房玄龄又说，"你还要向他讲个故事。"

"什么故事？"

"从前有只疯狗，咬伤了不少人。一个偶然的机会，有一个员外叫他的一个儿子去打这只狗。这个儿子很能干，将疯狗打落水中。狗，爬到岸边。站在岸上的人，有人主张痛打落水狗，免得疯狗上岸后再咬人。员外本想痛打落水狗，经不住众人劝说，只好同意先看看狗的表现。员外的儿子知道员外有些为难，为了成全父亲的心愿，冒着违抗员外命令的风险，举棍将疯狗打死在水中。"

安修仁不解地问:"这是什么意思?"

"不要问是什么意思。"房玄龄说,"讲完了,你的任务就完成了。"

房玄龄正在检阅各地送来的公文,抬头见李世民出现在值房门口,立即放下手中公文,欲离座行跪拜之礼。

"免了,免了!"李世民迈步进屋。

房玄龄请李世民在火炉边坐下,吏员沏茶奉上,李世民接过热茶,呷了一口后放在茶几上,迫切地问房玄龄:"前方有情报送到吗?"

"尚书省昼夜有人值班,我已吩咐他们,只要是前方战报,一刻不要耽搁,立即呈送尚书省。"

"嗯!"李世民说,"朕心里急,坐不住,过来看看。"

房玄龄给火炉添了几根木炭,说道:"有李靖、李世勣领兵,陛下大可放心。如果估计不错的话,颉利一定会成为他们的俘虏带回长安。"

"是吗?"李世民惊问道,"朕不是命唐俭前去接受议和了吗?"

房玄龄说:"战场上千变万化,李靖是帅才,他是不会放过任何歼敌机会的。"

李世民道:"朕并没有下令叫他们进攻,要视议和的进展再定嘛!"

"若他们真的歼灭了突厥呢?"房玄龄追问一句。

"朕要嘉奖李靖。"李世民脱口而出。

"臣替李靖谢恩了!"房玄龄连忙跪下。

李世民有些莫明其妙,不知房玄龄这样做为何意。

正在这时,侍卫急冲冲地进了房玄龄的值房,递上一个装来往重要公文的漆盒,房玄龄打开漆盒,从里面捡出两封信函。一封是上奏朝廷的军报,一封是左仆射亲启的私人信函。奇怪的是,两封信函都没有封口。

房玄龄惊问道:"信函是谁开的封?"

"接收时就是这样,卑职也问过兵部的人,他们说前方送下来就是这样。"侍卫信誓旦旦地说,"不过,卑职没有看。"

"好!"房玄龄说,"没你的事,下去吧!"

李世民看到没有封口的信,急切地说:"信未封口,一定是军情紧急,朕的感觉是前方一定又传捷报。"

房玄龄心里明白,上报给朝廷的重要公文没有封口,这是违规的。他不明白前方到底发生了什么事,扫了一眼李靖给他的私信,凭感觉,李靖在前方已经是痛打落水狗了。他将那封给朝廷的公文,双手递给李世民说:

"请陛下御览。"

当李世民看奏折的时候,房玄龄将私信抽出来,迅速扫了一眼,上面写了四句话:

> 阴山大捷功虽高,
> 未奉君命责难逃。
> 莫忘修仁传故事,
> 未雨绸缪早筹谋。

房玄龄看了这四句诗,心知李靖已是大功告成,只是未等圣命,擅自出兵,虽立下了盖世奇功,却又留下了违抗君命的遗患。他心里在盘算如何帮助李靖度过这道难关,表面上却装作若无其事地将信随便丢在桌子上的公文堆里,凑到李世民身边问道:"怎么样?"

"你自己看吧!"李世民哈哈大笑,将信递给房玄龄,向公文堆中的那封信飞快地扫了一眼,又迅速将眼光收回。

房玄龄眼中的余光看到了李世民的举动。

突然,侍卫来报,杜如晦病情加重,恐怕是不行了。

李世民叹了口气说:"突厥消灭了,如晦却不行了,走,到杜府去。"

英年早逝

在去杜府的路上,李世民问房玄龄:"如晦真的撑不过这一关吗?"

房玄龄满脸忧容地说:"臣昨天去过杜府,恐怕是不行了。"

"朕听说民间有冲喜之说。"李世民问,"有这档子事吗?"

"是有这档子事。"房玄龄叹了口气说,"谁知有没有作用。"

"既然有这回事,朕就要一试。"李世民立即给杜如晦赐绢千匹,并命人火速去库房取绢,一同带往杜府。

杜如晦浑身发黑,躺在病榻上大口大口地吐血。李世民焦虑地坐病榻旁,抚着杜如晦的手,杜如晦虽然两眼睁得大大的,但却不能出声。

房玄龄站在一旁,已是热泪盈眶。

李世民见杜如晦的病情到了如此地步，立即对房玄龄说："玄龄，拟旨！"

左右马上递上纸笔。

李世民望着病榻上的杜如晦，口中说道："左牵牛杜构，擢升为尚舍奉御。"

杜构是杜如晦的儿子，尚舍奉御是掌管殿廷张设、汤沐洒扫、灯烛等事的轻闲官职，从五品。

房玄龄附在杜如晦的耳边，重复着圣旨，并当场给杜构授印更衣。

杜如晦躺在病榻上，看看李世民、看看房玄龄，身子微微地动了动，两行眼泪顺着眼角流出来。

次日凌晨，杜如晦突然咯血不止，咯血过后，人已经是只有出气，没有入气了，经抢救无效，猝然辞世，时年四十六岁。

房玄龄听到杜如晦去世的消息，老泪纵横。

李世民听到杜如晦去世的噩耗，痛哭流涕。对左右说："如晦自投唐以来，同房玄龄一起，是朕的左膀右臂，很多国策，虽是房玄龄提出，但朕总要征询杜如晦的意见才觉放心。如晦一去，国失一栋梁之臣，朕失一臂啊！"

李世民下令，废朝三天，以示哀悼。追谥杜如晦为司空，封蔡国公。并手诏虞世南，为杜如晦写一篇碑文，他在诏书中说："朕与如晦，君臣之义重如泰山，现如晦不幸早逝，追念他的功劳和与朕的交情，实在是悲伤，请体量朕痛失良臣之心情，为他写一篇碑文。"

杜如晦的丧事过后，李世民伤心地对左右说："如晦是积劳成疾，才致病入膏肓。"于是命令，朝中大臣，此后每月休息五天。"

王师凯旋

四月初三，顺天门举行盛世大的献俘仪式。颉利被关在囚车里，推到李世民的面前。

"我们又见面了。"李世民正容说道，"上次见面，是武德九年，朕刚即位，你到渭河边，朕与你斩白马为誓，突厥与大唐，永远是兄弟，要世代和睦相处。这一次，你又到了长安，成了朕的俘虏。你有何话说？"

颉利叹了口气，什么也没有说。

李世民责备地说："你借父兄立下的功业，骄奢淫逸自取灭亡，这是第一条罪状。你几次与朕订盟而反复背约，这是第二条罪状。你自恃强大崇武好战，造成白骨遍野，这是第三条罪状。践踏大唐土地上的庄稼，抢夺人口，这是第四条罪状。朕原谅你的罪过，保存你的社稷江山，而你却数次拖延不来朝，这是第五条罪状。自从武德九年朕与你在渭水便桥订盟以来，虽然小骚扰不断，但没有大规模的入侵行为，就因这一点，朕可免你一死。"

颉利坐在囚车中，痛哭流涕。

李世民示意军士打开囚车，搀扶颉利出车。李世民凝视片刻，叫人给颉利看座。

颉利并不就座，伏地痛哭。

太上皇李渊听说擒住了颉利可汗，感慨地说："当年汉高祖刘邦被匈奴围困在白登城，不能报仇；现在我的儿子能一举剿灭突厥，证明我托付的人是对的，我还有什么忧虑呢！"

李渊召集李世民与十几位显贵大臣，以及诸王、王妃、公主等，在凌烟阁摆下酒宴，酒喝到起兴处，太上皇自己弹奏琵琶，李世民翩翩起舞，公卿大臣纷纷起身恭贺，一直闹到深夜。

两仪殿，李世民召集房玄龄、戴胄、萧瑀、魏徵议事。

房玄龄率先发言："据户部统计，去年自塞外回归的人，大约有一百二十万。我朝现在差不多有三百万人口。土地虽然多，但人口分布不均匀，土地肥沃之地，人口稠密，荒芜的土地，人烟稀少。去年回归的一百二十万人口，只能安排生地。春天种下的谷子，也快要收割了。当初为鼓励外流人民返乡，这些人口是免税两年的。"

"免税两年的政策不变。"李世民说，"农民去年向朝廷借贷的种子，今年要还，这也是一笔负担。"

戴胄向房玄龄看了一眼，房玄龄点点头。戴胄道："说到负担，臣觉得，目前的户税很不合理。"

"怎么个不合理？"李世民问。

戴胄说："户税是按户计收，看似合理。其实却是不公。户有大小，人有多寡，赋户税却是一样，这是不公平的。臣以为，将户税改为人头税，要合理些。"

"玄龄。"李世民问道,"你说呢?"

房玄龄道:"改户税为人头税,这个建议好。"

李世民想了想说:"那就拟个条陈,会审后颁布实行。"

房玄龄记下李世民的口谕后说:"回归大唐的一百二十万人当中,有十万户是突厥人,这部分人要有个妥善安置,不然,会出乱子的。"

李世民叫大家议一议,看如何处置。

戴胄道:"北方狄人,自古以来就是中原的祸患,现在很幸运,他们已经败亡,应当全部迁徙到河南兖、豫之间,分别安插到各个种族部落,让他们分散居住在各州县,教他们耕种织布,将他们转为农民,使塞北地区永远空旷无人。"

颜师古道:"突厥、铁勒族,自古以来很难臣服,陛下既然使他们称臣,请将他们安置在河北地区,分别设立酋长,统领其部落,则可永无祸患。"

李百药却说:"突厥虽然称为一个国家,但它的各部族划分都有其部族首领。现今应当乘其离散,各以本部族设首领,使其不互为臣属,纵使想立阿史那氏为首领,也只可领有其本部族而已。国家分为几部分则力量削弱,容易控制,几部分势均力敌则难以相互吞并,各自力图保全,必不能与大唐相抗衡。请求仍然在定襄置都护府,作为节度该地区的机构,这是安定边防的长久之计。"

夏州都督窦静认为:"戎狄的本性,如同禽兽一般,不能用刑罚法令威服,不能用仁义道德教化,况且他们留恋故土的心情也不易忘却。将他们安置在中原一带,只有损害大唐而没有益处,恐怕一旦陛生变故,对大唐政权构成威胁。不如借着它将要灭亡的时机,施加意外的恩宠,封他们王侯称号,将宗室女嫁给他们,分割他们的土地,离析他们的部落,使其权势分化削弱,易于钳制,可让他们永为藩臣,使边塞永保平定。"

温彦博认为:"将突厥人迁徙到兖、豫之间,则违背其本性,这不是让他们生存的办法。请求依照汉光武帝时的办法,将投降的匈奴人安置在塞外,保全其部落,顺应其风俗习惯,以充斥空旷之地,使其成为中原的屏障,这是较完善的策略。"

魏徵认为:"突厥世代为寇盗,是老百姓的敌人。如今幸而灭亡,陛下因为他们投降归附,不忍心将他们全部杀掉,应当将他们放归故土,不能留在大唐境内。戎狄人面兽心,力量削弱则请求归服,强盛则重又叛乱,这是其本性。现在投降的将近十万人,几年之后,发展到几倍之多,必是心腹大患,后悔都来不及。西晋初年胡族与汉民在中原混居在一起,郭钦、江统都劝晋武帝将胡族驱逐出塞外，以杜绝由此产生祸乱，武帝不听。此后二十余年，伊水、洛水之间，遂为北方戎狄聚居之地,此乃前代的明鉴！"

温彦博说："君王对于天地万物，事无巨细，都要有所包容。现在突厥困窘，前来归附我大唐，为什么抛弃而不予接受呢。孔子说：'对于教育对象不应区分亲疏贵贱。'如果拯救他们于将亡之际，教他们生产生活，教他们仁义礼教，几年之后，全都变成我大唐民众。选择他们中间的部落首领，使其入朝充任宿卫官兵，畏惧皇威留恋皇恩，有什么后患呢！"

李世民最后采纳温彦博的计谋安置突厥投降的民众，东起幽州(北京)，西至灵州（宁夏宁武），划分突利可汗原来统属之地，设置顺州（辽宁朝阳）、佑州、化州（陕西榆林）、长州（陕西靖边）四州都督府，又划分颉利之地为六州，东面设定襄都督府，西边置云中都督府，以统治其民众。

房玄龄记录下了李世民的口谕。

萧瑀见他们说个没完，从袖中取出一份奏章，递给李世民。

李世民看后，吃惊地看着萧瑀说："怎么，你要弹劾兵部尚书李靖。"

"萧御史恐怕是晕了头吧？"房玄龄不满地说，"李靖平定突厥，可是名传千古，功载史册的千秋大业。"

"那我可不管。"萧瑀说，"定襄道行军总管李靖，在碛口集结各路兵马，没有陛下的手敕，就擅自启动兵马，按律，视同谋反。李靖触犯军律、法律。臣要弹劾他。"

李世民、房玄龄，戴胄像看怪人一样，看着萧瑀。魏徵若无其事似的，故意东张西望。萧瑀倔强地看着李世民，并没有退让的意思。

"好吧！"李世民说，"此事待廷议之后再定。"

二十六、苦心孤诣

赏罚分明

李世民连夜召见房玄龄,将一份材料交给房玄龄说:"这个魏徵,还嫌麻烦不够,什么地方同权万纪过不去?"

房玄龄接是一封举报魏徵的信,快速看完后说:"魏徵不是这种人,说他结党,有这种可能,臣在各部中也有很多亲信,不是有人也说臣结党吗?所以,说结党,要怎么看,如果大家齐心协力,团结在一起,共同辅佐陛下,共创一番大业,这个党,臣看还是结的好,至于结党营私,魏徵绝对不可能。"

李世民道:"朕想派御史去调查一下。"

房玄龄摇摇头说:"臣以为没有这个必要。"

李世民笑了笑,将举报信搁在一旁。接着说:"萧瑀要弹劾李靖,如何处理。"

房玄龄急了:"李靖不能罚,要奖,要重奖。"

"明天的廷议呢?"李世民说,"御史们一定会弹劾李靖,朕可是左右为难啊!"

房玄龄果断地说:"臣一定会据理力争。"

"萧瑀的倔劲一上来,你是斗不过的。"

李世民说的是实话,萧瑀能说善辩,口若悬河,朝堂之上,房玄龄一般不与他论短长。

房玄龄笑了笑,没有回答,其实心里在想,我是斗不过他吗?是陛下你乐得看着我们斗来斗去,我才不空费口舌呢!

"还有那个魏徵。"李世民说道,"他若上来凑热闹,朕可就挡不住了,那就只好牺牲李靖了。"

"不行啊!"房玄龄着急地说,"李靖消灭了突厥,立下了盖世奇功,若因之而受罚,那可是千古奇冤了。"

李世民两手一摊说:"御史们要较劲,朕也没有办法。"

房玄龄与李世民，相对无言。看来，君臣二人遇到了难题，功臣不能罚，国法又难违。

房玄龄与魏徵相对而坐，房玄龄边给魏徵的茶杯里添水边说："剿灭突厥，李靖立了盖世奇功。"

"这一点无可否认。"魏徵话锋一转，"可是，擅自兴兵，追究起来，其罪可不轻啊！"

"你也这样认为吗？"房玄龄盯着魏徵。

"不是我这样认为。"魏徵道，"事实就是这样。"

房玄龄满脸忧容："你也要弹劾李靖？"

魏徵喝了一口茶，看了房玄龄一眼，没有出声。

"战场上千变万化，若等有了圣上的手谕才开战，突厥人早就跑到大漠深处了。"房玄龄有些激动地说，"御史们弹劾李靖，我房玄龄第一个为他喊冤。"

魏徵调侃道："李靖请你喝酒了吧？"

"岂止喝酒？"房玄龄负气说，"他为大唐除去了一个宿敌，其功效无法用金钱估算。"

"哈哈！"魏徵大笑道，"一个行贿，一个纳贿，这可有戏看了。"

房玄龄看着魏徵，眼中流露出企求之色。

魏徵见房玄龄为李靖之事如此忧虑，动了恻隐之心，安慰地说："想想怎么对付萧瑀那个老家伙吧！"

房玄龄长长地松了一口气。

"我可不是看你的面子。"魏徵补了一句，"于国、于民，李靖功不可没。我魏徵只会匡扶君失，绝不棒打功臣。"

太极殿，李世民两眼注视着丹墀下群臣。近侍大声说："今天廷议，各位大臣有事且奏，无事退朝。"

萧瑀看了站在不远处的李靖一眼，手持笏板出班奏道："臣要弹劾定襄道行军总管、兵部尚书李靖。"

李世民虽然早就知道萧瑀要弹劾李靖，但看到他真的当廷提出弹劾，还是感到有些吃惊，惊异地看着萧瑀。群臣听萧瑀要弹劾刚立下战功的李靖，觉得不解，也都睁着大眼看着萧瑀。

"定襄道行军总管李靖，在碛口集结兵马，未得圣谕，擅自用兵，按律视同谋反。"萧瑀提高声音说，"前方军报，本是国家机密，李靖给朝廷的军报，不曾封口，有泄密之嫌，亦属违法。两罪并罚，李靖应交由有

二十六、苦心孤诣

司审判。"

萧瑀的话音刚落,大臣们顿时议论纷纷。有的认为,萧瑀太过求全责备,不近人情;有的说,李靖违法理应查处;有的说,李靖有功,也有过,可功过两抵,等等不一而论。

李世民待大家静下来后,从御案上的漆盒中抽出未封口的军报,冲着丹墀下的李靖说:"李靖,军报未封口,作何解释。"

显然,李世民并不是像萧瑀那样盛气凌人,而是给李靖一个解释的机会。

李靖手持笏板出班,气呼呼地说:"当时战场上冰天雪地,天寒地冻,什么都成了冰疙瘩,我拿什么封口?将士们在冰天雪地里冲锋陷阵,有的人却坐在炉膛边烤火,说话不怕牙痛,到战场上去看看,那是个什么情况?"

房玄龄出班奏道:"定襄道行军总管对于信函不封口的解释,臣以为有道理。"

李世民点点头:"朕也认为可以过关。"

萧瑀见李世民对李靖有袒护之意,再次出班奏道:"擅动兵马,可是难辞其咎。"

"不错,我是在碛口擅自出兵。"李靖申辩说,"战场上的情况,瞬息万变,碛口距长安,有千里之遥,如果等请示陛下后再开战,不是唐军成了敌人的刀下鬼,就是敌人早已跑得无影无踪了。"

李靖看了李世民一眼,见李世民眼中有赞许之色,再用余光一扫群臣,似是很同情自己,于是胆子更大了,大声说道:"陛下是带兵打仗之人,应知道'将在外,君命有所不受'的道理。"

"今天的结果,正是朕要看到的,你为大唐立下不朽之功,朕要赏赐你。"李世民笑着说,"只是,你又违了军法,御史们要弹劾你,律令是朕签署的,朕可又不能保你。"

"御史弹劾,我不能捂住他们的嘴。"李靖心有不甘地说,"我是将军,我只管打仗。大不了这个功我不要,这个胜仗就算白打了。但其余众将士,陛下还是要论功行赏,打仗是刀口舔血之事,打了胜仗不论功行赏,今后谁还去冲锋陷阵?"

房玄龄出班奏道:"臣保李靖。李靖行为虽有不当,但情有可原,且功大于过,理应重赏。"

大家见房玄龄公然站出来保李靖,大多数手击笏板,表示支持。

房玄龄似也受到鼓舞,大声说:"将在外,君命有所不受。李将军不记个人得失,冒着受罚的风险,当机立断,率兵出击,一举全歼突厥兵,擒获颉利。此功足已载入史册。李靖功大于过，要赏。"

大家又一次击笏表示支持。

萧瑀狠狠地瞪了房玄龄一眼。房玄龄退回班中，故意装作没有看见。

"突厥的事情解决了，朕也可以睡个安稳觉了。"李世民满脸堆笑，"但是，朕为一国之君，赏罚必须分明。李靖擅动兵马，违法，违法就得罚，李靖听旨！"

"臣恭聆圣谕！"李靖出班跪下。

李世民不温不火地说："李靖，擅动兵马，违犯军法。依律当罚，撤销兵部尚书之职。"

李靖跪在地下，半天没有出声。

房玄龄万万没有想到会是这样一个结果，慌忙出班叫道："陛下……"

李世民手一挥，说："朕自有主张。"

近侍补了一句："李靖接旨！"

李靖垂头丧气地说："臣接旨！"

房玄龄退回班，狠狠地瞪了萧瑀一眼。萧瑀有种幸灾乐祸的感觉，一脸坏笑。

李世民将下面几个人的小动作都看在眼里，故意视而不见，继续说："李靖根据战场上的情况，随机应变，一举全歼突厥，活捉颉利，功不可没。"

李靖刚刚被免职，接着又受到夸奖，群臣不知李世民葫芦里到底卖的是什么药。

李世民接着对李靖说："隋朝史万岁击破达头可汗阿史那玷厥，建立大功，隋文帝不但没有奖赏他，反而将他斩首。朕跟杨坚不一样，朕不会亏待功臣。朕要赦你之罪，赏你之功。李靖听旨！"

李靖站列班中正在生闷气，没听见皇上叫他。直到近侍重复一遍，才慌忙跪下，由于一时紧张，手中的笏板也"乓"的一声掉落脚下，李靖边捡过笏板边说："臣恭聆圣谕！"

李世民宣布："李靖晋封代国公，加左光禄大夫，拜为右仆射，赐绢千匹，加封邑五百户。"

房玄龄率先手击笏板，表示祝贺。

大家也跟着击笏板。

萧瑀站列班中，一时呆住了。

魏徵站列班中，脸上露出一丝不易察觉的笑意。房玄龄向魏徵投过感激的眼光。

勿忘贤臣

转眼已是夏季。一天,李世民午睡醒来,独自坐在御榻之上发愣。宫女将切好了的香瓜放在碟子里呈上,李世民取过一块甜瓜吃了一口,觉得香甜可口,实在是解暑解渴。吃着吃着,突然泪流满面,立即传召房玄龄。

房玄龄不知发生了什么事,立即进宫。见李世民面对一盘甜瓜落泪。连忙问缘由。

李世民道:"朕刚才梦见了如晦,音容笑貌仍不减当年。如晦与你一同事朕,功勋卓著,今物是人非,如晦已离朕而去。朕想到他就很伤心。今天有波斯国进贡的甜瓜,本想赐予你们同尝,谁知只有你一人了。朕知道,如晦最爱吃甜瓜。"说罢,泪如雨下。

房玄龄不胜伤感,拿起一块甜瓜,放在碟子里,命人送至杜如晦的坟前祭奠。

李世民巡幸翠微宫,房玄龄侍候在侧。由于新灭突厥,李世民心情大好,看到翠微宫园圃里百花争艳,荷花池里,荷花含苞欲放,月形拱桥横跨荷花丛中,塘边雕梁画栋的长廊,与远处的群山相映,景色甚是宜人。李世民流连于荷塘拱桥之上,不由诗性大发,忍不住驻足口吟一首:

《秋日翠微宫》
秋日凝翠岭,凉吹肃离宫。
荷疏一盖缺,树冷半帷空。
侧阵移鸿影,圆花钉菊丛。
扪怀俗尘外,高眺白云中。

房玄龄连忙叫近侍拿来纸笔,录下李世民刚刚吟诵的《秋日翠微宫》。

李世民意犹未尽,接过房玄龄手中的笔,两眼凝视远方,略一沉思,在近侍铺好的宣纸上,龙飞凤舞,为房玄龄题诗一首:

《赋秋日悬清光赐房玄龄》

秋露凝高掌，朝光上翠微。
参差丽双阙，照耀满重闱。
仙驭随轮转，灵乌带影飞。
临波无定彩，入隙有圆晖。
还当葵藿志，倾叶自相依。

房玄龄见李世民御笔赐诗，立即跪下叩头谢恩。

皇上给臣子赐诗，这是莫大的荣幸。

李世民看着跪在地下，对自己毕恭毕敬的老臣，哈哈大笑道："起来吧！别动不动就跪下谢恩，再跪下去，将朕的兴趣都跪跑了。"

房玄龄慌忙从地上爬起来，跟在李世民身后，继续在荷塘边的长廊中行走。他见李世民今天心情大好，有意无意地说："臣听说蜀中出了件趣事。"

李世民驻足，好奇地问："什么趣事？"

"蜀地人由于怕鬼而厌弃病人，即便是自己的亲生父母，生了病也会置之不理，只是远远地投些食物给他，兄弟之间如果有谁生了病，也会断绝关系，互不来往，相互之间也不借贷。"

李世民听后非常惊讶，生气地说："天下真有这种不孝不悌，有悖伦常的事吗？你去查一下，那里的州、县官是谁，朕要免了他的官职。"

"这是以前的事情。"房玄龄说，"后来，这里来了一位新州官。"

"新州官怎么样？"

房玄龄说："新州官决心革除这种陋习。经多方劝导，循循善诱，使百姓明理知义。他又在当地举孝廉，倡医道，使蜀地之风俗焕然一新。"

李世民叹道，"做得好。"

房玄龄说："秦代蜀郡太守李冰，在西川兴修水利。"

李世民说："是都江堰吧？"

"正是都江堰。"房玄龄说，"都江堰修成后，那里的土地成为了旱涝保收的良田。离渠水较近的良田，每亩更是价值千金。历来就成为了豪强们争夺的对象。针对这种情况，这位新州官又在故渠之外，增修了几条新渠，使蜀人大获其利，豪强争夺土地的事情少多了。"

"这倒是一个勤政爱民的好官。"李世民赞许地说。

房玄龄说："这位州官又利用闲暇时间，召集一些文人，举行文会，切磋诗文，同时还请儒人讲经论史，勉励后生读书，并在蜀中大兴学校，传授文化。礼贤下士，在蜀中传为美谈。"

"这倒是个人才。"李世民突然意识到了什么,没有再说下去。

房玄龄说:"蜀中百姓说,皇上给他们派去了一个能吏,好官。"

李世民看着房玄龄,说道:"你说的是?"

房玄龄微笑着说:"此人乃山东渤海人氏,曾随陛下东征西讨,只因偶然犯错,被陛下贬至蜀中的朝廷大臣。"

李世民恍然大悟:"你是说高士廉吗?"

"不是他,谁会有这种能耐。"

李世民拉着房玄龄的手说:"你给朕讲了个好故事,真是个好故事啊!"

第二天,李世民下旨,召回高士廉,晋封为许国公,拜吏部尚书。

二十七、计阻奢侈

张玄素受辱

人们说房玄龄胆小，因为平常总见他笑容可掬，甚至在皇上面前唯唯诺诺，却不知这并不是他故意装出来的，而是谦虚谨慎的人格使然。实际上每临大事，房玄龄自有主见。但他不像魏徵那样直言相谏，也不同于封德彝那样阿谀奉承，更不像尉迟敬德那一班武将动辄发火。他谦恭谨慎，夙夜辛劳，尽忠竭虑，同时处事也很得体。

性格即命运，性格不是装出来的，命运也不是刻意追求的，恰好就是这么个房玄龄，生逢那个时代，又由于他种种方面的个性原因正好契合了那个环境，他成功了，成为一代名相。

别看李世民嘴头上经常挂着俭约，反对奢侈腐化之类，随着东突厥被平定，边境地区的紧张局势有所缓和，经济形势也大为好转，他也在一片颂扬声中渐生骄奢之心。

自贞观初年起，李世民就想建一座自己的宫殿，只因新政初立，百废待兴，加之连年自然灾害，国家财政捉襟见肘，只好将计划暂时搁浅。

经过三年的励精图治，此时全国的经济形势呈现出好的势头，国库也有了积余。李世民于是下诏，征集大批徭役，准备修复东都洛阳的乾元殿，以备巡幸洛阳时使用。房玄龄虽知李世民此举有些操之过急，但仍然遵循诏令，紧锣密鼓筹备修复洛阳乾元殿。

修建和改造洛阳的宫殿，是一项浩大的工程，要投入巨大的资金和人力。

经房玄龄推荐入朝做了给事中的张玄素反对这项工程，上书极力谏阻这个工程。他在奏本上说："未确定巡幸洛阳之期，就预先修筑宫室，此并非急务。从前汉高祖刘邦采纳娄敬之议，自洛阳迁都长安，就是因为洛阳之地势不及关中。汉景帝采用晁错削藩的建议而导致七国之乱，陛下现在将突厥杂处于中原汉民中间，与突厥的亲近程度怎么抵得上七国呢？怎能不先忧虑此事，却突然兴建宫室，轻易移动皇辇御驾呢！我见隋朝初造

宫室，近处山上没有大树木，均从远方运来，二千人拉一根柱子，用横木做轮子，则磨擦起火，于是铸铁做车毂，走一二里路，铁毂即破损，另差使几百人携带铁毂随时更换，每天不过走出二三十里，总计一根柱子需花费几十万的劳力，其他的花费便可想而知了。陛下刚平定洛阳时，凡遇隋朝宫殿巨大奢侈均下令毁掉，还不到十年光景，又重新加以营造修缮，为什么以前讨厌的东西现在却要加以效仿呢？而且按照现在的财力状况，怎么能与隋代相比！陛下役使极为疲惫的百姓，承袭隋朝灭亡的弊端，祸乱恐怕又要超过炀帝呀！"

奏折呈上去后，却如石沉海底，水泡也没有冒一个。乾元殿的筹备工作仍然还在进行。

这一天早朝，张玄素手持笏板出班道："陛下，臣有本要奏！"

"有事请奏！"李世民一愣，立即明白张玄素所奏何事。

"臣已上本，陛下可曾御览？"

李世民手一挥："知道了！"

一般情况下，皇上说知道了而未作明确答复，就说明臣下的意见并未被采纳，此时奏事的臣子就要知趣地退下。张玄素却不这样做，他认为自己的建议于国于民百利而无一害，于是继续说："臣曾经见到，隋朝当年在洛阳营造宫殿，木材取之于豫章，二千人拉一根大树，先用横木做轮子，木轮因摩擦起火，于是改用铸铁做车轮，行走一二里路，铁轮仍然破损，所以要派几百人抬着铁轮子跟着以备更换，终日行进不过二三十里，略计一柱之费，已用数十万之工，则其余就可想而知了。"

"营造工程，当然要耗用人力、物力、财力。"李世民显然有些不耐烦。

"陛下初平洛阳，下令拆毁大量隋朝兴建的宫殿，未曾十年，复加营缮，为何往日厌恶而今日效仿呢？"

"不行吗？"李世民反问道。

"臣听说阿房宫建成了，秦朝人心离散了；楚灵王修章华宫，结果是众叛亲离；隋炀帝修乾元殿，隋朝走向灭亡。以唐朝现在的国力，远远不及隋朝，陛下役使极为疲惫的百姓，承袭亡隋之弊端，祸乱恐怕要超过炀帝呀！"

李世民强压怒火问道："你说朕不如炀帝？那么比桀、纣又如何？"

张玄素也算豁出去了，拱手抗争道："若此役不息，最终非得归于动乱！陛下初平东都，太上皇命令将大殿高门一并焚毁，陛下以瓦木可用，不宜焚之，拆了分与贫民百姓，虽然未照太上皇的旨意做，但天下百姓皆称赞陛下之盛德。今若重修乾元殿，实乃复兴隋之劳役，一拆一建，时不过十余年，如此反复无常，何以昭示子孙，天下人该怎样说？"

恰在此时，魏徵出班奏道："陛下，侍中张玄素所言极是，请陛下三思！"

李世民正为张玄素之言气恼，但又无以反驳，回头叫了一声："房玄龄！"

房玄龄连忙出班答道："臣在！"

"张玄素不同意朕修乾元殿，他日朕去洛阳，岂不是要露天而宿吗？"李世民表面上是问房玄龄，实际上是对张玄素的谏言不以为然。

房玄龄看看李世民，又看看张玄素，大声说："这件事怪不得陛下，只怪臣考虑不周，请陛下降罪于臣，不要责怪张玄素。"

"这件事是朕要办的，你何罪之有？"

李世民停了停，调整了一下情绪，问张玄素："刚才听你说，你见过隋朝修宫殿，你在隋朝为何官？"

张玄素："县尉！"

李世民："啊！从九品之职。县尉之前又为何职？"

张玄素："陛下应该知道，没有比从九品更低的官了，要有，只能算流外。"

"流外就是不入流，是吧？"

原来，李世民对张玄素刚才的顶撞很恼火，因其言之有理而无从辩驳，故意以不入流之词羞辱张玄素。

文武百官哄堂大笑，张玄素面红耳赤，羞惭难当。

谏议大夫褚遂良出班奏道："右庶子虽出身寒微，但陛下敬其才，命他为给事中，右庶子，已位至三品，辅佐皇太子。陛下不可以当着文武百官之面，穷追其门第，故意羞辱于他，使他无地自容，痛苦锥心，陛下如此做，等于抛弃从前之恩德，此后，怎么能要求臣下尽忠皇上呢？"

李世民愣住了，百官亦愣住了，继而议论纷纷。李世民终于缓过神来，内疚地说："张玄素，朕刚才不该羞辱你，朕向你道歉，请不要介意。"

张玄素受李世民当众羞辱，虽然羞愤难当，但万万没有想到皇上会致歉，而且是当着这么多人的面，激动得跪下，抽泣说："陛下，君要臣死，臣不得不死，几句玩笑话，何必致歉意，陛下这不是折杀微臣吗！"

群臣也从内心惊讶和敬佩。

耍 酒 疯

房玄龄内心也不赞成重修乾元殿，但他作为左仆射，百官之首，职责是统领百官，不折不扣地执行皇上的意旨。至于皇上哪些言行值得商榷，朝廷哪些政策规不合理需纠正，那是言官的职责。首相不宜在群臣面前行劝谏之事。

房玄龄见张玄素的劝谏没能改变李世民的主意，于是进宫求见长孙皇后，请她劝谏李世民放弃重修乾元殿的计划。

长孙皇后虽然是一个很有见地的女人，但她从来不愿以自己特殊的身份干预朝政，她认为，皇上主管国家大事，皇后执掌后宫，各司其职。李世民有时回到后宫，常与她谈起一些军国大事及赏罚细节，征求长孙皇后的意见，长孙皇后却说："母鸡司晨，终非正道，妇人干预政事，亦为不祥。"

长孙皇后为秦王妃时，房玄龄便是李世民的首席幕僚，经常出入于秦王府，与长孙皇后非常熟悉。有些为难地对房玄龄说："房宰相，本宫执掌后宫，从不干预朝政，这样的事情本宫怎么能开口呢？"

房玄龄无奈地说："重修乾元殿之事，皇上在朝堂上已经闹得很不高兴了。"

长孙皇后便让人拿来一瓶药酒，让房玄龄壮壮胆，逼他进谏。房玄龄喝了皇后赐的药酒，果然酒壮英雄胆，直入李世民的寝宫，犯颜直谏，劝阻李世民停修乾元殿。

李世民大怒：

"你一向洁身自好，今天居然满口酒气前来见朕，别以为你是宰相，朕就不能治你的罪。"于是将房玄龄关了禁闭，派一队侍卫严加看管。

恍惚之中，房玄龄觉得自己冒昧进谏，确实有失君臣之礼，但事已至此，后悔也来不及，想了想，心生一计，欲蒙混过关。

李世民关房玄龄的禁闭，其实也不是要把他怎么样，只是想等他酒醒之后，让他自己承认过失而已。故安排人好酒好菜地给房玄龄送去。

房玄龄将内侍送来的酒菜全都摔在地下，装疯卖傻、指名道姓地叫李世民过来说话。

侍卫们知房玄龄素来老成持重，竟被房玄龄的举动弄得惊诧不已，连忙向李世民禀报说："左仆射神志不清，行为怪异，一味地说疯话，还呕吐不止，恐怕有些不妙。"

房玄龄到底喝了多少酒，长孙皇后一清二楚，听侍卫说房玄龄神志不清，知道他在演戏，于是将计就计，一面密令人告诉房玄龄，索性装下去，一面向外放出口风，说房玄龄喝了御赐药酒，已经死在皇宫。

消息传到三省，高士廉、长孙无忌、尉迟敬德等人悲痛不已。

尉迟敬德索性闯进宫痛斥李世民："房玄龄出生入死，跟随陛下打天下，功居第一。当了左仆射以后，主持国政，更是每天日夜操劳，陛下竟如此狠心，赐房玄龄药酒。臣也不想干了，请陛下批准臣告老还乡，过几天安稳日子吧！"

李世民被尉迟敬德质问得一头雾水，不知发生了什么事。

恰在此时，卢绛儿来了。卢绛儿原本就是一个天不怕、地不怕的性子，见了李世民，哭诉道："陛下，俺家玄龄到底犯了何罪，陛下竟赐他药酒？"

李世民见到卢绛儿，心里就有些发怵，莫明其妙地问："房夫人，你听谁说朕赐房玄龄药酒？"

"朝廷内外都传开了。"卢绛儿哭着说，"房玄龄到底犯了什么罪，陛下竟将他赐死。"

李世民见两拨人都说房玄龄死了，信以为真，他没有想到事情会闹到如此地步，自责道："怎么会出现这种事？朕可没有赐房玄龄药酒呀！"

长孙皇后过来了，拉着卢绛儿的手说："房夫人来了？"

卢绛儿哭着叫了一声："皇后！"

李世民再也坐不住了，呼地一下说："走，看看去！"

房玄龄醉卧禁闭房，醒来之后，跌跌撞撞走出禁闭房。

李世民率众人赶往禁闭房，双方在禁闭房门前小桥上相遇。

房玄龄在朦胧之中，觉察到桥那边就是李世民，脑海里产生一种错觉，以为前面就是奈何桥，众人是来替他送行的，挥挥手说："陛下，你已将臣送到了奈何桥，请回吧！"

李世民见房玄龄没有死，心里一块石头总算落了地，哈哈大笑，问道："这是奈何桥？"

"对！这就是奈何桥。"房玄龄涕泣地说，"这座桥将咱们君臣阴阳相隔。临别之时，臣有话要说。"

李世民："有什么话，尽管说。"

　　房玄龄以为自己死了，于是忘乎所以，尽吐肺腑之言，他涕泣道："张玄素上本之前，征求过臣的意见，他的观点是对的。而陛下却在朝堂上公开羞辱他，实非明君之举。陛下常鼓励群臣要敢于直言。张玄素直言了，陛下却又不听，说的是一套，做了又是一套，依老臣看，陛下连隋炀商纣也不及啊！商纣还知道廉耻，陛下却口头上冠冕堂皇，欺民枉下！"

　　房玄龄抹了一把口水，继续说：

　　"想我房玄龄，精忠保主十多年，到头来竟是这等下场。"

　　房玄龄跟随李世民十余年，总是默不作声地替他出谋划策，运筹帷幄，从来没有当众与李世民的意见相左，今天这是第一次。

　　李世民从未见过房龄这等状况，如果不是气急，何以至此？这才幡然醒悟。重修乾元殿可能真的不是时候。

　　长孙皇后适时地跪下奏道："陛下，臣有罪！"

　　李世民不解地问："皇后何罪之有？"

　　长孙皇后："说陛下赐房玄龄药酒，是臣妾放出去的风。目的也是想救房玄龄，劝陛下回心转意。"

　　卢绛儿，尉迟敬德等人见房玄龄安然无恙，先后跪在皇后的身后，请求李世民饶恕房玄龄，赦皇后无罪。

　　李世民心中虽然有一种被捉弄的感觉，但想到大家都是善意，便一脸释然，微笑着说："都起来吧！这件事可能是朕考虑欠周，朕收回成命。恕你们无罪。"

　　这一情节有点像闹剧，有可能是后人添油加醋制造的笑话。但有一点是真实的，那就是李世民最终还是在众臣、特别是房玄龄的极力劝阻下，暂缓了修葺洛阳宫的计划。正史是房玄龄修的，这种事情不可能写进去，但从房玄龄其人足智多谋上来分析，这事很有可能。

　　但为传者也不能替贤者讳，在直言相谏方面，房玄龄的确不如魏徵等人，为此还受过李世民的严厉批评。

二十八、守天下更难

打天下难，还是守天下难？

贞观四年，天下大稔，百姓家给人足，市场繁荣昌盛，斗米价格贱至三四钱，流散在外的人都陆续返回家乡。东到大海，南至五岭，皆夜不闭户，路不拾遗，行旅行于路，不必携带干粮，只是在路途上取食物。一年之内，全国犯罪判死刑者岁仅二十九人。这可是旷古未有之事。大唐王朝，呈现出一派勃勃生机，贞观之治，已初现端倪。

太极殿，李世民赐宴群臣。

房玄龄作为百官之首，率先向李世民祝贺道："自贞观以来，陛下经过三四年的励精图治，政局已经稳定，天下渐趋太平，经济颓势从根本上得到了好转。臣领百官，向陛下祝贺。"

李世民哈哈大笑："朕记得，贞观元年，关中地区闹饥荒，米斗易一匹绢。现在斗米价格贱至三四钱，形势真的是大好啊！"

长孙无忌："是啊！贞观二年闹蝗灾，贞观三年发大水，陛下勤勉听政，并加以安抚，百姓虽然东乞西讨，也未曾抱怨。今年年成丰稔，粮食多了，多则价贱。"

李世民："贞观初年，大臣们上书，都说：'君王应当独自运用权威，不可以委任给臣下。'又说：'应当震耀威武，征讨四夷。'唯魏徵劝朕说：'偃武修文，以文治国，中原安定之后，四夷自然臣服。'朕采纳他的意见。如今颉利成了俘虏，其部族首领成为宿卫官，各部落都受到中原礼教的熏染。这都是魏徵的功劳！"

魏徵："突厥灭亡，海内承平，都是陛下的威德，臣有何功何德呢？"

李世民："朕能够重用你，你也很称职。天下大治，岂能是朕一人之功劳？"

房玄龄："臣担心，斗米三四钱未必是好事，谷贱伤农啊！"

李世民虽是皇帝，对这些经济问题并不熟悉，问道："粮价低贱，百姓都能买到便宜的粮食，这是件好事呀？怎能么会谷贱伤农呢？"

— 209 —

房玄龄解释说:"农民种粮,除自食之外,就是用于交易,出售他们的剩余粮食,再用这些钱去购买农具和生活用品,现在粮食价格太贱,他们就不愿意种粮食了。"

魏徵:"贞观初年劝导农桑,是因为大乱之后,粮食短缺,导致人心不稳,鼓励百姓种粮,这是根据当时的国情制定的政策。劝农桑就是只许种植谷物,不许种别的东西。如今谷子多了,政策要有所改变,要允许老百姓因地制宜,改种其他值钱的农作物,这样,国家经济才能均衡发展。"

李世民:"这就是以文治国吧?真是一个大学问,深奥无限啊!朕过去马上打天下,如今马下治天下,深知百姓如水,君王似舟,水能载舟,亦能覆舟的道理。大家说说看,是打天下难,还是守天下难?"

房玄龄:"打天下之时,群雄逐鹿,每到一个地方,只有攻破城池,敌方才会投降,只有攻克才算取胜,无一不是硬仗。故臣以为,打天下难。"

魏徵却不赞同房玄龄的观点,他说:"王者之兴,一定是乘天下之乱,君王昏聩衰弱,天命已经要转换了,到了改朝换代的时候。得了天下之后,就容易骄傲,沉溺于安逸,贪图享受。此时,百姓需要的是安定,而得天下者却追求骄奢淫逸,横征暴敛,苛索于民,闹得鸡犬不宁,民不聊生。得天下者很难明白,这样一来,国力又开始衰落,离其亡国的日子不远矣。故臣以为,守天下难。臣一直在考虑这个问题。"

李世民哈哈大笑:"房玄龄随朕打天下,攻城拔寨,历尽磨难,九死一生,所以他说打天下难。魏徵协助朕治理天下,很明白富贵则骄,骄则怠,怠则亡的道理,知道治天下的不容易。说起来,打天下确实是不易,但这些都过去了,现在是治天下,大家一定要好好想想,治天下之不易,制定每一项政策,办理每一件事情,都要小心谨慎才是。"

房玄龄等人纷纷赞同李世民的说法。

李世民:"朕也没有三头六臂,主意是各位出的,事情是大家做的,功劳也是你们的。"

萧瑀一奏险误国

李世民经历过是打天下难，还是守天下难的辩论后，头脑里一直在思索一个问题，这就是如何使大唐江山长治久安，永世延续。他向群臣提出一个问题："朕要使子孙长久，社稷永安，应采取什么样的办法？"

萧瑀上奏："臣观前朝，凡国祚长久者，都实行了分封诸侯的制度，江山才能如磐石般巩固。周朝分封诸侯，周有八百年天下；秦始皇统一六国之后，废分封制，实行郡县制，天下大乱之时，没有诸侯勤王，孤立无助，秦朝只经历二世而亡；汉高祖得天下，大封诸侯与功臣，故汉有四百年国运；魏晋废除封建，都成了短命王朝。以此论之，欲使国运长久，当推行封建之法。"

李世民赞成萧瑀的建议，欲裂土封侯。然而，萧瑀的主张却遭到绝大多数人的抨击。

魏徵："臣以为，若裂土分封诸侯，则朝廷官员都靠俸禄生活，必导致横征暴敛，如此则人不堪命，民不聊生。且京畿赋税之源本不多，朝廷财政支出皆依赖京师以外的地区供给，如果将全国的土地都分封给诸侯而立国，则中央财政经费必致短缺，再加上燕、秦、赵、代诸国均管辖有夷族，如出现紧急情况，请求内地调兵，因财政困绝，是很难调动军队及时驰援的，圣人举事，贵在相时，此时裂土封疆，确实是不智之举。"

房玄龄："臣以为，国运长久乃天命，即使是尧舜这样的大圣人，也不能保持永久；而汉、魏打天下的开国皇帝，出身虽然低微，然天命所归，想不得到天下都难。陛下欲裂土封侯，让亲族功臣都有民有社，将来就会骄淫自恣，互相攻战残害，这样，对百姓的伤害就会更大，不如让他们只守住自己的家宅就足够了。"

李世民见魏徵与房玄龄都谏止封建，一脸的不悦。

颜师古道："臣以为。不如分封亲王宗子，不使他们过于强大，以州县相间隔，交错为界，互相维持牵制，让他们各自遵守自己的境土，同心协力，足以扶持京城皇室。并且为他们设置的官吏，均由尚书省选拔录用，除皇朝法令外，不许他们擅自施行刑罚，朝贡礼仪，都订立格式。这种制

度一旦确定，千秋万代可保平安。"

礼部侍郎李百药道："臣久观典籍，载之甚详。祚之短长，必在天时；政之盛衰，命在上天，尧、舜都是大圣人，守定国祚却不能长久；汉、魏虽然微贱，恣纵却国运长久，推却不掉。如今让皇亲国戚子子孙孙均有自己封国的百姓与社稷，几代之后，将骄奢淫逸，相互攻伐残杀，对老百姓危害尤大，不如不断地更换郡守县令呢！"

李百药不愧为史学大家，不但能追溯往史，而且还能对未来加以预测，他的议论击中了问题的要害。

李世民裂土封侯的想法受到群臣、特别是几位重臣的极力反对和抵制，不得不接受大家的意见，收回成命。

李世民聪明一世，也糊涂一时的时候，动了裂土封侯的念头，若不是几位重臣的苦谏的反对，使他放弃裂土封侯的主张，不知会出现一种什么样的结果，或许，唐朝此后的历史将会重写。

两仪殿，李世民召房玄龄、长孙无忌、李靖、魏徵、温彦博、戴胄、王珪、萧瑀等几位近臣议事。

李世民询问萧瑀："隋文帝作为一代君王，你认为他是一个怎样的皇帝？"

萧瑀曾见过隋文帝，拱手答道："文帝勤于治理朝政，每次临朝听政，从早到晚，一直到太阳偏西方罢。五品以上官员，围坐论事，忙得吃饭都是由人传送而食。"

"这样的皇帝怎么样？"李世民问房玄龄。

房玄龄："虽然品性算不上仁厚，但可称得上是一个励精图治的君主。"

李世民不置可否笑了笑，摇摇头说："你们只知其一，未知其二。文帝不贤明而喜苛察，不贤明则视事不明，喜苛察则疑心太重。凡事皆由自己做主才觉放心，不敢委任于臣。天下如此之大，日理万机，事必躬亲，虽伤身劳神，岂能将每件都处理得当？臣下既已知主上之意，只有无条件接受，即使主上出现过失，也无人敢争辩劝谏。所以，隋朝到第二世就灭亡了。"

房玄龄等人听了李世民的高论，一齐拱手道："陛下所言极是！"

李世民又继续说："朕则不然，选择天下贤能之士，分别充任文武百官，让他们考虑天下大事。汇总于宰相政事堂，经深思熟虑后，然后上奏于朕。有功则行赏，有罪则行刑，谁还敢不尽心竭力各职其职？何愁天下治理不好呢！"

魏徵素来不喜欢说恭维话，听了李世民之言，也不由冲动地说："陛下乃一代圣君，为臣能事明主，乃臣等之幸也！"

李世民："虞世南。"

虞世南："臣在！"

李世民："拟旨，传诏各有司：今后诏、敕文书如有不当之处，均应执意禀奏，不得阿谀顺从，不得故意隐瞒自己的观点。"

虞世南："臣遵旨！"

王珪："陛下偃武修文，任贤致远，天下人有口皆碑，得侍明主，实臣等之幸。"

李世民打量王珪一眼，道："朕知你知识渊博，善于谈论，自玄龄以下，你也算品级最高的了，朕素闻你对人之判断，颇有独到之处，你自己认为比其他几位大臣如何？"

"陛下！"王珪笑着说，"这可是要得罪人的啊！"

"说得不准也没有关系。"李世民转问大家，"你们说是不是？"

大家见皇上高兴，乐得凑热闹，皆附声附和。

"那我就得罪了。"王珪见推托不过，清了一下嗓子说，"勤勤恳恳地事奉大唐，尽心竭力无所保留，我不如房玄龄；文武全才，出将入相，我不如李靖；议事详尽周到，传达诏令，反映群臣意见，都平允恰当，我不如温彦博；处理繁重、艰难的事务都能办好，我不如戴胄；唯恐君王赶不上尧、舜，专以苦言强谏为己任，我不如魏徵；说到辨别清浊，疾恶奖善，我与他们相比，倒是略有长处吧。"

李世民哈哈一笑，点了点头，算是认可了王珪的话。

在场几位大臣听了王珪的一番高论，似乎也是心悦诚服。

李世民对大家说："所以说，因官职而去选择人才，不可仓促行事。任用一位君子，则众位君子都会来到；任用一位小人，则其他小人竞相引进。"

魏徵："是这样。天下未平定时，则对于一个人专取其才能，并不看重和考察其德行；动乱平定后，则不是德才兼备的人才不能使用。"

李世民满怀信心地说："在座的各位，都是朕选拔出来的时之俊杰，有你们的辅佐，朕一定能开创一代盛世。"

"臣等愿辅佐陛下，开创贞观盛世。"众人齐声附和。

李世民接着说："朕看你们总有不妥之处，特别是朝会之时，这种感觉更加明显，现在想起来，原来是朝中大臣上朝之时，衣服颜色杂乱无章，难以分辨。你们说是也不是？"

大臣们你看看我，我看看你，似乎都想笑。

魏徵道："既然官员都有品有位，不妨在官服的颜色上加以区别，比如三品以上穿紫色，四品穿红色，五品穿浅红，六品穿绿色，七品穿浅绿，八品穿青色，九品穿浅青。"

房玄龄问道："以前的朝代，也有分服色的，但未分得如此之细，为何三品以上着紫色而不是其他颜色呢？"

"颜色是用染料染成，紫色染料最难做，因此其就显得更为珍贵，这个民间都知道，三品以上官服用紫色，大家一看就知道其地位最高。余此例推。"

房玄龄："这样说就明白了。"

李世民："那就拟旨，今后三品以上官员穿紫色衣服，四五品穿红色，六七品穿绿色，八、九品穿青色，官员夫人从其夫色。"

房玄龄："臣觉得朝廷有件大事没有办。"

李世民吃惊地问："什么事？"

房玄龄说："太子册封了，可太子少师之职却是虚位以待，这样可不行。"

"这件事朕倒是疏忽了。"李世民问，"大家看谁来做太子少师？"

王珪说："太子三师是很高的荣誉，又要具体管理东宫之事，非德才兼备、德高望重者莫属。"

魏徵说："太子少保可任此职。"

"李纲？"李世民说，"这个人不错。学问、品德皆属一流。武德年间，他做隐太子的少保，曾极力劝谏隐太子要走正路。朕为太子时，他又做过朕的少师。让他做太子少师，确实很合适。"

李靖："御史大夫萧瑀对人要求苛刻、挑剔。少傅管理、规劝太子行为，用他最为合适。"

萧瑀狠狠地盯了李靖一眼，一脸怒气。

房玄龄突然想笑，连忙伸手捂住嘴，将笑声强咽下去，没有笑出声来。

李世民微笑着说："萧瑀弹劾了你一次，你就耿耿于怀呀？"接着话锋一转说，"不过，你说得还真不错，他虽然同有些人磕磕碰碰，但做人却很耿直，朕就命他为太子少傅。"

萧瑀见李世民夸他耿直，转而又面有得色看着李靖。

李靖反过来又狠狠盯了萧瑀一眼，房玄龄正襟危坐，故意视而不见。

于是李世民下诏，升任李纲为太子少师；任命萧瑀为太子少傅。

二十九、过不留痕

枉杀张蕴古

　　咸阳山突发地陷,一夜之间,方园数十里的地区沉陷入地底,地陷区内,山不见了,树林不见了,一切的一切,消失得无影无踪,取之而代的,是一片湖泊。山中采药人,山村放牛郎最先发现这件事情,他们惊恐万状地将这个消息告诉了人们。于是,地陷的事情很快传开了,越传越广,越传越神秘,最后说成地陷乃苍天对唐朝的惩戒,还有更大的灾难将随之而降,天下又要不太平了。一时闹得满城风雨、人心惶惶。

　　咸阳的百姓在议论地陷,长安城的市民在议论地陷,朝中文武百官也在议论地陷,甚至连内宫太监、宫女、嫔妃,都在议论地陷。朝野之间,皇城内外,笼罩着一股神秘而又恐惧的色彩。

　　房玄龄获悉这一谣传,一面以加急驿递,讯问咸阳方面的情况,一面派人追查谣言的出处。

　　李世民处在宫中,并没有人向他禀报咸阳地陷之事,更不知道外面的谣传。

　　这一天,他退朝回到后宫,见宫女们交头接耳,神情怪异。觉得有些奇怪,叫过一名宫女询问有什么事情,宫女便将咸阳地陷,苍天惩戒唐朝,天下又要不太平的谣传讲了出来。

　　李世民觉得事关重大。连夜召见房玄龄,询问咸阳地陷的事情。

　　房玄龄说:"尚书省今天下午才接到咸阳方面的报告。咸阳确实发生了地陷,但地陷发生在荒山野岭之中,并无人员伤亡。"边说边将收到不久的报告递给李世民。

　　李世民接过看后,气冲冲地说:"地陷虽是不祥之兆,怎能与天下不太平之事联在一起呢?定是有人从中捣鬼,故意妖言惑众。"

　　房玄龄说:"臣已派人查过了。"

　　李世民紧接着问道:"是谁散布的谣言?"

　　"此人名叫李好德。"房玄龄说:"底细却不大清楚。"

李世民怒气冲冲地说"交给大理寺严加审讯，若证据确凿，以妖言惑众罪治之，杀无赦。"

大理寺接到李好德的案子，不敢含糊。大理丞张蕴古亲自审理此案。

张蕴古乃相州洹水人，素性聪敏，博涉群书，写得一手好文章，尤其通晓时务，为州间所称道。武德九年，李世民刚继承皇位之时，他曾献上一篇《大宝箴》，畅谈他的治政方略，深得李世民的赞许。后经房玄龄推荐，李世民钦命他为刑部的大理丞。

张蕴古受理李好德的案子后，立即进入司法审理程序，在审案过程中，他发现李好德患有癫痫病，精神不正常，大唐律法规定，精神病患者不承担法律责任。

这一天早朝，张蕴古手持笏板出班奏道："启奏皇上，李好德妖言惑众案审理已毕。"

"情况如何？"李世民站起来问道。

张蕴古说："李好德对散布谣言之事供认不讳。"

李世民果断地说："杀无赦。"

张蕴古奏道："微臣在审理案件中查明，李好德患有癫痫病，依据大唐律法，患癫病者不当坐治。因此，李好德虽犯罪，但不可杀！"

"啊！原来是这样。"李世民落座道："那就要将案情公诸于世，以安定民心。"

天牢里，张蕴古、李好德相对而坐，中间放着一个小方桌，两人边下棋边交谈，典狱史坐在旁边观棋，张蕴古将一颗白子落在棋盘，口中说道："断！"李好德见此子下得颇为刁钻，一时难以落子，张蕴古见李好德尚在考虑，于是说："我已将你的案子上奏了。"

"皇上怎么说？"李好德关心地问。

"你患病属实，依大唐律法，虽有罪，不当坐罪。皇上已恩准，依律办事，不予处罚，正式手续尚未批下来。"

典狱史在一旁插话道："若不是张大人尽职尽责，查实你患有癫痫病，此刻你已到枉死城报到去了。"

"张大人活命之恩，小人没齿难忘。"李好德真诚地说。

张蕴古伸手扶起李好德说："不必行此大礼，我乃大理丞，公平判案，乃是我的职责所在，你的案子我是依律而行，并未徇私。何谢之有？"李好德感激地看着张蕴古。张蕴古继续说："回去后要治好病，不可到处乱跑，更不可乱说了。有关情况，我会给令兄去信。"张蕴古说罢，起身离去。

张蕴古也是一时大意，不该在圣旨尚未下达之前就将消息透露给当事人，若此事到此为止也就罢了，偏偏又为小人所算，以至惹来杀身之祸。

张蕴古在狱中同李好德博弈闲聊之时，除典狱史在场外，还有一个狱卒也在侧。其实狱卒也无害人之意，只是他在无意间将这件事传了出去。说者无心，听者有意，此话真的就被一个有心人听到了，他就是治书侍御史权万纪。

权万纪乃奸佞小人，以进谗言、打小报告而邀宠于上。朝中很多人都因为权万纪的诬告而遭到皇上的训诫，但对权万纪却敢怒而不敢言。大家知道，小人是不能得罪的，因为小人的报复心理特重，谁得罪了小人，谁将永无宁日。权万纪是小人，大家对他多采取敬之远之的态度，这就更助长了权万纪的嚣张气焰。

贞观三年，房玄龄、王珪负责朝廷官吏的考核工作，权万纪不满意房玄龄、王珪对他的考评结论，但又没有办法改变考评结果。于是，他向皇上上疏，奏称房玄龄、王珪的考核不公平，有徇私舞弊之嫌。李世民责令大臣侯君集进行调查。幸亏魏徵及时劝谏，李世民没有继续追究这件事，使得房玄龄、王珪免了一番训诫。

权万纪素不喜张蕴古，因为张蕴古对他总是若即若离，态度不甚热情。其实，这并没有伤害他什么，但他偏偏心里就不舒服，他认为对他不热情就是对他有偏见，对他有偏见就是他的敌人，既然是他的敌人，他就要让你不舒服，就要想办法打倒你。这就是他做人的逻辑。

他听说张蕴古在狱中同犯人李好德博弈，在圣旨尚未正式下达之前就将免罪的消息透露给李好德，心里暗暗高兴，意识到机会来了。为了给张蕴古带来毁灭性的打击，他又对张蕴古的背景进行了研究，经打听，张蕴古原籍在相州，李好德之兄李厚德乃相州刺史。摸清了这些情况，他连夜上表，弹劾张蕴古，他在奏疏中说：

> 张蕴古乃相州人，犯人李好德之兄李厚德乃相州刺史，是为张蕴古原籍之父母官，张蕴古为讨欢原籍之父母官，徇私舞弊，蓄意编造出李好德有癫痫，使其逃脱法律的制裁。此乃讨人情而纵容阿附，张蕴古按察结果与事实不符。且皇上圣旨尚未下达，他便将赦免之讯透露给人犯李好德，借以买好李好德。

李世民闻奏大怒:"朕以为张蕴古乃正直之臣,委以大理丞之职以掌讯拘、判诉讼之事,谁知他竟敢知法犯法,太令朕失望了。"于是,下诏将张蕴古推出菜市口斩首。

魏徵闻知此事,急如星火地赶进宫递牌子求见李世民。当时,房玄龄正在奏事,魏徵进门后劈头盖脸地质问道:"陛下,张蕴古所犯何罪,为何突然间便推于东市斩首?"

"别急,坐下来说话!"李世民面对魏徵咄咄逼人的眼光,心里有些犯怵。因为魏徵每次劝谏,理由都很充分,令人无从反驳。

"张蕴古为人正直,处事公道,自武德末年执掌大理寺以来,审判了无数的疑难杂案,在他手上没有办不了的案件,即使是受处罚者,对他也是心服口服,这样的人,怎么能说杀就杀了呢?"魏徵由于太过激动,说话的语气有些咄咄逼人。

"张蕴古徇私舞弊以活他人,其罪一;身为大理丞,却到牢中与犯人博弈,其罪二;事先将圣意泄露给人犯,其罪三。有此三罪,难道不该杀吗?"李世民不知出于何种原因,对魏徵有违君臣之礼的过激语言并未计较,以相同的口气质问魏徵。

魏徵坐下来后,情绪也稳定了些,他对李世民说:"臣了解过,李好德确实患癫痫病,若不是张蕴古办案认真,大理寺的刀下又多了一个屈死的冤魂。"

"真的?"李世民吃惊地站起来。

"臣会在陛下面前打诳语吗?"

"那与犯人博弈,私泄圣意,身为大理丞,这也是违法。"李世民反问道。

"李好德乃癫痫患者,借博弈以安定人犯之情绪,正是张蕴古办案精细之处,饶其不死是陛下之意,只是手续尚未办毕而已。透露消息,即使有罪,也罪不至死呀,陛下!"

李世民心中一阵恐慌,魏徵看到李世民的脸色,知他已有悔意,于是问道:"又是权万纪进的谗言吧?"

"是呀!"李世民点点头,声音明显地小了。

"权万纪乃奸佞小人,不识治国大体,以告发别人为直言,以进谗言为尽忠。陛下并非不知道他使人无法忍受,只取其讲话无所忌讳,想以此警策众大臣。然权万纪等人挟皇恩,依仗权势,使其阴谋得逞,凡所弹劾之人,并非真的有罪。陛下既然不能提倡善行以激励风俗,怎么能亲奸邪以损害自己的威信呢?"魏徵一针见血,揭穿了君主利用小人的心理,即"取其讲话无所忌讳,想以此警策众大臣",尤其是最后两句话说得异常尖锐。

房玄龄老于事故,早就将这些看在眼里,不过,他只是闷在心里,不像魏徵那样说出来而已。

李世民自魏徵进门提到张蕴古时起,就已经意识到自己怒杀张蕴古,犯了一个极大的错误。但魏徵的当面指责,脸上却有些挂不住,然而,魏徵作为谏臣,谏君之失,是他的本分,且又说得句句在理,无从反驳,一肚子的气,无从发泄,实在是有些憋得慌。突见房玄龄正坐在一旁,便冲着房玄龄责怨道:"房玄龄,你可知罪?"

房玄龄慌忙跪下,睁着两眼看着李世民,不知自己又错在哪里。

李包民怒气冲冲地说:"你身为百官之首,处处当以君忧为忧,事无巨细,都要留意。朕不问你,你就不吭一声,看到不合理之事,也不知及时给朕提个醒,你不知道这是失职吗?"

房玄龄俯伏于地说:"臣知罪!"

"张蕴古同犯人对弈而泄密,虽有罪,却罪不至死。当时朕在盛怒之下,才动了杀机。你们竟然没有一个人站出来说话。"李世民似乎越说越有气:"大臣们站在那里,都像木偶一样,主管人员也不再上奏本封驳,难道这就是治国之道吗?"

李世民对房玄龄的训斥,与当年怒杀卢祖尚怒斥房玄龄,如出一辙,只是,上次杀的是卢祖尚,这次杀的是张蕴古。

房玄龄虽然是满肚子的委曲,却还是跪在地下自责道:"臣等敬畏陛下的威德,以为陛下的决策是正确的,故而未能深思熟虑。经过此事,臣有了一个想法。"

"起来说话吧!"李世民接着问道:"什么想法?"

房玄龄奏道:"为了尽量减除冤案的发生,今后,凡判死罪者,让中书、门下省四品以上官员及尚书省讨论,然后执行。"

李世民看了一眼站在一旁的魏徵,问道:"秘书监以为如何?"

魏徵看了一眼跪在地下的房玄龄,笑了笑,没有回答。

李世民马上意识到,房玄龄跪在地下的时间太长了,忙冲着房玄龄说道:"起来吧!跟你不知说过多少次了,不要动不动就下跪,说臣有罪、臣有罪。"

房玄龄从地下爬起来,顺势向魏徵瞥发一眼,魏徵脸上露出一股不易

二十九、过不留痕

觉察的笑意。

此后不久，李世民正式下诏，规定：

> 判死刑的犯人，二天之内中央部门要五次复议，下到各州的也要三次复议。行刑的当天，殿中监属下的尚食局不得进酒肉，内教坊及太常寺不得奏乐。上述规定均由门下省监督。如有依律应当处死而其情形可以怜悯的犯人，记下情况上报朝廷。

凡是五次复议的，在处决前一二天，到处决当天又要三次复议。只有犯"十恶"中殴打、谋杀、打死三服以内亲属的恶逆罪的，只需一次复议即可。

船行于水，过不留痕

房玄龄的府邸，堂屋正面墙上，挂着的是一幅山水画，两边挂着的一对条幅：

> 为官惧盈满　做事尽所能

这是房玄龄给自己写的条幅。房玄龄总领百官，主持国政，知道自己肩上的担子有多重。他将条幅挂在堂屋正中，以此为座右铭，戒骄奢，不盈满，鞠躬尽瘁，辅佐李世民以处理国事。

这一天，高士廉到房玄龄家串门，进屋时见房玄龄正在炉子上烧那些疏表奏章的原稿，吃惊地问："这不是你给皇上上的奏折文本吗？为何要烧呀？"

高士廉为何吃惊呢？因为那些文稿都是他过去的一些疏、表、奏章底稿。这些原底稿大到治国方略，小到人事任免，都变成了李世民的诏令颁布执行。都是非常珍贵的，且房玄龄的墨宝在当时也是一字难求。

房玄龄见高士廉询问，轻描淡写地说："所有这些，皇上都以诏令颁布执行了，留着又有何用？不如烧掉，免得流传出去。"

"即使变为诏令颁发了，但毕竟是你向皇上提出的建议呀，留下来也是一个历史的鉴证。你乃博学鸿儒，又负责修史，难道连这个都不明白吗？"高士廉有些责备地说，"你烧的不仅仅是你的奏疏文稿底稿，同时也烧掉了留给后人的重要文物啊！"

"正因为我知道它的价值，所以我才要烧掉这些。"房玄龄看了高士廉一眼，仍是一边烧着原稿，一边不紧不慢地说，"我身为总领百官的左仆射，只是皇上身边的一片绿叶，功劳，是皇上的，出了差错我就得承担责任。这是我的本分。"

高士廉呆呆地看着房玄龄，一言不发，突然，这个平时不显山、不露水的木讷老头，在他的眼中得到了无限升华。

房玄龄看着怔怔的高士廉，淡淡地说："船行于水，过不留痕，这样好，这样好。"

高士廉眼中有些湿润，本来他今天来，是想同房玄龄聊聊家常，此时突然没了兴趣，客套几句，便告辞了。

房玄龄起身送高士廉至门口，回到书房，继续地将文本原底稿一份一份地丢进火炉之中……

高士廉回到家中，效仿房玄龄，也烧掉了自己的所有奏章原稿。

房玄龄、高士廉烧掉奏、疏手稿的事情不胫而走，很多大臣跟着效仿。据说贞观朝以后，这种做法在大臣中间渐成惯例。

三十、立法宽平

不寻常的赦免

为了施行教化就得制礼作乐，为了制止暴乱就得立法用刑，这是古往今来人治社会统治者的主要手段。李世民曾说："为国之道，必须抚之以信义，示之以威信。"于是命房玄龄、长孙无忌，以及弘文馆中的学者们制订法律，这便是后来的《贞观律》，亦称《唐律》。

《贞观律》是中国古代最严密、最广泛的封建立法，较之前代，它是一次巨大的跨越一突破，对后世及世界上其他一些国家的立法产生过重要影响。《贞观律》的立法原则是"宽平、简约、稳定"。这既可以说成是李世民的法制思想，也可以说是房玄龄的法制理论。或者套用后世的话说，是"集体智慧的结晶"。

事实上大概也是这样，任何一种形成体系的思想，在其形成过程中肯定融合了许多人的智慧，即便思路出自于李世民，具体修订工作还是由房玄龄和弘文馆的学者们完成，这不是为房玄龄脸上贴金，常理如斯。当然，后世史家论《贞观律》，只能树起李世民这杆大旗，这是一种表述的需要。有关房玄龄在修史过程中的一应细节，史书都不曾有过记载，此处不妄加描述。

除了广泛讨论，集思广益之外，房玄龄和同僚们还结合一些案例来验证新法的效果，并在实践中加以完善。有的案例甚至可以用震烁古今来形容。

一天，李靖来到房玄龄的值房，屁股还没有坐稳，话匣子就打开了，说刑部大牢人满为患，很多都是待审的人犯，这些人叫苦不迭，说现在正是春耕季节，田里的庄稼无人打理，今后的日子该怎么过？

按行政分工，房玄龄为左仆射，分管吏部、户部、礼部，李靖为右仆射，分管兵部、刑部、工部。无特殊情况，房玄龄一般不过问李靖分管的工作。

房玄龄一边沏茶，一边说他最近也听到不少议论，说大理寺审案不公，不是无罪判为有罪，就是轻罪判为重罪，不知是否真有这回事。

李靖也很无奈，说自从张蕴古被杀之后，大理寺就成了老大难单位，诉讼积滞，断案不公，他过来串门，就是要聊这些事。

听了李靖的话，房玄龄明白了，说道："这是张蕴古一案的后遗症啊！"

李靖对那段事情不甚了解，显得有些茫然。

房玄龄解释说："张蕴古素来办事认真，干练，任职大理丞期间，从没有出现这种事情，偶尔犯错，便遭杀身之祸。一朝被蛇咬，十年怕井绳，大理寺的官员们为求自保，审理案子就格外谨慎，宁紧勿松，以免出错。"

李靖束手无策，只好向房玄龄寻求对策。

房玄龄说这件事很复杂，不是一句两句说得清楚，也不是一天两天能解决得了，提出亲自到大理寺去看看再作决定。

二人来到大理寺，请大理丞刘德威汇报一下当前的工作情况。刘德威欲言又止，似乎有顾虑。房玄龄办事很讲方法，见刘德威似有难言之隐，便提出到牢房去看看。

刘德威领着房玄龄、李靖来到大牢，里面的情况果如李靖所说，牢房里人满为患，死囚牢房里塞满了人，房玄非常吃惊，问有多少人。

刘德威："三百九十名，都是秋后待处的死囚。"

房玄龄："贞观四年，全国断死刑的只有二十九人。时隔两年，死囚人数怎么有如此之多呀？"

牢房里的死囚见大理丞刘德威陪人前来巡视，且还毕恭毕敬，知道来的一定是大官，于是有人哭诉，说他们都是将死之人，请求朝廷大发慈悲。

"鬼叫什么，闭住你的臭嘴。"狱卒大声吼。

房玄龄微笑地对狱卒说："让他们说。"

死囚们七嘴八舌地抢着说话，人多嘴杂，听不清楚到底说些什么。房玄龄让狱卒叫他们静下来，选个代表出来说话。

狱卒大声地说："房宰相叫你们选个代表出来说话，不要吵吵闹闹的。"

当死囚们眼前之人是当朝宰相房玄龄、李靖时，彼此商量了一下，选派一个年近半百、名叫侯德富的人出来说话。

侯德富跪下哭着说："宰相大人，我叫侯得富，代表所有死囚，要向大人恳求一件事。请求大发慈悲，让我们这些人了却最后一个心愿吧？"

"什么心愿？"房玄龄和气地说，"说吧！"

侯德富哭着说："目下正是春耕季节，庄稼下种的时候。我们这些人都是秋后待处的死囚，离死只有几个月了。能不能放我们回去，帮家人做几个月的农活，处决之期，我们一定回来。"

三十、立法宽平

房玄龄万万没有想到死囚们会提出这样一个要求，由于没有思想准备，加之事情重大，一时难以回答，想了想说："你们提出的问题，史无前例，我不能马上答复你们。"

"房宰相开恩呀！"死囚们全都跪下了。

房玄龄："待商议之后，再回答你们，好吗？"

死囚们全都跪下说："房大人大发慈悲吧！"

房玄龄："放你们回去，你们都能保证按时回来吗？"

侯德富："我们可以联保，保证按时回来。"

房玄龄似乎心有所动，接着说："我也想给你一个改过的机会，如果你们不回来，就是跑到天南地北，朝廷也能够抓到你们。再说，联保之后，如果不回来，将会牵涉到你们的家人，你们知道后果吗？"

死囚们齐声说"知道！"

"好吧！"房玄龄说，"行与不行，稍后将给你们一个答复。"

房玄龄与李靖将刑部的官员召集在一起，讨论死囚们提出的问题。刑部的官员都说史无前例，并说将这些人放出去，可能是放虎归山，肉包子打狗，有去无回。房玄龄征询李靖的意见。

李靖笑了笑说："这件事还是你定吧！"

房玄龄道："刑律严明，皇恩浩荡，我倒不担心他们不回来。"

李靖："左仆射真的要放他们回去？"

房玄龄："嗯！有觉得可行，不过，要先奏明皇上，批准了再执行。"

李世民居然同意了房玄龄的建议，下诏将三百九十名死囚全部假释。并让人犯签字画押，保证按时回狱。

房玄龄在审阅文件时，看到一个同州名叫房强的人，因他的弟弟在岷州担任统军，犯了谋反罪而受到株连。按旧律规定：兄弟连坐，俱死，祖孙配没。因此房强当处以极刑。

房玄龄照例将案卷送呈李世民御览，由皇上作最终裁定。

李世民早就觉得《武德律》有很多不妥之处，即位后便下令修订唐律，修律是一个十分复杂的工程，不是一天两天便能修好，在新法未颁行之前，旧法仍然适用。李世民看了房强的卷宗，叹惜地说："胞弟谋反，与兄何干？就此判处房强极刑，真是太冤了啊！"

房玄龄见李世民对房强有同情之心，乘机说道："谋反当诛，合理合法。然株连同罪，确实有些不妥。但新法未成，旧法仍然适用，若要改判，需陛下御批。"

李世民说道："你去同刑部、御史们就这个案子讨论一下，看有无办法赦免房强。"

房玄龄召集有关人员，传达了李世民的旨意，也谈了自己的看法，各位大臣当然是顺着房玄龄的杆子爬，附和房玄龄的意见。

房玄龄便以众臣合议的名义，向李世民上了一本。他在奏折中说：

> 于礼于法，原判'兄弟连坐俱死，祖孙配没'之说，都属不妥。以亲疏论之，祖孙属重，兄弟稍轻，今本末倒置，祖孙亲者，却轻判流没，兄弟稍疏，却处以极刑。据理论情，实是不妥。这是旧律的规定。新律应修订为：祖孙及兄弟，受到株连时，皆处以流配，因恶言犯法而未造成危害者，情节稍轻，其兄弟可免死，以配军流放为宜。

李世民同意了房玄龄的意见，特批免房强一死，改为流配。

转眼便是秋末，稻谷皆已归仓。

这几天，大理丞刘德威与吏员们的心都绷得紧紧的，因为满打满算，离假释回家的三百九十名死囚的归期，还剩最后三天。获假释回家的人犯，在无人监视管理之下，都陆续返回大牢，清点人数，唯一人未归。经核查，未归者竟是被选为代表、替大家说话且信誓旦旦地保证按期归来的侯德富。

还剩最后一天，所有人的心都提到嗓子眼上来了，甚至连按期归来的三百八十九名人犯也在着急。眼看已这一天薄西山，离归期不到一个时辰，狱卒都站在大牢门口翘首以盼，甚至连大理丞刘德威也来了，站在门口向远处张望。

远处，除有几个人抬着一副担架，跌跌撞撞地奔跑之外，连个鬼影子也未见。刘德威的心冷了，狱卒们的心也冷了。

有人开口骂人了，开始是少数人骂，后来是骂声一片。骂未归之人狼心狗肺，不体圣恩，说话不算数，不讲信用，猪狗不如。

正在人们大骂特骂的时候，一件奇怪的事情发生了。刚才还在远处跌跌撞撞奔跑的抬着担架的几个人，竟然将担架抬到了大牢门口。

一名狱卒走上前去，大声喝斥道："去、去、去，这里不是诊所，将病人抬到这里来干什么？"

抬担架的人并不理会，将担架放在地下，撩起身上的破衣裳，一边擦

汗一边大口大口地喘着粗气。狱卒正要上前驱赶，只听躺在担架上的人问道："我没迟到吧？"声音很微弱。

狱卒离得近，还是听到了，吃惊地问："你是谁？"

"我……我是侯……德富。"躺在担架上的人断断续续地说，"就是……就是获假释放……回家的那……那个死……囚，侯德富。"

声音太小，除离得近的那个狱卒外，谁也没有听清担架上的人说的什么。

狱卒惊喜地问道："你就是侯德富？"

"是！"侯德富躺在担架上说，"我……我……就是侯……侯德富。"

狱卒得到证实后，冲着大理丞刘德威说："刘大人，担架上躺着的就是未归的侯德富。"

刘德威听说躺在担架上的人是侯德富，冲到担架旁，吃惊地问道："你就是侯德富？"

抬担架的人这时也喘过气来了，站在一旁回答道："大人，他就是侯德富。"

刘德威不解地问："他为何躺在担架上？"

抬担架的人回答道："前几天，他在地里除草，不小心被毒蛇咬伤，敷药后虽然性命无忧，但却不能行走。他怕误了归期，求我们将他送来。"

刘德威："你们是谁？"

抬担架者说他们是侯德富的邻居。

刘德威连忙叫人将侯德富抬进去，嘱咐请郎中为他治伤疗毒。

李世民得知放归的人犯全都按期归来，龙心大悦，竟然下诏将三百九十名死囚全部赦免。

清理积案

贞观七年初，王珪无意间泄漏了朝廷机密，被贬为同州刺史。三天之后，秘书监魏徵接任门下侍中之职。

魏徵原任秘书监之职，正四品，不属宰臣，加一个参知政事的头衔，参加朝廷中枢机构的议政会议，为实际上的宰相。此次升任门下省长官，成为名副其实的宰臣。

李世民召集近臣开会，讨论大理寺积案问题。房玄龄建议成立专案组，处理大理寺的积案。

李世民见大家没意见，这件事就定下来了，接下来就是谁去办的问题，李世民的意见是由魏徵负责这件事。魏徵却当即推辞。

房玄龄却赞同李世民的意见，他说大理寺的积案是一个非常复杂的事情，非公正廉洁之能臣，不足以担当此任。并说这件事非魏徵莫属。

魏徵说处理积案是一个专业性很强的工作，自己对法律一窍不通，外行领导内行，做不好这件事。

李世民觉得魏徵说得似乎有理，但没有立即表态，看看魏徵，再看着房玄龄，似乎是在征求房玄龄的意见。

房玄龄笑道："这倒不是问题。大理寺的官员都是法律专家，他们不是不能审案，只是思想有问题，前怕狼，后怕虎，不敢公正审案而已。"

李靖赞："左仆射的话说到点子上了，大理寺的官员不是审不了案，而是不敢审案。"

魏徵想了想，脸色突然凝重起来，自言自语地说："知道了。"

李世民："知道什么？"

魏徵："前任大理丞张蕴古死得冤，一朝被蛇咬，十年怕井绳。大理寺的官员不是不能审案，而是不敢承担责任。故而积案越来越多，判决的案子也是宁紧勿松。因为紧了不会出错，若是像张蕴古那样秉公而断，反而还会惹来杀身之祸。"

房玄龄知道魏徵又在责怪李世民不该枉杀张蕴古，飞快地瞟了李世民一眼，见李世民脸一阵红、一阵白，很是尴尬，连忙将眼光收回，故意不出声。其他几位大臣也听出了魏徵的话外之音，也是一言不发。

"魏徵，何必总是抓住这件事不放呢？"李世民不满地说，"杀张蕴古是朕之错。朕也很自责。再说，难道你们没有责任吗？明知朕处罚过重，你们有谁劝阻、提醒过朕？"

房玄龄连忙说："这件事，我也有责任。"

李世民见房玄龄出来为他解围，微笑道："还是玄龄能体谅朕，替朕说句公道话。"

"陛下是说臣说话不公道了？"魏徵的牛脾气又来了。

"杀张蕴古，是朕的错，朕道歉，行了吧？"李世民无奈，只好息事宁人地说。

三十、立法宽平

　　房玄龄接过话头说："魏徵，要你处理积案，可是陛下的旨意哟！总不能抗旨不遵吧！"

　　魏徵被房玄龄一句话套住了，只好跪下领旨。

三十一、忠谨恭谦

魏徵侍君兢兢业业

魏徵奉命清理滞讼，刚进驻大理寺，并不见他有什么动静，只是调阅所有滞讼案件的卷宗，旬日后，他将大理寺卿的全体官员召集在一起，指着堆砌在案几上的卷宗对刘德威道："这是全部积压案件的档案吗？"

刘德威："是！请魏侍中训示。"

魏徵："我调看了已审案卷六十宗，以唐律相对照，我认为差不多有七成处罚偏重，为在张蕴古任大理寺丞时，从未出现过的事情。"

刘德威脸色涨得通红，无言以对。

魏徵继续说："拿了朝廷的俸禄，就要为朝廷办事，总不能占着茅坑不拉屎吧？"

"魏大人，下官知错了。"刘德威惶恐地说。

大理寺的官员见魏徵一上来便给了刘德威一个下马威，顿时人人自危，都担心处罚会落到自己头上。

"知错能改就好，本官此次奉旨，只是清理滞讼，不是清查各位渎职。"魏徵缓和了一下语气说，"不过，大家扪心自问，大理寺出现这么多的滞讼，积压这么多案件没有审理，在座的有没有责任？"

大理寺的官员一齐站了起来，称有不可推卸之责，表示愿意接受处罚。

"都坐下。"魏徵待大家坐下后继续说，"我奉旨清理滞讼，并不是追究各位失职，滞讼如何清理？积案如何审，还是靠在座的各位。我的意见，先将去年已经结案的全部案件复审一遍，对于处罚不公的案件一律纠正，公正判处，还一个清白，请大理寺卿先拿个初步意见，能办得到吗？"

刘德威恭敬地回答："下官这就安排人清理复审去岁的案件。"

魏徵指着堆码在案几上的卷宗问道："这都是积压案件，一共多少卷，你知道吗？"

刘德威："下官没有统计。"

"又一个陈平不知钱粮之数,告诉你,一共三百八十六件。其中大部分案件并不复杂,审判并不难。为何一直压着不办?"

魏徵见刘德威满头大汗,知道再说也不解决问题,只好说,"从明天起,所有的人分成两拨,一拨复审去岁已经结案的案件,一拨清理滞讼案件,不准请假,日夜加班,所有案件实行分工负责制,有疑问的发回重新取证,证据确凿的尽快结案,每个案件都要有专人负责,拿出具体的处理意见,并请签上自己的名字,谁出了差错,谁负责。能办到吗?"

"能办到。"大家齐声回答。

魏徵顺手拿起桌子上的两个案卷,对刘德威道:"这里有两个案件,一个是庆州乐蟠县令叱骘盗用官仓案、二是处决张君快案,我想听听你的意见。"

刘德威接过卷宗看了看道:"庆州乐蟠县令叱骘盗卖官粮案,皇上已下旨处斩叱骘。这个案子也有问题吗?"

魏徵:"庆州乐蟠县令叱骘盗卖官粮固然有罪,依唐律,罪不致死,你们都是专家,难道没有看出来吗?"

在座众人面面相觑,没有一个人站出来回答这个问题。

魏徵:"我要封驳处斩叱骘的诏书,要求皇上改诏。"

刘德威拿着第二份案卷说:"这件案子很复杂。张君快、欧阳林谋杀苏志约取银,但君快没有动手。今年初,也就是魏大人还没有到门下省的时候,皇上敕:劫贼不伤财主,免死,配流。这是经门下省奏定的。后来刑部郎中高敬奏言:'举断合死',但门下仍依前奏,不同意更改他们原来的意见,皇上曾问:'国有常典,事迹可明,何得各为意见,弄其文墨。'于是令御史台勘察评判,御史回奏后,皇上道:'君快等谋为劫杀,何得免死?'因此下诏,处死张君快等人。"

魏徵:"大家说说看,此案的处罚是否公正?"

一名官员说:"皇上已经下旨,还谈什么公与不公?"

"我不是问皇上下没有下旨,而是问张君快等人该不该杀?依律而论,在座各人的心里应该都有一根尺,就看你怎么量。"魏徵看到有位官员欲言又止,马上指着那位官员问道:"这位贵姓?"

"下官大理寺正朱子桐。"

"你认为张君快等人该不该杀?"

朱子桐看了刘德威一眼,没有回答。

魏徵鼓励道:"说说看,说错了没有关系,讨论嘛!"

"依律而论：劫贼伤财主谋者皆死；谋杀之条：主谋者斩，直接下手者处以绞刑，余者皆配流。劫贼而又谋杀事主，轻赦免死则是皇上一时之恩，劫贼不伤财主，免死配流。"

魏徵："依你看，此案该如何定才为公正？"

"此案三人，一人主谋，其余二人皆为从犯，主谋者该当死罪，处以极刑，二名从犯判处流配才是合理合法。"

魏徵："大家认为怎么样？"

大家一致赞同朱子桐的意见。

魏徵继续道："好，就这样办，此案三人，下手者处死刑，其余二人宜配流，原来诏书将三人全部处死，属量刑不当，这就是我要将此案拿出来讨论的原因。我将封驳此诏书，请皇上改判。"

魏徵扫了一眼，见大家都在聚精会神地听，继续道："接下来清理滞讼积案要像刚才这样，要以事实为根据，以法律为准绳，按实情来审理案件，不要严刑拷打，旁求罪证，任意牵连别人。做到既不可放掉一个坏人，也不可冤枉一个好人，法律是什么？法律是惩戒恶人的利器，保护百姓的卫士。大理寺是国家最高的审判机构，如果在座的各位不能用好法律这个武器，不能秉公而断，那天下就没有公平二字了。"

"魏大人的教导，下官领受了。"刘德威真诚地说。

大理寺的众官员亦齐声附和。

魏徵补充道："大家一定要注意，清理滞讼，一定要从事实出发，有事实根据的就定案处理，事实不足的就不予追究，结案释放。"

两仪殿，魏徵将庆州乐蟠县令叱鹭盗用官仓案和处决张君快案的卷宗呈给李世民。

李世民接过卷进宗，看了一眼后，放在一边，不以为然地说："这两个案子都是经过门下省、刑部几次反复才议定的，朕已御批画押了，拿来干什么？"

魏徵："原判决显然不当，应该纠正过来。"

李世民脸色一沉："朕是叫你去处理滞讼积案，不是叫你去查朕的御批。既然圣旨已下，岂能如儿戏一般，随意更改？如此朕不是失信于天下吗？"

魏徵："国家凭借法律而布大信于天下，陛下也常说要以诚信治天下。现明知两案前判不合法，为维护颜面而不愿纠正过来，此是顾小信而失国家之大信。"

三十二、忠谨恭谦

"怎么？"李世民逼视着魏徵说，"你是说朕的圣旨是小信？"

魏徵问坐在旁边的房玄龄："我是这样说的吗？"

房玄龄笑了笑，看了李世民一眼，没有回答。

"玄龄。"李世民问房玄龄，"是朕错了吗？"

房玄龄顾左右而言他地说："典狱史造了一个报告，说是牢里人犯太多，要追加费用，不然的话，要断炊了。臣还要去户部一趟，安排他们尽快将这件事办了呢！"

"房玄龄！"李世民加重语气说，"不要避而不答，朕错了吗？"

"陛下的面子是要保的。"房玄龄看了李世民一眼，继续说，"我看还是叫户部赶快将典狱史报告批下去，不然，牢房里饿死人，又不知是谁的错。"

"你这个房玄龄呀！"李世民摆摆手，对魏徵说，"罢了，罢了，按你说的意见办吧！"

房玄龄低着头，向魏徵眨眨眼。

大理寺的滞讼积案，在魏徵的主持下，存大体，处事以情，对于证据确凿的，依律判决，证据不足的，不予追究，结案释放，使得人人悦服。

玄龄奉国忠谨谦恭

太上皇李渊年事已高，突然中风。房玄龄、高士廉奉李世民之命，前往大安宫参拜太上皇。返回途中经过北门，见北门正在大兴土木，工匠们搬砖运料，好不忙碌。房玄龄颇觉奇怪，问身边的高士廉："高大人，此处兴建什么工程？"

高士廉："房大人，你乃左仆射，总理国事，这里有什么工程，你自己不知道，怎么反过来问我呀？"

"怪哉！我怎么不知有此工程？"房玄龄自言自语地说，于是向一名工匠打听，"请问师傅，这里工程谁负责？"

"房宰相，下官乃工部少府少监窦德素，负责这里的工程。"工程负责人、朝廷基建和后勤的主管大臣窦德素正好在现场，见两位宰相问事，过来回话。

"这里兴建什么工程？"

窦德素："此乃皇上亲自安排的工程，至于作何用，下官也不知道。"

房玄龄："知道了，你去忙吧！"

窦德素送走房玄龄和高士廉，立即向李世民汇报房玄龄、高士廉查问北门工程之事，并说两位宰相似乎不高兴。

按惯例，朝廷所有工程营造，须将预算报工部审批，然后才能动工。北门的工程是李世民亲自安排的，工部并不知道，尚书省更不知情。按他的想法，房玄龄过问北门工程，是干涉他的决定。因此听了窦德素的报告后非常生气。

太极殿，李世民一脸不快，冷冷地问："房玄龄，高士廉，你们去了北门？"

高士廉："臣等去大安宫参拜太上皇，经过北门。"

李世民脸色一沉："你只管南衙之事，为何将手伸到了北门？"

南衙，指的是朝廷。因当时的中央政府各部门都集中在皇城南面办公，俗称"南衙"，相对于方位，皇室住地设在皇城西北部，俗称"北门"。李世民对房玄龄、高士廉的质问，实际上是在指责他们干涉皇室事务，手伸得太长了。

南衙和北门之分，只是一种不成文的习惯做法，并无任何法律和制度上的依据。

房玄龄、高士廉慌忙拜倒在地，声称知罪，不该过问北门之事。

房玄龄口头是这样说的，心里并不服气，小声地嘀咕道："臣位执掌尚书省，北门有工程，竟然不知？岂不是成了陈平不知钱粮之数吗？"

陈平不知钱粮之数，乃是一个典故。

陈平乃汉初宰相，一次，幼主汉文帝刘恒接受群臣朝见时，问右丞相周勃："全国一年中判决的案件有多少？"

周勃："不知道。"

"全国一年中钱粮的开支收入有多少？"孝文皇帝又问。

"不知道。"此时的周勃已是汗流浃背。

于是皇上又问左丞相陈平。陈平回答说："陛下想知道这些事情，可问主管之人。"

"主管的人又是谁？"

陈平："陛下若问判决案件的情况，可询问廷尉；问钱粮收支的情况，可询问治粟内史。"

三十一、忠谨恭谦

"如果各自都有主管的人，那么您所主管什么事？"

陈平："为臣诚惶诚恐！陛下知我才智低劣，使我勉强担任丞相的职位。丞相一职，对上辅佐天子调理阴阳，顺应四时，对下养育万物适时生长，对外镇抚四夷和诸侯，对内爱护团结百姓，使公卿大夫各自能够胜任他们的职责。"

陈平身为宰相，竟然不知钱粮之数，这就是失职，然而陈平却巧舌如簧地将责任推得一干二净，并且还得到年幼的汉文帝的称赞。

事后，右丞相周勃埋怨陈平说："您怎么不在平时教我这些话！"

陈平笑着说："您身居相位，不知道丞相的职责吗？"

"我乃一介武夫，哪有你的学问高呀？"周勃自愧不如地说。

"好，我再教你一招：皇上若问工程建设，你叫他去问工部，若问外国使臣来了怎么接待，你叫他去问礼部，若问起长安城中盗贼的数目，您就勉强凑个数应付一下就完事了！"

"啊！丞相真是高人呀！难怪你总能左右逢源。"

此后不久，绛侯、右丞相周勃托病请求免去右丞相之职，陈平独自担任丞相之职。这就是陈平不知钱粮之数的故事。用以讽刺那些当官不知自己分内之事的庸人。

房玄龄是一个尽职尽责的宰相，他当然不愿做陈平式的宰相。

李世民："房玄龄，嘀咕什么？"

房玄龄不敢出声，但他的嘀咕声，还是被魏徵听得清清楚楚。魏徵觉得房玄龄、高士廉挨批有些冤枉，而皇上的训斥也太过霸道。

魏徵认为，房玄龄、高士廉过问北门营造之事是履行职责，本无错，但却遭到皇上的训斥。既然无过错，却要向皇上谢罪，实在是于理不合。忍不住出班奏道："陛下，臣有话要说。"

"魏徵，这件事与你无关，不必多管闲事。"李世民火气未消，欲阻止魏徵发言。

魏徵固执地说："臣要进谏！"

李世民只好悻悻地说："讲吧！"

臣下进谏，皇上是不能拒绝的，否则就是自阻言路，这就有损圣誉。朝堂之上，当着文武百官之面，李世民是不会做这种有损圣誉的事。

魏徵："陛下，臣不理解，陛下为什么要责备房玄龄、高士廉，同样也不理解房玄龄，高士廉为何要谢罪？"

李世民内心有些发毛，语气粗重地问："朕不是说过了吗？"

魏徵："房玄龄、高士廉身为宰相，是陛下的股肱之臣，为何不能过问北门之事呢？陛下责备大臣履行职责，臣有所不解。"

李世民坐在龙椅上一言不发，大臣们心里虽然赞同魏徵的说法，但却没有胆量站出来，只是静静地旁听。

魏徵继续说道："兴建工程，投资几何，役工几何，皆应心中有数，若陛下决策合理，他们理当协助陛下完成此项工程，若所为不合理，即使已动工营造，也要奏请陛下停止。此乃君使臣，臣事君之道。房玄龄过问北门工程既然无罪，陛下反而还要责备他，臣有所不解；房玄龄不知自己职责之所在，不敢坚持自己正确的做法，明知自己无错，在皇上的威逼之下妥协退缩，只知一味地向陛下道歉、谢罪，这也是臣不理解。"

李世民听到魏徵的谏言，心知又是自己错了，但他实在不想在群臣面前再次认错，恼羞成怒地说："不理解就回去将枕头枕高些，好好地想。"接着手一挥，说，"都下去吧！"

房玄龄、高士廉从地下站起来，随同文武百官，退出太极殿。唯魏徵站在那里，并没有走的意思。

李世民看了魏徵一眼说："都走了，你为何还站在这里？"

魏徵："臣觉得陛下有话还没有说完。"

"你是在等朕向你道歉吗？"李世民说，"朝堂之上，文武百官面前，朕到底听谁的？"

"陛下听正确的。"魏徵道，"只要是正确的，无论是谁说的，都要听。"

李世民冷冷地说："你总是在大庭广众之下与朕过不去，这是为臣之道吗？"

"陛下！"魏徵说，"关于皇帝礼仪的尊崇，自叔神通以来，历朝历代都在实行。就是臣的言论，也是在尊崇皇帝的礼仪进行的。臣下参拜陛下，三呼万岁，谢恩拜舞，大臣们都在遵守。"

李世民质问道："这么多礼仪都遵守了，为何不给朕留点面子，经常当众顶撞朕？"

魏徵辩解道："朝堂之上，君臣共商国是，大臣出谋划策，是助陛下治理国家。若一切都顺从陛下的意思，那又谈何商量，任何事情，陛下发道圣旨就行了。难道说做臣子的，可以不尽责吗？"

李世民："当然要尽责。"

魏徵反问："对于国事的处理，臣子有不同的看法，却又不说出来，

这能叫尽责吗？"

李世民语塞。

魏徵："所以，朝堂之上，君臣之间，臣下是否做到知无不言，牵涉到治理国家。最终治理如何，历史会作出评价的。"

李世民笑了笑，带有歉意地说："朕想通了。"

魏徵同李世民说话，虽然很少笑，这次也笑着说："尽忠尽责，正是臣子的本分，而引导臣下尽忠的……"

李世民接过魏徵的话说："是君王的本分。"

君臣二人，相视一笑，一切尽在不言中。

数日后的一次朝会，李世民面对群臣说："魏徵对朕说过，君事臣以礼，臣事君以忠。朕非常欣赏这句话。但是，知易行难，朕虽然深明其理，做起来却不能到位。前几天，魏徵因房玄龄等过问北门工程之事，当着群臣之面质问于朕，朕一时不冷静，拂袖而去，冷了众臣之心，朕知错了。魏徵听旨。"

魏徵："臣在！"

"你接受朕的道歉吗？"

魏徵毫不客气地说："臣接受！"

全场一片哗然。

侍御史权万纪出班奏道："启禀陛下，魏徵失礼，理应给予处罚。"

"魏徵，你有何话说？"李世民听说魏徵有失礼之处，心里一阵窃笑，总算有个借口杀杀他的锐气了，故意问道。

魏徵知道权万纪使坏，冷静地说："臣是秉承圣意回答问题，并无失礼之处。"

"朝礼有这样的规定吗？"李世民仍然有些不甘心。

"朝礼对此虽未作具体规定，但陛下说过，虚礼不敌实情，并要求臣下据实情办事。今陛下诚心道歉是实，臣若虚礼不作答，等于是不给陛下改错之机会。更何况，臣以为陛下是真心诚意地道歉，所以就真诚接受。毕竟是犯错容易改错难，臣若不给陛下以改错的机会，岂不是有违圣意？陛下向臣道歉，事小，然反映的是一代圣君虚怀若谷，善纳谏言，事大，臣实在是舍小而求大，怎么能说是失礼？"

全场一片寂静，权万纪愣在当场，不知如何作答。

李世民强压心头之激动，平静地说："魏徵所言有理，权万纪乃是逸言。"转而又对房玄龄说，"玄龄呀！你若能像魏徵这样摆事实，讲道理，朕也不会责斥你了。"

"陛下责备的是，臣知错了！"房玄龄慌忙叩拜谢罪。

李世民："你看，又来了，就知道谢罪！"

房玄龄不好意思的笑了。

李世民："北门工程，朕叫他们马上停工，交由尚书省处理。建与不建，由工部决定。"

房玄龄："臣遵旨！"

李世民："魏徵，朕这样处理行吧？"

魏徵："陛下圣明，臣领教了，其实，自陛下登基以来，励精图治，皇宫内也没有搞过什么建设，如果实在是必要，臣并不是说不能建，只是就北门兴土木之事君责臣，臣谢罪之事而言。讲的是君使臣、臣事君的道理。"

"魏徵如一面镜子，时刻照着朕，使朕少犯错，朕谢过了。"李世民说到这里，竟然起身向魏徵一揖。

魏徵慌忙避让道："陛下，不要折煞微臣，陛下圣明，虚怀若谷，善于纳谏，臣才敢数逆龙鳞，直言相谏，君不纳谏，臣谏之无益，何谏之有？"

李世民大声宣布："魏徵侍朕，兢兢业业，直言敢谏，能说他人不能说之话。赐绢二百匹，以资鼓励。"

魏徵手持笏板答道："微臣谢恩！"

李世民接着说："房玄龄奉国，忠谨谦恭，树叶子落下来也怕打破头。身为左仆射，总领百官，小心无大错，赐绢二百匹。"

房玄龄亦手持笏板答道："微臣谢恩！"

三十二、无妄之祸

太子闯祸

　　两仪殿，李世民对左庶子于志宁、右庶子杜正伦说："朕年十八岁时，还在民间，百姓的疾苦与世事的真伪，都非常了解。等到即皇位，处理日常事务，还是有失误。何况太子生长在深宫，老百姓的艰难困苦，听不见，看不到，能不产生骄逸吗？你们要极力强谏啊！"

　　于志宁、杜正伦答道："臣等遵旨！"

　　"太子喜好玩耍，不遵守礼法，朕听说你们多次直言劝谏。朕很感激你们。"李世民转头对近侍说："传朕的旨意，于志宁、杜正伦，各赐给黄金一斤，帛五百匹。"

　　于志宁、杜正伦慌忙跪下谢恩。

　　李世民又向魏徵、房玄龄问道："大臣们上书言事，多有可取，为何当面对答时，却总是语无伦次呢？"

　　魏徵道："臣观察各部门上奏言事，常常思考几天，等到了陛下的面前，则三分不能道出一分。况且行谏的人，违背圣上的旨意，触犯圣上的忌讳，如果不是陛下语色和悦，怎么敢尽情陈述呢？"

　　房玄龄："臣小时候，居住在靖池，常听隋朝大臣宇文恺讲故事。"

　　李世民见房玄龄没有正面回答自己的问题，反而说起了小时候的事，颇有兴趣地问："是吗？讲了什么。"

　　房玄龄："宇文先生说，虎因为凶猛，才使人畏惧，猫因为柔善，才被人豢养；但用紫檀木雕琢成的老虎，却被人放在堂上。"

　　李世民："为什么？"

　　房玄龄："木头雕成的老虎，在向人们微笑。人们总是愿意看到笑脸，所谓'巧笑倩兮，美目盼兮。'就是这个道理。和善的人，总是容易获得友谊。"

　　李世民看看魏徵，再看看房玄龄，会意地一笑说："承教！"

　　房玄龄亦笑道："臣只不过讲了儿时的一个故事。"

贞观九年五月，太上皇李渊病逝。

李世民命房玄龄负责料理丧事。

房玄龄奏道："太上皇有遗诏，以日易月，务从俭约。太上皇高风亮节，实在令臣等景仰。"

李世民问道："善后该如何处理？"

"依汉制，陛下可谥号为'太武皇帝'，庙号'高祖'。"房玄龄顿了顿，接着说，"令太子暂理国事，陛下则亲往大安宫垂拱前殿，一个月后恢复听政。"

李世民换上白沙单衣、乌皮履，前往大安宫服丧。丧期将满，召几位近臣到大安宫，商议高祖陵墓规格。按李世民的意思，高祖的陵墓，依汉高祖长陵的规格，高九丈，宽一百二十步。

虞世南认为这样做工程量太大，建议按《白虎通》规定的规格，坟高三仞，除陪葬器物一应俱全外，其他的一律节俭。

房玄龄提出一个折中意见，以汉高祖长陵高九丈的规格，似乎太高，以《白虎通》所说之三仞，似乎又太矮。按东汉光武帝原陵的规格，高六丈比较适当。

李世民赞同房玄龄的意见。

虞世南："还要建太庙，将皇室先祖牌位贡放在里面。"

房玄龄学识渊博，早就对皇室先祖进行了查证，认为应立西凉武昭王李暠为始祖。左庶子于志宁认为，王业并非从李暠直接继承，不能作为始祖，

李渊生前一直自称是西汉武帝时期、因抗击匈奴而名声显赫的飞将军李广的后裔。故房玄龄的观点遭到李世民的批评。

房玄龄先是一愣，似恍然大悟，不禁赧颜，连连道歉，检讨自己虑事不周。

甘露殿，皇后卧在席褥上，一脸病容。

太子李承乾忧虑地说："母后，御医也看了，药也吃了，病情就是不见好转，依儿臣之见，还是请父皇下诏，大赦天下，剃度人人寺庙，求佛保佑吧。"

长孙皇后摇摇头，有气无力地说："母后向来行善，不是作恶之人，若修佛真能长寿，母后就应该是长寿之人。你父皇从来不信佛，再说大赦天下，那是国家大事，可不是说赦就赦的，不能因为母后而乱了国家大法。"

李承乾："其实，儿臣也不敢向父皇说。"

长孙皇后："你为何这样害怕父皇？从前父皇是马上打天下，没时间

陪你们，其实他是一个仁慈的父亲，也很爱你。"

李承乾沉默了一会说："父皇总是对儿臣说朝廷的事情，很多事情，儿臣也听不明白，所以就怕了。"

长孙皇后："你是太子，是大唐的储君，父皇是在教你如何处理朝政事务。"长孙皇后关切地说："日后，皇帝这个位子是你的，你要向父皇学习如何治理朝政。"

李承乾听话地点点头："父皇是个好皇帝，可我却不想和他那样，我和他不一样，有些事情他能做，我却做不来。"

长孙皇后拉着李承乾的手说："你也不必事事都学他。只要胸怀天下，仁厚待人，就能成为一个像你父皇那样的好皇帝。"

李世民进来了，太子移步让开。

李世民坐在床边的椅子上，拉着长孙皇后的手，关切地问："好些了吗？"

长孙皇后叹了口气说："死生有命，我倒是想得很开。"

"不可胡思乱想。"李世民打断了皇后的话。

皇后顺着她的思路说："我死之后，一切从简，就埋在山上，一副薄棺，不要陪葬品。人死如灯灭，不要做劳民伤财的事。"

李承乾站在一旁抽泣。

李世民转过头问李承乾："房玄龄告诉朕，你请求大赦天下，为母后祈福？"

李承乾点点头。

李世民温行说："这是你的孝心，可以直接向朕讲，何必要转口他人呢？"接着对皇后说，"明天朕就下诏，大赦天下，为皇后祈福。"

"别！别！"皇后急促地咳了几声说，"大赦乃国家大事，不可为我一妇人而乱了国法。"

李世民见皇后坚意阻拦，只好答应皇后的要求。

李承乾同贺兰楚石在禁苑中驰骋，在一处废墟旁停下，贺兰楚石指着废墟说："这里是汉长安未央宫的旧址。"

李承乾："如今的长安，难道不是汉长安吗？"

贺兰楚石："不是，大唐的长安是隋朝的大兴城，汉长安在今长安的西边，这里的东边，是太极宫。"

李承乾向东望去，树林里，隐隐约约可能看到皇宫的亭台楼阁，李承乾策马向太极殿走去。他们在高处，向南张望，长安城尽收眼底。

汉长安城早已在历史上消失，隋大兴城是宇文恺规划的。改朝换代，帝王兴衰。贺兰楚石问李承乾对此有何感慨。

李承乾面带忧愁，说他什么也不想，就想母后的病。正在这时，一群大雁在天空中由北向南飞过来，李承乾随手从箭囊中抽出雕翎箭："我许个愿，若能射中飞雁，母后的病就能好。"

贺兰楚石也随手抽出箭，说两人一起射。

李承乾、贺兰楚石及随从们，一齐弯弓、搭箭、射。

他们都没有想到一个事实，雁飞得太高了，箭根本够不着。突然，贺兰楚石惊叫一声："不好！坏事了！"

李承乾惊问："什么事？"

贺兰楚石面露惧色："我们的箭，飞进太极宫了。"

"快跑！"李承乾惊醒了，转身就跑。

但还是晚了，御林军已经从四周围了过来。

皇后的遗嘱

长孙皇后拖着病体，跌跌撞撞地从卧内出来。

李世民："皇后，快进去，你大病未好，外面有风。"

皇后在宫女的搀扶下，气喘吁吁地说："箭射入宫中，这样大的事，我能不出来看看吗？"

李世民手一挥，仿佛又回到了战争年代，豪气地说："你还是进去休息吧！这样的事情，还吓不倒朕。"

内侍将一把羽箭递给李世民，说："皇上，这里面有太子的箭。"

李世民抽出其中一支，见箭头上嵌有六个金字"太子承乾用矢"，摇摇头，叹了口气，将箭递给皇后。皇后看到太子的箭，惊出一身冷汗。

两仪殿，李世民坐在龙椅上，满脸怒容。房玄龄坐在侧边的位子，一脸的不安。

御林军挟持着李承乾、贺兰楚石，来到李世民面前。

李世民怒斥："为何箭射禁宫？你知道这是什么罪吗？"

李承乾跪在地上，双手扶住右腿，大汗淋漓，似乎非常痛苦。

"朕问你话。"李世民怒吼道,"怎么不回答?"

房玄龄道:"陛下!太子好像受伤了。"

李世民在盛怒之中,似乎失去了理智,冲着房玄龄喝斥道:"你身为太子詹事,不能约束太子,以至太子犯下叛逆之罪。"

房玄龄万万没有想到李世民会向他发火,瞪着一双眼睛,愣在当场,不知说什么好。

李世民似乎意犹未尽,当场口谕,免去房玄龄的一切官职,回家去思过。将太子关禁闭。

内侍轻声说道:"太子射雁,许愿;若箭中飞雁,皇后病好,流矢是误入禁宫。"

李世民在盛怒之中没有反应。内侍默默地擦着地板上的血迹。

李世民突然问道:"你们在擦什么?"

内侍:"大批御林军出动,太子不慎坠马,摔伤了右腿。"

李世民愣在当场。房玄龄悄悄地退出两仪殿,走出门来,长长地松了一口气。

房玄龄回到家里,想到自己侍奉皇上十几年,竟然落得如此下场,神情黯然。夫人卢绛儿见房玄龄满脸失落的样子,询问出了什么事。房玄龄便将罢官的事说给她听。房玄龄满以为夫人定会责怪于他,不想卢绛儿却笑着说:"我还以为是天塌下来了呢?无官一身轻,这大把年纪,就在家享享清福吧!"

房玄龄看夫人一会,突然放声大笑。

房玄龄无端遭贬,震惊朝野。太子箭射禁宫,更是惊动了皇后。皇后本来就病得不轻,受到太子闯祸一事的惊吓,病情更加沉重,躺在病床上,呼叫着太子的名字。李世民看到皇后的模样,只好免了对太子的处罚。

皇后在最后弥留之际,躺在病床上,拉着李世民的手说:"我从来不干预朝政,眼看时日已经不多了,有件事不得不说。"

李世民:"说吧!什么事?"

皇后猛咳了几声说:"房玄龄为太子的事,被贬归家。他侍奉陛下时间最长,向来小心谨慎,朝廷的很多大事,他都参与了,从来没有泄露半点机密。对陛下也是忠心耿耿。总领百官,主持朝政,任劳任怨。如果没有大的过错,陛下不要抛弃他。"

李世民流着泪,点点头。

长孙皇后:"我是要走的人。打江山不易,守江山更难,陛下一定要亲君子，远小人，接受忠言，摒弃谗言。房玄龄、魏徵，都是不可多得的能吏、忠臣。陛下一定要善待他们啊！"

李世民泣不成声。李承乾站在一旁，已是放声大哭。

皇后说完这些，仿佛用完了全身的力气，她的生命，也走到了尽头……

房玄龄的家，长孙无忌与房玄龄对坐。

长孙无忌道："皇上今天要到芙蓉园观风俗，你知道这件事吗？"

"真的吗？"房玄龄有些不相信地问。

"这还有假？"长孙无忌回答。

房玄龄马上喊来房小儒，叫他命仆人赶快打扫宅院，擦洗厅堂，准备迎驾。

长孙无忌："你真的这样肯定吗？"

房玄龄微笑着说："秋风萧条，花草残败，菊花大都植在翠徽园那边，皇上为何不到翠徽园赏菊，却到没有多少花的芙蓉园来？"

长孙无忌看着房玄龄，微笑道："果然是房玄龄。"

两人重新坐下后，长孙无忌忧心忡忡地说："皇后临终之时，特地在皇上面前提到你，说你是有功之臣，叫皇上不要废弃你。"

房玄龄感伤地说："皇后真是一个仁慈的国母，可惜天不假年，我们这些人也少了福荫。"

长孙无忌："皇后最不放心的事情就是太子，临终之前，还叮嘱皇上，不可因为太子脚有残疾而废太子。近来风声对太子似乎很不利。"

房玄龄吃惊地问："皇上会废太子？"

长孙无忌："传言皇上看好魏王，恐怕不是空穴来风。"

房玄龄若有所思，并没有回话。

长孙无忌："你儿子每天都在魏王府出入，这个事情你应该最清楚。"

正在这时，房小儒来报，说宫内监传诏，就皇上稍时驾临。

长孙无忌马上站起来告辞。

李世民走进房玄龄的门门，房玄龄率全家跪拜迎圣驾。

李世民微笑说："左仆射，朕看你来了。"

房玄龄："陛下要见臣，召臣入宫即可，何必亲自来呢？"

李世民若无其事地说："朕今天到芙蓉园观风俗，路过这里，顺便过来看看。"接着对跪在地下的卢绦儿一招手说，"卢夫人请起！"

卢绦儿站起来，几个儿子也随之站起来。

李世民看了一眼房玄龄身后的一个年轻人，房玄龄忙拉过来介绍说：

三十二、无妄之祸

"这是臣的二郎遗爱。"

"嗯！朕见过。"李世民说。

房遗爱说："魏王编撰《括地志》，臣在魏王府辅助魏王。"

李世民关爱地说："好，用心辅助魏王。"

房遗爱说："遵旨！"

李世民对房玄龄说："走，随朕回宫。"临出门时，又问了一句，"你家二郎未订亲吧？"

"没有。"

"好！"李世民说，"朕嫁个女儿给你当儿媳吧！"

房玄龄连忙跪下叩拜道："谢陛下恩典！"

三十三、抑佛扬道

正本清源

自隋朝以来，朝廷的宗教政策，一直是先佛后道，佛教排在道教之前。佛教作为一种意识形态，得到了房玄龄和李世民的肯定和重视。

李世民甚至自称"菩萨戒弟子"。但他们只不过是统治者以宽容和礼敬为手段，以达到与佛道共处，天下太平的目的。房玄龄甚至还替李世民起草一道《佛道教经》敕文颁发给京官和州官人手一册。并提醒李世民说："恩结人心，菩萨至德，纵而驰之，则于事无补。"

然而，皇上的宽容与礼敬，却被佛教徒们无限放大，刺激了他们的欲望。贞观八年，有人上封事，请皇上每天带十名高僧与朝廷大臣一同上朝，还让皇上对高僧礼拜。

为此，李世民召集几位近臣一起讨论宗教问题。

房玄龄认为，上封事之人必是受了佛教徒们的唆使，意在让佛凌驾于皇帝之上，这是犯上作乱，妖言陷君。提醒李世民要应慎节之。

时任侍中的魏徵也说："佛教本来是以清静为本，宣扬佛法的目的，在于用信仰来抑制人们的欲望。释道安是一位得道高僧，苻坚同他乘一辆车，引来朝野非议；释惠琳同样也是一位得道高僧，宋文帝带他上朝，颜延之批评说：'三台之位，岂容刑余之人居之？'现在，陛下即使是真心崇佛，也没有必要每天请佛教徒来参议朝政。臣看上封事之人，不是受人唆使，就是别有用心。"

房玄龄形象地说："水到田边，可用之浇灌稼禾，树木伐下，可用来盖房子，做家具。这便是物有所用。现在人们信仰佛教，硬性制止他们，恐怕会使他们产生逆反心理。朝廷不如因势利导，利用这些信仰，做些安慰人心的事情，比如战地修寺以慰藉亡魂，安慰死者亲属，以显示皇上的恩德。"

几位大臣都赞同房玄龄的主张。

这次会议，基本上明确了朝廷的宗教政策，就是顺应民心，因势利导，不抑制人们的信仰，但宗教不能凌驾于皇权之上。

这次朝议，基本匡定了佛教的地位，同时也避免了人财物的大量浪费，是国家大政方针的一次重大决策。房玄龄从大局出发，深谋远虑，拨正了社会航向，保证了国家机体的健康发展

但是，佛教的势力自传入中国以来，便得到了很多人的信奉，蔓延的能力也非常强，想抑制也不是一件容易办到的事。当时朝中有许多大臣如萧瑀、尉迟敬德等人，都是虔诚的佛教徒。房玄龄便建议避免硬性干预，采用一种抑佛扬道的软办法。但具体怎么做，一时没有下定决心。恰在此时，京师连续发生了几件事，促使房玄龄不得不面对宗教问题，采取相应措施予以解决。

太史令傅奕，精通天文、历数之说，但他却不信佛。武德末年，他曾向李渊密奏，称他夜观天象，太白见秦分，秦王当有天下。其实他说的意思是说秦王得天下。

李世民即位后，召傅奕重提此事，说当时他的密奏，几乎给自己带来灭顶之灾。

傅奕以为李世民惩罚他，吓得伏地请罪。

李世民："朕不会治你的罪。不过，今后凡有天象变化，你应一如既往，言无不尽，不要心有余悸，总记着过去的事。"

傅奕获得皇上的赦免，心里的一块石头总算落了地。

李世民有些不解，问傅奕："佛作为宗教，道理玄妙可以师法，为何唯独你不明悟其道理？"

傅奕答："佛是胡族中的狡诈之人，欺言诳世炫耀于西域。中国的一些奸邪之人，择取庄子、老子玄谈理论，用妖幻之语加以修饰，用来欺蒙愚昧的民众，这既不利于百姓，更有害于国家，臣不是不能明悟，而是鄙视它，不愿意接触它。"

李世民对傅奕的见解颇以为然。

傅奕精心研究术数，最后还是不相信这些，自己有病，不请郎中、不吃药。

有个从西域来的僧人，传说会念咒语，能让人死，也能使人复活。李世民并不相信这些，特地挑选强壮的飞骑卫士让西域来的僧人试验，不知僧人用了何种法术，竟然真的让这些身强力壮的小伙子当场死去。

李世民将此事告诉傅奕。傅奕说："这是妖邪之术。自古以来，就是邪不压正，臣请求以身试法，让那个蕃僧对臣念咒语，看是否能灵验。"

李世民果然召来和尚，命他对傅奕念咒语。

傅奕端坐一蒲团之上，蕃僧站在丈外之地作起法来，口中念念有辞。傅奕两眼看着蕃僧，并没有什么感觉，过了一会儿，和尚忽然直挺挺倒下，像是被东西击倒，再也没有醒过来。

尽管人们不知道两次测试，却出现了两种截然不同的结果的原因何在，但至少人们明白，佛并不是万能的。

时隔不久，一个印度婆罗门教和尚来到长安，自称得到佛的牙齿，无坚不摧，可以击碎任何东西。长安城的善男信女像赶集一样前去看热闹。那个和尚用他说的佛牙，当场确实击碎了不少的东西。

傅奕当时正卧病在床，得知此事后，对儿子说，据说有一种东西叫金刚石，非常坚硬，没有什么东西能够损坏它，只有羚羊角能撞破它。吩咐儿子将家里的羚羊角拿去试一试。

傅奕的儿子带上羚羊角去见那个和尚，拿出羚羊角放在地下，叫那和尚拿佛齿叩打。

和尚不知利害，举起手中佛齿击向羚羊角。佛齿砸下，传出"咔吧"两声清响，人们举目看去，羚羊角丝毫无损，和尚手中的佛齿却碎为数段。围观的人群哄然大笑。和尚收拾起物什，灰溜溜地离开了长安城。

这件事在长安城迅速地传开了。让那些诚心信佛的人，在一定程度上对他们的信仰产生了怀疑。

抑佛扬道

房玄龄觉得机会来了，迅速起草了一份《道士女冠在僧人之上诏》，诏书申明："自今以后，设斋上供，行走站立，以至于行文称呼，道士女冠应排在僧人的前面。"这在宗教政策上是一个重大的突破。诏书中说：

老子是道教之祖，创导的规范是清静无为；释迦牟尼开创佛教，传下来的是因果报应。各自教义，引导人们的途径是不同；探求其宗旨，劝善佐治的目的则是一致的。然而，老子开创的道教，兴起于远古无名之世，较之一切有形的事物，都要高明，超迈日月，包育万物。所以，用老子的教义可以治理国家，使天下安定，

使世风返朴。至如佛教之兴,及西域所创,东汉时才传到中国,其教理变化莫测,其因果报应的因缘也是莫衷一是。当下,人们对佛教的崇信越来越深,人人都想通过它得到现实的幸福,而害怕来世遭到祸患。因此,平庸之辈听到说老子学说,就大笑而去,好奇之人则争先恐后地皈依佛教,开始在民间掀起风浪,最终风靡于朝廷。于是,使域外之宗教使,较之老之的教义还要盛行。中华传统的教义反而屈居其下。……自今以后,设斋上供,行走站立,以至于行文称呼,道士、女冠,应排在僧人尼姑之前。

这里,将道士、女冠排在僧人、尼姑之前。这不是一个简单的名次顺序的排列,而是基于对中国传统文化的深刻认识,对宗教政策的调整,是一次文化上的"正本清源"。

诏书颁行之后,在社会上引起了强烈反响。

龙田寺寺主法琳和尚,是一位很有造诣的佛学家,因《辨正论》一书而闻名于世。此前与房玄龄交厚,与朝中信佛的大臣萧瑀、尉迟敬德等人也多有来往。他见皇上的诏书将佛教排在道教之后,有明显的抑佛扬道之意。便与一批僧人联名上书,表示不满和抗议。

道士秦世英闻法琳和尚向朝廷上书,也向朝廷上书,攻击、诋毁法琳大和尚。他在上表中说,法琳大和尚的《辨正论》是一部妖书,书中肆无忌惮地讪谤老子。

李世民自称老子李耳是他的先祖。而法琳和尚的《辨正论》是武德年间与道士们争论的产物,其中确实有贬损老子的言论。攻击、诋毁老子,就是攻击、诋毁当今皇上的祖宗,攻击、诋毁皇上的祖宗,就是攻击、诋毁皇上。这可是欺君罔上之罪。

李世民下诏沙汰僧尼,并将法琳和尚拘捕归案,交有司讯问。

刑部尚书刘德威、礼部侍郎令狐德棻等大臣组成一个临时法庭,审理法琳和尚欺君罔上之罪。

审理的每二天,李世民亲临现场,面对受审的法琳,怒气冲冲地质问:"你为何要诽谤朕的祖先?这可是十恶不赦之罪。"

十恶不赦,那是要杀头的。法琳当然不会束手就擒,听了李世民的质问,不假思索地说:"老衲认为,陛下的真正祖先,不是陇西李姓,而是拓跋元魏。拓跋元魏是代北神君,本来就是阴山高贵的种族。房玄龄等人为陛下修史,硬把陛下的出身说成是陇西李姓,这就像经书上说的'用金石换石头，用绢换粗布，舍弃高贵的女子而与奴婢私通'。"

关于李世民的先祖问题，确实有两种不同的说法，一种是李世民自称的老子李耳，李耳是陇西李姓的先祖；一种就是法琳所说的拓跋元魏。此时是生命关头，法琳为求自保，不得不当着李世民的面进行抗辩。而他的抗辩，却将他的老朋友房玄龄牵扯进来了。

房玄龄坐在李世民身边，听到法琳之言，非常吃惊，有心与之严词相辩，又觉得面子上过不去，因为自己若争赢了，无疑是将法琳置之死地，无奈之下，脸上只是露出一丝苦笑，没有予以反驳。

李世民竟然自称李耳为其祖先，自是作了一番深入研究，引经据典，与法琳展开了一蕃舌战，法琳却坚持李世民冒认祖先。李世民非常恼火，房玄龄在一边很是尴尬。

关于李氏家族的渊源，房玄龄也经过严谨的考证，尽管他从内心里不否认法琳的观点，但上至太上皇，下至当今皇上，都说自己是出自老子一脉，他身为臣子只能随主人，不能信他人。现在在受到法琳的一番诋毁，心里虽然不是很舒服。但他清醒地看到，法琳是醉翁之意不在酒。他不承认皇室的祖先，是为了逃脱讪谤皇帝祖先的罪名。单从信仰上看，法琳敢于坚持己见，甚至不顾老朋友的交情，确实是可敬的。

李世民说服不了法琳，终于恼羞成怒，冷笑着说："法琳和尚，朕记得你在书中说过，只要口念观世音菩萨，便能刀枪不入。朕给你七天时间，你就诚心地念吧！七天之后，若真的应验了，朕饶你不死。若一刀下去，你的人头落地，就怪不得朕了。"

七天之后，房玄龄受李世民的指派，复审法琳。

房玄龄向法琳施了一礼说："法琳大师，皇上并无取缔佛教之意，只是重新排定道、儒、释的位置而已，你又何必对皇上较劲呢？"

法琳见房玄龄不以前日之隙为意，心里很感动，连连躬身告罪。

房玄龄："家母也信佛，家里多年来都供有佛龛，因而，我对西方佛祖也很敬重。但是圣上是一国之主，怎能容忍二主并立呢？你是学识渊博的得道高僧，这样浅显的道理，难道要我说吗？"

法琳有些不服地说："老衲写的《辨正论》，并非杜撰，与史书上的记载是一致的，如有一句不实，甘愿受罚。你也是博古通今的鸿儒，为何要伪造皇室家世？"

房玄龄正色地说："隋末，天下人都说将有老君子孙治世，有关这方面的谶言的故事，举不胜举。难道都是空穴来风不成？圣上有言，'朕之

三十三、抑佛扬道

本系，出于柱下'，老子曾为周柱下史。你身为大唐的僧人，应该懂得先有国，后有寺的道理。爱国是僧人的起码准则，万事当以社稷为重。你本唐人，并不是天竺国来的僧人呀！"

法琳一脸的苦笑，没有作答，显然，他不赞成房玄龄的观点。

房玄龄不好勉强，只好回去向李世民交旨。

李世民问道："法琳是否念了七天观音？真的是刀枪不入吗？"

房玄龄巧妙地回答："法琳未念观音，唯念陛下！"

李世民先是一怔，思忖了半天后说："这个法琳，总算明白些事理。朕要对他行刑，他可有害怕之意？"

房玄龄："法琳只是说，陛下若为明君，便会相信他的忠正，他一定会安然无恙，陛下若鸡肠小肚，不能容人容物，滥杀无辜，那他便有杀身之祸。"

其实这都是房玄龄故意编出来的，目的就是劝谏李世民，不要杀法琳。

李世民微笑道："这个和尚，话中绵里藏针，其实，他还是很害怕朕真的杀了他。"

房玄龄："蚂蚁尚且偷生，何况乎人呢？陛下，法琳是一位高僧，为人也很正直，在社会上有很大的影响，杀之恐有损圣誉呀！"

"朕也不是非杀他不可，只是他拿佛祖来压朕，这可万万不行，如若他执迷不悟，继续与朕作对，那就是自寻死路。"李世民问道，"佛与道，孰优、孰劣，他可弄明白了？"

房玄龄："法琳自认所言偏颇，甘居道、儒之后。"

李世民信以为真，下诏赦免了法琳的死罪。派人将他遣送往益州为僧，以示惩戒。

法琳临行前，来与房玄龄道别。

法琳直到死也不知道，他到鬼门关去走了一趟，是房玄龄把他拉回来的。

房玄龄对宗教政策，拿捏得极有分寸，是年七月，为了安定人心，安定社会，他又建议李世民下诏，在亳州修老君庙，同时在兖州修了座孔庙，各给二十户享祀。这样，就把道家和儒家平举起来了。

扬道抑佛，就本质上说还意味着遵循老子的"无为而治"的治国思想。多年来，房玄龄与魏徵等大臣都极力主张"清虚而为"，施行仁政，李世民采纳了这一政治主张，努力贯彻薄税赋、轻刑罚、慎用兵、尚节敛、戒奢欲的原则，从而大大地缓和了阶级矛盾，推动了社会生产力的发展，促进了政治稳定和经济繁荣。

在封建制度下，宗教只能服务于皇权统治。贞观年间，房玄龄与李世民在治理国家的过程中，逐渐达成了这样一个共识：利用道教来确保李唐王朝的至尊权威，并实行"无为而治"的基本原则；以佛教来收拢民心，"示存异教之方"；把儒教作为社会的伦理纲常，维护和巩固中央集权。

无论佛道两教如何喧闹，儒家思想还是占主导地位，这一点房玄龄和李世民都很清楚。李世民就曾说过，朕今所好者，唯在尧舜之道、周孔之教。以为如鸟有翼，如鱼依水，失之必死，不可暂无耳。

三十四、巧谏君王

《起居录》也能改？

贞观十年（646），《周书》、《北齐书》、《梁书》、《陈书》、《隋书》五部史书的撰成奏进，李世民看过样本和表文后非常满意，下令嘉奖房玄龄、魏徵等修史有功人员。

房玄龄久居相位，并承担着监修国史的任务（即负责编纂本朝历史），除此以外，还负责记录两代帝王言行的"起居实录"。

房玄龄进入李世民幕府就任记室参军，从那之后一直没有卸下"书记官"的职责。记录起居实录，是将帝王的一言一行，每次重大行动和重大事件，记录在档，存入史馆。看似一本流水账，是一项非常繁琐的工作，没有认真负责的敬业精神，做不好这个工作。

李世民是一个荣誉感极强，非常重视自己形象的君主，他不仅时时关注着当时的臣民对自己言行举措的反映，而且也关心自己身后的历史。即位之初，他便对房玄龄等侍臣说：

"朕每日坐朝，欲出一言，总要三思而发，想想说的话，是否有益于百姓。所以，朕不敢多言，怕言多有失。"

当时在场的给事中兼起居舍人杜正伦奏道：

"君王每有举措，必有记录，言论保存史馆。我的职责就是修撰写帝王《起居注》，不敢不尽忠职守。陛下如有一言违背道理，被记载下来，就会千载损害圣德，并不仅是有损于当今百姓，希望陛下千万慎重。"

这番话给李世民留下很深的印象。他一直很关心《起居注》对自己言行的记载。按照传统规定，帝王不能看自己的《起居注》。李世民却有一种强烈欲望，想看看记载自己言行的《起居注》。之所以有这种想法，是因为他内心里藏有一个不可告人的秘密，那就是想看看史官对玄武门之变这段历史的记载。

在玄武门之变中，李世民充当了一个杀兄、屠弟的不光彩角色。他知道史官们一定会记载这件事，他不想让自己丑陋的一面载于史册，留传后世。他夺得帝位,励精图治,开创了贞观盛世。一来,他想做一个千古留名的好皇帝,另一方面,他也在替自己赎罪,他要使天下的百姓看到,当初他发动玄武门之变,完全是为了天下百姓能过上好日子,并不单纯是皇位之争。史官怎样记载,但很想知道,越到后来,越是按捺不住这种强烈的"窥视欲"。

贞观九年,李世民终于忍不住了,公开下旨要看《起居注》,他说:

"《起居注》记载帝王的善行和过错,前代只收藏于史馆,君主看不到。而今,朕想亲自看一看,以便了解得失。"

房玄龄接到圣旨后很是为难。幸运的是谏议大夫朱子奢针对李世民的要求上了一份表章,语气十分委婉但理由十分充足地回绝了李世民的要求。

朱子奢奏章的大意是:陛下的言行举措从来没有过错,史官的记述都是尽善尽美的。陛下你自己看《起居注》,对事情不会有什么妨害,但这种做法一旦开了先例,后代的君王就难以保证像陛下这样圣明了。遇到一个昏庸的君主,饰非护短,看到《起居注》坦直的记载,就不免要迁怒史官,甚至加以惩诛。而史官为了全身避祸,也只能迎合圣意,弄虚作假了。这样一来,悠悠千载,人们就不能看到真实的历史了。前代规定君主不观《起居注》,就是这个原因啊!

李世民看了朱子奢的奏折,虽然当时没有强行要看《起居注》,但要看《起居注》的念头一直挂在心头。

朱子奢的奏章很可能是房玄龄授意的,至少是得到房玄龄的赞成和支持的。

后来,谏议大夫褚遂良接手房玄龄记录起居注的工作,李世民再次提出,要看《起居注》,他对褚遂良说:"你负责《起居注》,记录了一些什么事情?能让朕看一看吗?"

耿直的褚遂良答道:"今日的起居舍人,就是古代的左、右史官,职责是记录君主的言行,善恶必记,这样,才可以让君主不做不合法度的事情。自古以来,从来没有君主要亲自查看起居注的事情。"

李世民担心自己的不良行为被记录在案,直露地问道:"朕如果说错了话,做错了事,你一定要记录下来吗?"

褚遂良:"做官就要谨守其职,臣的职责就是将陛下的言行原封不动的记录在册,稍在遗漏,便是臣的失职。"

这时,在场有黄门侍郎刘洎加了一句:"就是褚遂良不去记录,天下之人也都要记下的。"

三十四、巧谏君王

褚遂良越是这样说，李世民心里越是没底。脸上的表情也不那么自然了。房玄龄在一旁提醒李世民说："做皇上的有了过失，就好像日食和月食一样，天下人都看得一清二楚，即使史官不记，别人也会记得。"

李世民想看《起居录》的欲望越来越强烈。这一天，他对负责监修的房玄龄说："朕每读前代史书，觉得有一些惩恶扬善的内容很值得后人借鉴。让朕不理解的是，为什么自古以来，从不允许本朝皇帝亲自阅读当代国史呢？"

房玄龄说道："国史是善恶必载的，恐怕有违背君王意旨之处，故而帝王不能看。"

李世民说道："朕的用意与古人不同，朕现在就要读，如果看见自己有不好的言行，可以立即改正。这不是一件很好的事吗？"

"陛下……"房玄龄有些无奈。

李世民索性不再绕弯子，干脆命令道：

"善事就不用说了，如果记有恶事，朕也要引以为戒嘛！你安排人誊录好后，进献上来吧！"

房玄龄的地位和身份是不能公开抗旨的，只得命令史馆的人员，赶紧将国史中的内容加以删略，把那些可能会引起李世民不满意的内容尽量消减。然后呈给李世民御览。经过修改的起居录，为了避讳，在语言上难免有遮掩闪烁之处。

李世民看后大体满意，只是对于玄武门之变的记载，表示不赞同，他嫌史官的记述过于简略隐晦。实际上，李世民最关心的就是这一段历史。因为在这段历史中他毕竟杀了两位亲兄弟，并迫使父亲让位，这是无法掩盖的。与其吞吞吐吐，欲盖弥彰，不如直截了当，更显得理直气壮。于是，他对房玄龄说道：

"周公之所以杀了管叔和蔡叔，是为了安定周室，季友鸩死叔牙，是为了安定鲁国。这都是兄弟相残的故事，但都是为了国家的前途和命运，不得已而为之。朕在玄武门之变中杀了建成和元吉，情形同周公、季友是一样的，也是为了维护社稷安宁和百姓的利益。史官记载这些事，何必要隐晦。应当加以改写，直书其事。"

房玄龄当然明白，所谓"直书其事"，就是要对李世民在玄武门之变中的作为，做最充分、最有利的辩护，要尽力表明李世民在当时是功高被忌，无辜受害，为了社稷和百姓，他是迫不得已而为之的。房玄龄当然只能按李世民的旨意，对起居注进行修改，直到李世民满意为止。

唐朝的《太宗实录》，经过了修饰，有些真实的历史，后人是没法看到的。

"护犊子"

李世民对自己的声誉极为重视，在对待子女的问题上，也与普通人无异，甚至到了不讲道理的地步。魏王李泰觉得朝中大臣不尊重他，于是授意，让人上书皇上，说三品以上大臣多轻视魏王。

李世民收到这份奏疏后，极为恼怒，朝堂之上，怒气冲冲地对群臣说：

"朕今天将你们召到两仪殿，是有话要问你们。以前的天子就是天子，现在的天子，就不是天子吗？以前天子的儿子，是天子的儿子，现在天子的儿子，就不是天子的儿子吗？"

殿下群臣被皇上劈头盖脸的一阵质问弄得莫明其妙，他们不知道皇上为何突然要问这样一个问题。皇上虽然有发脾气的时候，但从未像今天这样如此震怒，如此气势汹汹。

李世民见没有人出声，大声说："隋文帝的时候，皇子亲王是何等的神气，何等的威风，满朝文武，谁敢不敬他们三分？一品以下的大臣，常常要受到皇子的羞辱和操纵，谁敢不服？"

殿下群臣听到这里，听出了一点眉目，可能是那位大臣得罪了哪位皇子，才使皇上如此震怒。正在这时，李世民又大吼：

"朕问你们，难道魏王就不是帝王的儿子吗？朕不过不想听任皇子们横行霸道，平时对他们管束颇严，想不到有的人得寸进尺，竟然在大街之上公然蔑视魏王，朕如果放纵诸皇子胡来，难道就不能羞辱你们吗？"

李世民大口大口地喘气，两眼仍然怒视着群臣，显然是气极了，满殿鸦雀无声，大家连大气都不敢出。

李世民之怒，是因为对有人对魏王不敬，表现了一种舐犊之情，然而盛怒之下，说出的话犹如村野之妇"护犊子"，是不讲道理、大失身份的。而对大臣们的训斥，完全像是乡间恶霸地痞的蛮横斗狠、威胁恫吓之词，哪有半点帝王的气概、涵养、气度和水平？

房玄龄惶恐惭愧，满头大汗，连忙叩头谢罪："臣等该死，平日里不该轻视魏王，有失君臣礼数。"

大臣们见房玄龄叩头谢罪，也纷纷跪下叩头谢罪。李世民的怒气稍有所减。

魏徵是个例外，不但不跪，反而手持笏板，出班大声奏道："陛下，臣有话要说。"

李世民一愣，手一挥道："有什么话？说吧！"

魏徵："臣认为，当今的大臣们，没有谁敢轻薄魏王。"

李世民怒气又上来了："事情是明摆着的，还要抵赖？岂有此理！"

魏徵："从礼典上讲，大臣是皇上之臣，皇子是皇上之子。古人说：臣子、臣子，他们的关系是并列的，地位也是相等的，不应有贵贱、高下之分。"

李世民："一派胡言！"

魏徵："《春秋》就曾记载：'王人虽微贱，列于诸侯之上，诸侯用之为公，即是公；用之为卿，即是卿，若不为公卿，即下士于诸侯也。'说的就是这个意思。"

李世民坐在龙椅之上，两眼死死地瞪着魏徵。

魏徵略一停顿，见李世民没有开口，两眼看着手中的笏板说道：

"今三品以上断员，相当于古之公卿，都是天子的辅政大臣，陛下一贯对他们都是特别尊敬和礼遇。即使小有不是，魏王凭什么随便侮辱他们？如果国家的礼仪常伦可以不讲，国法纲纪可以不要，那就另当别论。可如今是圣明天子时代，是礼仪复兴的社会，魏王怎么可以随便折辱大臣，这样做岂不是无法无天、无君无父吗？隋文帝骄溺他的儿子们，使得他们儿子们无法无天，为非作歹，最后落得不是因罪被废，就是因罪被杀的悲惨下场，隋文帝的做法是前车之鉴，教训深刻，是个坏榜样，难道陛下要效亡隋之法吗？"

魏徵的口气虽然平和，措辞却甚为激烈，甚至还含有质问的语气。在群臣不知所措、纷纷伏地请罪的时候，他能临危不惧，义正词严，同怒发冲冠的李世民唱对台戏。

古人有言，子不跟父斗，臣不与君斗，否则，必将是凶多吉少。大臣们无不为魏徵捏了一把汗。

房玄龄跪在地下，从心里佩服魏徵的胆量和高超的语言技巧。因为魏徵的谏言，不仅绵里藏针，而且还运用逻辑学中的二难推理设了一个套，就是这个套，将李世民所有的退路都堵死了。

首先，魏徵拿皇上压魏王，以皇上对大臣特别敬重为前提，你一个小亲王的地位能胜过皇上吗？怎么能对大臣无礼、辄加折辱呢？且不论李世民平时是否非常尊重大臣，魏徵给他带上一个尊重大臣的高帽子，李世民就推不掉。如果他要反驳和否定，其结果是不尊重大臣，那他就会陷入更大的被动。因此他必须默认魏徵给他戴上的这顶高帽子，接下来的结果就是，既然皇上都非常尊重大臣，那魏王凭什么就随意折辱大臣呢？

其次，魏徵采用偷梁换柱的方法，转移话题。本来，李世民发火的原因是大臣不尊重魏王，那么讨论的话题就是"是否真的有大臣欺负或轻蔑魏王"和"魏王可不可以轻蔑和欺负"，如果就这个话题继续下去，无论群臣如何赔罪，李世民的火气不但难以消除，还有可能越烧越旺，那局面将不可收拾。于是，魏徵巧妙地运用"钳"字诀，抓住李世民在气头上所讲的"隋文帝的时候，一品以下大臣均被亲王们羞辱操纵，难道魏王不是帝王的儿子吗？朕不过不想听任皇子们横行霸道，听说三品以上大臣都轻视他们，朕如果放纵他们胡来，难道不能羞辱你们吗？"所出现的漏洞，切换主题，进行质问，一下子就使李世民没了火气。

最后，拿否定性的前提来推断皇上不敢承担的结论。从而使肯定性的结论自然成立。"如果国家的礼仪常伦可以不讲，国法纲纪可以不要，那就另当别论。可如今是圣明天子时代，是礼仪复兴的社会，魏王怎么可以随便地折辱大臣，无法无天、无君无父呢？"先是假设纪纲废坏的时代，才会出现亲王任意凌辱大臣的现象，如果李世民承认现有是纪纲废坏，那么亲王就可以折辱大臣，那大臣也就自认倒霉，什么都不用说了，而现在是圣时天子时代，是礼仪复兴的社会，那就不能允许亲王胡作非为了。

这种逻辑，将李世民推向一个两难的矛盾之中，即，你是一个昏庸的皇帝，如今是一个纪纲废坏、不讲伦理的社会，那么，魏王折辱大臣，大臣就无话可说，否则，魏王就不应折辱大臣，李世民当然不会承认自己是一个昏庸之君，纪纲也应该遵守，既然这样，魏王折辱大臣也就错了。

李世民是一代圣君，有一个聪明的脑袋，具有要治理好国家的强烈欲望，经过一阵急速的思索，脸色数变，马上意识到自己太冲动，说话也太无礼、霸道。于是，他不惜收起天子的龙威，立即顺着魏徵给他搭好的梯子下，以求扭转和消除刚才的恶劣态度在臣僚中形成的极坏影响，态度来了个一百八十度的大转弯，堆下笑脸，转怒为喜地对群臣说：

"魏徵所言，条条在理，朕不得不服。朕因私情溺爱儿子而忘记公义，刚才恼怒的时候，自己觉得有道理，听了魏徵的一番话，才知道朕错了。

身为君主,讲话怎能如此轻率呢?"

趁大家还是一头雾水的时候,李世民突然话锋一转:"房玄龄!"

房玄龄:"臣在!"

"你与魏徵,同为朕的股肱之臣,每当朕考虑不周,处事有所失时,魏徵总能直言进谏,而你却总是逆来顺受,是何道理呀?"

李世民可是现炒热卖,刚才魏徵偷梁换柱、转移话题,使他陷入不得不当廷认错、不得不虚心纳谏的境地。如今,他也突然转换话题,转而质问房玄龄,使自己尽快地摆脱尴尬的局面。

"臣知错了!"房玄龄惶恐不安地回答。

"平身吧!大家都平身吧!"李世民口气缓和了许多,"不要总是臣知错、臣知错的了。"

三十五、竖子不可教

太子的地位有点玄

李世民召房玄龄、魏徵、长孙无忌、王珪等几位近臣议事,太子李承乾在太子席上陪听见习,一副没精打采的样子。

王珪认为,三品以上官员在途中遇到亲王要下车,站在路边给亲王让道,这样的作为不符合礼仪。李世民听了却大动肝火,说三品大员即使有了地位,也不可以轻视皇子。

王珪见皇上动怒,一时不知所措,向魏徵投去求助的眼光。

魏徵平静地说:"关于三品官员同亲王礼仪的问题,以前已议论过一次,自古至今,亲王在京师者位列三公,等同三品。吏部、左、右仆射、侍中、中书令,都是三品以上大臣,属九卿、八座,他们遇见亲王都要下轿行礼、让道,实在是有失礼仪。臣曾翻遍典籍,史上并无此先例,然而,我朝却大行其道,实在是有些不能理解。"

李世民见太子李承乾没精打采地,立即吩咐他去读书。李承乾起身离去。

魏徵看看房玄龄,又看看李世民,心中有一种不祥的预感。

李世民见太子去后,对着三位侍臣说道:"人之存亡难以预料,如果太子不幸早亡,谁能断定哪个王子会是你们的君主呢?你们怎么能轻视他们呢?"

魏徵不卑不亢地说:"殷商有兄终弟及之义,但自周代以来,都是子孙相承,立嫡必长,太子是储君,是继承皇位的当然人选,父亲的兄弟,儿子的兄弟,都是不可以继承皇位的。这样做,就是要杜绝庶子觊觎皇位,堵塞祸乱的根源,此是治国者要深以为戒的。陛下刚才责问王珪,是一时气愤之词,不可让群臣与庶民知道,否则就要遭来非议。"

李世民脸色突变:"魏徵,你是说玄武门之事吗?"

皇位的问题,一直是李世民心中最为敏感的一个问题,这么多年来,他一直害怕别人说玄武门之事,因为他的皇位是经过玄武门之变、杀兄屠弟,以武力夺取的。他一直就害怕别人指责他的皇位来得不正,这也是他

不为人道的心病。魏徵说到立嫡必长、长幼有别，自然而然地就使他想到玄武门之变，认为魏徵是暗指他通过杀掉太子夺取皇位的，这就刺中了他最为敏感的神经。故此脸色大变。

魏徵动情地说："陛下，玄武门之事过去已有十多年了，你为何心里总是放不下呢？陛下当时同隐太子和齐王已势同水火，箭在弦不得不发。且陛下自登基以来，励精图治，出现了贞观盛世，证明陛下是一代明君，这些天下臣民有目共睹。陛下难道真的要使大唐代代都有一次玄武门事件吗？"

房玄龄、王珪听罢，瞪大了眼睛，贞观以来，大家对玄武门之变忌讳莫深，魏徵竟不回避此事，让他们吃惊不小。

李世民想了想，竟然同意废除三品以上官员遇亲王于道下马的规定。

稍停片刻，李世民问几位近臣，他的几个儿子，谁最贤。言下之意，谁能继承皇位。

几位大臣谁也不想回答这个问题。

房玄龄委婉地说："臣等愚昧，不能尽知其能，知子莫若父，诸位亲王谁优谁劣，谁正谁邪，陛下比谁都清楚，就不要为难我们这些做臣子的了。"

李世民见大家无意讨论这个话题，只好作罢。

长孙无忌同房玄龄慢步于长廊，长孙无忌说："房大人，今天说到亲王礼仪，皇上先遣走太子，这是个不好的预兆呀！"

房玄龄："皇上对太子似乎很冷淡，太子走后又说那样一番话，让人有些不理解。"

长孙无忌："皇上对魏王泰似乎特别器重，允许就府设置文学馆，任其召士子入府吟诗作赋，讨论文学，后又命他主编《括地志》，中间是不是另有玄机？"

房玄龄："圣君之心，高深莫测，这方面我并不比你高明呀！"

长孙无忌忧虑地说："太子和魏王同是皇后所出，都是我的外甥，皇上的态度如此暧昧，我担心会出乱子。"

房玄龄："这同当年玄武门之事的情形如出一辙，难道历史又会重演？"

长孙无忌："你再看，辅佐魏王的有：礼部尚书王珪、黄门侍郎韦挺、中侍御史崔仁师、中书侍郎岑文本、工部尚书杜楚客，还有你的公子散骑常侍房遗爱。已达到太子的规格。再看太子这边：你是左仆射，为太子詹事；给事中张玄素为太子宫少师；国子祭酒孔颖达、给事中杜正伦为太子宫右庶子；中书侍郎于志宁为太子左庶子；还有杜如晦的儿子，驸马都尉杜荷、侯君集的女婿、东宫千牛贺兰楚石。除你是左仆射外，其他人都无甚实权，而你又政务缠身，无暇顾及东宫之事。"

房玄龄："太子的规格稍逊于魏王府，是皇上的旨意，朝野有所议论，也不是空穴来风。"

长孙无忌："你也要偏向魏王吗？这是不可以的。废长立幼，有乱礼法，乃取祸之根源。"

房玄龄："决定权在皇上那里，你我能左右得了吗？"

"真的是令人堪忧呀！"长孙无忌叹了口气。

这一天，李世民对房玄龄说："朕观前代拨乱创业的君主，他们从小生长在民间，都能通达世情，所以很少败亡。到了那些继世守成之君，生来就富贵，不知道什么叫疾苦，从而导致亡国。自古以来，皇子生于深宫，长大成人后，无不骄逸纵驰，接踵而来的便是国家倾覆。朕现在想对儿子们严加管教，是让他们今后能得到安全。朕吃一顿饭，便会想到稼穑之艰难，每穿一件衣，就会想到纺织之艰辛。要使朕的儿子们都学朕这个样子，只有给他们选择好老师教导他们。"

房玄龄知道李世民欲给魏王李泰找个老师，且有意于己。他不想自己头上的光环太多，说道："臣已老朽，牙齿都缺了，只怕连话都说不清楚，怎好为皇子之师。礼部尚书王珪智识渊深，口才也比臣强，他做魏王的老师更适合。"

李世民见房玄龄故意推辞，只好说道："王珪久为朕所驱使，为人刚直，志存忠孝，是个难得的人才。你推荐他为魏王师，足见你很有眼光。朕会对泰儿说，要他像对待朕一样，对待王珪这个老师。"

耿直的魏徵

三月，李世民以皇孙降生，在东宫宴请五品以上大臣。李世民高兴地说："朕喜得皇孙，今天特赐宴东宫，以示庆贺，来，大家干了此杯！"

房玄龄身为首席大臣，率先道："东宫先诞首嫡，龙脉有延，此乃天大的喜事。上至朝中百官，下至黎民百姓，无不欢欣鼓舞、俯首以庆。各位同僚，请端起酒杯，共同祝贺陛下喜得皇孙。"

李世民举杯一饮而尽:"有道是:君子抱孙不抱子,此乃社稷之庆,公等又助朕尽饮,朕很高兴,今天可不拘小节,开怀畅饮。"

文武百官见李世民言不拘小节,一齐举杯随声附和。魏徵站起来,即兴吟了一首打油诗:

昨日天际映彩虹,今朝皇上得龙孙。

君王辈份升一级,文武百官皆恭颂。

李世民:"朕做了爷爷,确实是升了一级,说得不错,说得不错。"说罢端起酒杯,一饮而尽。

魏徵的即兴之作随口而出,引来一阵赞赏的笑声。

酒至半酣,李世民招招手道:"玄龄、魏徵,你们两个人过来。"

房玄龄、魏徵来到李世民的身边,李世民伸手拉着房玄龄的手对群臣说:"贞观以前,跟随朕平定天下,夷凶克乱,周旋艰辛,以房玄龄的功劳最大。"

房玄龄跪下谢恩:"谢陛下褒奖!"

李世民随手解下悬挂在腰间的一把包金嵌玉的佩刀道:"玄龄,这把佩刀是朕随身之物,今天赐给你,朕希望你继续率百官辅佐朕治理朝政,为天下苍生造福。"

房玄龄双手接过佩刀:"谢陛下恩赐,微臣愿为陛下效犬马之劳,虽万死不辞。"

"平身!"

房玄龄起来,仍然站在李世民的身边。

李世民伸手拉着魏徵的手,对群臣说:"贞观以来,忠言进谏,纠正朕的过失,参议制定治国大计,主要是魏徵的功劳。虽古之名臣,无出其右。"

魏徵跪下谢恩:"谢陛下褒奖!"

李世民解下悬在腰间的另一把包金嵌玉的佩刀道:"魏徵,这把佩刀是朕随身之物,今天就赐给你,希望你继续向朕进言,时刻纠察朕之过失。"

魏徵跪下接过佩刀:"臣谢主隆恩!"

"平身!"

满殿的文武百官见房玄龄、魏徵得到皇上的夸奖和赏赐,投来羡慕的目光。

李世民问群臣:"魏徵与诸葛亮,谁贤?"

中书侍郎岑文本道:"诸葛亮举一国之政,对内能治理国家保人民安居乐业,对外能行兵打仗,威震敌胆。见称今古,无人能出其右。魏徵虽然不能事事尽兼,但忧国如家,忠言正谏,朝夕孜孜,古人确实无出其右者。但还是不能与诸葛亮相比。"

李世民摇摇头:"魏徵、蹈履仁义,唯以道德为务,无所欺负;鞠躬尽瘁辅佐朕,必欲使朕置于尧、舜之上,诸葛亮的所作所为,并没有超过魏徵,所不如者,唯行师用兵而已。"

岑文本脸含愧色地说:"陛下所言极是,臣失言了。"

李世民对魏徵说:"魏徵,你说说看,朕治理国政与往年相比如何?"

李世民问话的目的很明显,就是暗示魏徵,希望通过魏徵之口来歌颂自己的丰功伟绩,一来鼓励群臣的信心,二来也可活跃一下宴会热闹与喜庆之气氛。一般人定会顺竹竿子爬,对皇上的政绩大夸特夸一通。

魏徵可不是一般人,他是有名的谏臣,绝不阿谀奉承,时刻都注视着皇上的一举一动,深恐一时疏忽而致铸成大错,他明知皇上此刻最想听到的是什么,但当他看到李世民有点得意忘形的神色,已到口边的颂词又吞了回去,他觉得有必要给皇上泼点冷水,让他清醒清醒。故意思索一阵,满脸严肃认真之态,恭恭敬敬地回答说:"陛下威德加于四方,远远超过贞观初年,但人心向背与悦服,恐怕就不及贞观初年。"

李世民不解地问:"远方民族畏惧皇威羡慕圣德,所以前来归服,如果说不如以前,则何以至此?"

魏徵:"陛下以前以天下未能大治为忧虑,所以注意修德行义,每天都有新的作为,如今既得到治理又较安定,所以就不如以前勤勉了。"

李世民:"朕现在的做法与往年相同,有什么区别呢?"

魏徵:"贞观初年,陛下唯恐臣下不谏,常常引导和鼓励臣下进谏,三年以后,陛下纳谏从流,胸纳百川,常为臣下的进谏而高兴。近两年来,陛下对臣下的谏言冷淡多了,虽然接受,显得也很勉强,其实心里并不是很乐意,纳谏时总显得有些无奈,常常是面有难色。"

李世民:"你凭什么这样说朕,有何证据?"

魏徵:"陛下以前曾想杀掉元律师,孙伏伽认为依法不当处死,陛下不但接受了孙伏伽的劝谏,而且还赐给他兰陵公主的花园,价值百万。有人说:'赏赐太厚重了',陛下说:'朕即皇位以来,还没有一位直言敢谏之人,所以要重赏,借以提倡和鼓励敢谏之士'。这是陛下在贞观初年引导人们进谏的典型事例。几年以后,司户柳雄假冒隋朝所授官资,陛下

想要杀掉他，又采纳戴胄的谏言而作罢。这是陛下能够比较高兴地纳谏的例子。近几年来，情况却有了变化，贞观八年，皇甫德参上书，惹得陛下大为不快，甚至要以诽谤罪处罚他。其实，臣下上奏，语言如果不激烈，很难引起皇上的注意，如果过激，则又会惹人不愉快，确实有点像诽谤。当时陛下虽然听从了臣的劝告，没有治皇甫德参之罪，但臣看得出来，陛下接纳臣的劝谏很勉强。这是陛下难于受谏的例子。"

群臣见魏徵说得如此直率，都替他捏了一把汗。

李世民听到魏徵一番有理有据，犹如醍醐灌顶，冷水淋头，感慨地说：

"确实如先生所言，除了先生，没有谁能对朕说出这样的话，人最难的就是自觉自悟，先生不说这些，朕还以为自己始终如一地做得很好，并没有发生变化，听先生的一席谈，朕犹如醍醐灌顶，头脑清醒多了，回想起来，实在是有些后怕，希望先生能始终保持这份直谏的忠心，时刻提醒朕，纠察朕之过失，使朕能时刻保持冷静的头脑。"

魏徵见李世民态度诚恳，端起桌上的酒杯说道："陛下，今天是皇孙诞生宴，臣说得太多，冲淡了主题，臣自罚一杯。祝贺陛下喜得龙孙。"

竖子不可教

李承乾被立为太子时只有八岁，他是武德二年在承乾殿出生的，故而取名叫承乾。

太子理所当然的皇位继承人，李世民把立嗣视为"虔奉宗祀，式固国邦"的大事。所以多年来，非常重视对太子的教育和培养，先后有李纲、萧瑀、李百药、于志宁等十几位品学兼备的大臣担任过太子的老师。但由于李世民的溺爱，加之东宫地位的优越，使李承乾渐渐养成了一种为所欲为、贪图享乐的坏毛病，不用心读书，却巧舌如簧，常以谎话来糊弄老师。

李世民为承乾的事伤透了脑筋，老师换了一个又一个，可太子始终没有多大长进，仍然是那么不成器。李渊去世，李世民因守丧而命李承乾代理朝政。那时他十七岁，临朝时大讲忠孝之道，退朝后则与一帮小厮混在一起。有官员想要进谏，李承乾事先揣摩好他们的用意，然后正襟危坐，认真地听取批评并引咎自责一番，竟使得臣子们误以为他是一个明智之人，却不知背地里的劣迹。

李承乾小时候患过小儿麻痹症，跛了一条腿，行走不便，这可能是造成他心里不平衡的一个原因。当初李纲为太子少师时，教育的方式是"辞色慷慨，有不可夺之志"，但严厉的教育，在太子身上并没有起多大作用。接下来侍奉东宫的是李百药、于志宁、杜正伦、孔颖达等人，无论是学识，还是人品，这些人都是出类拔萃的，只是他们用直谏皇上的办法去规劝太子，规劝之后又不能随时监督，难免不受到太子阳奉阴违的蒙蔽。

长孙皇后活着的时候，这些事都有皇后操心，矛盾并没有突现出来。皇后去世以后，国事，家事，全都落在李世民一个人的身上，虽然说后宫嫔妃成群，却找不到一个能像长孙皇后那样为他分忧的人，李世民似乎再也没有找到自己的另一半，这可能是自长孙皇后去世后，李世民再也没有立后的原因。所以有人说，长孙皇后去世，带走了李世民的一半。李世民再也不能像从前那样专心致志地处理国事，而是显得暴躁，武断。例如为了大臣对皇子不尊重这件事，竟然在朝堂上像一个恶霸、市井之徒一样，有失身份地大喊大叫，痛骂群臣，丧失了帝王的理智和尊严。

房玄龄过问太子事务只有月余时间，便觉得竖子不可教了。一天，房玄龄对李世民说："我听说同是生长在一座山上的树木要，有的可能成为栋梁，有的则只能烧炭。这跟育人是一样的道理，好苗子培养起来事半功倍，不好的苗子花再多的心血，也是事与愿违。"

李世民明白房玄龄的意思，随口问道："你看魏王如何？"

房玄龄知道李世民对四子李泰的偏爱，而李泰在朝中的声誉也不坏。房玄龄本不想参与李氏家族内部的事情，但为大唐的前途考虑，又不得不说出自己的真实法。于是说：

"魏王自负才能，我只担心他有非分之想。近来我常去东宫，得知他们兄弟之间隔阂矛盾越来越深，各自在朝中立朋党，恐嫉妒生仇啊！"

太子荒纵不规的名声渐播于外，而魏王李泰又得到李世民的宠爱。于是朝野都在议论，以为李世民有更换太子之意。为了加强对太子的约束和管教，同时也为了平息朝野的议论，李世民再次任命德高望重的房玄龄为太子少师。房玄龄仍然推辞不受。

一天，李世民对长孙无忌说："房玄龄真是个木脑袋，朕请他做太子少师，他就是不肯。"

长孙无忌："换作别人，恐怕也是不敢做。"

李世民："为什么？"

长孙无忌:"陛下登基以来,房玄龄一直位居相职,仅凭这一个,就会遭到某些人的嫉妒。陛下又将高阳公主嫁给他的儿子,他的女儿又做了韩王的王妃。朝廷权臣,皇室亲家,地位够显赫了。房玄龄不是一个张扬的人。"

李世民:"房玄龄是朕的重臣。既然朝野都以为朕有废太子之意,朕要以这件事来封住众人的嘴。"

长孙无忌:"可陛下对魏王,确实是不一般呀!谁能保证陛下有一天真的不会换太子吗?如此一来,陛下不是给房玄龄为难吗?"

李世民:"你认为朕这两个儿子,谁行?"

长孙无忌:"他们都是我的外甥,我能怎么说?我妹妹生前不是嘱咐,不要废掉承乾吗?"

李世民:"朕开始明白当年太上皇的心情,真的很难啊!"

两仪殿,李世民坐在御案旁,房玄龄侧坐一旁。

李世民:"玄龄,朕考虑过了,太子少师非你莫属,朕决定了,由你做太子少师。"

房玄龄见李世民态度坚决,只好说:"既然陛下非要臣做太子少师,那臣就勉为其难。不过,请陛下免去臣左仆射之职。"

李世民:"这又是为何?"

房玄龄诚恳地说:"臣深蒙陛下错爱,居相位已有十多年,女儿为王妃,儿子又做了驸马,房家显贵已极,不知是福还是祸。臣体弱多病,年事已高,朝中年轻的俊逸比比皆是,臣还是让位给年轻人吧!"

李世民诚恳地说:"你要效法古之张良、窦融的辞让之风,自惧盈满,知足保和,确实是高风亮节,值得称道。但是朝廷以你为相多年,一朝如果没了良相,就像失了双手,你如果精力尚未衰惫,请不要说辞让这两个字,好吗?"

房玄龄见李世民说得诚恳,此后真的没有没有再提辞让官爵之事。

东宫,太子李承乾筹办了一个拜师礼,显德殿红毡铺地,仪仗齐备,鼓吹歌舞一应俱全。李承乾亲自到政事堂迎接老师。尚书省的人说,左仆射早就走了。李承乾以为是在路上错过了,立即回东宫等候房玄龄,久久未见人来。

李承乾在显德殿里不停地来回走动,贺兰楚石不停地向外张望。

李承乾烦躁地说:"父皇已经回绝了左仆射请辞少师,今天行拜师大礼,他为何不来呢?"

贺兰楚石跑到殿门口看了看,回来说:"恐怕他不敢来吧。"

李承乾："他是朝中重臣，德高望重，有他做少师，对我一定是有帮助的。"

贺兰楚石有些不满地说："房玄龄虽然是勋臣，但也不应该怠慢太子呀！"

李承乾显得很失望。

房玄龄坐在书房里发呆，儿子房遗爱走进来道："父亲，太子在东宫，还等着你去行拜师礼呢！"

房玄龄毅然说道："不去！"

房遗爱："听说皇上也要去东宫。不去恐怕不好吧！"

房玄龄忧虑地说："太子摆下仪仗，有些哗众取宠。太子少师一职最招人嫉妒，因为太子一旦即位，太子少师就是皇帝的老师，这不是要将为父放在油上煎吗？"

房遗爱："孩儿可以在魏王面前保举你。"

房玄龄瞪了儿子一眼："轮不到你说话。"

房遗爱："父亲，谁都看得出来，皇上宠幸魏王，太子之位岌岌可危，偏偏你这个时候还要去做太子少师，这不是得罪魏王吗？"

房玄龄："你怎么知道这些？"

"你看太子，哪像储君的样子，跛了一条腿，是个残废。从言行看，阳奉阴违，口是心非，糊弄大臣。朝中很多大臣都说议论这件事。"

房玄龄："太子有些事确实做得不妥，但人非圣贤，孰能无过？"

房遗爱："恐怕不是妥当的问题。皇上对太子已经是很担心了。"

房玄龄看了儿子一眼，有一种无奈的感觉。

礼部尚书王珪病逝，魏王李泰替他的老师守灵，房遗爱也在一侧相伴。李泰叹息地说："老师说走就走了，人生如朝露，一点不假啊！"

房遗爱："殿下，读书人不可以不弘志，松懈不得。"

李泰："不松懈又能怎么样？我总不能拿刀子杀掉太子吧！"

房遗献媚地说："事在人为，一切皆有可能。听说太子身边有个叫称心的幸童，姿容姣好，能歌善舞，同太子的关系非同一般。"

"真的？"李泰不相信。

"千真万确。"房遗爱怂恿道："想个办法，即使不能一举成功，也能打击他的锐气。"

李泰陷入了沉思。

三十六、又起风波

皇帝身边一面墙

贞观十三年二月，在房玄龄、长孙无忌等大臣坚持之下，李世民诏令停止诸王及功臣子孙世袭刺史的封赏。房玄龄将此事安排妥当，正准备告假去终南山休养，忽闻西域来报：高昌王曲文泰和西突厥攻打焉耆五城，掠夺人口一千五百余口，并封闭了贡道，所有经过高昌的使者和商人都被扣留在高昌。

高昌是大唐通往西域的门户，在此处拦截使者和商旅，切断了大唐通入西域的通道，相当大唐被人掐住了脖子，这一仗是非打不可。

于是，李世民命侯君集为交河道行军大总管，薛万彻、姜行本为副将，率兵讨伐高昌，若西突厥乘机挑衅，连西突厥也一块解决。

侯君集率兵进至碛口，侦察骑兵报告说，高昌王曲文泰闻唐朝大军将至，忧惧而死，其子曲智盛立为新王。唐军行到柳谷，探马再报，说曲文泰近日即将安葬，高昌国内人士都聚集在葬地，如果此时偷袭，必大获全胜。

薛万彻、姜行本等人也认为此计可行。

侯君集却说："大唐天子认为高昌怠慢无礼，这才命我们前来讨伐，如果在安葬墓地偷袭他们的葬礼，不能称为武功，这不是问罪之师应该做的事！"于是命令部队暂候。

葬礼完毕，侯君集挥师攻城，曲智盛不堪重围，遂开城投降。唐军一举收复二十二座城池，分设西、庭二州，在交河城设置了安西都护府。以前被高昌掠夺的焉耆国的土地和人民，悉数归还。

李世民接到前方军报，得知高昌已平，大喜，召集侍臣赐宴于两仪殿。

房玄龄感叹地说："高昌若不是尽失臣下之礼，何至于亡国？"

李世民："想到高昌的灭亡，朕也心有余悸。只有戒骄逸以自防，纳忠言以自正。黜邪佞，用贤良，不以小人之言而议君子，以此谨慎自守，这样才能获得安宁啊！"

魏徵在一旁进言道："臣观古来帝王创业，必自戒慎，采刍荛之议，纳忠臣之言。现天下安定，万不可恣情肆欲，甘乐谄谀，恶闻正谏。从前的张子房，是汉王的重要谋臣，汉王做了天子以后，想要废嫡立庶，子房说：'今日之事，非口吞所能争也。'最终也不敢说出真话。况且，陛下功德之盛，比汉高祖有过之而无不及，即位十五年来，圣德光被，如今又平定高昌。陛下能居安思危，纳用忠良，开直言之道，实在是天下之大幸。春秋时，齐桓公与管仲、鲍叔牙、宁戚在一起喝庆功酒，桓公问鲍叔牙如何向他祝贺，鲍叔牙举杯说道：'愿主公不忘当年在莒地的艰难，使管仲不忘在鲁国被缚，使宁戚不记饭牛而歌。'桓公避席而谢道：'寡人与二位大夫能牢记夫子之言，则社稷不危矣！'

李世民对魏徵说："朕必不敢忘布衣时之事，你也要切记鲍叔牙之为人，玄龄亦岂能忘记昔年受困上郡？"

房玄龄笑道："我这一生岂止是上郡受困？四十七岁以前一直是命运多舛，直到渭北杖策随龙投奔陛下，才转困境为顺途。我经常回忆一生所走过的路，最令我不安的是自己才疏学浅，愧受皇恩。如今年老体衰，只能在政事堂行走，不能像李靖、侯君集那样率领将士冲锋陷阵，驰骋疆场，想来很惭愧啊！"

李世民端起酒杯向房玄龄敬酒，转脸对大家说："从我见到玄龄那天起，他一直就是一个谦虚谨慎的正人君子，有他在场时，连我都不敢过分张扬。我听说树要是依着墙边生长，树就能够长直，玄龄和魏徵就是我身边的一面墙。"

众要喜悦，都说圣上这个比喻很精彩。

侯君集凯旋归来，李承乾和房玄龄率领文武百官，在长安城西门外迎候。李承乾问房玄龄："魏王近来怎么样？"

房玄龄暗惊，含糊其辞地说："应该还可以吧！"

李承乾："你儿子不是在魏王身边吗？"

房玄龄暗叫不好，自己做了太子少师，儿子遗爱却在魏王府，偏偏这兄弟俩又在明争暗斗，房家父子夹在缝里就不好做人了。显然太子对儿子侍奉魏王最少是心怀不满。连忙回答："臣的儿子与魏王只是友谊而已，再说，魏王府的事务也不是臣的职责，实在难以回答太子殿下的垂问。"

李承乾冷冷地说："父皇命左仆射为太子少师，对你我只能询问，而不能垂问。"

房玄龄："太子是储君，除了读书的事情外，殿下问其他的事情，臣都视为垂问，这才合乎礼教。"

三十六、又起风波

李承乾沉默了一下，道："那好，侯君集是贞观功臣，但我不知道他的功劳在哪里？"

房玄龄："殿下，有些事情，连皇上都在回避，臣也不好说。侯君集当年能独当一面，否则也不会为功臣。殿下应该知道，他当年与皇上是莫逆之交。"

"啊！"李承乾惊叹一声。

房玄龄："皇上很信任他，行军打仗他不如李靖，但征伐高昌皇上用他却不用李靖，这一点殿下难道没有看出来吗？"

两人说话之际，前面山脚拐弯外已出现战旗，乐队立即奏起了欢快的乐曲，欢迎凯旋归来的将士们。

稍等一会，大队人马已近城门，侯君集全身披挂，见太子与房玄龄在金光门等候，连忙滚鞍下马，来到太子面前，拱手道："行军总管侯君集参见太子殿下，臣有甲胄在身，恕不能跪拜。"

房玄龄笑道："侯将军又立大功了！"

侯君集道："我以为凯旋归来，第一个见到的一定是皇上。"侯君集自以认功高，对皇上没有亲自出迎有些不满。

房玄龄："皇上在两仪殿为将军摆下了庆功宴，特命太子殿下于金光门迎候将军凯旋归来。"

李承乾："父皇知道我很敬重侯将军，特诏命我与左仆身率百官出城迎接。"

侯君集似乎意识到刚才的话有些过分，连忙转换话题："太子殿下，什么时候举行献俘仪式？"

李承乾："明天，陛下将在太极殿举行献俘仪式。陛下恩准，将军今天可以不见驾，回家歇息。明日早朝，参加献俘仪式即可。"

侯君集重施一礼："臣谢陛下龙恩！"

侯君集惹事

侯君集还没有见驾，意外的事情发生了，有御史弹劾侯君集，奏疏已放在御案前。

李世民非常恼火，说平定突厥，御史弹劾李靖。平定高昌，御史又弹劾侯君集。临出兵时就曾嘱咐过侯君集，要注意军纪，不可留人以话柄。他也亲口承诺一定要身体力行。这倒好，又出了问题。

房玄龄："侯君集认为是有人嫉妒他立功，故意陷害于他。"

李世民："事实到底怎么样？我不是叫你讯问侯君集吗？"

房玄龄："臣问过了，侯君集攻破高昌城，私自掠夺大量的珍奇宝物；手下将士知道，竞相偷盗，侯君集不能禁止。这才出现将士抢夺民财的混乱局面。"

李世民："攻城的时候，兵士在拼命，打了胜仗，又要强调军纪，两者之间是不是不可调和？"

魏徵："出征之前，陛下就说过，出战的目的是要让高昌退还抢占焉耆的土地，使大唐至西域的通道畅通无阻，同时消除西突厥进犯的隐患。打了胜仗，士兵稍有抢夺行为，情有可原，但侯君集身为主帅，带头抢掠，有些说不过去。"

李世民："侯君集确实太过分了，事情发生了，该如何处理他？"

长孙无忌："侯君集的为人陛下很清楚，刚立了战功就弹劾他，他一定不服气。"

李世民将目光转向身边听政的太子李承乾，问道："太子，你认为此事该如何处理？"

李承乾恭顺地说："高昌王昏庸腐败，陛下命侯君集等人讨伐他们。没过十天又交付大理寺。即使侯君集等人自投罗网，也恐怕国内人怀疑陛下只知记录其过错而遗忘其功劳。我听说受命出师的将领，主要是为了战胜敌人，如果能战胜敌人，即使贪婪也可赏赐；如果战败，即使清廉也要惩罚。所以汉代的李广利、陈汤，晋代的王浚，隋朝的韩擒虎，均身负罪过，君主以其有功于当朝，都给予封赏。由此看来，将帅等武臣，廉正谨慎的属少数，贪婪不检点的居多。"

李承乾看了父亲一眼，见他在认真地听，似乎更有了勇气，清了清嗓子，继续说道："所以黄石公《军势》中说：'用将士们的智慧，用他们的勇武，用他们的贪婪，用他们的愚钝，故而有智慧的人乐于立功建业，勇武的人喜欢实现自己的志向，贪婪的人急于得到他的利益，愚钝的人不考虑生死。'希望陛下能够记住他微小的功劳，忘记其大的过错，使侯君集能够重新升列朝班，再次供陛下驱使，即使不是清正的大臣，也算得到了贪婪愚钝的将领，这样，陛下虽然有愧于法律，却使德政更加显明，侯

三十六、又起风波

君集等人，虽然承蒙谅宥，而其过失也更加明显了。"

李世民点点头："说得有理。"

李世民命内侍将侯君集带上来。

侯君集双手被铐，由内侍押入，至李世民面前跪下。李世民挥挥手，示意内侍替侯君集松去手铐。

侯君集揉着手腕，悻悻地说："陛下明鉴。"

李世民冷冷地问："侯君集，还要居功自傲吗？"

侯君集："我是朝廷重臣，想不到受到小人的羞辱。"

李世民怒斥："如果你以为自己是贞观功臣，不妨想想尉迟敬德，他比你的功劳大得多，下去吧！"

李世民看着侯君集走出两仪殿，接着说："还有薛万均，征讨高昌，有人告他与一高昌女人私通。薛万均不服，朕已下令，将高昌女人交付大理寺与万均当面对质。"

魏徵立即劝谏："臣听说过，'君主对待臣下用礼节，臣下便会以忠诚侍奉君主。'如今陛下让大将军与一个亡国的女子当堂对质男女私情，情况属实的话，也是一件小事，如不实，则失去的很严重。从前秦穆公给盗马的野人喝酒，楚庄王赦免因调戏宫姬被扯断帽缨的臣下，最后都得到加倍回报，难道陛下道高于尧、舜，而却赶不上秦穆公、楚庄王二人吗？"

李世民觉得魏徵说得有理，急忙下令释放薛万均及高昌女子。

侯君集在家里喝闷酒，刚放下酒杯，女婿贺兰楚石马上给他斟满酒，小声说道："这次，太子殿下替你说了不少的话。"

侯君集："想不到太子会为我说话。"

贺兰楚石："太子殿下说，父亲得改改，不然，麻烦还在后头呢。"

侯君集自负地说："我有什么麻烦？我是玄武门功臣，谁能把我怎么样？"

贺兰楚石神秘地说："父亲，太子殿下想见你。"

侯君集看了贺兰楚石一眼，问道："有什么事吗？"

贺兰楚石："他想向父亲打听点事。"

太子的阴谋

李承乾将侯君集请至东宫,给他摆酒压惊,盛情款待,言谈之间,大赞侯集是贞观开朝功臣,平定高昌又立战功,可谓是劳苦功高,朝廷之中没有多少人能比得他。

侯君集:"功高又能怎么样?御史一份奏折,还不是照样铐了起来?"

李承乾试探地说:"我也一样,有人觊觎太子之位。"

侯侯集看了太子一眼,不知他葫芦里卖的什么药,没有回话。

李承乾进一步试探:"依你看,我该怎么办?"

侯君集:"殿下是太子,总有一天,天下会是你的,不是吗?"

李承乾:"侯将军,我问你一件事,请你如实回答我吧?"

侯君集:"仗打完了,我现在不是将军。是吏部尚书。"

"好,咱不谈这个。"李承乾问,"当年你辅佐陛下,扳倒了我的大伯,此中有何教训?"

侯君集看了太子一眼,沉默了半天后说:"当年的隐太子和海宁王,其实是占了上风,玄武门之变,走的是一着险棋。"

"险棋?"

侯君集点点头:"当时秦王府只有八百军士,陛下也只有我们十几个人,隐太子掌控着京师御林军,手中还有任其驱使的三千长林军。力量相差悬殊。经过谋划,我们将事变地点选在太极宫,隐太子进了玄武门,关上玄武门,切断隐太子与外界的联系。太子成了瓮中之鳖。"

"关门打狗之计?"李承乾双眼发亮,"这是谁的计谋?"

"房玄龄。"侯君集说,"所有的策划,都出自房玄龄之手。"

"左仆射现在是我的少师。"李承乾有些疑惑不解地问,"切断长林军和御林军,宫中还有数千侍卫呀?如何对付?"

侯君集见李承乾问得如此详细,索性将当年玄武门之变的经过,对他讲了一遍。李承乾听后赞叹道:"真是好计!"

侯君集:"陛下当时犹豫不决,由于杜如晦晓以利害,才使得陛下最后下定决心,发动玄武门政变。所以,贞观朝就有了房谋、杜断之说。"

李承乾阴冷地说："该出手时就出手，如果有人谋害我，我也不会手软。"

侯君集惊问："有人要谋害太子吗？陛下虽然偏心魏王，魏王还至于此吧？"

"偏心，就是有废长立幼的想法。"李承乾两眼紧盯着侯君集说，"到了那一天，请将军助我。"

侯君集："我只是一个吏部尚书，没有兵权，帮不上大忙。"

李承乾："你是贞观功臣，平定高昌，又立大功，文武全才，威震天下。以你的功劳，仅为吏部尚书，实在是屈才了。"

侯君集两眼湿润，向李承乾深深一拜。

李承乾："等我即位的那一天，一定要使你实至名归。"

侯君集："陛下尚在，太子说即位，是什么意思？"

李承乾："陛下也可以像高祖一样，做太上皇嘛！"

侯君集摇摇头："你太不了解陛下了。"

李承乾自负地说："太子登基为君王，这是天经地义的事情，什么人敢反对？汉王也答应我，必要的时候，会助我一臂之力。"

侯君集一惊，凝视着李承乾："你这是谋反。"

"谋反？"李承乾振振有词地说，"这是谋正。堂堂太子，继承皇位，何反之有？如今，我最信任的就是你，如果事在危急，将军一定要重显当年威风，等我做了皇帝，一定拜将军为三公之太尉，位极人臣。"

侯君集激动地说："殿下如此信任，侯君集肝脑涂地，在所不辞。"

三十七、历史重演

太子失德

李世民听说右庶子张玄素在东宫多次劝谏太子，便提升他为银青光禄大夫，行左庶子职。

这一天，太子李承乾在宫中击鼓为乐，张玄素劝太子不要击鼓。太子大怒，命人将鼓从鼓架上取下来丢在地上，取过一根大棒，将鼓砸碎，负气地说："我将鼓砸毁了，左庶子满意了吧？"

张玄素："朝廷遴选我们辅佐太子，右庶子孔颖达、赵弘志，都是非常有才能的人，如今动辄经过数月不见东宫臣属，他们怎么能帮助太子呢？东宫只有女人，不知是否有像樊姬待楚庄王那样贤惠的呢？"

"樊姬？"李承乾问道，"樊姬是什么人，很漂亮吗？"

张玄素耐着性子说："樊姬是春秋时楚庄王的夫人。当初的楚庄王，左拥郑姬，右抱越女，是一个荒淫无度的昏君。后来伍举劝谏他。他说：'三年不鸣，一鸣惊人。'于是，楚庄王奋发图强。但却常用人不当。樊姬就帮助他识别人才，将有才能的人才提拔重用，楚庄王也就成为有作为的君王。"

李承乾无所谓地说："知道了，还有事吗？"

张玄素见太子下了逐客令，只好无奈地退出东宫。

李承乾有个男宠，本是太常寺的一个歌童，召进宫后，经常唱一些淫秽的歌曲，并和太子互换衣服穿，最后发展到同寝共卧。李承乾给他取了个名字叫"称心"。

太子詹事、中书侍郎于志宁反复劝谏，太子就是不听。还故意将宦官带随左右，任意故为。无奈之下，于志宁见口谏无效，便上书极谏，他说："自从春秋时齐国易牙之后，宦官导致国家灭亡的事例很多。如今太子殿下亲近此类人，并让他们敢于与太子换穿衣服，此风不可长。"

李承乾将于志宁的话当成耳边风，置之不理。

这一天，李承乾一跛一跛地来到皇厩，命令驾驭手将皇上御用"踏雪无痕"宝马牵过来。

驾驭手有些为难，犹豫了一下。

李承乾怒吼："站着干什么？我的话没有听见吗？"

驾驭手见太子发怒，只好将御马牵给李承乾，驾驭手躬身俯在御马的身边，让李承乾踏在背上上马。李承乾上马之后，正欲挥鞭驰马，突然一人抓住马缰，李承乾猛挥一鞭抽在拉缰者的身上，大喝："找死。"

抓缰阻马者不是别人，正是太子詹事于志宁。于志宁挨了一鞭，并没有松开手中的缰绳，大声劝谏道："太子殿下，现在是以文治国，读书才是正道。"

"读书的事，要我亲自读吗？你们先读，读后告诉我就行了。光读不练，不是成了纸上谈兵吗？"李承乾坐在马上怒吼道，"快让开，别扫兴。"

于志宁抓住缰绳，继续苦谏道："太子殿下，你如此不自律，事情一定会越来越不妙的。"

李承乾反问道："什么不妙？"

"陛下说过，太子之位不是铁打的，不是不能废的。"于志宁补了一句，"这是我亲耳听到的。"

李承乾坐在马上，怒视着于志宁，一言不发。

于志宁继续说道："魏王开文学馆，亲自编撰《括地志》，这才是正途，不怕不识货，就怕货比货，太子殿下，三思啊！"说罢，松开了手。

李承乾从马上跳下来，冲着贺兰楚石大叫"不玩了，回宫。"

东宫里，李承乾对门客张思政、纥干承基说道："于志宁太麻烦了，你们两人去将他解决了。"

纥干承基问："解决到什么程度？"

李承乾咬着牙说："我不想看见他，要他永远说不了话。"

于志宁的宅第，于志宁素服麻衣躺在苫席之上，头枕着地，翻来覆去地睡不着。张思政、纥干承基两人手持利刃，躲在窗外小声嘀咕道："堂堂太子詹事，朝廷二品大员，既然清贫到如此地步，这是个好官啊！我们杀他，要遭天谴。"或许是良心发现，两人竟然不忍下手，悄悄退了出去。

于志宁捡了一条命。

魏王有野心

魏王李泰素有夺嫡之心，乘李承乾失德之时，格外地礼贤下士，司马苏勖建议他著书立说，以提高在皇上和大臣面前的声望。

李泰采纳了苏勖的建议，向父皇奏请修撰《括地志》。李世民知道李泰爱好文学，喜与文人学者交友。原以为只是兴趣而，听说要著书立说，当然很高兴，颁下特旨，允许魏王就府设立文学馆，任由招揽学者来馆研习学问。

这些事情曾引起朝中大臣们的反对，房玄龄不止一次提醒李世民，不要重蹈先皇的覆辙，说这样做会导致皇子之间的矛盾，但李世民就是不听。

魏王奉有圣旨，可就有恃无恐，广泛延请天下俊彦贤才，一时间文人学者趋之若鹜，纷至沓来，一时间魏王府可谓是门庭若市，人才济济。人多了，费用开支也就大了，每月的费用支出直线上升，于是奏请增加月供。李世民毫不犹豫地诏令有司增加魏王府的月供，使得魏王府的月供超过东宫。谏议大夫褚遂良上疏，奏称这样不符合礼法。

李世民会错了意，以为褚遂良说太子的月供过少，于是又下一道诏谕，太子所用库物，任其支用，有司不得限制。

十六年春，《括地志》编写完成。李泰欲用《括地志》投石问路，掂量一下自己在父皇心目中的地位。

两仪殿里，李世民坐在龙案之上翻阅李泰编撰的《括地志》，魏王恭恭敬敬地站在一边，瞪着大眼睛巴巴地看着李世民，等待他的评价。

房玄龄与长孙无忌一前一后地进来，李世民举起《括地志》高兴地说："玄龄、无忌，你们看，这是朕的儿子编撰的著作，朕的儿子当中总算出了一个有学问的人。"

李泰讨好地说："父皇，儿臣正在准备编撰第二部著作呢！"

李世民："好呀！有什困难只管说，父皇替你想办法。"

李泰："儿臣遵照父皇旨意，招贤纳士，专心修书，只是月例有限，常有捉襟见肘之感。"

李泰的意识很明显，他想皇上再次增加他的供奉资金与物料。

李世民："这件事好办，朕叫有司增加魏王府的物料供给。"

李泰得寸进尺，试探地说："秉承父皇旨意，儿臣就府设置文学馆，招纳天下文学之士讨论文章，研习儒家经典，只是延康坊的魏王府第窄小，文人学子出入其间，拥挤得狠。"

李世民："这倒是个问题，魏王府旁边还有空地基吗？朕叫户部拨资金，添加两间如何？"

李泰："再建实在是有些麻烦，皇宫内不是还有现存的地方闲着吗？"

李世民："哪个地方空着？"

李泰轻声说："武德殿。"

李世民明白了，这是步步为营，图谋夺嫡呀！心里虽然这样想，脸上并未表露出来，反而说："啊！想起来了，武德殿是闲着，你就搬进武德殿吧！父皇朕的身体近来越来越差，你搬进武德殿，读书侍驾，亦可帮朕起草诏书，做些文字工作。"

"谢父皇！"魏王惊喜地跪下谢恩。

李世民："起来吧！这里没你的事了，你去吧！"

房玄龄待魏王出去后，立即说这样不行，请李世民收回成命。

长孙无忌也说，自古以来，除太子外，诸皇子成人封王者，就得搬出皇宫别开府第，今魏王既已开府，再搬回皇宫，有违礼法。

李世民不以为然，说都是他的儿子，住在哪里都一样，见房玄龄还想说，又决断地说："这件事不必说了。"

次日早朝，魏徵手持笏板出班道："陛下，臣有本要奏！"

李世民："有何本，只管奏来。"

魏徵："闻陛下下旨令魏王迁居武德殿，可有此事？"

李世民："确有其事，魏王刚撰写了一部《括地志》，下面还要撰写其他的著作，魏王府第窄小，朕令魏王搬至武德殿，一来可以解决用房不足的问题，二来也可以帮助朕做一些文字工作，这可是两全其美之事。"

魏徵："此殿在宫城之中，房屋宽敞且又闲着，魏王进驻武德殿，往来奏事，极为方便。"

李世民："正是，魏王奏事，就比住在延康坊方便多了。"

魏徵："魏王是陛下的爱子，陛下一定想使魏王得到安全。经常要抑其骄奢，不处嫌疑之地。"

李世民心里感到纳闷，这个魏徵不是说有事要奏吗？怎么尽找些朕爱听的话说，葫芦里到底卖的什么药？尽管心里有这些疑问，口头上还是说：

"正是、正是。"

魏徵："武德殿在太极殿之东，东宫之西，当年海陵王（原齐王元吉）就住在那里，现在又叫魏王搬进去住，朝野之人该怎么想？有人说咸，也有人说淡，说多了，总有些烦心，人言可畏哟！"

"这……"李世民有些犹豫了。

魏徵："魏王的本意是想安宁，绝对不想自己处在风口浪尖之上，若住进武德殿，立即就身处漩涡之中，想躲也躲不开。陛下本是宠爱魏王，才让他搬进武德殿，现在反而使魏王因宠而心有所惧，那与陛下的本意不是背道而驰吗？臣奏请陛下成人之美，让魏王搬出武德殿，一来避免一些闲言碎语，二来魏王也能安心写书，岂不是两全其美吗？"

魏徵对李世民的进谏，似乎没有以前的那股锐气，但说的话却入情合理，绵里藏针，其对李世民的震撼，丝毫不亚于过去那种咄咄逼人的谏言。

魏徵说的这些李世民当然也想到了，因为他令魏王搬进武德殿，是他的一步棋呀！如今被魏徵在朝堂上这么一闹，这步逼太子奋起的棋就不能再下了，于是立即传下口谕：魏王立即搬出武德殿，仍回延康坊的魏王府。

房玄龄、长孙无忌等站班大臣百思不得其解，自己向皇上进言，皇上断然拒之，魏徵进谏，皇上却乐而受之。其实他们自己应该明白，魏徵的谏术比他们高明得多。

李承乾接到"领用库府器物不受限制"的诏令后，大喜过望，认为他的东宫之位仍然非常稳固，那颗悬着的心重新回归原位，没有了精神负担，心情也宽松多了。必情一松，心中的邪念又起。挥霍起来更是变本加厉，肆无忌惮。他从左藏库调出五万钱，花二万钱在永乐坊修建一个大型斗鸡场，又花三万钱在紧邻皇宫东边来庭坊买了一处民宅改造成宫外的别院，再从工部调去工匠物料进行装修，从内务府调出皇家御用的红木家具，将来庭坊别院装饰得如同宫殿。每当夜深人静之时，带上心腹偷偷潜出皇宫，化装成公子王孙，到长安城最繁华的地方寻花问柳。有时干脆将相好带至来庭坊别院淫乱。

张玄素见李承乾如此挥霍无度，直言奏道："昔周武帝平定山东，隋文帝统一江南，勤俭爱民，皆为一代名主。有子不肖，才使社稷灭亡。圣上因与太子殿下乃是父子，行事兼有家、国，所应用器物，不为限制，圣旨未逾六旬，用物已过七万，骄奢淫逸之极，还有比这更过分的吗？"

李承乾不但不听，反而怀恨在心，决定要教训一下张玄素。

张玄素上谏书，是希望太子能回心改过，哪知却给自己惹来了血光之灾。

这一天上早朝，张玄素经过东宫门前，突然从小巷里冲出三个穿短衣戴便帽之人，靠近张玄素，一人突然从怀中抽出一把大马锤，向张玄素的脑门击下，口中叫道："叫你多管闲事！"

张玄素本能地一闪，大马锤偏出顶门，仍击中脑壳，顿时血流如注，大叫一声，晕倒在地。

朝臣闻声赶来施救，过了半天，才将他叫醒，再看行凶之人，早已逃得无影无踪。

皇宫之内，真正的天子脚下，有什么暴徒？即使是有暴徒在此潜伏，一经发现，哪能逃得如此快速？此次暴徒眨眼即去，眼见得就在近处藏匿，除了东宫之外，恐怕就别无二处。

太子在怒吼

由于李世民态度暧昧，导致太子与魏王的皇储之争愈演愈烈。朝中大臣也渐渐形成两派。一派以侯君集为首，他和自己的女婿贺兰楚石依附于太子，力劝李承乾夺位。左侍卫中郎将李安俨为太子收买，利用他掌控宫廷侍卫之便，伺察李世民的一举一动。杜如晦的次子驸马杜荷，时任尚乘奉御、封襄阳郡公，也都是太子的死党，也力劝太子起事。

魏王李泰是一个城府很深的人，他经常表现出一种折节下士的样子，一些年轻而有野心的官员，见魏王得宠于皇上，便集结在他的身边。李泰厚贿驸马柴绍和房玄龄的次子房遗爱，结为心腹。黄门侍郎韦挺、工部尚书杜楚客先后管理过魏王府事务，二人积极为魏王交结朝中官员，以重金贿赂朝中大臣，并散布谣传，说魏王聪明，最适合做皇上的继承人。"

房玄龄虽然为太子师，其实态度也很暧昧，通过与太子的接触，已深深地感觉到太子是一个扶不起的阿斗，但这种想法只能埋在心里，不敢为外人道，多做事，少说话，是他做人的准则。

房玄龄虽为太子少师，但与魏王阵营中的一些人却颇有渊源：儿子遗爱是魏王的心腹，朋友及部属韦挺、杜楚客正在为魏王夺嫡四处活动。韦挺曾为尚书右丞，是左仆射房玄龄的得力助手，后升为御史大夫，同房玄龄一起参与政事，关系密切。杜楚客则是房玄龄的挚友杜如晦的弟弟，再如中书侍郎岑文本、门下侍郎刘洎，同房玄龄的关系都不薄。

李世民也处在进退两难之境。他很欣赏魏王的才能，对太子的所作所为越来越不满。但储君的兴废是国家大事，他不敢轻举妄动。对目前朝中大臣各有依附、私结朋党的事情非常心忧，担心自己死了之后，兄弟相残的悲剧再会重演。房玄龄为太子少师后，情况并没有多大好转。房玄龄担负着繁重政务，并没有太多的时间和精力放在辅佐太子的职务上，而以房玄龄谨恭自处的性格，不可能对太子极言直谏。因此，李世民考虑给太子换老师，给太子以约束。

这天，东宫大门突然洞开，几名内侍手持闯了进来，东宫侍卫马上迎了上去，内侍挥了挥手中皇上的手谕说："陛下手谕在此，捉拿妖孽，与太子无关。你们都退下去。"

东宫侍卫见有皇上手谕，看了李承乾一眼，乖乖地退到一边。

内侍穿过东宫侍卫，向李承乾扬了扬手中的手谕，直接进入内室。

突然，里面传出称心的惨叫声。

李承乾此时才如梦初醒，哭着冲向里面，惨叫道："不要，不要啊！"

魏王府里，房遗爱手舞足蹈地对李泰说："几名内侍冲进东宫，只听咔的一声，接着传来一声惨叫，完了。"

李泰问道："真的吗？"

"哈！哈！哈！"房遗爱绘声绘色地说，"太子哭着喊道：'不要、不要呀！'没用。"

"走！"李泰拉了一把房遗爱，"喝酒去。"

两仪殿内，李世民严厉地斥责跪在地上的李承乾。李承乾倔强地看着李世民。李世民拿着马鞭，一步一步地逼近李承乾。

李承乾："陛下用马鞭，是用家法，还是用国法？如果是家法，陛下是替母后惩罚我吗？"

李世民："你有何颜提你的母后？"

李承乾："我吃母后的奶水长大，玄武门之变那天，母后手持短剑，守卫在门口，保护着我们。今天，陛下却要伤害我们。"

李世民两眼失神地看着李承乾，好像不认识一样。

李承乾："是你，亲手杀死了自己的兄弟。"

"你！"李世民气得两手发抖。

李承乾继续说："你还立杨王妃为皇妃。"

"承乾！"李世民大声吼道，"你反了。"

"我是太子，陛下！"李承乾倔强地说。

李世民："你想干什么？"

李承乾："我不想干什么，陛下是想再来一次玄武门事件吗？"

马鞭从手中脱落，李世民一下子仿佛苍老了十岁。

李承乾从地上爬起来，一跛一跛地向殿门外走去。

李世民怒吼："你不要逼我。"

"父皇，是你逼我，你杀了我唯一心爱的人。"李承乾回头大声吼着，吼完了，旁若无人地走出两仪殿。

李世民痴立当场。

房玄龄站在旁边，不敢出声，其他所有在场的人，没有谁敢出声。

李承乾在东宫为称心设了灵堂，堂中塑了称心的像，两边排着偶人车马，让宫人朝夕祭拜，他自己也多次到灵堂徘徊流泪。后来他又将称心葬在东宫，并私自赠官树碑，以示哀悼。

称心的死，使李承乾从心里恨李世民。一连几个月，托病不朝。他认为是魏王告的密，一并地将魏王李泰也恨上了。

武才人戏晋王

御花园里，晋王李治坐在凉亭里，放下手中正在阅读的书，抬头四处张望。远处，一个貌似天仙的女子向凉亭走来。李治仔细一看，原来是父皇身边的武才人。

李治冲着武才人问道："姨妃出行，怎么没有宫女陪伴？"

"晋王不也是一个人，没有侍从吗？"武才人笑着说。

李治："出来散散心，有侍从跟着，总觉得别扭。"

武才人："晋王身上，有一种不同于其他王爷的气质。"

李治看着武才人，痴痴地说："姨妃姐姐真漂亮呀！"

武才人笑道："又是姨妃，又是姐姐的，到底叫什么呀？"

李治红着脸说："是我错了，请姨妃原谅。"

武才人微笑着说："开玩笑的，我只比你大一点点。"

李治高兴地说:"那就叫姐姐吧!我喜欢叫姐姐。"

武才人凑到李治耳边,轻轻地说:"只能我们两个人在一起时叫,不能让别人听见。"

李治抬起头,武才人妩媚地一笑,转入树丛中去了。

御花园里,李治坐在树下看书,武才人从背后悄悄靠近,突然伸手捂住李治的双眼。李治挣扎着,却甩不开武才人的手,急得大叫道:"妹妹别闹,你去找太子玩吧!"

武才人撒开手说:"怎么?几天不见了,我又成了你妹妹?晋王府不待,怎么总往宫里钻?"

李治见是武才人,连忙说道:"错了,错了,我以为是小公主。太子叫我来陪她,可我来了,她一个人去玩,将我晾在一边,待着没意思,只好坐在这里看书了。"

"我说你不同,你真的不同。"武才人摸着李治的脸,"这么一张俊脸,和那些成天只想争权夺利的人确实不同。看看太子,再看看魏王,满脸凶相,一个个像吃人的狼,一点也不讨人喜欢。"

李治着急地说:"姐姐,小声点,别让人听到了。"

"怕什么?比这更大胆的事我都敢做。"武才人用挑逗的眼光看着李治。

李治迟疑了,最终还是抓住武才人的手。

武才人抽出手,低声道:"今晚亥时,我在偏殿等你。"说完快步离开,回头补了一句,"不见不散。"

李治看着武才人远去的背影,脸上露出了笑容。

三十八、废立太子

给太子换老师

一天朝参时,李世民问众臣:"当今国家何事最急?你们每个人都谈谈自己的看法。"

谏议大夫褚遂良率先说:"如今四方安定,唯太子与诸王的名分确定最为紧要。"

房玄龄道:"太子与诸王的名分其实早已确定,只是陛下态度暧昧,这才导致事情的复杂化。"

长孙无忌:"陛下,当断不断,必有后患,长此下去,臣担心……"说到这里,突然刹住不说了。

长孙无忌本来想说"担心历史重演"。

满殿文武百官都知道,长孙无忌欲言又止的话便是历史的重演,即玄武门之变。这是当今皇上的忌讳。李世民虽然借这次事件消灭了劲敌,但也扮演了一个不光彩的角色。因此玄武门之变一直心头的一股阴影。

"你不就是想说历史重演吗?"

李世民见长孙无忌惶恐地看着自己,反问道:"你们不就是想说太子李承乾不修德,朕对魏王宠爱有加吗?够了,够了,朕不想听这些。东宫的侍臣都干啥去了?拿了朝廷的俸禄,却不能替朕分忧。"

房玄龄、杜正伦、孔颖达、张玄素等东宫侍臣一齐伏地请罪。

李世民:"都平身吧!就知道说有罪,难道不能说点别的吗?看来,朕要给太子再找一位老师。"

几位重臣不自觉地向后退,害怕选到自己。大家都知道太子积习难改,张玄素街头遭袭,有人怀疑是太子指使人干的,只是没有证据而已。

李世民:"当今朝臣中,忠直者无人能及魏徵,朕要托六尺之孤,寄百里之命,拜魏徵为太子少师,让天下人都知道朕的心愿,杜绝天下人心中之疑。"

房玄龄立即附和:"魏徵乃博学鸿儒,忠直有加,堪称太子少师的最佳人选。"

　　李世民正同几个近臣议事,忽见魏徵颤巍巍地走进来,立起身惊叫:"魏徵,病好了吧?如果没好利索,就不要硬撑,有事递个折子上来就行了。"

　　魏徵见皇上如此关心自己,感动得流下发两行热泪,嗫嚅地说:"臣是有事启禀陛下,才拖着病体进宫的。"

　　李世民:"有何事要奏?坐下来说话。"说罢,亲自搬过椅子让魏徵坐下。

　　"臣病体沉疴,实难担太子少师之重任,臣恳求陛下,太子少师一职还是另选他人吧!"

　　"魏徵哟!太子顽劣,朕遍寻群臣,唯有你才是最合适的人选,你就别负朕望了。"

　　"陛下,不是臣偷懒,臣的身体确实不行,难当此任呀!"

　　"魏徵,你要朕给你下跪吗?"李世民说完,真的跪在魏徵面前。

　　魏徵惊慌地从椅子上滚落在地,跪在李世民的对面,哭着说:"陛下,君不跪臣,你怎么能这样,你这不是要折煞老臣吗?"

　　在场几位侍臣见李世民跪下,也都跟着跪下。

　　李世民两眼含泪:"太子乃社稷之本,必须有师傅,要挑选忠正之士作为辅弼。周幽王、晋献公,废嫡立庶,有国行此,国必危;有家行此,家必败。汉高祖几废太子,赖商山四皓辅助,才得以保住太子之位。朕命你为太子少师,就是要借你的学识、威望以及对大唐江山社稷的赤胆忠心来教导太子,影响太子,使太子能振作起来。朕知道你有病在身,不必亲到东宫教授,朕命太子定期到府求教,你可以躺在床上辅佐太子。你难道不能体量朕的一片苦心吗?"

　　"陛下,快起来,臣答应你了。"魏徵带着哭腔说。

　　李世民拉着魏徵一同站起来:"魏徵,朕知道你身体不好,实在不该给你增加这么重的担子,真的难为你了,朕实在没有办法啊!"

　　刚从地下站起来的房玄龄羞愧地低下了头。因为他是现任太子少师,不能教好太子,他自己觉得愧疚。

　　魏徵拉着李世民的手,颤抖地说:"陛下,别说了,老臣知道了。"

　　"来人!"

　　侍奉太监立即过来。

　　李世民吩咐:"送魏大人回家。"

　　李承乾同贺兰楚石、纥干承基对坐而饮。贺兰楚石高兴地说:"太子

三十八、废立太子

殿下，皇上又命特进魏徵为太子少师，这可是喜事！"

李承乾："何喜之有？"

贺兰楚石："魏徵乃大唐第一谏臣，学贯古今，堪称帝师，皇上对他也是'敬之重之，同于师傅，不以人臣处之'，皇上命魏徵为太子少师，其用意不言而喻了。"

纥干承基："对呀！这可是个好的兆头。"

李承乾："魏徵算什么？只不过是内黄县一个乡巴佬，耍嘴皮子而已。论学识，父皇潜龙秦王府时的十八学士，人人都是博学鸿儒，谁也不比魏徵差；直言谏君，哗众取宠而已。"

贺兰楚石："殿下此言差矣！魏徵博古通今，乃士林鸿儒，主持国史馆修史，秘书省那么多文学巨匠，都得听从于他。其学识非一般人可及，他做太子少师，殿下定会受益匪浅。"

李承乾不屑地说："我才不稀罕呢！若父皇让位，我照样能当皇帝。"

纥干承基："殿下切不可如此说，圣上天聪睿智，皇权独运，四夷臣服，万邦来朝，满朝文武，没有谁能像魏徵这样长盛不衰地受宠，圣上在魏徵面前言听计从。魏徵在朝廷中的地位是无人可及。"

凌烟阁挂像

贞观十六年七月，李世民封房玄龄为司空、长孙无忌为司徒。

李承乾担心父皇改立魏王为太子，同时，他一直怀疑称心的事是魏王向父皇告的密，因此决定动手了。他召来贺兰楚石说："魏王那边，不能等了，要给他点厉害。"

"好！"贺兰楚石说："我去安排。"

"不。"李承乾制止道："还是叫纥干承基去干。"

贺兰楚石说："他不是到齐州齐王那里去了吗？"

李承乾说："叫他回来，回来后马上来见我。"

李承乾走近称心的香案，对着香案说："称心，你等着，我就要动手了，魏王是告密者，我一定要用他的血，祭奠你的亡魂。"

夜已深，魏王府的小厅里，魏王李泰正与房遗爱议事，突然，一枝箭飞进来,"砰"地一声插在李泰身后的墙上。房遗爱见状,拉了李泰一把,大声喊道:"趴下!"

二人刚刚伏在地上,又一枝箭飞进来,正中李泰刚坐的木椅靠背,由于冲力太大,椅子砰的一声倒下。房遗爱抱着李泰就地一滚,滚到墙角落。

李泰蹲在角落里,大声喊:"来人!快来人!"

魏王府的侍卫闻声赶来,在四周搜索了半天,什么也没有发现,刺客早已跑得无影无踪。

两仪殿,李泰向李世民哭诉,说有人深夜潜入魏王府行刺,若不是躲闪得快,早就没命了。

李世民没有出声,只是在贴着奏疏的屏风上寻找着什么。李泰哭着说:"父皇,没有听到我说话吗?有人要杀你的儿子。"

李世民终于找到了,原来是魏徵《十思疏》,取下《十思疏》后回到座位上说:"朕已派大理丞调查此事,刺杀亲王是死罪,抓起来格杀勿论。"

李泰说:"这还用查吗?朝中除了一个人,谁敢对孩儿动手?"

李世民:"证据呢?没有证据,就不要乱说。"

房玄龄进殿,见气氛有些不对,立在一旁,没有出声。

李泰申辩道:"大家都知道是谁,父皇心里也明白,只是不想说罢了。"

李世民气得浑身发抖:"你先回去,朕会将这件事查清楚。你让朕安静一下好不好?"

李泰告退。房玄龄随之也欲退出。

李世民:"玄龄,你不要走。"

房玄龄停下了脚步。

李世民拿着《十思疏》说:"魏徵的《十思疏》,朕每隔一段时间都要重新读一遍。里面讲的都是治国之道,告诉朕怎样做好一个皇帝。可是却没有说皇子之间互相残杀该怎么办。玄龄,你告诉朕,朕该怎么办?"

房玄龄看着李世民,没有回答,因为这个问题不是他能回答得了的,如何处理,主意还得李世民自己拿。

贞观十七年正月,魏徵病危,李世民甚忧,多次领众皇子和大臣前往探望。魏徵和房玄龄、戴胄等人一样生活简朴,李世民见魏徵家连一间正堂都没有,便命停止修建宫中一座小殿,用省下来的木料为魏徵家修正堂,还赐给一些素褥布被。并命中朗将住在魏徵家里,随时通报魏徵的病情。有时还整天待在魏徵家里,屏退左右随从,一直谈得很晚。

这天夜里,李世民梦见魏徵,惊醒之后,便传来噩耗,魏徵当晚病逝,

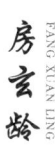

时年六十四岁。

李世民亲自到魏徵家中恸哭,命房玄龄主持丧事,太子李承乾主祭,晋王李治宣敕祭文。废朝五日,赠魏徵司空、相州都督,谥为"文贞"。

临朝时,李世民悲伤地对群臣说:"以铜为镜,可以正衣冠,以古为镜,可以知兴亡,以人为镜,可以明得失。朕常保此三镜,以防自己的行为过当。如今,魏徵去了,朕失去一面镜子。"

房玄龄和各位大臣也陪着李世民流泪。

李世民拉着房玄龄的手说:"玄龄呀!朕近来夜夜做梦,杜如晦、魏徵等人的身影,总是在眼前晃荡,挥之不去。"

房玄龄安慰地道:"这是陛下思之过甚的缘故,过一段时间就好了。"

李世民:"这些开国功臣,朕怎么忘得了呀!"

房玄龄建议:"那就请阎立本替开国功臣们画一幅像,辟个地方挂起来,陛下想他们的时候,可以去看一看。"

"好!这个主意好。"李世民赞同地说,"那就将凌烟阁重新整修,你拟个名单给朕,确定后安排阎立本将这些功臣的像画下出来,挂在凌烟阁。"

几天后,房玄龄拟了一个二十三人的名单给李世民,李世民看后问道:"怎么没有房玄龄的名字?"

房玄龄:"臣只是陛下身边的一个奴仆,起穿针引线的作用,算不上开国功臣。"

"房玄龄不算开国功臣,那就没有人够格称开国功臣了。"李世民说罢,亲自把房玄龄的名字添上去。

凌烟阁重檐歇山顶,灰筒瓦绿剪边,上有精雕细镂的浮雕,表现功臣们奋力杀敌,为国战斗的场面。浮雕在阳光的照耀下,更加突出,更显辉煌。阁内的素壁上,悬挂着大画家阎立本所画的大唐二十四功臣的画像,这些功臣是:

赵公长孙无忌,赵郡元王李孝恭,莱成公杜如晦,郑文贞公魏徵,梁公房玄龄,申文献公高士廉,鄂公尉迟敬德,卫公李靖,宋公萧瑀,褒忠壮公段志玄,夔公刘弘基,蒋忠公屈突通,郧节公殷开山,谯襄公柴绍,邳襄公长孙顺德,郧公张亮,陈公侯君集,郯襄公张公谨,卢公程知节,永兴文懿公虞世南,渝襄公刘政会,莒公唐俭,英公李勣,胡壮公秦叔宝。

贤相们的头顶上都戴着进贤冠，猛将们的腰间皆佩着大羽箭，一个个神态兼备，栩栩如生。李世民给每位功臣都给了一个评语，他给房玄龄的评语是：

才兼藻翰，思入神机。当官历节，奉上忘身。

二月底，齐王李佑在齐州谋反，李世民派大将李世勣前去招讨。叛乱很快平息了。

废立太子

东宫里，李承乾、李元昌、贺兰楚石、纥干承基、杜荷等人围坐在一起。李承乾担心地说："齐王事败，会不会牵连到东宫？"

贺兰楚石说："纥干承基是太子的人，与齐王联络都是他干的，如果在齐王那里留下蛛丝马迹，一定会扯出葫芦带起根，到时形势就有些不妙了。"

纥干承基着急地说："反了吧！情况已经很危急了。"

杜荷道："这个很容易，太子殿下装病，皇上必定来东宫探视，趁机捉拿皇上，大事可成。"

所有人的眼光都集中在李承乾身上。

纥干承基问道："是要死的还是要活的？"

李承乾咬牙说道："永远也不能说话。"

大理寺在审理李佑一案时，果然将纥干承基扯了出来。有司连夜拘捕了纥干承基。齐王叛乱被平息，李世民命房玄龄参与审案，查出纥干承基与此案有牵连，被判了死刑。

纥干承基为了保命，临打入死牢之前，出卖了他的主子，将太子李承乾有意兵变之事和盘托出。

房玄龄知道案情重大，急忙禀报李世民。

李世民大惊失色，下令将李承乾囚禁起来，并命司空房玄龄、司徒长

孙无忌、特进萧瑀、兵部尚书李世勣、大理卿孙伏伽、中书侍郎岑文本、御史大夫马周、谏议大夫褚遂良，组成一个庞大的陪审团，共同审理此案。

证据确凿，李承乾无可否认。

大理寺，李世民与房玄龄、长孙无忌等入座，褚遂良带侯君集入。侯君集跪下。褚遂良将记录手卷交给李世民，自己入座。

李世民阅手中卷，对侯君集说："你曾是朕身边爱将，是大唐的功勋之臣。朕不想让刀笔小吏审讯你，免得侮辱了你的尊严。朕亲自问你，你有何话说？"

"臣不服！"侯君集跪在地下说。

李世民示意侍卫替侯君集松绑，问道："有何不服？"

侯君集气呼呼地说："陛下恨臣已久，臣纵有千功，也难抵一过，与当年高祖对待刘文静，有何区别？"

李世民："当年的刘文静是冤枉的，今天的你力挺太子夺位，图谋叛乱，这些都是事实，你能不承认吗？"

侯君集："事已到此，臣不想多说，但求一死。"

李世民对房玄龄等人说："国家尚未安定时，侯君集确实立有大功。朕不想依律处治，想替他乞求一命，不知各位能不能答应？"

房玄龄心里明白，李世民是在做戏，没有出声。长孙无忌等人也知道李世民是在故作姿态。于是大家说，侯君集犯的是谋逆罪，应诛九族，不能赦免。

李世民两手一摊："侯君集，朕想饶你一死，但律法不容。你也怪不得朕。不过凌烟阁上还有你的挂像，你走后像还挂在那里。你是大唐的功臣，大唐不会忘记你的。"说罢，凄然泪下。

房玄龄："陛下，臣有一请。"

李世民："说吧！"

房玄龄："侯君集罪不容赦，念在他对大唐有功，请赦免他的妻子和一个儿子，以保留侯家一脉香火。"

李世民："准了。"

侯君集向房玄龄投来感激的眼光。

李世民挥挥手，示意侍卫将侯君集带下去，然后说："还有一个人，朕想免他一死，就是汉王李元昌。"

房玄龄："太子谋反，同谋者有生有死，天下人会议论，这是不合法的。现在有功之臣侯君集死，皇族李元昌死，正可以告诉天下人，谋反，杀无赦。"

"可不可以赦免他的家人？"李世民有些伤感："同案之人，杜荷是杜如晦的儿子，赵节是皇姐长平公主的儿子，杀哪一个，朕心里都很难过。法不容情，朕也没有办法。"

房玄龄："那就请陛下开恩，只杀本人，家人就免了吧！"

长孙无忌及众臣都说："司空之言可行，但需陛下开恩。"

"只好如此了。"李世民说，"朕知道你们都在等一个人，说说看，怎样处置承乾吧！"

房玄龄："谋反是死罪！"

李世民长久不语，伤心地问："斩首？"

长孙无忌也很伤心，但还是说："只有斩首一途。"

房玄龄："太子到底是陛下骨肉，陛下若还是慈父，可以让他终其天年。"

李世民："可以吗？"

房玄龄说："陛下手谕，臣等照办。"

李世民下诏，废承乾为庶人，关押等候处置；赐李元昌自尽；侯君集等人处死。东宫除于志宁、张玄素受到表扬外，其余人等皆因辅佐太子无功而受责备。

武才人暗助

李承乾既然被废，按皇位继承法，最有资格做太子的是长孙皇后所生的魏王李泰和晋王李治。朝臣的意见分为两派，以长孙无忌和褚遂良为首，主张立晋王为太子；以宰相岑文本、刘洎为首，主张立魏王李泰为太子。

在立太子的问题上，房玄龄认为魏王比较适合，但态度并不明朗。

长孙无忌虽然高居外戚，位居三公之列，但他知道房玄龄这一票很重要。这一天，他专程拜望房玄龄，请他在皇上面前替晋王说话。房玄龄当时并没有明确表态，只是说了一句："想必陛下自有主张吧！"

按房玄龄的想法，他很难明确表态。按长孙无忌的想法，他对房玄龄的回答很不满意。

三十八、废立太子

甘露殿，李世民躺在卧榻上，武才人在一旁侍奉喂药。

魏王李泰进来了，走到卧榻旁轻声问道："父皇的风疾又犯了？"

李世民点点头，面露痛苦之状。李泰对武才人说："我来侍候父皇。"

武才人一边给李世民喂药，一边说："不劳魏王。"

李泰背对着李世民，狠狠地瞪了武才人一眼，武才人也直视李泰。李泰目光移向一边，语气明显带有哀求地说："让我来侍奉父皇吧！"

武才人将药碗递给李泰，李泰接过药碗，用羹匙舀药送到李世民嘴边，闭目的李世民一惊，睁开眼。

武才人问道："你侍奉过陛下吗？"

李泰不知所措，因为他从来没有侍奉过父皇，这是他平生第一次给父皇喂药。李世民主动张开嘴，李泰赶忙喂药，李世民呛住了，咳嗽。

武才人上前捶背，李泰连忙放下药碗，挤开武才人，抢着捶背。

李世民皱眉，向武才人挥挥手。武才人慢慢退出，走到屏风后面并未离去，竖起耳朵，听屏风那边的人说话。

李泰恭顺地说："父皇，好些了吗？孩儿应该多进宫，侍奉父皇，略尽孝心。"

李世民轻轻地咳了一声："那倒不必，朕知道……"

李泰抢着说："父皇当然知道孩儿的孝心，承乾就没有孝心。"

李世民："朕怎么养了那么个儿子，竟然要弑父弑君。"

李泰安慰地说："父皇既然已经处置他了，就不要再为他伤心了。"

李世民："他到底做了十八年的太子啊！"

李泰："孩儿也可以做啊，孩儿会做一个好太子，一个有孝心的太子。"

李世民："你做了太子，怎样对待你的弟弟，比如晋王，他是一个有孝心的孩子。"

"那好办。"李泰毫不迟疑地说，"我去世的那一天，我会把儿子杀掉，将皇位传给弟弟。"

李世民叹了口气："还是你做太子吧！"

马场内，武才人骑着马缓缓而行，两眼东张西望，似乎是在等人。李治驰马而来，老远就叫道："姐姐找我，有事吗？"

武才人急促地说："再晚，什么也没有了。陛下已经立魏王为太子了。"

李治不相信地说："我怎么没有看到朝报？"

武才人："还只是口头答应，如果马上采取行动，还来得及。"

李治失望地说："完了，晚了。"

"怎么？"武才人反问道，"认输了？"

李治反问道："不认输又能怎么样？"

武才人："快去找你舅舅呀！再迟就真的来不及了。"

长孙无忌问坐在身边的李治："为什么武才人会告诉你这些？"

李治："因为她听到了啊！"

长孙无忌："她为什么不直接告诉我？"

李治："是她叫我赶快来告诉舅舅的，她说你有办法。"

"好！"长孙无忌果断地说，"你不要回晋王府，随时跟在我身边，我马上进宫，有了消息，我会派人来叫你，你要以最快的速度进宫。"

三十八、废立太子

三十九、丞相家事

册立新太子

　　李世民靠在御榻上，对几位侍臣说："昨天，泰儿对朕说，他只有一个儿子，他去世的话，一定把儿子杀掉，传位给治儿。天下谁不爱自己的儿子，朕听了以后，心里好怜惜啊！"

　　众人面面相觑。长孙无忌说："这是什么话，他是太子吗？陛下答应他做太子吗？"

　　李世民沉默了半天，点点头。

　　"陛下要三思，这要误事的。"褚遂良说，"魏王做太子，再做君王，手上有生杀大权，却要杀掉自己的儿子，传位给弟弟，这可能吗？陛下封承乾为太子，却又宠爱魏王，超过礼制，以至酿成大祸。事情刚刚过去，陛下却不吸取教训。陛下若要封魏王为太子，就要先处置晋王，不然又要出大乱子。"

　　李世民紧闭双眼，双手捂住脸，眼泪从指缝中流出来："不行、不行，怎么能处置治儿啊！"

　　长孙无忌："既然这样，立即召房玄龄、李世勣来，议论立太子之事。"

　　李世民点头同意了。

　　长孙无忌出，命内侍急召房玄龄、李世勣进宫觐见。接着叫他的随从赶快回府传晋王进宫，越快越好。安排妥当，重新进入。

　　长孙无忌走到李世民身边说："司空房玄龄、兵部尚书李世勣马上就到。"

　　稍等一会，房玄龄、李世勣进来坐下。

　　晋王李治哭丧着脸进来。李世民惊问道："治儿，这是怎么了？"

　　李治眼泪汪汪地流了下来，跪在地下大哭着诉说道："孩儿虽无能无才，却也不会做出有悖天理之事，魏王为何要吓我。"

　　李世民在内侍的搀扶下，艰难地坐下，问道："泰儿说了些什么？"

　　长孙无忌告诉李世民说，是魏王李泰私下欺负李治，吓唬他"你平时跟承乾很亲密,如今承乾伏诛,你也不会有好结果。"

李世民头脑一阵昏眩,过了好半天才自言自语地说:"他真是这样说的吗?"

李治跪在地下答道:"魏王是这样说的。"

李世民伤心地说:"朕的三个儿子,一个兄弟,个个心肠如此之狠。真让我心灰意冷啊!"

突然,李世民拔出带鞘的刀,抽出佩刀欲自刎。长孙无忌冲上前去抱住李世民,褚遂良上前夺过李世民手中的刀。其他人一拥而上,扶住李世民。

李世民挣扎着说:"一了百了,死了干净。"

李治惊叫着冲上去,抱住李世民的脚,大叫道:"父皇,不可以呀!"

长孙无忌示意褚遂良,将夺下的佩刀交给晋王。李治接过刀,脸露惊惧之色。长孙无忌投过鼓励的眼光。李治手握佩刀,从地下站起来,稳定了一下情绪,朗声说道:"陛下、父皇,还有孩儿在呀!你为何要丢下大唐江山、丢下孩儿?"说罢,接住李世民手中的刀鞘,将佩刀插进刀鞘。所有的动作,都显得很冷静。

李世民凝视着李治,觉得他临大事时有静气,长长地松了一口气,慢慢地说道:"治儿,你就是治儿吗?"

李治将佩刀放在佩刀架上,转身答道:"父皇,我就是治儿呀!"

李世民点点头,问在场的几位大臣:"朕想立晋王为太子,你们意下如何?"

房玄龄先是一怔,立即明白李世民这是在试探。没有等他表态,长孙无忌立即将此话当成圣旨,抢着说:"陛下明断。"轻轻一推晋王李治说,"晋王,快谢恩!"

李治先是一愣,马上明白过来,翻身拜伏于地:"谢父皇、谢父皇。"

李世民此时已经坐好,对晋王说:"谢你的舅舅,司徒。"

长孙无忌大声说:"谨奉诏,如有异议者,我必杀之。"

李世民见房玄龄没有出声,问道:"你们已经同意了,不知朝中其他大臣有何看法?"

长孙无忌抢着说:"晋王仁孝,早已万众归心。请陛下召见群臣询问,如果臣说的有假,甘当死罪。"

太极殿,李世民召见六品以上的官员。

李世民朗声说:"承乾悖逆,已被废为庶人,魏王泰也一样凶险,不足以当大任,朕想从诸子中挑选一位作为储君,今天朝议,群臣可以公推

太子人选。"

李世民的嫡子中，只剩下一个晋王，加之长孙无忌背地里在部分大臣之中做工作，晋王李治成了不二人选。不知谁说了一声："晋王仁厚，当为太子。"

长孙无忌直起身，用鼓励的眼光扫视群臣。群臣的呼声和击笏声逐渐增大："晋王！晋王！晋王！"

马场，武才人不住地让马绕圈子。报信人驰马过来。武才人勒住马。报信人围武才人绕圈子说："晋王已立为太子。"

武才人脸上绽开了笑容，策马，疾驰而去。

魏王李泰率百余骑抵达永安门，守卫军士横戈拦阻。

太极殿，内侍禀报，说魏王率数百亲随抵达永安门。

长孙无忌问："为什么带那么多人？"

内侍回答："没带重武器。"

长孙无忌："陛下，请制止魏王，免得魏王一时糊涂。"

李世民："房玄龄，你去处理一下。"

房玄龄说："陛下放心。臣去，魏王不会犯糊涂。"

永安门守门军官来到魏王马前说："陛下手谕，请魏王入肃章门。小的替魏王执缰。"

李泰进入内朝堂，巡视着肃静的环境，浑身顿显得不自在起来。

房玄龄端坐在堂上，李泰一惊，久久地凝视着房玄龄，慢慢地跪下。

房玄龄温和地说："魏王，你好糊涂，为何此时带兵马来？这不是自己向死胡同里钻吗？"

李泰说："司空。你不为你儿子着想吗？"

房玄龄厉声道："不许乱说，你如果再一意独行，连生机都没有了。若不是你性情太急，绝不会是这样一个结果，既然已成定局，你就认命吧！"

李泰双手捶地，恨恨地说："我不服啊！"

房玄龄："魏王，你很聪明，然而聪明反被聪明误。"

李泰抬起头："我哪里错了？"

房玄龄："你为何要恐吓晋王？"

李泰不语。

房玄龄接着说："你为何要在陛下面前说，你死了以后，要杀死你唯一的儿子，传位给晋王？"

李泰瞪着两眼，愣在当场。

房玄龄正色地说:"陛下是圣君,大臣们也不是笨蛋,你这不是自欺欺人,弄巧成拙吗?"

李泰痛苦地低下头。

房玄龄:"没有陛下的手谕,你不能离开北苑一步。"

这就是说,李泰被幽禁于北苑之内。

贞观十七年四月初七,李世民御驾亲临承天门,宣诏,册封晋王李治为太子。

李世民事后对大臣们说:"朕如果立李泰,就表示太子的位置可以通过阴谋手段取得。从此以后,太子失道,藩王窥伺的,都不能用。这要作为规定,传于后世。况且,李泰立为太子,承乾和李治以后就难保平安。立李治为太子,承乾和李泰都不会有后祸。"

随后,李世民下诏,任命长孙无忌为太子太师,房玄龄为太子太傅,萧瑀为太子太保,是为三师。兵部尚书李世勣为太子宫詹事,负责东宫具体事务。

为了加强对太子的约束,李世民特下诏书,明文规定:每临朝参,太子必须出殿门迎接三师,先给三师行拜礼,然后三师再答拜;每进一门,必须让三师先入;三师落座,太子才能入座。写给三师的信函,台头必须称"惶恐",后边署名要写上"惶惑再拜"。

李世民为了确保李治健康成长,将来能顺利继承皇位,可算是费了不少的心思。

九月初七日,李世民放逐李承乾于黔州;十八日,放逐李泰于均州。

在这场夺嫡之争中,长孙无忌一反常态,不再避国戚之嫌,态度异常的激烈和强硬。

房玄龄却很韬晦,很少直接表态。他曾经任用自己的影响,让属僚和朋友拥立魏王李泰为太子,后来随着形势的变化,他依从长孙无忌的主张,但表现并不是很积极。正因为这样,他与长孙无忌和晋王李治之间就有了那么一点点不易觉察的嫌隙,为他身后埋下了祸患的种子。

三十九、丞相家事

弘福寺进香

房玄龄是个孝子，对待老母是毕恭毕敬，尽到了人子之孝道。

房玄龄夫妻也很恩爱，夫人卢绛儿剜目示忠贞，瞎了一只眼，但夫妻恩爱并没有因之而有所损。

房玄龄治家有方，他害怕儿女们会骄纵奢侈，仗势欺人，将古今家训汇集起来，写在屏风上，并让每个孩子都保存一份。

房玄龄有三个儿子。长子遗直，承袭了家族的爵位，授任礼部尚书。遗直为人忠厚老实，处事谨慎，继承了乃父风范。

幼子遗则因为身体不好，一直在秘书省做一个品秩很低的小吏，但为人却很善良。有一段时间，房玄龄叫他去料理封邑的事务，其时正值州里大旱，遗则当即免了农户两年的租税。回京后，遗则双手举着一大包草药说："封邑的百姓听说父亲患有脚气病，让孩儿带回这些草药，给父亲治脚气。"房玄龄并没有责怪儿子，反而还夸他能体贴下情。

房玄龄的女儿奉珠，美貌如花，性情温顺，被卢绛儿视若掌上明珠。由李世民保媒，嫁与韩王李元嘉为妻。修身、持家、相夫、教子，显得很有教养，跟贫寒的读书人家的子女没有什么区别，夫妻恩爱，家庭和睦。

唯次子遗爱，自小就很顽劣，有一次，房遗爱与人格斗，一枪将人搠于马下，伤者躺在地下，呻吟不止，而房遗爱却坐在马上哈哈大笑。这一幕正巧被房玄龄碰上了。房玄龄叫身边一名侍卫用弹子将遗爱从马上射下来。侍卫不肯，房玄龄怒道："若伤了性命，与你无关，快射。"

侍卫无奈，只好射出一颗石子，击中遗爱的大腿，遗爱翻身落马。房玄龄上前训斥道："格斗是习练武功，自应点到为止，岂能下手过重，既然伤了人，就要下马将他扶起来。你连做人的起码道理都不懂，今后怎么立足于世？"

李世民共有二十一个女儿，按年龄排行，高阳公主排为第十七。此女原名合浦，因为初始封地于高阳，故名高阳公主。

李世民将高阳公主下嫁给房玄龄的儿子遗爱，皇帝的公主，配宰相的公子，应该说是一段好姻缘。谁知这段姻缘，却让房家在长安城出尽了"风头"。

高阳公主长得很漂亮，十三岁时就已成人，至十五岁及笄待嫁之时，对男女之事已是非常渴望。当时有些淫书秽图在宫中流传，公主便让宦官替她搜集来，躲在宫中私下翻看，更是春心骚动，常与阉人挑逗。这些事情，房夫人虽有所耳闻，但念她是金枝玉叶，且也碍于皇上亲自赐婚，也就没有过分地计较。

高阳公主初嫁到房家，贪恋床笫之事，常常是白天也将房遗爱留在家中，云雨狂欢，外出行猎，放浪于山野。

房夫人只道是小夫妻新婚燕尔，恩恩爱爱，心里倒是很高兴。然而，此后发生的事，却是出乎房夫人的意料。

房夫人信佛，常到弘福寺烧香许愿。自玄奘大和尚西天取经归来，住进弘福寺之后，弘福寺的香火更旺。

房夫人要到弘福寺进香，高阳公主要求同往，她倒不是信佛，而是想去凑热闹。婆媳一同出行，是老人的一种天伦之乐，房夫人爽快地答应了。

房夫人和高阳公主，一个是宰相夫人，一个是当今公主，她们到弘福寺进香，对于弘福寺可不是一件小事，更为重要的是，房夫人每次来上香都要布施，且还不是小数目。香客是寺庙的衣食父母，何况是大香客，寺中都要格外地礼遇，加之她们的特殊身份，寺中更是要奉茶招待。

这一天，房夫人一行来到弘福寺，玄奘大和尚在万忙之中，仍将房夫人请到厢房奉茶，高阳公主不习此道，说是要出去转转。房夫人对待晚辈很是随和，只是吩咐，叫她不要走远了，一会就要回家。

高阳公主出了厢房，悠闲自在地在寺院中转悠，在一拐弯处，恰巧同一个手托茶盘的和尚撞了个满怀，"叭"的一声，和尚手中的茶盘跌落在地，摔得粉碎。茶水四溅，将高阳公的裤脚都溅湿了。高阳公主正欲发火，看到和尚手忙脚乱的样子，觉得很可笑，气顿时就没了，灵机一动，调侃地说：

小和尚手忙脚乱：叭！

端水的和尚以为自己撞了大祸，一定会挨一顿臭骂，不想眼前这位女子，不但没有责备，反而调笑他，脱口而出道：

美娇娘幸灾乐祸：嗯！

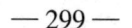

高阳公主没有想到和尚竟能出口成章,回了一句,无意间竟是一副对联。一时兴起,笑嘻嘻地说:

茶水四溅,污了本公主衣裳,小和尚该罚。

和尚随口答道:

惊见天人,灵魂出窍闯大祸,美骄娘海涵。

和尚回答得真是绝妙,先说公主是天人,实实在在地恭维了一句,接着是一个海涵,请求公主原谅。女孩子爱美,更爱人夸奖,加之高阳公主觉得这个和尚很可爱,气早就消了。情不自禁地摸了一下和尚的脸,问道:"法号怎么称呼?"

和尚脸一红,回答道:"辨机!多谢施主海涵。"

"去吧!"高阳公主大度地地一挥手,"你师父还在等你的茶呢!以后我会来找你玩的。"

公主红杏出墙

高阳公主带着侍女,多次以进香为名,至弘福寺寻找辨机和尚,一来二往,两人便好上了。

郊外,辨机和尚独自行走在小路上。高阳公主骑马从后面赶上来。靠近辨机后勒住马缰,放缓了速度,慢步跟在辨机和尚身后。

辨机和尚觉察到后面有人,回头一看,见是高阳公主,眼露惊诧之色。

高阳公主:"你到哪里去?"

辨机:"师父命我去办事,现要回寺向师父禀报。"

高阳公主:"你这么好的学问,也要给玄奘做徒弟?"

辨机:"玄奘法师,是得道高僧,不是我这样的人能比的。"

高阳公主:"到别的寺院,你可以做住持,这里却只能给玄奘法师打

— 300 —

下手，你不觉得屈才吗？"

辨机："给玄奘大法师当助手，是每个僧人梦寐以求的事情。别人想也想不到呢！"

高阳公主："没出息。"

辨机："佛门弟子追求的是真义，不是人间的荣华富贵。"

高阳公主："追求到了，又能怎么样？"

辨机："公主想的是人间利欲，真义与世俗无关，是佛门弟子的最高追求。"

"这么说，你不为凡尘之事烦恼了？"高阳公主挑逗地看着辨机说，"我看你并不快乐。"

辨机一时语塞，避开了高阳公主火辣辣的眼光。

高阳公主一招手说："上来。"

辨机迷惑地看着高阳公主。高阳公主说："我叫你上马来，送你一程。"

辨机退缩说："这怎么可以……"

高阳公主坚持地说："我说可以就可以。"

辨机："让旁人看到了，有污公主的清誉。"

"我都不怕，你怕什么？"高阳公主不屑地说，"还说不为凡尘事烦恼，怎么又想得这样多了？"

辨机站在马下，犹豫不决。

高阳公主见状，口气缓和地说："上来吧，若是怕人看见了，到有人的地方你就下去，我只载你一程就是了。"

"这……"

高阳公主几乎用命令的语气说："快上马，啰嗦什么？"

辨机见躲不过，只好纵身上马，坐在公主的身后。高阳公主抓住辨机的手，叫他搂住自己的腰，辨机先有些犹豫，后来牙一咬，一把搂住公主的柳腰，先是轻轻地搂着，后来越搂越紧、越搂越紧。

"抱紧了。"高阳公主策马疾驰，并没有驰向弘福寺，而是驰向不远处的一片树林，不一会，一骑两人，消失在丛林中……

弘福寺院中，大理寺的捕快进来了。

小和尚奔入禅房，告知玄奘法师。玄奘走出来，辨机随后。

一名捕快施礼说道："我们抓到一个贼，身上带有一只玉枕，贼说是偷自弘福寺。我们将这个贼带来了，要确认一下，请大法师给予方便。"

玄奘法师道："出家人不戒备，施主请自便。"

捕快押着小偷走进寺院，小偷走进僧房，来到一张床铺前说："就是从这里偷的。"

捕快问玄奘，这是谁的铺位。

玄奘法师看看身后，辨机神色大变，口吃地说："我的。"

捕快："请这位师傅随我们到大理寺走一趟。这个玉枕是宫中之物，师傅得到大理寺说清楚，玉枕是从哪里来的。"

辨机惊慌地说："这个玉枕，是高阳公主施舍的。"

玄奘法师："佛门无私物，你怎么扣留施主的施舍？"

辨机："我先到大理寺说清楚，回来再跟上座解释。"

玄奘法师问道："辨机什么时候能回来，经房里还等他做事呢！"

捕快："这个就说不清楚，事情弄清楚了，去去就回来了，事情如果说不清楚，那就麻烦了。"

房玄龄府上，房遗爱与高阳公主对坐，房遗爱气冲冲地说："你怎么和那个秃驴搞到一块去了？"

高阳公主："你说谁是秃驴？"

房遗爱："真要我说出来吗？就是辨机秃驴。我们房家可丢不起这个人。"

高阳公主傲慢地说："那又怎么样？你有什么能耐？不就是跟着我哥哥魏王身后转吗？魏王不行了，流放均州。因为有了我，你才逃过一劫，你以为你是什么人呀？"

房遗爱："我是驸马。"

高阳公主："小心我休了你这个驸马。"

房遗爱："只有男休女，哪有女休男？"

高阳公主："天下是我们李家的，我们李家就可以休男。"

房遗爱无奈地说："好了，好了，现在怎么办，大理寺抓住了你的把柄，朝野都在议论这件事。"

高阳公主："我不管，不要在我面前说这些话。烦了，我可要发火了。"

房遗爱垂头丧气地坐在那里，一言不发。

甘露殿，高阳公主对李民世说："父皇，你是皇上，为何不能管管房玄龄。"

李世民大声喝："住口，房玄龄三个字是你叫的吗？你是房家的人，要管，也是房家管你。"

高阳公主不服地说："父皇说怎么办？"

李世民："朝廷议论，京师议论，天下人都在议论。这个辨机，由大理寺按律处置，朕要杀了他，以绝后患。"

　　高阳公主："辨机是出家人，交由寺院处置就行了，大不了，叫他还俗。"

　　李世民："朕已下令，腰斩辨机。"

　　"腰斩？"高阳公主愣住了，过了好半天才说，"父皇是做给我看的吗？做给房家看的吗？做给房家看，我不管，做给我看，我可要大闹长安城。"

　　李世民厉声说道："你要是闹事，朕就是皇上，你要是不闹事，朕就是父亲。"

　　高阳公主哭着说："腰斩辨机，我就要闹。父皇，你对儿女们为何这样不留情？大哥流放了，二哥也流放了。现在，又要腰斩我的人。"

　　李世民怒视着高阳公主，一言不发。

　　房府，房玄龄自言自语地说："腰斩辨机，这是敲山震虎啊！"

　　随从说："公主的奴仆也斩了。"

　　房玄龄面对夫人说："老天保佑，这个媳妇别再给房家惹事了。"

三十九、丞相家事

四十、终至辉煌

李世民东征

房玄龄身为太子太傅，教育太子的任务很繁重。其实，房玄龄此时的处境很微妙。他清楚地认识到，长孙无忌之所以拼命地拥立李治，是出于个人的固权保位的思想，他是李治的亲舅舅，李治生性懦弱，便于控制。

房玄龄在立太子这件事情上并没有私心，他之所以对李治持谨慎的赞同态度，主要是为了保持政局稳定。其实从个人利益上讲，或许立李泰更有利于他，因为他的儿子一直追随李泰。但房玄龄并不那样表态，在涉及到江山社稷与个人利益之间关系时，他总是以大局为重，这就是房玄龄的过人之处，也是他被后世视为"谦"和"贤"的原因。

有一次，李治正坐在一棵弯树下休息，李世民借题发挥，指着弯树对李治说："这棵树虽是弯的，若经过木匠之手，弹上墨线，仍可改造成端直的木料。做君王的有时不守正道，如果肯接受臣下的进谏，就能够成为圣明的君主。老臣房玄龄就是这样的贤相。你若能学到他忠厚的人品和出众的才干，就一定能够管理好国家。"

在贞观十八年，高句丽东部首领盖苏文借修筑长城之机，杀死荣留王和各路首领，另立王室成员高藏为宝藏王，自己为宰相。百济新王率兵攻打新罗国，夺城池四十余座，并与高句丽策划拦截新罗贡道，对唐朝利益构成威胁。

辽东的变乱，激起了李世民征讨的欲望，决计攻打辽东。

黄门侍郎褚遂良上折谏阻，房玄龄也支持褚遂良的观点。

李世民虽然接受了褚遂良、房玄龄的建议，但是很勉强，从内心来讲，还是心有不甘。

皇太子李治生性懦弱，李世民想交给儿子一个稳定的江山，所谓稳定，就是既要安内，更要攘外，因此，他想在有生之年将周边环境治理好，不留遗患。做父亲的舐犊之情，决定了这场战争不可避免。

贞观十九年二月，李世民还是决定要御驾亲征高句丽。

命皇太子李治监国于定州。命房玄龄留守于京师，负责前方的粮草供应。临出征时，还特意吩咐房玄龄，留守期间，朝中政务由房玄龄全权处理，所有大事小事，都可先斩后奏，不必上奏。

此时的房玄龄，年事已高，体弱多病，经常不能正常上班。多次向李世民提出辞呈，言祖制七十致仕，他已近古稀之年，该退休了。李世民不许，允许房玄龄有病不上朝，上朝时也可以坐一种四人抬的小轿直接入宫。这种待遇在大臣中是绝无仅有的。

房玄龄拖着病体留守京师，倍感压力。在留守期限间，尽管李世民给了他无上的权力，但他并不想使用这种权力，仍然是每隔两天拟一份奏疏，将朝中的事情原原本本地向李世民汇报，负责传送奏疏的快马多达几十匹。

这一天，大理寺少卿来到京师留守衙署，求见房玄龄，说是有密报。房玄龄问道："你要告何人？"

大理少卿说："告的正是留守本人。"

房玄龄吓了一跳，却不知为何要告自己。依李世民的授权，房玄龄完全有权处理这件事。但他却不这样做，而是按有关规定，将此人托付给驿丞，让驿丞速送此人去辽东见李世民，由李世民亲自处理这件事情。

李世民正在辽东忙于战事，且战事进展也不顺利，得知京师留守衙署送来密报，非常恼火，遂让侍卫手持长刀立在帐前侍候。

从京师来的大理少卿带进来后，李世民先问他要告谁。当得知告的是房玄龄时，李世民冷笑一声说："朕早就料到是这么回事，若是别的事，留守是不会将你千里迢迢地送到辽东来的。"当下不问情由，喝令左右将此人拿下，拉到帐外腰斩了。

随后，李世民亲拟诏书，加盖玉玺，交给驿丞递到京师，交给房玄龄。他在诏书中说：

"朕既命你为留守，便是不疑，何以要将此妖人千里迢迢地送到辽东？今后若再有此等事，留守全权处之，不必再奏。"

四十、终至辉煌

留守京师

唐军征伐高句丽，战事并不顺利。由于敌势强盛，加之唐军水土不服，将士多病，战线长，粮草也难以为继。所以连吃败仗。至九月，李世民不得不班师回朝。

征伐高句丽无功而返，且还死伤了数千名将士，耗费了大量的钱财。李世民心里有些后悔，所谓患难思朋友，国难思良臣，李世民感叹地说："若魏徵在，一定会谏止朕发动这场战争。"

贞观二十年，李世民军旅劳顿，加之身体本来就不好，回朝后病倒了，住进了玉华宫。仍由房玄龄以留守身份监国，全权处置京中事务。

第二年正月，高士廉病逝。

四月，翠微宫建成，李世民命百司决事于皇太子，自己临幸翠微宫。

翠微宫建在终南山里，风景宜人，馆舍奢丽，李世民学起了当年高祖李渊身居仁智宫，遥控指挥朝政，以享天下霸主的清福。

此后两年里，李世民一直以征讨高句丽为己任，让房玄龄留守京师处理朝政，君臣之间通过书信联系。因此从京师到翠微宫，可谓是灶里不断火，路上不断人，公文传递络绎不绝。

有一天，李世民命通事舍人给房玄龄送来一只锦袋，房玄龄看了，竟不知作何用处。通事舍人说："圣上听说房公时常呕吐，担心弄脏了胡须，所以特制这只护须袋给房公。"

房玄龄一把胡须长有二尺。

李世民非常尊重房玄龄的意见。欲提拔司农卿李纬为户部尚书，任命书已让太子加盖了玉玺。这时正好有人从京师来翠微宫，李世民问来人："房玄龄对于任命李纬为户部尚书之事，有什么意见？"

来人回答说："房公只是说，李纬的胡须长得好看，没说别的。"

李世民追问一句："再没说别的了？"

来人回答说："其他的什么也没有说。"

李世民知道房玄龄对这个任命没有肯定的意见，立即收回成命，改授李纬为太子詹事。

特进、太子太保萧瑀,也是年过古稀之人。他与房玄龄同殿为臣几十年,恩恩怨怨,从未了结。李世民对于他们的纠葛,给人一种坐山观虎斗的感觉。实际上,这是帝王的御下之术。他需要臣子之间有对立和冲突,通过对立和冲突以达到相互牵制和制约,而他则以仲裁者的身份出现,加强和巩固自己至高无上的权威。

房玄龄比萧瑀看得清楚,所以,每当萧瑀发难的时候,总是采取一种守势。

萧瑀很倔,总是同房玄龄过不去,见房玄龄留守监国,享有至高的权力,心里很不服气。于是向李世民上了一份奏折,奏折中说:

"房玄龄任留守监国,同中书门下众大臣,结为朋党,牢牢把持大权,并非真心效忠陛下。陛下对他的行为没有细心审查,并不知详情。他们做了很多坏事,只是还没有公开造反罢了。"

李世民看了萧瑀的奏折,出乎意料地大发雷霆。

李世民发火,是有原因的。因为萧瑀这一次,是一竿子打了一船人,连李世民也包括在内。

萧瑀把朝廷多年倚重的一批大臣,说成是结党营私的奸佞,而这些结党营私的奸佞,把持朝政多年,他这个做皇帝的,竟然蒙在鼓里,毫不知情。如此说来,皇帝岂不是成了昏君?

李世民是一个视声誉如生命的人,他怎么能容忍萧瑀这样说他?发火,也就成为必然。

李世民将萧瑀召至翠微宫,斥责道:"作为君主,驱驾英才,理应推心置腹,以诚待士,你的话是不是太过分了。你做人怎么会到这种地步呢?"

李世民实在是太生气了,虽然斥责了萧瑀,心中的气还没有消,几天后,旧话重提,再次对萧瑀斥责道:"了解大臣的,莫过于君王,君主用人,不能求全责备,应舍其短而用其长。朕虽然不够聪明,但也不至于迟钝迷糊到忠奸不分、贤愚不辨吧?"

萧瑀侍君二十多年,同房玄龄也磕磕碰碰了二十多年,李世民总是充当和事佬,从来没有发这么大的火。这一次,萧瑀连遭斥责,他被震慑了,倍感失落,一时万念俱灰。竟然向李世民提出,要出家为僧。其实,这只是他一时抵触,说说气话而已,满以为李世民要挽留于他。不料李世民却痛快地答应了他的要求。萧瑀后悔了,急忙又提出不想出家。

李世民本来就不喜佛教,这也是路人皆知之事。过去,对萧瑀崇信佛教,早已是心存不满,只是由于这是个人信仰,不便于干涉罢了。见萧瑀

四十、终至辉煌

提出要出家，本来就很恼火，一怒之下，立即就答应了，如今又出尔反尔，实在是有悖奉君之道。一怒之下，将萧瑀贬为商州刺史。

萧瑀离京之时，房玄龄前去与他送行。萧瑀无言以对。

房玄龄叹了口气说："官场一生，你怎么就这样看不透呢？"

萧瑀感谢房玄龄替他送行，其他的什么也没有说，带上家小，上车去了商州。一年后，病死在商州。

终至辉煌

贞观二十二年正月，李世民又欲征伐高句丽。

疾病缠身，躺在家中的房玄龄得知这一消息，急得难以成眠。他躺在病榻上，对守候在身边的子女说："我自知病情危笃，很难再为国事操劳，已是无用之人，而皇上对我的恩义却愈发深重。若是有负皇上盛情，则是死有余辜。如今天下太平，呈现一片祥和之气，唯有东征之事，却又是风生水起，正在为国家带来祸患。皇上心中恼怒，态度坚决，朝臣无有敢谏者。我若明知此事不妥而不说话，真是于心不安。他日归于九泉，死也难已瞑目。"

房玄龄命子女将他扶起来，怎奈病魔消耗了他身上的所有能量，双手根本就握不住笔。只好重新躺回病榻，口述，让儿子遗则代笔，向李世民上了一道《谏停东征高丽疏》。

房玄龄为相二十多年来，向来是小心谨慎，忠心奉国，坚定不移地执行着李世民的决策，忠心地维护着李世民的威望。在公开场合从不发表与李世民不同的意见。这道奏疏是房玄龄唯一的一次对李世民公开、直面的谏诤，也是他流传于后世的一篇弥足珍贵的文章。它倾注了房玄龄全部的智慧和感情，也使出了他平生最大的勇气。

李世民看了这篇奏疏，感慨地对高阳公主说："这个人病到如此地步，竟然还在为国事而忧虑，真是大唐的贤相啊！"

李世民派人给房玄龄送去几棵长白山的千年人参，嘱其安心在家养病，不必为国事操劳。

六月，李世民驾临玉华宫，欲命房玄龄留守京师，派人去征求房玄龄的意见，问他是否能支撑得住。房玄龄没有推托，接受了李世民的委托，坐镇京师，总理国事。

六月中旬，房玄龄的病情越来越重，李世民在玉华宫得到消息后，担心君臣难得再见，派人到京师接房玄龄到玉华宫治病。

房玄龄的官轿抬至玉华宫，李世民拖着病体亲自迎出玉华殿。当房玄龄颤巍巍地被人从轿内搀扶下来，欲行参拜之礼时，李世民伸手搀住了这位忠心耿耿的老臣。君臣二人，四目相对，涕泪相流，好半天竟然说不出话。在场众人看到君臣二人的真情流露，竟然都静静地站在一边，谁也不敢出声，谁也不敢打破这短暂的寂静。

还是李世民先开口："玄龄，几个月不见，简直使朕认不出你了。你为大唐的事业操碎了心，如今病成这样，朕还没有让你休息，朕对不住你呀！"

房玄龄气喘吁吁地说："臣自渭北杖策随龙，陛下对臣，有知遇之恩，臣虽肝脑涂地，无以为报。能辅佐一代明主，成就贞观盛世，臣死而无憾，愿已足矣！"

李世民将房玄龄留在玉华宫，派身边最好的御医为他治病，每天的膳食，叫御厨做两份，自己一份，另一份给房玄龄。每天都要向御医询问房玄龄的病情，每当听到病情有所好转，便喜形于色，听到病情加重，便会伤心落泪。

房玄龄自知病情严重，虽然皇宫最好的御医都在玉华宫，且侍奉的人也很多，但是，房玄龄还是想回家。他将这个意思告诉了李世民。

李世民来到房玄龄的病床前，拉着房玄龄的手说："玄龄呀，你跟朕二十多年，朕不忍心让你先朕而去。近来，朕经常回想过去的事，朕身边的大臣，有些人是慑于朕的威严，有的是出于对社稷的忠诚，所以，他们都对朕唯命在是从，虽然常有人直言相谏，也是正义之言。你跟他们不同，你是从心里维护朕，你不肯直言相谏，是因为你比他们站得更高，想的事情更多，更远。贞观一朝，先后位居宰相之列的有二十多人，有的人经常被更换，唯你在位置不可动摇，为什么？因为，朝廷一日不可以没有你，朕一刻也离不开你。没有你，朕心里就不踏实。朕曾经任性而亏待过你，甚至将你驱逐回家，其实，朕心里也很苦，国事，家事，使朕心力交瘁，有时心里烦，就冲着你发火，朕事后想起来，也很后悔。朕对不住你。"

房玄龄感动得不能自禁，抽泣得几乎昏厥。

李世民看到房玄龄病情真的很重了，流着泪说："玄龄，明天，朕陪

四十、终至辉煌

你一起回长安去。"

李世民从玉华宫回长安的第二天，便命人凿宫墙开门，直通房玄龄的府第，李世民通过这道新开的门，过来探望房玄龄。

这一天，李世民坐在房玄龄的病榻前，看着斜靠在床头的房玄龄说："朕将《当朝实录》翻阅了一遍。朕想问你，别人唯恐青史无名，而你却把很多功劳都记在朕的名下，将来后人查看贞观盛世这段历史，却看不到有关你的记载，岂不是埋没了你的历史功绩？"

房玄龄回答说："臣蒙陛下不弃，三十年来，位高权重，享尽了荣华富贵。臣这一生，战战兢兢，寝食不安，实在是害怕有负圣恩。很多事情，都没有做好，臣实在是很惭愧，即使是略有所成，皆是陛下英明所致，臣只是按陛下的意思办差而已。臣所有的一切，都要归之于陛下，臣，不敢居功。"

李世民拉着房玄龄的手说："朕有幸得到你的辅佐，这是上天所赐。你有何未了之事，请告诉朕，朕替你办。"

房玄龄说："陛下对臣的关怀，可谓是无微不至，哪还有什么后顾之忧？所虑者只是太子，陛下百年之后，可令贤良之臣佐炎，免得奸佞乱政。"

李世民："朕也正为这件事放心不下，你以为何人能担当此任呢？"

房玄龄："褚遂良可堪此任。但陛下要赐他尚方宝剑，使其处于不夺之位。"

李世民点头称是。

为了安慰这位老臣，李世民当即口谕，授房玄龄的次子房遗爱为右卫中郎将，三子房遗则为中散大夫。

房玄龄看着李世民，流下了感激的泪。

贞观二十二年（648年）七月二十四日，房玄龄溘然而逝，享年七十岁。

李世民十分悲痛，为之废朝三日。下诏追赠房玄龄为太尉，并州都督，谥为"文昭"，特赐陪葬昭陵。

房玄龄去世后仅十个月，李世民也因病而薨。这一臣一君的相继去世，标志着一个辉煌时代的结束。

他们倾毕生精力，营造的唐朝第一个盛世——贞观之治，成为中国封建时代政治的楷模。

图书在版编目（CIP）数据

大唐贤相房玄龄 / 余耀华著. —北京：中国书籍出版社，2018.1
ISBN 978-7-5068-6553-1

Ⅰ.①大… Ⅱ.①余… Ⅲ.①长篇小说—中国—当代
Ⅳ.①I247.5

中国版本图书馆CIP数据核字（2017）第254207号

大唐贤相房玄龄

余耀华　著

策　　划	安玉霞
责任编辑	王星舒
责任印制	孙马飞　马　芝
封面设计	展　华
出版发行	中国书籍出版社
地　　址	北京市丰台区三路居路97号（邮编：100073）
电　　话	（010）52257143（总编室）（010）52257140（发行部）
电子邮箱	chinabp@vip.sina.com
经　　销	全国新华书店
印　　刷	三河市顺兴印务有限公司
开　　本	710毫米×1000毫米　1/16
字　　数	340千字
印　　张	20
版　　次	2018年1月第1版　2019年5月第2次印刷
书　　号	ISBN 978-7-5068-6553-1
定　　价	39.80元

版权所有　翻印必究